岩 波 文 庫

論

今村仁司・三島憲一・大貫敦子・
高橋順一・塚原　史・細見和之・
村岡晋一・山本　尤・横張　誠・
與謝野文子・吉村和明 訳

岩 波 書 店

Walter Benjamin

DAS PASSAGEN-WERK

凡例

一　本書は、Walter Benjamin, *Das Passagen-Werk*, Herausgegeben von Rolf Tiedemann, Suhrkamp Verlag, Frankfurt am Main, 1982（*Gesammelten Schriften*, Unter Mitwirkung von Theodor W. Adorno und Gershom Scholem のV・1、V・2と同一のテクスト）からの翻訳である。

一　各断片の末尾に使われている断片番号（例［A2, 1］）は、ベンヤミン自身によるものである。ズールカンプ版ではベンヤミン自身の考えやコメントが記されている断片は文字が大きいが、本書ではその断片番号をボールド体にした。

一　■　■は、他のテーマもしくは新しいテーマへ移すことを考えてベンヤミン自身がつけたものである。したがって、現実には存在しない項目のことも多い（例■天候■）。

一　〈　〉は、原書の編纂者ロルフ・ティーデマンによる補いである。［　］および（　）はベンヤミン自身によるものである。

一　原文がイタリック体の箇所には傍点をつけた。

一　複数の著者や複数の刊行場所を表示する際には、／を使った。

一　翻訳者による注や補いは、〔　〕を使った。

＊本書は、二〇〇三年六月に岩波書店から刊行された『パサージュ論』全五巻（岩波現代文庫）の再録である。再録にあたっては、訳者が各巻二名ずつでドイツ語およびフランス語原文にあたり、訳文の全体を見直し、若干の修正を行った。また各巻にそれぞれ新たに解説を付した他、ベンヤミン及び各巻の主要人物の顔写真を掲載した。岩波現代文庫版では、原書に付されていた編纂者ティーデマンの解説も訳してあるが、今回は煩瑣にわたるのと、本書についてすでにさまざまな著述があるなかで、この解説だけ特記する必要性も認められないので、省略した。

目　次

凡　例

覚え書および資料

『パサージュ論』全巻構成

＊は既刊

パサージュ論 第1巻 ＊

概要〔Exposés〕
パリ―19世紀の首都〔ドイツ語草稿〕
パリ―19世紀の首都〔フランス語草稿〕
覚え書および資料
A：パサージュ、流行品店、流行品店店員
B：モード
C：太古のパリ、カタコンベ、取り壊し、パリの没落
D：倦怠、永遠回帰
E：オースマン式都市改造、バリケードの闘い
F：鉄骨建築
G：博覧会、広告、グランヴィル

パサージュ論 第2巻 ＊

H：蒐集家
I：室内、痕跡
J：ボードレール

パサージュ論 第3巻 ＊

K：夢の街と夢の家、未来の夢、人間学的ニヒリズム、ユング
L：夢の家、博物館〔美術館〕、噴水のあるホール
M：遊歩者
N：認識論に関して、進歩の理論
O：売春、賭博
P：パリの街路
Q：パノラマ
R：鏡
S：絵画、ユーゲントシュティール、新しさ
T：さまざまな照明

パサージュ論 第4巻

U：サン＝シモン、鉄道
V：陰謀、同業職人組合
W：フーリエ
X：マルクス
Y：写真
Z：人形、からくり
a：社会運動

パサージュ論 第5巻

b：ドーミエ
d：文学史、ユゴー
g：株式市場、経済史
i：複製技術、リトグラフ
k：コミューン
l：セーヌ河、最古のパリ
m：無為
p：人間学的唯物論、宗派の歴史
r：理工科学校
初期の草稿
土星の輪あるいは鉄骨建築
『パサージュ論』に関連する書簡

パサージュ論（三）

覚え書および資料

ABCDEFGHI
JKLMNOPQR
STUVWXYZ
ab d g i
klm p r

K

夢の街と夢の家、未来の夢、人間学的ニヒリズム、ユング

「私の父親はパリに行ったことがある。」

カール・グツコウ『パリからの手紙』I、ライプツィヒ、一八四二年、五八ページ

「もろもろの書物が混ざり合い、表題も消えて一体となった図書館。」

ピエール・マビーユ博士「『民衆の偏見礼賛』への序文」(『ミノトール』誌(II)、六号、一九三五年冬、〈二ページ〉)

「天空の暗い丸天井に向かってその暗い丸屋根をそびえ立たせる、あのパンテオン。」

ポンソン・デュ・テライユ『パリのドラマ』I、九

個人の生と同様、世代の生にも行きわたっている一つの段階的過程としての目覚め。眠りは世代の一次的段階である。ある世代の青春期の経験は、夢の経験と多くの共通点をもっている。この青春期の経験の歴史的形態が夢の形象である。どの時代もこうした夢に興味を示すという側面を、つまりは子どもの側面をもっているものである。一九世紀にとって、こうした側面がかなり明瞭に浮かび上がってくるのは、パサージュにおいてである。だが、以前の世代の教育が伝統の中で、つまり宗教的訓示の中で、その世代のためにこれらの夢を解釈してやっていたのに対して、今日の教育は単に子どもの気晴らしだけしか目的としてはいない。プルーストが比類のない現象として現われることができたのも、哀悼的想起〔Eingedenken〕のための身体的・自然的な手段を失ってしまい、以前の世代よりも哀れな状態で放置され、そのために孤独で、散漫で、病的な形でしか子どもの世界をわがものとしえないような世代を背景としてのみのことなのである。私が以下で提供しようとするのは、目覚めの技法についての試論である。つまりは、哀悼的想起の弁証法的転換あるいはそのコペルニクス的転回を認識しようとする試みである。

〔K1, 1〕

歴史を観るに当たってのコペルニクス的転回とはこうである。つまり、これまで「かつてあったもの〔das Gewesene〕」は固定点とみなされ、現在は、手探りしながら認識をこの固定点へと導こうと努めているとみなされてきたが、いまやこの関係は逆転され、かつてあったものこそが弁証法的転換の場となり、目覚めた意識が突然出現する場となるべきなのである。これからは政治が歴史に対して優位を占めるようになる。もろもろの事実は、たったいまわれわれにふりかかってきたばかりのものとなり、そして、この事実を確認するのは想起の仕事である。実際に、目覚めとは、こうした想起の模範的な場合、つまり、われわれがもっとも身近なもの、もっとも月並みなもの、もっとも自明なものを想起することに成功するような場合である。プルーストが、試しに目覚めかけた状態で家具を配置換えしてみるという話によって言おうとしたこと、ブロッホが、生きられた瞬間の暗さという表現で見抜いていたことこそが、ここで、歴史的なものの次元において、また集団的に、確定されるはずのものにほかならない。かつてあったものについてのいまだ意識されざる知が存在するのであり、こうした知の掘り出しは、目覚めという構造をもっているのである。　［K1, 2］

弁証法についてのまったく独自な経験というものがある。生成における「漸進」をすべて否定し、見かけは「発展」に見えるすべてのものが、細部にいたるまできわめて精密な組み立てをもつ弁証法的転換であることを明らかにするような、有無を言わせぬ劇的な経験とは、夢から目覚めることである。中国人たちはしばしば彼らの民話や小説で、この夢から目覚めるという過程の根底にある弁証法的な図式をきわめて簡明的確に表現してきた。歴史学の新たな弁証法的方法とは、われわれが「かつてあったもの」と呼ぶ夢が実際には関係づけられている目覚めの世界としての現在を経験するための技法なのである。「かつてあったもの」を夢の想起において経験すること！――してみれば、想起と目覚めはきわめて密接な関係にある。つまり、目覚めこそは、哀悼的想起の弁証法的転換であり、そのコペルニクス的転回なのである。　[K1, 3]

一九世紀とは、個人的意識がますます反省的な態度を取りつつ保持されるのに対して、集団的意識の方はますます深い眠りに落ちてゆくような時代〔Zeitraum〕(ないしは、時代が見る夢〔Zeit-traum〕)である。ところで、眠っている人は――狂人もまたそうなのだが――自分の体をつきぬけて大宇宙旅行に出かけるのであり、しかもその際、彼の内部感覚は途方もなく研ぎ澄まされているので、目覚めている健康な人にとっては、健康な体の活動となっているようなおのれ自身の内部のざわめきや感覚、たとえば、血圧や内臓の動きや心臓の鼓動や筋感覚が妄想や夢の形象を生み出し、鋭敏な内部感覚がそれらを解釈し説明することになるのだが、〔一九世紀の〕夢見ている集団にとっても事情は同じであって、この集団はパサージュにおいておのれの内面に沈潜して行くのである。われわれは、この集団をパサージュのうちに追跡し、一九世紀のモードと広告、建築物や政治を、そうした集団の夢の形象の帰結として解釈しなければならない。［K1, 4］

眠りと目覚めを相反するものとして対置するのは人間の経験的な意識形態を問題にしようとする場合には有効ではない、というのが精神分析の暗黙の前提の一つである。むしろこの対立は、無限に多様な具体的意識状態――それは、ありとあらゆる中枢の覚醒度のありとあらゆる多様な段階があることからきているのだが――に席をゆずることになる。眠りと目覚めによってさまざまにかたどられ区切られている意識の状態は、そのまま個人から集団へ転用することができる。いうまでもなく、個人にとって外的であるようなかなり多くのものが、集団にとっては内的なものである。個人の内面には臓器感覚、つまり体調がいいとか悪いとかという感じがあるように、集団の内面には建築やモード、いやそれどころか、空模様さえも含まれている。そして、無意識の不定形な夢の形象のうちにとどまっているかぎり、それらは消化過程や呼吸などとまったく同じ自然過程なのである。そうした建築やモードは、集団がそれらを政治においてわがものとし、それらから歴史が生成してくるようになるまでは、永遠に等しいものの循環過程に身を置いているのである。　[K1, 5]

「これからは、父親から相続した家にいったい誰が住むことがあるだろうか。自分が洗礼を受けた教会で、誰が祈りを捧げることがあるだろうか。自分が産声を聞き、末期の吐息を受け取った部屋を、誰がなお知ることになるだろうか。若い頃、人生の長く暗い束縛における恩寵の曙光にほかならぬあの夢想にふけった窓辺に、誰がいまでも額をもたせかけることができるだろうか。ああ、人間の魂から歓喜の根源が引き抜かれてしまったのだ！」ルイ・ヴィヨ『パリのにおい』パリ、一九一四年、一一ページ　[K1a, 1]

われわれがこの時代には子どもだったという事実は、その時代についての客観的なイメージのうちに含まれている。この時代は、この世代をおのれから解き放つためには、そうあらねばならなかったのである。ということはつまり、われわれは夢の連関の中に、ある目的論的な契機を探し求めるということである。この契機とは待つということである。夢はひそかに目覚めを待っており、眠っている人は、ただ目が覚めるまで死に身をゆだねながら、策を弄してその爪からのがれる瞬間を待っているものである。夢見ている集団もまたそうなのであって、こうした集団にとっては、その子どもたちこそが自分が目覚めるための幸運なきっかけとなってくれるのである。■方法■　[K1a, 2]

幼年時代になすべき仕事は、新たな世界をシンボル空間のうちに組み入れることである。なにしろ子どもは、大人が決してできないことをすることができる、つまり新たなものを再認識することができるからである。われわれにとって機関車は、それをすでに幼年時代に目の当たりにしたというだけで、すでにシンボル的性格をもっている。だが、われわれの子どもたちにとってシンボル的性格をもっているのは、自動車である。われわれはと言えば、ただその新しくて、粋で、モダンで、シャープな面しか見ないのだが。クラーゲス〔20世紀独の哲学者、性格学者〕のような反動的思想家たちが自然のシンボル空間と技術とのあいだに立てようとした対立ほど、浅薄で取るに足らないものはない。真に新しいどの自然形態にも――根本的には技術もまたそうした自然形態の一つなのだが――新たな「形象(ビルト)」が対応しているのである。どんな幼年時代もこの新たな形象を発見し、それを人類の形象の宝庫に組み入れるのである。■方法■　[K1a, 3]

専門家であれば今日の建築様式の先駆けと認めるような建造物も、目覚めた感性はもっているが、建築を見る眼をもたない人には、決して先駆けという印象を与えず、むしろ流行遅れで、夢想的な印象を与えるというのは、奇妙なことである。（古い駅のホールやガス製造工場や橋梁。）　[K1a, 4]

「一九世紀、それは個人主義的な諸傾向と集団主義的な諸傾向とが奇妙に浸透し合っている世紀である。この世紀は、それ以前のほとんどどの時代とも違って、すべての行為に（自我にも、国民にも、芸術にも）、「個人主義的」というレッテルを貼るのだが、しかし、地下の隠れたところでは、つまり、忌み嫌われている日常的な領域においては、眩暈に襲われているかのように、集団的な形態のためのもろもろの要素を生み出さざるをえないのである。……われわれがかかわらねばならないのはこうした素材、つまり灰色の建物であり、市場であり、デパートであり、博覧会場なのである。」ジークフリート・ギーディオン『フランスにおける建築』ライプツィヒ／ベルリン、一五ページ　[K1a, 5]

一九世紀の集団的夢の現象形式は無視するわけにはいかないし、またそうした現象形式は、過去のいかなる世紀を特徴づけるよりもはるかに決定的に一九世紀を特徴づけている。——だがそれにとどまらず、それらの現象形式は、正しく解釈されるなら、きわめて実践的に重要なのであり、われわれが航行しようとする海と、われわれが離れて行く岸辺とを認識させてくれるのである。したがって、一言で言えば、一九世紀の「批判」はこの現象形式から始めねばならない。つまり、着手されるべきは一九世紀の機械論や動物機械説に対する批判ではなく、一九世紀の麻薬めいた歴史主義やその仮装癖に対する批判なのである。とはいえそうした仮装癖のうちにこそ、真の歴史的存在のシグナルが潜んでいるのである。このシグナルを最初に受け止めたのは、シュルレアリストたちであった。このシグナルを解読すること、これこそが当面果たされるべき課題である。そして、シュルレアリスムが革命的・唯物論的な基礎をもっていることの十分な保証となるのは、ここで話題にされている真の歴史的存在のシグナルによって一九世紀がおのれの経済的基礎を最高度に表現することに成功することである。 [K1a, 6]

ギーディオンの命題からさらに前進するための試み。「一九世紀において、建築の構造は下意識の役割を果たしている」と彼は言う。だがむしろ、建築の構造は、ちょうど夢が生理的過程という足場にまつわりついて生まれてくるように、その周りにやがて「芸術的な」建築がまつわりついてくるような身体的過程の役割を果たしていると言い換えるのが、より適切ではなかろうか。　[K1a, 7]

資本主義は、それとともに夢に満ちた新たな眠りがヨーロッパを襲う一つの自然現象であり、その眠りの中で神話的諸力の再活性化を伴うものであった。　[K1a, 8]

目覚めを喚起しようとする最初の刺激は、かえって眠りを深くするものである。　[K1a, 9]

「ところで、われわれがこの知的運動の全体を見渡してみても、現在を詳細に立ち入って論じているのがスクリーブ〔19世紀仏の劇作家〕ただ一人であるというのは、奇妙なことである。いるのは、おのれ自身の時代を動かしている力や関心よりも、むしろ過去をいじりまわす人たちばかりなのである。……哲学史もまた、そしてついには文学史までもが、そうした過去でしかなかった。というのも、哲学史から力を得るのは、折衷主義的な学説でしかなかったし、文学史の宝庫を、批評はヴィルマン〔19世紀仏の文学史家〕に見出したが、そうした批評も自分の時代の固有な文学的生活にはそれ以上かかわろうとしないようなものでしかなかったからである。」ユリウス・マイアー『フランス近代絵画史』ライプツィヒ、一八六七年、四一五―四一六ページ　[K2, 1]

子どもが（そして、成人した男がおぼろげな記憶の中で）、母親の衣服のすそにしがみついていたときに顔をうずめていたその古い衣服の襞のうちに見いだすもの――これこそが、本書が含んでいなければならないものなのである。■モード■　[K2, 2]

弁証法的方法にとって重要なのは、その対象が置かれているそのときどきの具体的な歴史的状況にふさわしい対応をすることだとよく言われている。だが、それだけでは十分ではない。というのも、その対象に対する関心の具体的な歴史的状況にふさわしい対応をすることもまた同様に大切なことだからである。そして、この関心の歴史的状況は、関心そのものがおのれの対象の中であらかじめ形成されてくることのうちにある。何よりも、関心がおのれのうちで対象を具体化し、自己のかつての存在から「今ある」（つまり目覚めている！）という、より高次の具体化へと高められていると感じていることのうちにある。むろん、この「今あるということ」（これは「今この時」が今あるということではまったくない――そうではなく、断続的に、間歇的に「今ある」ということなのだ)が、それ自体ですでにより高次の具体相を意味するのはなぜであるかという――こうした問題を、弁証法的方法は進歩のイデオロギーの内部に身を置いているかぎりとらえることができない。それができるのは、この進歩のイデオロギーをあらゆる点で克服しているような歴史観においてのみである。こうした歴史観においてこそ現実の濃縮(統合)の度合を増していくといった言い方ができるようになるのであり、そして、こうした濃縮の中でこそ、あらゆる過去が(その時が来れば)それが存在していた瞬間よりもいっそう高次のアクチュアリティをもてるようになるのである。過去がこうしたより高次のアクチュアリティとしての相貌を帯びるのは、形象(ビルト)によっている。つまり、その過去が形象として理解され、また形象において理解されるそうした形象によっている。そして、過去の諸連関がこのように弁証法的に貫通され、想起(フェアゲーゲンヴェルティゲン)〔再現在化〕されているかどうかこそが、現在(ゲーゲンヴェルティヒ)の行為の真理性の試金石となるのである。つまりそれは、かつてあったもののうちにひそんでいる爆薬(そして、その本当の姿がモードであるような爆薬)に点火するのである。このような形でかつてあったものへと歩み寄るということは、これまでのようにそれを歴史学的なやり方で取り扱うのではなく、政治的なやり方で、つまりは政治的なカテゴリーによって取り扱うということなのである。■

モード■　[K2, 3]

間近に迫りつつある目覚めは、ギリシア人たちの木馬のように、夢のうちにまどろむトロイに置かれている。 [K2, 4]

イデオロギーとしての上部構造という学説について。マルクスは、ここでは上部構造と下部構造のあいだの因果関係だけを確認しようとしたにすぎないように、さしあたり思われる。だが、上部構造の一連のイデオロギーは諸関係を誤った歪んだ形で反映しているという発言からしてすでに、それ以上のことを示している。つまり、問題はこうである。下部構造が思考や経験の素材という点である程度上部構造を規定しているにしても、この規定が単純な反映といった規定ではないとすれば、いったいそれは——その規定の発生原因の問題をまったく度外視するとして——どのように特徴づけられるべきなのであろうか。下部構造の表現として特徴づけられるべきだ、というのがその答えである。上部構造は下部構造の表現なのである。社会を存在させている経済的諸条件は、上部構造のうちに表現される。それは、眠っている人の場合、詰め込みすぎの胃袋がなるほど夢の内容を因果的に「条件づけ」はするかもしれないが、夢の内容のうちに胃袋の反映をではなく、胃袋の表現を見出すのと事情はまったく同じである。集団はまずもっておのれの生活諸条件を表現するのだが、この生活諸条件は、夢において表現され、目覚めにおいて解釈されるのである。　[K2, 5]

ユーゲントシュティール――それは野外（フライルフト）と取り組もうとする最初の試みである。ユーゲントシュティールの特徴的な現われの一つは、たとえば『ジンプリツィシムス』誌の挿絵に見出される。それらの挿絵は、人が一息（ルフト）つこうとすればどれほど辛辣にならざるをえなかったかを、明瞭に示している。また、ユーゲントシュティールは、広告がその対象をわざとらしく明るい色で描き出したり、それだけ取り出して描き出したりするところでは、もっと別の仕方でおのれの才能を発揮することができた。室内の精神にもとづく外光表現(pleinair)の誕生こそは、ユーゲントシュティールの歴史哲学的状況の感覚的な表現である。つまり、ユーゲントシュティールは、目覚めているという夢を見ることなのである。■広告■　[K2, 6]

技術は、くりかえし自然をある新たな側面から示すと同様に、それが人間に適用されれば、人間のもっとも根源的な感情や不安や願望像をつねに新たに変えてゆきもする。私は本書において、根源の歴史のために一九世紀のある部分を征服したいと思っている。

根源の歴史から見て魅惑的でもあれば、また脅かすような相貌がわれわれに明らかになるのは、技術の黎明期、つまり一九世紀の住宅様式においてである。時間的にもっと近いものの中では、まだその相貌はわれわれに対してあらわになってはいない。さらにまた、そうした相貌が他の領域においてよりも技術においてこそいっそう鮮やかに現われるというのも、技術の自然原因のためである。古い写真が不気味な印象を与え、古い版画がそうでないのもそのためである。　[K2a, 1]

ヴィールツの絵「はねられた首が考え見るもの」と、彼がそれに与えている説明について。この催眠術的経験においてまず最初に注意を引くのは、意識が死の間際にすばらしいいかさまをやってのけるということである。「なんと不思議なことだろう！　頭はここ、つまり断頭台の下にころがっているのに、まだ台の上で身体とつながっていると思い込んでいて、胴体から切り離されるための一撃をいまなお待ち受けているのである。」A・J・ヴィールツ『文学作品集』パリ、一八七〇年、四九二ページ。ヴィールツには、絞首刑にされた暴徒についてのすばらしい物語をビアスが書くにいたったのと同じインスピレーションが見られる〔アンブローズ・ビアスの短篇「アウル・クリーク橋の一事件」への言及〕。この暴徒は死ぬ瞬間に逃亡して、彼の死刑執行人から自由になる体験をするのである。

[K2a, 2]

モードの潮流であれ、世界観の潮流であれ、そのそれぞれは、忘れ去られたものとの落差をもっている。この落差はかなり大きいので、通常は集団だけしかそれに身を任せることができず、プルーストの身に起こったように、個人――先駆者――はその潮流の激しさに砕け散りそうになる。言い換えれば、プルーストが個人として哀悼的想起〔Eingedenken〕という現象に即して体験したことを、われわれは――われわれが怠惰のせいでプルーストの体験を引き受けなかった罰としてといってもいいのだが――(一九世紀にまでさかのぼって)、「潮流」とか「モード」とか「動向」として経験せざるをえないのである。

[K2a, 3]

モードも建築も、それが生きられている瞬間の暗闇の中に身を置いており、集団の夢の意識に属している。その意識が目覚めるのは――たとえば、広告においてである。

[K2a, 4]

「ブルジョワジーがまだ啓蒙主義的で唯物論的であった時代に由来するフロイトのさま

ざまな要素を、学問のファシズム化がどのように変えざるをえなかったかということは、……大いに興味のあるところである。ユングにおいては、……無意識は……もはや個人的なものではないし、したがって個々の……人間における後天性の状態でもなく、むしろ、蘇りつつある原初的な人間性の一つの宝である。それはまた抑圧ではなく、成功した帰還なのである。」エルンスト・ブロッホ『この時代の遺産』チューリヒ、一九三五年、二五四ページ　[K2a, 5]

マルクスによる幼年時代の歴史的指標。マルクスは(人類の幼年時代に由来するものとしての)ギリシア芸術の規範的な性格を導き出すべく、こう述べている。「どの時代も、子どもの性質のうちに、その時代自体の性格が真実で自然な形態において追体験されていることを見ているのではないか。」マックス・ラファエル『プルードン、マルクス、ピカソ』パリ、〈一九三三年〉、一七五ページに引用　[K2a, 6]

生活のテンポが途方もなく速まってゆくであろうという兆しは、それが歴然としたものになる一〇〇年以上も前に生産のテンポのうちに、それも機械という形を取って、現われていた。「人間が同時に使用しうる労働用具の数は、人間の自然的生産用具、つまり彼自身の肉体的器官の数によって制限されている。……それに対して、ジェニー紡績機は最初から一二本から一八本の紡錘を使って紡ぐし、靴下織機は一度に数千本の針で編む、等々である。同じ工作機械が同時に操る道具の数ははじめから、一人の労働者が扱いうる手工具の範囲を狭めている身体器官上の制限から解放されているのである。」カール・マルクス『資本論』I、ハンブルク、一九二二年、三三七ページ。機械労働のテンポは、経済のテンポにさまざまな変化をもたらすことになる。「この国で重要なのは、できるかぎり短期間で大きな財をなすことである。かつて、祖父によって始められた商店の蓄財は、孫の代になってやっと完成したものだった。いまではもう、世間はそんなやりかたでは動いていない。人々は待たずに、忍耐せずに享受したいのだ。」ルイ＝レーニエ・ランフランキ『パリへの旅、この首都の人間と事物の素描』パリ、一八三〇年、一一〇ページ

[K3, 1]

同時性という、新しい生活様式のこの基礎もまた、機械による生産から生じてくる。「それぞれの部署を受けもつ機械はすぐ次の機械に原料を引き渡し、そして、それらの機械はすべて同時に作動するのであるから、生産物はある生産工程から別の生産工程へと次々に移動しながら、その形成過程のさまざまな段階にとぎれることなく存在し続け

ることになる。……いまやさまざまな種類の個々の作業機械とそれらのグループから編成されたシステムとなっている連結作業機械は、その全工程が連続的になればなるほど、つまり原料がその工程の最初から最後まで中断されることなく移動して行けば行くほど、したがって、人間の手に代わってメカニズムそのものが原料をある生産工程から次の生産工程へ運んで行けば行くほど、完全なものになる。マニュファクチュアにあっては、個々の工程を孤立化することが分業そのものによって課される原理であるとすれば、それに対して、発達した工場においては個々の工程の連続性こそが支配的なのである。」

カール・マルクス『資本論』I、ハンブルク、一九二二年、三四四ページ　　[K3, 2]

映画——それは今日の機械のうちに予示的に含まれているすべての直観形式と、すべてのテンポやリズムを取り出したもの〔Auswicklung〕〈帰結〔Auswirkung〕の誤りか?〉である。今日の芸術のすべての問題は、映画との連関においてのみその最終的な定式化を見出すと言えるほどなのである。■先駆け■　　[K3, 3]

唯物論的分析を行っている次の小品は、この分野において書かれたたいていの作品よりも価値がある。「フローベールの文章が、掘削機の間歇的な音をあげながら上げては降ろすあの重い素材、それをわれわれは愛する。なぜなら、誰かが書いていたように、フローベールが夜に灯すランプが船乗りたちに灯台のような印象を与えたとすれば、彼の「咽喉」から発せられた文章は、土中を掘り進むのに使われる機械の規則的な音を発していたともいえるからである。しつこくつきまとうあのリズムを実感できる人々は幸いである。」マルセル・プルースト『時評集』パリ、〈一九二七年〉、二〇四ページ(「フローベールの「文体」について」)　[K3, 4]

マルクスは、商品の物神的性格を扱った章において、資本主義の経済世界がいかに両義的な外観を呈するものであるかを明らかにしているが、――資本制経済の強化につれてきわめてはなはだしいものになるこの両義性がかなり明瞭な形で眼に見えるようになるのは、たとえば機械においてである。機械は人間の境遇を楽にするどころか、搾取をいっそう激しいものにするのである。われわれが一九世紀において問題にしている諸現象のあの二重性格は、そもそもこのことと関連しているのではなかろうか。以前には知られなかったような、知覚にとって陶酔のもつ意味、思考にとって虚構のもつ意味があるのではなかろうか。ユリウス・マイアーの『一七八九年以降のフランス近代絵画史』(ライプツィヒ、一八六七年、三二ページ)には、特徴的なことに、こう述べられている。「全般的な大変動のなかで、ある一つのこともまたともに失われてしまい、それが芸術にとって大きな損失となった。つまり、それは、生活と現象との素朴な、したがって性格のはっきりした調和ということである。」　[K3, 5]

映画の政治的意味について。もし人が労働者階級を単に物事のより良き秩序に対してだけ熱狂させようとしただけであったら、社会主義は決して生まれなかったであろう。マルクスは労働者階級の暮らし向きがよくなるような秩序に彼らの関心を向けるすべを心得ており、しかも、この秩序を正当なものとして労働者階級に示したのだが、このことこそが、〔社会主義〕運動の力と権威とをなしていたのである。だが、芸術についても事情はまったく同じである。たとえどんなにユートピア的な瞬間においてであれ、高級な芸術が大衆の心を捉えることはなく、むしろその心を捉えるのはつねに、彼らにもっと身近な芸術でしかないであろう。そしてその際、困難なのはほかでもなく、この芸術も高級芸術なのだと安んじて言えるような形態をそれに与えるという点にある。ブルジョワジーの前衛たちが宣伝しているもののほとんどどれ一つとして、これに成功することはないであろう。この点では、ベルル〔20世紀仏の作家・ジャーナリスト〕が主張していることはまったく正しい。「レーニン主義者にとってはプロレタリアートによる権力の獲得を意味し、他の者たちにとっては既成の精神的価値の転覆を意味するといった、革命という語に関する混乱を、シュルレアリストたちは、ピカソを革命家として提示したいという願望によって、十分に強調している。……ピカソは彼らを失望させる。……画家が革命的であるというのは、ポワレのような服飾デザイナーがモードに「革命を起こした」とか、医者が医学に「革命を起こした」などというのと同じで、絵画に「革命を起こした」ということ以上のものではない。」エマニュエル・ベルル「最初のパンフレット」(『ウーロップ』七五号、一九二九年、四〇一ページ)。大衆はなんといっても芸術作品になにか自分たちを奮い立たせるものを求めるものである(彼らにとって芸術品は実用品の延長線上にあるのだ)。この点で、もっとも火をつけやすいのは、憎悪である。だが、憎悪の炎は痛みを伴い、やけどをさせ、「心のやすらぎ」を与えてはくれない。心のやすらぎを与えるからこそ芸術は有用なのである。それに対して、キッチュは、一〇〇パーセントまったく、つかの間に消費されるという性格をもった芸術にほかならない。だが、そうなるとキッチュと芸術は、まさしく表現の聖別された形式においてはたがいに統一しがたく対立し合うことになる。それに反して、今生まれつつある生きた形式は、なにか自分たちを奮い立たせるものを、有用なものを、そしてまた喜びを与えてくれるものを含み、「キッチュ」を弁証法的におのれのうちに受け容れ、そうすることで大衆に近づきながら、それにもかかわらず、キッチュを克服しうることが必要である。今日こうした課題を解決しうるのは、おそらく映画だけであろう。少なくとも、この課題は映画ともっとも近い関係にある。そして、すでにこのことを認識している者は、抽象映画のうぬぼれに――たとえこうした映画の試みがどれほど重要であれ――水をさしたくなろう。彼は、映画を天与の場所とするようなキッチュのために、抽象映画に制限期間を設けたり、キッチュを保護するよう請求することであろう。キッチュというそれまでおそらく知られていなかった奇妙な材料のうちに一九世紀が蓄えてきた要素を爆発させうるのは、ただ映画だけである。だが、抽象は、映画の政治的構造にとってと同じように、他のもっとも現代的な表現手段(照明装置、建築様式など)にとってもまた、危険なものになりうる。 [K3a, 1]

現代芸術の形式問題は、ずばり次のように定式化することができよう。つまり、機械装置や映画や機械製造や現代物理学などにおいて、われわれの関与なしに立ち現われてきてわれわれを圧倒するまでになった形式世界が、その内なる自然をわれわれに明らかにするのは、いつ、どのようにしてであろうか。これらの形式、あるいはそれらから生じてくる形式が自然の諸形式としてわれわれに明らかになるような社会状態が達成されるのは、いつのことであろうか。むろん、このことが照らし出すのは、技術の弁証法的本質のうちの一つの契機でしかない。（それがどの契機であるのか言うのはむずかしい。技術の本質のうちには、たとえ総合（ジンテーゼ）ではないにせよ、反定立（アンチテーゼ）が含まれているからである。）いずれにせよ、技術のうちにはもう一つ別の契機もまた住みついている。つまり、自然とは疎遠な目標を、自然とは疎遠で自然に敵対的な手段によって、自然から自立し自然を征服するような手段によって実現しもする、というのがその契機である。　**[K3a, 2]**

グランヴィルについて。「彼は原初の詩のような不思議な領域にいて、無限の想像力に満ちた生を生きていた。この生は、街頭で経験される稚拙な幻覚と、幻想の動植物や人間たちに本気でつきまとわれているトランプ占い師や星占い師の秘密の生の認識のあいだにあるものである。……あらゆる挿絵画家のうちで、グランヴィルは未分化な幻想の生に理にかなう形を与えることのできたおそらく最初の人物である。とはいえ、こうした落ち着いた外観の下には、人びとを狼狽させ、不安に陥れ、時にはかなり不快な不安を引き起こす、あの言うに言われぬ悲しいものが現われている。」マッコルラン「先駆者グランヴィル」（『グラフィック技術工芸』誌四四号、一九三四年一二月一五日、二〇―二一ページ）。この小論はマッコルラン〈グランヴィルの誤り〉をシュルレアリスム、とりわけシュルレア

リスム的映画(メリエス、ウォルト・ディズニー)の先駆者として紹介している。 [K4, 1]

本能的無意識と忘却の無意識との対照。前者は主として個人的であり、後者は主として集合的である。「無意識のもう一方の部分(忘却の無意識)は、年齢を重ねるにつれて、あるいは生活を通じて習得された多くのことがらによって形成される。それらのことがらは、かつて意識されていたが、拡散して忘却のなかに入り込んでしまったものである。……この無意識は海底を思わせる広大な底部で、そこでは、ありとあらゆる文化や研究、精神と意思のあらゆる歩み、あらゆる社会的反抗、あらゆる闘争の企てが、不定形の容器の中に集められている。……諸個人の情熱にかかわる要素は後退し、消え失せている。外的世界から引き出されて、多かれ少なかれ変形され、消化されたもろもろの材料しか残っていないのだ。この無意識は、外的世界から成り立っている。……社会生活から生まれたこの腐植土壌は、諸々の社会に属している。人類とか個人はあまり関係がなく、諸人種と時代がその唯一の指標である。暗闇でなされるこの巨大な作業は、とりわけ重要な時期や社会的変動期に、夢や思想や決断の形をとって再び現われる。それは諸民族と諸個人が蓄えている偉大な共有財産である。革命や戦争は、熱病のようにこの無意識を活性化する。……個人の心理学は乗り越えられてしまうので、火山活動のリズムや地下水の流れの博物学とでもいうべきものの力を借りなければなるまい。地球上には、かつて地下に存在していなかったものなど何一つ存在しない（水、土、火）。知性の中には、かつて深層において消化と循環の作用を受けなかったものなど、何一つ存在しないのである。」ピエール・マビーユ博士「『民衆の偏見礼讃』への序文」（『ミノトール』誌（Ⅱ）、六号、一九三五年冬、二ページ）　[K4, 2]

「つい今しがた過ぎ去ったばかりのものは、破局（カタストローフェ）によって絶滅されてしまったような印象をつねに与えるものである。」ヴィーゼングルント〔・アドルノ〕、書簡〈一九三五年六月五日付〉　[K4, 3]

アンリ・ボルドーによる青春時代の思い出について。「結局、一九世紀は、二〇世紀を予告する様子をまったく見せずに過ぎ去っていった。」アンドレ・テリーヴ「書評欄」（『ル・タン』紙、一九三五年六月二七日）　[K4, 4]

「真っ赤な石炭、瞳で燃えて、

おまえは輝く、鏡のように。
足はあるのか、翼はどうだ、
俺の黒胴の蒸気機関車！
見よ、奴の波打つたてがみを、
聞け、奴のいななきを、
奴の走りは大砲と
雷みたいな轟きだ。」

リフレイン
「おまえの馬に燕麦食わせて！
鞍置き勒(くつわ)つけ、汽笛鳴らしてさあ出発だ！
橋の上、架橋の下では駆け足で、
山も野も谷もぶっちぎれ、
おまえにかなう馬はない。」

ピエール・デュポン「蒸気機関車の火夫の歌」パリ、(パサージュ・デュ・ケール〈出版元〉)

[K4a, 1]

「私はきのうノートルダム寺院の塔から、このとてつもない都市を一望した。この都市の最初の家を建てたのは誰だったのであろうか。その最後の家が倒壊し、パリの地表が、テーバイやバビロンのそれのような外観を呈するようになるのは、いつのことであろうか。」フリードリヒ・フォン・ラウマー『一八三〇年のパリおよびフランスからの手紙』II、ライプツィヒ、一八三一年、一二七ページ　[K4a, 2]

デュヴェリエの新都市の計画に対するデシュタルの注記。この注記は神殿に関するものである。デュヴェリエ自身が「私の神殿は一人の女性である」と言っているのは重要である。それに対して、デシュタルはこう書いている。「神殿のなかには、男の宮殿と女の宮殿があるだろうと思いますよ。男は女のところへ夜を過ごしに行けばいいし、女は男のところに昼間働きに来ればいいのです。二つの宮殿の中間に、本当の神殿をつくりましょう。男がすべての女と、そして女がすべての男と交流できる場所です。そこでは、男女のカップルは自分たちだけで休らったり、働いたりしてはなりません。……神殿は両性具有をなすものでなければなりません。つまり、男女をともに代表していなければなりません。……同じ分割が都市にも、王国にも、そして地球全体にも、もたらされねばならないのです。こうして、男の半球と女の半球が出来上がるでしょう。」アンリ＝ル

ネ・ダルマーニュ『サン＝シモン主義者たち　一八二七―一八三七年』パリ、一九三〇年、三一〇ページ　[K4a, 3]

サン＝シモン主義者たちのパリ。『百と一の書』に入れてもらうために、シャルル・デュヴェリエがラヴォカに送った原稿から(『百と一の書』には入れてもらえなかったようである)。「われわれは自らの信仰の霊感にしたがって、最初の都市に人間の形を与えることを望んだ。」「良き神は彼が送りこんだ人間の口をつうじて語った。……パリよ！おまえの河のほとりとおまえの城壁の中に、私は私の新たな気前の良さのしるしを刻みつけよう。……おまえの王たちと民衆たちは諸世紀の緩慢な進行とともに歩み、すばらしい広場で立ち止まった。私の都市の頭部はそこで休らうだろう。……おまえの王たちの宮殿が都市の額となるだろう。……背の高いマロニエの木々を、都市のあごひげとして保存しておこう。……この頭部の頂から、私は古いキリスト教の寺院を一掃しよう。……そして、このすっきりした広場に、私は樹木の毛髪を与えよう。……私の都市の胸部の上方、あらゆる情熱が分岐しては合流する共感の中心に、苦悩と歓喜が打ち震える場所に、私は私の神殿を建てよう。……巨人の腹腔の神経叢だ。……ルールとシャイヨーの丘がその横腹となろう。そこには、銀行と大学、中央市場と印刷所を配置しよう。

……巨人の左腕をセーヌ河の岸辺のほうに伸ばそう。それは、……パッシーの反対側に位置するだろう。技術者たちの一群がヴォージラールまで広がる巨人の上半身を構成するだろう。そして、理科系の学校を全部集めて、前腕をつくることにしよう。……その間に……すべてのリセを集めよう。私の都市は、大学が横たわるその左の乳房にそれらのリセを押しつけるだろう。……巨人の右腕は、力のしるしとしてサン゠トゥーアンの駅まで伸ばすことにしよう。……小規模工場やパサージュやギャルリやバザールで、この腕を満たしておこう。……右の腿部と脚部は、あらゆる種類の大工場で形づくろう。右足はヌイイに置こう。左の腿部はホテルの長い列となって外国人に提供されるだろう。左の脚部はブローニュの森まで届くだろう。……私の都市はまさに歩き出そうとしている人間の様子をしている。その両足は青銅でできていて、石と鉄の二つの道路を踏んでいる。ここには……運送用の荷車と交通用の機関がつくられよう。ここでは、車両が速度を競い合っている。……両膝の間には楕円形の調馬場があり、両脚の間には広大な競馬場がある。」アンリ゠ルネ・ダルマーニュ『サン゠シモン主義者たち　一八二七―一八三七年』パリ、一九三〇年、三〇九―三一〇ページ。この原稿の着想はアンファンタンにまでさかのぼる。アンファンタンは、解剖図を手がかりとして、未来都市を設計しようとしたのである。

[K5]

「いやいや、オリエントが諸君を呼んでいる、
かの地の砂漠を沃野に変えよ、
新たな都市の空にそびえる
巨大な塔を打ち立てよ。」

F・メナール「未来は美しい」(『新しき信仰——バロー、ヴァンサールの歌とシャンソン、一八三一—一八三四年』パリ、一八三五年一月一日、第一冊、八一ページ)。砂漠というモティーフについては、ルージェ・ド・リールの『産業家の歌』とフェリシアン・ダヴィッドの『砂漠』とを比較してみるべきである。 [K5a, 1]

西暦二八五五年のパリ。「パリは周囲三〇リュー〔一リュー=約四キロ〕の都市になっている。ヴェルサイユとフォンテーヌブローは、多くの界隈にまぎれ込んでしまい、あまり閑静ではないいくつかの区に、樹齢二〇〇〇年に達する樹木のすがすがしい香りを吹き込む。セーヴルは、二八五〇年の戦争以来フランス国民となった中国人たちが始終行き交う市場となり、……パゴダがいくつか建てられ、そこからはよく響く鈴の音が聞こえてきて、それらの中央には、昔のセーヴル焼の陶器工場がパリ名物の陶器工場として再

建されて残っている。」アルセーヌ・ウーセ「未来のパリ」(『一九世紀のパリとパリっ子』パリ、一八五六年、四五九ページ)　[K5a, 2]

コンコルド広場のオベリスクについてのシャトーブリアンの言葉。「砂漠から来たオベリスクが、殺戮の広場で〔エジプトの〕ルクソールの沈黙と孤独を再び見出すときが訪れるだろう。」ルイ・ベルトラン「シャトーブリアン論」『ル・タン』紙、一九三五年九月一八日号に引用　[K5a, 3]

サン＝シモンは、「スイスの山をまるまる一つナポレオンの像に作りかえ、その片手には人の住む町を、他方の手には湖をもたせよう」という提案を行った。パリにいたグスタフ・フォン・シュラーブレンドルフ伯が当時の事件や人物について行った報告からの引用。〔カール・グスタフ・ヨッホマン『聖遺物――ヨッホマン遺稿集』ハインリヒ・チョッケ編、第一巻、ヘヒンゲン、一八三六年、一四六ページ〕　[K5a, 4]

『笑う男』の中の夜のパリ。「この浮浪児は、眠り込んだ都市の名状しがたい圧迫〔原文passion は pression の誤記〕を身に受けていた。麻痺状態にある蟻塚のようなこの沈黙から眩暈が生じてくる。これらの昏睡状態にはみなそれぞれの悪夢が混ざり合っている。これらの眠りはまるで群衆そのものだ。」(R・カイヨワ「パリ――近代の神話」『NRF〈新フランス評論〉』誌、二五巻二八四号、一九三七年五月一日、六九一ページに引用)　[K5a, 5]

「集合的無意識は、……世界史が脳と交感神経の構造のうちに沈澱して現われてくるものであるゆえに、それは、……われわれの一時的な意識的世界像に対置されるような無時間的な、いわば永遠の世界像なのである。」C・G・ユング『現代の魂の問題』チューリヒ/ライプツィヒ/シュトゥットガルト、一九三二年、三二六ページ(「分析心理学と世界観」)　[K6, 1]

ユングは意識を――ときには!――「われわれのプロメテウス的な獲得物」と呼んでいる。C・G・ユング『現代の魂の問題』チューリヒ/ライプツィヒ/シュトゥットガルト、一九三二年、二四九ページ(「人生の転機」)。さらに、別の文脈ではこう言っている。「非歴史的であることは、プロメテウスのそれにも比すべき罪である。現代人はこうした意味で罪を負っている。したがって、より高い意識をもつことは罪過なのである。」前掲書、四〇四ページ(「現代の人間の魂の問題」)　[K6, 2]

車を呼んだり雨傘をさしたりしないですむように、全街路に沿ってテントを張りめぐらせることを要求した。そのすこし後で、ある建築家が……ノートル＝ダム寺院に調和させるように、シテ島全体をゴシック風につくり直すことを提案した。」ヴィクトール・フールネル『新しいパリと未来のパリ』パリ、一八六八年、三八四―三八六ページ　[K6a, 1]

フールネルの「未来のパリ」と題する章から。「カフェにも……一等、二等、三等があって、……それぞれのカテゴリーに対して、部屋、テーブル、ビリヤード、鏡、装飾品と金箔等の数が用意周到に割り当てられていた。……街路にも主人用と召使用があり、よくできた家には主人用の階段と召使用の階段があった。……兵営の正面の壁には浅浮き彫りが施され、……そこには、前線の歩兵姿で額に光の輪を受けた「公共秩序」の象徴が、「分権化」の象徴である百頭の怪物ヒュドラを打ちのめしている図が輝かしく描かれていた。……五〇の大通りに対応して兵営の五〇の小門に配置された五〇人の歩哨には、望遠鏡を用いれば、そこから一五キロか二〇キロ離れた五〇の城門の五〇人の歩哨が見えた。……モンマルトルの丘の上には、巨大な電気時計で飾られたドームが建てられ、その文字盤は二リュー〔約八キロ〕四方から見え、その時報は四リュー四方から聞こえ、街中のすべての時計の基準として役立った。長年追求されていた大目標がついに達成されたのである。パリを実用品ではなくて、ぜいたくで珍しいもの、ガラスで覆われた博覧会都市にするという目標、……外国人の称賛と羨望の的ではあるが、その住人には手の届かないものにするという目標である。」V・フールネル、前掲書、二三五―二三七ページ、二四〇―二四一ページ　[K6a, 2]

Ch・デュヴェリエの描き出すサン＝シモン主義者たちの都市についてのフールネルの批判。「デュヴェリエ氏が……ますます度外れな執拗さ（フレグム）で主張し続けるあの大胆な隠喩による報告を追いかけるのは、やめにする必要がある。氏は、自分の独創的な配置の計画が、進歩の度が過ぎて、どの産業もどの種類の商業も同じ界隈に押し込められていたあの中世という時代にまでパリを連れ戻すことになってしまうのに、気づいてさえいないのである。」ヴィクトール・フールネル『新しいパリと未来のパリ』パリ、一八六八年、三七四―三七五ページ（「オースマン氏の先駆者たち」）　[K7, 1]

「われわれがとりわけ熱望しており、われわれのような気候のところでは第一に必要であると思われるモニュメントについて語ることにしよう。……それは冬用温室庭園（ジャルダン・ディヴェール）である！……都市のほぼ真ん中に、ローマのコロセウムのように住人の大部分を収容できる広大な、非常に広大な用地を、照明つきの巨大な半球で取り囲むことにしよう。今日なら、ロンドンの水晶宮（クリスタル・パレス）やパリの中央市場（レ・アール）に似たようなものだ。鋳鉄の列柱と、土台を据えるために、せいぜいいくらかの礎石があればよい。……ああ！　わが冬用温室庭園（ジャルダン・ディヴェール）よ、わが新ユートピアの住人たちのために、わたしはどれほどの利便をお前から引き出したいと思っていることか。ところが、パリという大都市では、どうにも使いようのない、ばかでかく、鈍重で、醜悪な石造りのモニュメントが建造された。そこでは今年〔の官展で〕、われわれの芸術家たちの絵画が、こちらでは逆光になっているかと思うと、もう少し離れたところでは、熱い太陽光線にさらされて焼けていたのだった。」Ｆ・Ａ・クーテュリエ・ド・ヴィエンヌ『現代的なパリ――著者が新ユートピアと命名したモデル都市の計画』パリ、一八六〇年、二六三―二六五ページ　[K7, 2]

夢の家について。「あらゆる南の国々では、街路についての人々の考え方ゆえに、戸外のほうが室内より「人の気配がする」ことが好まれるので、住人たちの私生活をこうして人目にさらすことはかえって、彼らの住まいに外国人の好奇心をかきたてる秘密の場所としての価値を付与することになる。縁日の場合も印象は同じだ。そこでは、なにもかもが街頭にすっかりさらけ出されるので、外に出ていないものが神秘的な力を帯びて

くる。」アドリアン・デュパサージュ「大道絵画」(『グラフィック技術工芸』誌、一九三九年)
[K7, 3]

建築における社会分化(カフェについてのフールネルの記述[K6a, 2]を参照。あるいは表階段と[使用人が使う]裏階段の分化を考えてみよ)は、モードにおける社会分化と比較できるのではなかろうか。
[K7a, 1]

人間学的ニヒリズムについては[N8a, 1]におけるセリーヌとベンについての記述を参照せよ。
[K7a, 2]

「一五世紀は……屍や頭蓋骨や骸骨が破廉恥なまでに人々の人気を集めた時代だった。絵画、彫刻、文学、演劇において、死の舞踏(ダンス・マカーブル)が氾濫していた。一五世紀の芸術家にとっては、巧みに処理された死の魅力は人気を博するための確実な秘訣だった。現代でも、良質な「セックス・アピール」がそうであるのと同じように。」オルダス・ハクスレー『冬の航海、中米への〈旅〉』パリ、〈一九三五年〉、五八ページ
[K7a, 3]

体の内側について。「このモティーフとその展開は、すでにヨハネス・クリュソストムスの『女と美について』(B・ド・モンフォーコン編『著作集』XII、パリ、一七三五年、五二三ページ)に見出される。」「人体の美はただ皮膚にしかない。というのも、ボイオティアの大山猫が内側を見透せると言われているように、人が皮膚の下にあるものを見てとれるとしたら、女を見て吐き気をもよおすことであろう。女の美しさは、粘液と血液、水分と胆汁から成っているのである。鼻の穴に、喉の奥に、腹の中に、いったい何が隠されているかを考えてみれば、見つかるのはつねに汚物でしかないであろう。指先で痰や糞に触れることさえできないわれわれなのに、いったいどうして汚物袋を抱きたがるのだろうか。」(オドン・ド・クリュニー『文集』III、ミーニュ版、第一三三巻、五五六ページ) J・ホイジンガ『中世の秋』ミュンヘン、一九二八年、一九七ページに引用　[K7a, 4]

想起についての精神分析の理論について。「フロイトの晩年の研究によって、この考え方[つまり抑圧についての考え方]を拡張しなければならないことが明らかになった。……抑圧機制とは……われわれの自我がその心的器官に向けられた特定の要求を的確に果たすことができない場合に現われてくる……より重要な過程の一特殊ケース……なのである。より一般的な防衛機制は、強烈な印象を廃棄するのではなく、ただそれをしまい込むだけである。……記憶と想起との対立をわざと荒っぽく表現してみれば、こうした事態を明らかにするのに役立とう。つまり、記憶の機能は[ということは、著者は「忘却」の領域と「無意識的記憶」の領域を同一視している。一三〇ページ]、印象を保護することであるのに対して、想起はその解体を目指している。記憶は本質的に保守的であり、想起は破壊的である。」テオドール・ライク『不意打ちされた心理学者』ライデン、一九三五年、一三〇—一三二ページ　[K8, 1]

「たとえばわれわれは、だれか近親者の死を体験し、……そして、まさにそのときこそもっとも深い痛みを感じていると思う。……だが、痛みの深さというものは、痛みがとうに消え去ってしまったと考えるようになってはじめて明らかになるものである。」「忘れ去られた」痛みは固着し、広がってゆくのである。プルーストにおける祖母の死を参照。「体験するとは、あまりに強烈すぎてすぐには捉えられなかった印象を心の中で克服するということである。」フロイトの言う意味での体験のこうした定義は、自分たちにとってそれは一つの「体験」だったと語っている人々が念頭に置いているような定義とは、まったくの別物である。テオドール・ライク『不意打ちされた心理学者』ライデン、一九三五年、一三一ページ　[K8, 2]

記憶の内容をなすものとしての、無意識のうちにしまい込まれたもの。プルーストはこう語っている。「無意識という、とても生き生きしていて、創造的である眠り、……そこにはわれわれの脳裏をかすめただけのことがらが刻み込まれ、眠り込んだ両手が、これまでいくら探しても見つからなかった、開けるための鍵をつかみとる。」マルセル・プルースト『囚われの女』Ⅱ、パリ、一九二三年、一八九ページ　[K8, 3]

プルーストにおける非意志的記憶についての典型的な箇所——それは、今まさに、マドレーヌ菓子が語り手に及ぼす影響が描かれようとする序曲をなすのである。「こうして、長い間、私が夜中に目を覚まして、コンブレーを追想していたときに、私はあの光り輝く壁面のようなものを再び見ただけであった。……ほんとうを言えば、私に執拗に尋ねる人がいたなら、その人には、コンブレーはもっとほかのもの……を含んでいた、と答えることもできたかもしれない。しかし、そのようなものから私が思い出せることがあったとしても、それはただ意志的な記憶、知性の記憶によってもたらされたものにすぎないだろうし、この種の記憶が過去について与える情報は、実は過去を何一つ保存してはいないのだから、私はコンブレーの他の場所を夢想してみる気には決してならなかっただろう。……われわれの過去についても同じである。過去を喚起しようとするのはむなしい努力であり、われわれの知性の一切の努力は役に立たない。過去は知性の領域と射程圏の外部に、われわれが予想もしない……何らかの物質的対象の内部に、隠されている。そんな対象に、われわれが死ぬ前に出会うか、それとも出会わないかは偶然でしかない。」マルセル・プルースト『スワン家のほうへ』I、六七―六九ページ　[K8a, 1]

夜中に暗い部屋で目が覚め、そこで方向を定めようとする様子を描いた典型的な箇所。「こんな具合に目が覚めるとき、私の精神は私がどこにいるのかを知ろうとして動きまわっては失敗するので、私のまわりでは、物も、土地も、歳月も、すべてが暗闇のなかでぐるぐるまわるのだった。私の身体は、動けないほどしびれているが、身体の疲労の型にしたがって四肢の位置の見当をつけ、そこから壁の方向や家具の場所を推測し、身体が置かれている住まいを再構築して名指そうとするのだった。身体の記憶、肋骨、膝、肩の記憶は、これまで身体が眠ってきた数々の部屋をつぎつぎに身体の前に立ち現われさせたが、一方、身体のまわりでは、目に見えない壁が、想像された部屋の形に応じて場所を変えながら、暗闇の中で渦巻いていた。そして、私の思考が……どの住まいかということを突きとめる前に、……それ――私の身体――は、それぞれの住まいについて、私がそこで眠り込むときにめぐらせ、目覚めたときに再び見出した思考を通して、ベッドの種類、ドアの位置、窓の明かり取り、廊下の在り処を想起するのだった。」マルセル・プルースト『スワン家のほうへ』I、一五ページ　[K8a, 2]

プルーストは、ひどい疲労ののちに訪れる深い眠りの夜についてこう語る。「そうした夜は、われわれの筋肉がその末端組織を沈みこませたりねじ曲げたりして新たな生命を渇望する場所に、子どもの頃いたことのある庭園をわれわれに再発見させる。この庭園を再び見るためには、旅行する必要はない。それを再び見出すためには、下降する必要があるのだ。大地を覆っていたものは、いまではもう大地の上にではなくて、下に存在している。死滅した都市を訪れるためには、遠出するだけでは十分とはいえない。地下の発掘が必要なのである。」このくだりは、子どもの頃に過ごした場所を訪れるようにという指示に対して語られたものである。だが、この言葉は、意志的記憶に反対する言い回しとしても、それなりの意味をもち続けている。マルセル・プルースト『ゲルマントのほう』I、パリ、一九二〇年、八二ページ　[K9, 1]

プルーストの作品とボードレールの作品との結びつき。「フランス文学の傑作の一つであるジェラール・ド・ネルヴァルの『シルヴィ』には、『墓のかなたからの回想録』〔シャトーブリアンの作品〕という書物とまったく同じように、……マドレーヌ菓子の味と同種の感覚がある。……最後にボードレールの場合には、あのもっと数の多い無意識的想起は、明らかに偶発的ではなく、それゆえ、私の考えでは、決定的なものである。たとえば女性の匂い、彼女の髪の毛や乳房の匂いのうちに、「広大で丸い空の蒼」や「三角旗とマストに満ちた港」〔『悪の華』「髪」、ただし後者は正確な引用ではない〕を呼び起こす霊感豊かなアナロジー、これをより選択肢を増やし、いっそうの安逸をむさぼりながら、意識的に追求しようとするのは、詩人自身なのだ。私は、移し替えられた感覚がこうしてその奥底に見出されるようなボードレールの詩篇を一心に思い出そうとしていた。かくも高貴な系列に自分をしっかりと位置づけ、そのことで、もはや何のためらいもなく取りかかろうとしている作品が、私が捧げようとしている努力に値するものであるという確信をもとうとしたのである。そのとき私は階段の下まで降り着いており、気がつくと祝宴の真ん中にいた。」マルセル・プルースト『見出された時』Ⅱ、パリ、〈一九二七年〉、八二―八三ページ　[K9, 2]

「人間は、その表面においてしか人間ではない。皮膚を剝いで解剖してみたまえ。そこには機械が姿を見せ始める。それから、きみは名状しがたい物質の中にまぎれ込んでしまう。きみの知っている世界とはまったく異質な、それでいて非常に重要な物質だ。」ポール・ヴァレリー『カイエB、一九一〇年』〈パリ〉、一九三〇年、三九―四〇ページ　[K9, 3]

ナポレオン一世の夢の都市。「ナポレオンははじめのうち、期待はずれに終わったカルーゼル広場の最初の凱旋門と同じく、次の凱旋門もパリのどこかに建てるつもりでいた。その彼に対してフォンテーヌは、広大な土地が自由になるパリ西部のどこかに、ヴェルサイユを含めた国王の都市を凌駕するような皇帝のパリを建設するよう提言した。アヴニュー・デ・シャンゼリゼの丘とセーヌ河のあいだにある、現在その片隅にトロカデロ宮殿が建っている高台に、「世界の一二人の国王とその従者たちのための宮殿」が立ち並ぶもっとも美しい都市を、しかも、「現在ある中でもっとも美しい都市というだけでなく、この世にありうるもっとも美しい都市」を建設すべきだという提言がなされたのである。凱旋門がこの都市の最初の建築物と考えられていた。」フリッツ・シュタール『パリ』ベルリン、〈一九二九年〉、二七―二八ページ　[K9a, 1]

L

夢の家、博物館（美術館）、噴水のあるホール

夢の家の上品なヴァリエーション。グロービウスのパノラマ館に入った印象が次のように記されている。「ヘルクラーヌム〔イタリア地中海岸の古代都市〕風の装飾のほどこされた部屋に足を踏み入れると、そのまん中には貝殻を張り詰めた水盤があり、そこから小さな噴水が吹き上げていて、通り過ぎる者たちを一瞬引きつける。まっすぐに小さな階段を昇ると明るい読書室に出る。そこにはとくに外来者にこの館について紹介する書物が集められている。」エーリヒ・シュテンガー『ベルリンにあるダゲールのディオラマ』ベルリン、一九二五年、二四―二五ページ。ブルワーの小説〔エドワード・ジョージ・ブルワー＝リットン『ポンペイ最後の日』一八三五年〕。あの遺跡の発掘はいつ始まったのか。カジノのロビーなどは、夢の家のこのエレガントな変種の一つである。屋内の噴水がなぜ夢を誘うのか、考えねばならない。しかし、ぶらりと訪れた者がこの夢の世界への敷居を踏み越える際に、どのような驚愕と崇高さに突如として襲われたかを余すところなく推し量るためには、一世代前にポンペイやヘルクラーヌムの発掘が行われたこと、しかもこれらの都市が溶岩に呑み込まれて滅亡したことの思い出には、大革命の思い出が、隠れた形であるだけにいっそう密接に結びついていたことをよく理解しておかねばなるまい。というのも、社会の大変革がアンシャン・レジームの様式に終止符を打ったとき、栄光に満ちた共和国の様式として土の中から掘り起こされたものがすぐさま使われるようになり、忍冬模様(パルメット)やアカンサスの葉飾りや雷文模様(メアンダー)が前世紀のロココ絵画あるいは中国風装飾様式に取って代わったのだからである。■古代■　[L1, 1]

「しかし、フランス人を魔法の杖の一振りで古代人に変えたいと思う人たちがいる。学芸の女神ミネルヴァに逆らうようなこれほど多くの突拍子もない発想や発明品は、空想家たちの書斎におけるこうした気紛れと関係がある。」フリードリヒ・ヨーハン・ローレンツ・マイアー『フランス共和暦四年のパリからの断章』I、ハンブルク、一七九七年、一四六ページ■古代■　[L1, 2]

集団の夢の家とは、パサージュ、冬用温室庭園(ジャルダン・ディヴェール)、パノラマ、工場、蠟人形館、カジノ、駅などのことである。　[L1, 3]

サン＝ラザール駅は、さながら汽笛を鳴らし蒸気を吐く侯爵夫人、時計はその眼差し。「現代人にとっては駅はまさしく夢の工場である」とジャック・ド・ラクルテルは言う確かにその通りである。自動車と飛行機の今の時代では、黒いホールの下にいまも憩っているのは、静かな先祖返りの恐怖だけであり、寝台車(プルマンカー)を背景にして演じられる別離と再会というお馴染みの喜劇が、プラットフォームを田舎芝居の舞台にしている。時代おくれのギリシア風のメロドラマがもう一度われわれの前で演じられているわけである。駅頭でのオルフェウスにエウリュディケー、そしてヘルメス。車掌のヘルメスが信号円盤をかざして、オルフェウスの潤んだ眼差しを探しながら、出発の合図をすると、トランクの山の麓にいるエウリュディケーはアーチ型の岩の通路を通って地下墓場ならぬ車中へ消えて行く。別離の傷痕、それはギリシアの壺に描かれた神々の身体の上を走るひび割れのように疼く。（「夢見るパリジャン」『NRF』誌、一九二七年）。[L1, 4]

室内空間が外に歩み出る。そのさまは、あたかも市民が自分の安定した幸福にすっかり自信をもって、私の家は、あなた方がそのどこを切ってみても、正面(ファサード)なのだということを説明するために、本当のファサードを軽蔑しているかのようである。前世紀の中葉に建てられたベルリンの家のファサードはこうしたもので、出窓は張り出しているのではなく、〔外部空間の〕壁龕(ニーシェ)となって内側に入り込んできているのである。街路が部屋になり、部屋が街路になる。見回しながら歩く通行人はいわばこの出窓の中にいることにな

る。［L1, 5］

■遊歩者■

夢の家について。神殿としてのパサージュ。庶民的なパサージュに見られる薄暗いマーケットに行きつけている人物について――そのような人物は、「パサージュ・ド・ロペラに入れば、ほとんど自分の来るところではないように感じるだろう。窮屈な思いがするので、一刻も早くそこから出たい気持ちになってくるだろう。どうも居心地が良くないのだ。もうすこし長居をしたとすれば、まるで神殿にでも入り込んだかのように、帽子をぬぐことになるかもしれない」。『百と一の書』X、パリ、一八三三年、七一ページ(アメデ・ケルメル「パリのパサージュ」)［L1, 6］

階段に色とりどりのガラス窓がはめ込まれ始めたことについて――そのうえこの階段の床は磨き上げられていることが多かった！――アルフォンス・カールはこう書いている。「階段は、友人が行き来するための手段というよりは、何か住居内への敵の侵入を妨げるための軍事的構築物に似たなにものかであり続けた。」アルフォンス・カール『三〇〇ページ』新版、パリ、一八六一年、一九八―一九九ページ［L1, 7］

家というものはいつも「新しい表現にはもっとも馴染みにくい」ことが証明された。ジークフリート・ギーディオン『フランスにおける建築』〈ベルリン、一九二八年〉、七八ページ
[L1, 8]

パサージュは外側のない家か廊下である――夢のように。
[L1a, 1]

集団の夢の家のもっとも際立った形が博物館である。博物館には、一方では学問的な研究の、他方では「悪趣味の夢の時代」の要請に応えるという弁証法があることを強調しておくべきだろう。「ほとんどすべての時代が、それぞれの内的な姿勢に従って、特定の建築課題を発展させているように見える。ゴシックの時代は大聖堂を、バロックの時代は宮殿を、そして一九世紀初頭は、後ろ向きに、過去にどっぷり浸かる傾向があったために、博物館を発展させた。」ジークフリート・ギーディオン『フランスにおける建築』三六ページ。私の分析は、過去へのこうした渇望を主対象とするものである。博物館の内部は、私の分析では、巨大なものになってしまった室内ということになる。一八五〇年から一八九〇年の間に博物館に代わって博覧会が行われるようになる。この両者のイデオロギーの基盤の違いを比較すること。
[L1a, 2]

「一九世紀はあらゆる創作物に歴史化のマスクをかぶせた。どのような領域であろうとまったくお構いなしで、建築の領域でも、産業や社会の領域でもそうであった。新しい構造や機構の可能性がさまざまに作り出されたが、言ってみれば、それらに不安を抱いて、それらを無定見に石の書き割りの中に押し込んでしまったのである。産業の巨大な集団機構も作られたが、生産過程の利点はわずかの人々を利するだけのものにされて、その意味の完全な歪曲が試みられた。この歴史化のマスクは、一九世紀のイメージと分かちがたく結びついている。これを否定し去ることはできない。」ジークフリート・ギーディオン『フランスにおける建築』一―二ページ　[L1a, 3]

ル・コルビュジエの作品は「家」という神話的造形の終点に立っているように見える。以下のことを参照。「家はなぜできるだけ軽く漂うように作られねばならないのか。なぜなら、こうすることによってのみ、先祖伝来の宿命的な記念碑的壮大さに終止符を打つことができるからである。支柱と負荷との競いあいが、実際の必要にせよ、あるいは象徴的に過度に強調されただけにせよ(バロック)、支え壁にもそれ自身の意味を与えていたので、その限りで、重々しさにもそれなりの理由があった。今日では――外壁に荷重がかからない建築の場合——荷重に対する装飾的な支えは、気まずい茶番劇になっている(アメリカの摩天楼)。」ギーディオン『フランスにおける建築』八五ページ　[L1a, 4]

ル・コルビュジエの「現代都市」になると、これはまたもや街道沿いの団地である。ただし、街道には今では車が走り、この団地の真ん中には飛行機が着陸するようになって、すべてが変わってしまった。一九世紀へ向けて、有益な視線を、形と距離を作り出す視線を投げかけるために、この場所に警戒の歩哨を立てる試みがなされねばなるまい。　[L1a, 5]

「貧相な労働者住宅は最後の騎士の城郭である。そうしたものがそもそも存在し、そうした形をとっているのは、個々の地主の土地をめぐる利己的な血なまぐさい争いのせいである。土地はこの争いでばらばらに切り刻まれるのである。こうしてわれわれはこの城郭の形までが昔のままに——周囲を壁で取り巻かれた中庭とともに——再現されているのを見るのだが、これも驚くべきことではない。所有者同士は没交渉で、このことも、全体の中で偶然に残った空き地が結局は放置されていることの原因の一つなのである。」アドルフ・ベーネ『新しい住まい——新しい建築』ライプツィヒ、一九二七年、九三—九

四ページ　[L1a, 6]

夢の家としての博物館。「ブルボン王家の先祖を賛美し、フランスのかつての歴史の栄光と意義を再認識することが、すでにブルボン家の人々にとってどれだけ大事であったかを、われわれは見てきた。それゆえ、彼らはルーヴルの天井にもフランスの文化の発展と歴史の中の重要な局面を描かせたのであった。」ユリウス・マイアー『フランス近代絵画史』ライプツィヒ、一八六七年、四二四ページ　[L1a, 7]

一八三七年六月、ヴェルサイユの歴史美術館が――フランスの栄光のすべてに捧げられて――開館された。幾つもの広間がどこまでも続き、ただ歩き回るだけで二時間もかかる。戦闘場面や議会の場面。画家では、ゴス、ラリヴィエール、エーム、ドヴェリア、ジェラール、アリ・シェフェールなど。かつては美術館のために絵画が蒐集されたものだが、今は本末転倒して、美術館のために絵画が描かれるようになってしまっている。　[L2, 1]

博物館と室内空間の密接な関係。M・シャブリラ（一八八二年にはアンビギュ座の座長）

は、ある日、「パサージュ・ド・ロペラの時計の下にあった」蠟人形館をそっくり相続した(おそらく元のハルトコフ美術館だったのだろう)。シャブリラの友人の一人に才能のある図案画家がいたが、ボヘミアンのその男は目下宿無しで、そのときいい考えを思いついた。というのも、この人形館には、ウジェニー皇后〔ナポレオン三世の妃〕がアミアンの病院にコレラ患者を見舞う群像場面があって、右手に患者たちに微笑みかける皇后、左手に白い帽子の看護婦、中央の鉄製のベッドには清潔できれいな布団をかぶって青ざめて痩せこけた瀕死の病人がいたからである。美術館は真夜中に閉まる。図案画家は考えた、コレラ患者をそっと担ぎ出して、床に寝かせ、自分がベッドにもぐり込むのは何の造作もない、と。シャブリラはそれを許した。蠟人形に何の関心ももっていなかったからである。ホテルから締め出されていたこの芸術家は、六週間もコレラ患者のベッドで夜を過ごし、毎朝、看護婦のやさしい眼差しと、ブロンドの髪を彼の上に垂らした皇后の微笑みを受けながら目を覚ましていた。ジュール・クラルティ『パリの生活、一八八二年』パリ、〈一八八三年〉、三〇一ページ以下　　　　[L2, 2]

「私がたいへん好ましく思うのは、夜中まで美術館に居残って、この禁じられた時間に、一人の女の肖像画を薄暗いランプで照らして、気のすむまでじっくりと眺めるような男たちである。当然その後では、彼らはこの女について、われわれが知っているよりはるかに多くのことを知るようになるにちがいない。」アンドレ・ブルトン『ナジャ』パリ、〈一九二八年〉、一五〇ページ。しかし、どうしてなのか。その理由は、この絵を媒介として美術館が室内へと変換したからである。 [L2, 3]

パサージュの夢の家は、教会の中にも見出される。パサージュの建築様式の宗教建築への波及。ノートル・ダム・ド・ロレットについて。「この建物の内部の趣味が極めて上品なのは争う余地のないことである。ただその内部は教会らしくはない。壮麗な天井は、この世でもっとも華やかな舞踏会用ホールを飾るのにふさわしいだろう。色とりどりにつやを消して仕上げられたガラス玉のついた優美なブロンズのランプは、街のこの上なく優雅な喫茶店から調達したもののようでもある。」S・F・ラールス〈?〉「パリからの手紙」(『ヨーロッパ――洗練された世界の年代記』II、一八三七年、ライプツィヒ/シュトゥットガルト、二〇九ページ) [L2, 4]

「新しい、これからできる劇場は、特定の様式には属していないようである。個人的な便利さと公共性とを結びつけ、その周囲に個人住宅を設置しようとしているのだそうだ。

こうなると劇場は何もかもを入れる途方もない容器、巨大カプセル以外のものにはなりえない。」『グレンツボーテン』誌、第二期三巻、一八六一年、一四三ページ[一八六一年のパリ芸術展]

[L2, 5]

パサージュを噴水のあるホールと考えること。伝説的な泉、パリのど真ん中に湧き出るアスファルト製の泉が中心にあるパサージュ神話に出会いたいと人は望んでいる。「ビールの泉」も、この泉神話から生まれる。病が治ることは一つの通過儀礼、一つの移行体験であるという考え方が、病める者のいわば治癒に向かって歩いて行く古典的な遊歩ホールで生き返ってくる。こうしたホールもパサージュである。入り口のホールにある噴水、参照。

[L2, 6]

扉が閉まらないのでぎょっとする体験は誰もが夢の中でしている。正確に言うと、その扉は閉まっているように見えるのに、実際は閉まっていないのである。こうした現象を私は夢の中で強烈なかたちで知った。夢の中で、私は友人と一緒にいたのだが、私たちの右側にあった一軒の家の一階の窓の中に幽霊がいた。私たちが先へ歩いて行くと、どの家の中にまでもその幽霊は後をつけて来た。幽霊はどんな壁も通り抜けて、いつも同じ高さで私たちについて来た。夢の中で私は目が見えなかったのだが、幽霊は見えた。私たちがパサージュを通って行く歩みは、結局は、こうした幽霊の道なのであって、そこでは扉はないに等しく、壁も消えてしまう。　［L2, 7］

本来、蠟人形は、人間性という仮象が崩れ落ちるさまを見せつける場である。つまり蠟人形の中に、人間の顔色や特徴など表層的なものが完全かつ無類の忠実さで表現されるので、人間の仮象のこうした再現そのものが崩れ落ちる。とすると、人形は人間の内奥と衣装の間を仲介する恐ろしくも老獪なものにほかならない。■モード■　［L2a, 1］

夢の家としての蠟人形館の記述。「最後の踊り場を回ると、煌々と明かりのついた大きな広間が見えた。誰一人そこにはいなかった。にもかかわらずその広間の入り口には所狭しと王侯たち、張り骨入りスカート(クリノリン)の女性たち、制服の従者たち、巨人たちが溢れていた。婦人はじっと立ち止まり、連れの男性も動かず、意地悪い楽しみに耽っていた。二人は踏み段に腰を下ろし、連れの男性は、子どもの時に読んだ本に、誰も住んでいないのに嵐の夜になると窓という窓にしばしば明かりがつく薄気味悪い城のことが出ていて、どんなに怖かったかを話していた。そこには何があったのか、そこには何が座っていたのか、何が明かりをつけたのか、明かりは何を照らしていたのか。窓の敷居につかまって背伸びし、名状しがたいその広間の窓ガラスに頭を押しつけて、この中の集いを覗き見ることを彼は夢見ていた。」エルンスト・ブロッホ「肉体と蠟人形」(『フランクフルター・ツァイトゥング』〈一九二九年一二月一九日号〉)　[L2a, 2]

「一二五番はカスタンの迷宮。世界を旅行して回った者や芸術家たちは、入った瞬間にスペインのコルドバの壮麗なドームの巨大な柱の森の中に入り込んだのではないかと思ってしまう。コルドバのドームの中のように、アーチの上にアーチが積み重ねられ、柱が遠近法で描かれているように並び立ち、並木道さながらの通りの全景は見渡しがたく、一見果てしもなく、とても歩き回ることはできそうもないように見えた。そこに突然現われた光景は、われわれをあの有名なグラナダのアルハンブラ王宮のただ中に連れて行く。そこで目にするのは、アルハンブラの壁紙模様に書かれた碑文「アラーはアラー」(神は偉大なり)である。われわれはなんと一つの庭、アルハンブラのオレンジの植えてある内庭に立っているのである。しかし、訪問者はこの内庭に辿り着くまでに、無数の迷路で試行錯誤を繰り返さねばならない。」「カスタン蠟人形館のカタログ」(『フランクフルター・ツァイトゥング』の抜粋から)　[L2a, 3]

「ロマン派の成功により、一八二五年ころ、現代絵画の商取引が生まれた。それ以前には、絵画の愛好者たちは画家の自宅に出かけて行ったものだった。ジルー、スイス、ビナン、ベルヴィルといった絵具商人が仲介役を始めた。最初の常設店は一八二九年にグーピルによって開設された。」デュベック/デスプゼル『パリの歴史』パリ、一九二六年、三五九ページ　[L2a, 4]

「オペラ座は第二帝政の代表的な創造物の一つである。一六〇のプランの中から、無名の若者シャルル・ガルニエの設計が選ばれた。一八六一年から一八七五年にかけて建設された彼の設計による劇場は、権勢誇示の場所として構想されていた。……それは帝政のパリが得々として自分に見惚れる舞台であった。最近になって権力や財産にたどりついた、コスモポリタン的な要素が混じった諸階層が、新しい社交界を形成した。それは新しい名前によって指示される新しい世界であり、もはや宮廷(クール)とは呼ばれず、パリの名士たち(トゥ・パリ)と呼ばれた。……都会での社交生活の中心として構想された劇場、これはまた新たな発想であり、時代のしるしであった。」デュベック/デスプゼル、前掲書、四一一―四一二ページ　[L2a, 5]

夢の都市パリを、決して実現されなかったすべての建築計画、街並み計画、公園緑地計画、街路の名前のシステムからなるものとして、実際の都市パリにはめ込んでみること。
[L2a, 6]

医術の神アスクレピオスの神殿としてのパサージュ、噴水のあるホール。治療行脚。(渓谷の中の鉱泉の湧き出るホールとしてのパサージュ――シュールス＝タラスプやラガツ〔ともにスイスの温泉地〕にこれがある。) 一九世紀における風景の理想としての「渓谷」。
[L3, 1]

ジャック・ファビアン『夢のパリ』(パリ、一八六三年)は、いかにしてサン＝マルタン門とサン＝ドニ門が移転されたかについて物語る。「それらの門はいまなおフォーブール・サン＝マルタンとフォーブール・サン＝ドニの端から眺められる」と報告されている。こうした仕方で、周辺で深く沈んでいた広場はもともとの高さを取り戻すことができた。
[L3, 2]

死体置場の死人を蠟引きの布で頭まですっぽりと覆うという提案。「門のところで列を作っている大衆は、見知らぬ死者の裸の屍を好きなだけ観察することが許されている。……昼になると、ポケットに手を突っこんでパイプをくわえ、昼には微笑さえ浮かべて死体置場に出かけて行き、程度の差はあるが腐敗した男女の裸の死体を眺めて、きわどい冗談を飛ばすような労働者も、道徳が尊重されるようになるその日からは、見世物が今後は控え目なものにされることで興味を失うことだろう。誇張しているのではない。死体置場では毎日卑猥な場面が生じている。連中はそこで笑ったり、煙草を吸ったり、大声で喋ったりしているのである。」エドゥアール・フーコー『発明家パリ――フランス産業の生理学』パリ、一八四四年、二二二―二二三ページ　[L3, 3]

一八三〇年ころか、おそらくはそれよりいくらか前の銅版画に、模写をしている者たちが恍惚状態で仕事に打ち込んでいる様子がさまざまに描かれている。説明文には「美術館で霊感を得る者たち」とある。国立図書館版画室　[L3, 4]

ヴェルサイユ美術館の誕生について。「ド・モンタリヴェ氏〔当時の内務大臣〕は必要と決めた数の油絵を早く手に入れたがっていた。どこへ行っても絵を欲しがったが、議会が浪費だと非難したので、安上がりにしなければならなかった。節約が時代の風潮だった。……Mという文字からすると……セーヌ河岸や古物商の店で駄作を買い漁ったのがド・モンタリヴェ氏自身であるように……思われるかもしれないが……そうではなかった。当時の画壇の大物たちがあの醜悪な取引にふけったのである。……ヴェルサイユ美術館にある模写や模作は、業者となって芸術を古物取引する指導的芸術家たちの貪欲ぶりの、もっとも嘆かわしい証拠である。……商業と産業が芸術の高みにまで昇りつめようと決意を固めたのに、芸術家のほうは、彼を誘惑し始めたぜいたくさへの欲求を満足させるために、芸術を投機に身売りさせ、芸術の伝統を商売並みに矮小化して堕落させたのだった。」「芸術家のほう」というのは、［一八三七年頃］画家たちが引き受けた仕事を弟子たちに任せたことに関連している。ガブリエル・ペラン『美しきパリの醜さ』パリ、一八六一年、八五、八七―九〇ページ　[L3, 5]

地下のパリについて。古い「下水道(エグー)」。「この不思議な実測図にもっとよく似たかたちを思い描くには、奇妙なオリエントの文字を暗闇を背景にして雑然と平たく置いてみたと仮定すればよい。そして不恰好な文字が、ちょっと見ると入り乱れてまるででたらめに、角と角あるいは端と端でつながっている様子を仮定すればよい。」ヴィクトール・ユゴー

『全集――小説九』パリ、一八八一年、一五八―一五九ページ(『レ・ミゼラブル』)　[L3a, 1]

下水道。「ありとあらゆる幽霊たちがこの長くて淋しい回廊に出没する。いたるところに腐臭と瘴気が満ちている。ところどころに通気孔があって、中にいるヴィヨンが外のラブレーと話し合うのだ。」ヴィクトール・ユゴー『全集――小説九』パリ、一八八一年、一六〇ページ(『レ・ミゼラブル』)　[L3a, 2]

ヴィクトール・ユゴー、パリの下水溝敷設工事が出会った困難について。「鶴嘴(つるはし)や鍬や掘削機といった人間による操作をまったく受けつけない地層の上に、パリは建設されている。パリという名の素晴らしい歴史的構築物が積み重ねられているこの地層ほど、穿ったり貫いたりしにくいものはない。沖積層で工事にとりかかり……先に進もうとするやいなや、地下の抵抗がふんだんに現われてくる。流体状の粘土、勢いよく湧きでる水、固い岩盤、それに専門用語で芥子(マスタード)と呼ばれる軟弱で深い泥土の層などだ。非常に薄い網状の粘土層と、アダム以前の海洋にいた牡蠣の化石が入り込んだ葉層のある片岩層とが交互に重なっている石灰岩層の中を、鶴嘴は苦労しながら進んで行く。」ヴィクトール・ユゴー『全集――小説九』パリ、一八八一年、一七八―一七九ページ(『レ・ミゼラブル』)

［L3a, 3］

下水道。「パリは……それ〔下水道〕を《臭い穴》と呼んでいた。……《臭い穴》は衛生にとっても伝説にとっても嫌悪すべきものだった。大入道の妖怪がムフタールの下水道の、悪臭を放つアーチの下に出現したことがあったし、マルムーゼ一派〔ルイ一五世時代に陰謀を企てた青年貴族〕の死体はバリユリーの下水道に投げ捨てられた。……モルテルリー街の下水道の口はペストが姿を現わしたところとして有名だった。……ブリュヌゾーは〔下水道調査を〕活気づけるきっかけを与えたが、その後なされた大改造事業の開始を決定するためには、コレラの流行が必要だった。」ヴィクトール・ユゴー『全集――小説九パリ、一八八一年、一六六、一八〇ページ（『レ・ミゼラブル』「怪物の腸」）

［L3a, 4］

一八〇五年、ブリュヌゾーが下水道に入ったこと。「ブリュヌゾーが地下の下水網の最初のいくつかの支脈を越えてさらに進もうとすると、二〇名の労働者のうちの八名がこれ以上奥に進むことを拒否した。……前進は困難をきわめた。下降用の梯子が泥土中に三ピエ〔一ピエ＝約三二センチ〕も沈んでしまうことも珍しくなかった。ランタンは瘴気のために消えそうだった。時々、気絶した下水掃除夫が運び出された。いくつかの場所には淵ができていた。底の地面が陥没し、舗石が崩れ、下水道は汚水だめに変わっているのだった。もはや堅固な足場は見当たらなかった。一人の男が突然姿を消したが、やっとのことで下水から引き上げられた。フールクロワ〔化学者〕の忠告で、十分清潔にした場所に、間隔を置いて大きな籠に樹脂に浸した麻屑をつめこんで火をともしていった。壁面は、ところどころ醜い菌類で覆われていて、腫瘍のようだった。呼吸もできないこんな環境では、石さえも病気になっているかと思われた。……あちこちに、とりわけパレ・ド・ジュスティス〔裁判所〕の下に、下水道の中にわざわざ作られた昔の地下牢の監房らしきものが認められた。……これらの独房の一つには、鉄の首枷がぶら下がっていた。独房はすべて壁でふさがれていた。……パリの地下汚水暗渠網全体を検分するには一八〇五年から一八一二年まで七年間かかった。……この古い排水用地下室の恐怖に匹敵するものはない。……それは洞窟であり、墓穴であり、地下を貫く街路が通っている深淵であり、巨大なもぐら穴であって、そこには過去というあの盲目の大もぐらが暗闇の中をさまようのが見えるように思えてくるのである。」ヴィクトール・ユゴー『全集――小説九』パリ、一八八一年、一六九―一七一、一七三―一七四ページ(『レ・ミゼラブル』「怪物の腸」)　[L4, 1]

海底で宝石商を営むゲルステッカー商会について。「われわれは海中にしつらえられた宝石センターのロビーに入った。堅固な大地からそれほど遠く離れているとは、とても思えなかった。巨大なドームが……ショッピング・センター全体を覆っていた。きらめくショーウィンドーのある店舗がずらりと並ぶそのショッピング・センターは電気の照明で煌々と照らされ、買い物客で溢れ、活気に満ちていた。」レオ・クラルティ『その起源から西暦三〇〇〇年にいたるまでのパリ』パリ、一八八六年、三三七ページ（「一九八七年」）。パサージュの終焉が始まる瞬間にこうしたイメージが再び浮かび上がってくるのは、特徴的なことである。 [L4, 2]

プルードンは、クールベの絵画を弁護して、（「行動としてのモラル」という）曖昧な定義でこの絵を自分流に解釈している。 [L4, 3]

コッホは療養泉について極めて不十分な指摘をしている。コッホはゲーテのカールスバートの詩を引き合いに出して、マリーア・ルドヴィーカにこう書いている、「ゲーテにとって、この「カールスバートの詩」は本質的には地質学ではありません。……そうではなく普通なら近づきがたい公爵夫人という人物から治癒力が出て来るという考えと感情を示しているのです。保養地での生活の親密さが、高貴な女性との……連帯感を作り出しています。このことによって……温泉の秘密とは何かと考えてみると……公爵夫人の近くにいるがゆえに……健康がとり戻せるということです。」リヒァルト・コッホ『療養泉の魔力』シュトゥットガルト、一九三三年、二一ページ　[L4, 4]

旅に出ると普通ブルジョワも、その階級につきまとうさまざまなしがらみが無くなるような錯覚をするものだが、温泉保養地に来ると、ブルジョワは上流階級に属しているという意識をさらに強めることになる。温泉保養地がそうした働きをするのは、そこで封建的階層と接触する機会が多いためだけではない。モルナンはもっと基本的な事情の一つを指摘している。「パリには、たしかにもっと多くの群衆がいるが、彼らはこちらの群衆のように一様ではない。なぜなら、パリの群衆を構成するあわれな人間たちの大部分は、ろくな夕食も取っていないか、まったく夕食にありつけないのだ。……バーデン＝バーデンでは、そんなことはまったくない。バーデン＝バーデンにいる以上、みな幸福なのである。」フェリックス・モルナン『温泉保養地の生活』パリ、一八五五年、二五六―二五七ページ　[L4a, 1]

鉱泉を飲むホールで物思いに沈んでいるのをうまく利用しているのは、とくに芸術を斡旋する商売である。芸術作品で鍛えられる瞑想的な態度は、商品倉庫を前にしたようなかなり物欲しげな態度へといつしかゆっくりと変わるからである。「鉱泉を飲むホールの前や……あのイタリア＝ギリシア＝ドイツ風の列柱のある、フレスコ画で彩られた回廊の下を散歩し、中に入り……少し新聞に目を通し、美術品を値切り、水彩画を眺め、小さなゴブレットを飲み干すのだ。」フェリックス・モルナン『温泉保養地の生活』パリ、一八五五年、二五七―二五八ページ　[L4a, 2]

シャトレの監獄。「そのことを考えただけで民衆が怖気をふるったあの監獄は……あらゆる劇場のうちでも民衆がもっとも好んで騒ぎに出かけたがるあの劇場のもとになった。というのも、そこでは戦場における息子たちの栄光が語られるのを聞くことができるからである。」エドゥアール・フルニエ『パリの街路の記録と伝説』パリ、一八六四年、一五五―一五六ページ。ここで言っているのは「シャトレ座」のことで、もともとはサーカスだった。　[L4a, 3]

メリヨンの『パリ風景エッチング集』の改訂版の巻頭のページには、ずっしりした大きな石が描かれているが、殻をかぶったような外被や亀裂から、その年代がわかる。この石には、このエッチングのシリーズのタイトルである「パリ風景エッチング集」が彫り込まれている。「ビュルティは、貝殻や石灰岩の中に入り込んでいる苔の化石を見れば、この石がモンマルトルの石切り場で、原始時代のパリの地層の典型例の中から選ばれたものであることがわかる、と指摘している。」ギュスターヴ・ジェフロワ『シャルル・メリヨン』パリ、一九二六年、四七ページ　[L4a, 4]

「気前のいい賭博師」において、ボードレールは悪魔に行きつけの賭場で出会う。そこは「地下の、まぶしいほど明るい住まいで、そこではパリのいかなる上流の住居もこれに近い例を示せないほどの贅沢が輝いていた。」シャルル・ボードレール『パリの憂鬱』(R・シモン編)、パリ、四九ページ　[L4a, 5]

門は通過儀礼と関連している。「人は何となく通路らしくつくられているところを通って行く——それは大地に差し込まれた二本の棒でもいいし、ときには互いに内側に傾いた二本の棒の間でもいいし、木の幹を二つに裂いて間を広げたものの間でもいい、……弧を描くように丸く折り曲げた白樺の枝の間でもいい、……——つねに問題なのは、敵対的な……要素から逃れ、何らかの汚れから身を振り解き、病気とか死者の亡霊と一線を画することである。それらは狭い通路を通り抜けて後を追って来られないからである。」フェルディナント・ノアク「凱旋行進と凱旋門」(『ヴァールブルク文庫報告』V、ライプツィヒ、一九二八年、一五三ページ)。パサージュに足を踏み入れるものは、門＝道を逆の意味で進んで行く。(言い換えれば、彼は子宮内の世界へ入り込んで行く。)　[L5, 1]

K・マイスターの『ローマ人の言語と宗教における家の敷居』(『ハイデルベルク科学アカデミー論文集、哲学＝歴史篇』Ⅲ、一九二四—二五年度、ハイデルベルク、一九二五年)によると、ギリシア人においては——他の民族ではほとんど見られないことだが——敷居はローマ人の場合と同様にきわめて重要なものである。この論文は、本質的に、高みにあるもの(もともと高みによって支えられているもの)としての崇高さの成立に関わっている。　[L5, 2]

「とはいえ、この都市が、本質的でもあり散漫でもある登場者となって登場する新しい作品がたえず出現してくるのであり、パリという名詞がほとんどいつも作品の題名中に姿を現わしているのを見れば、大衆がそうした傾向を好んでいることがわかる。このような状況では、それぞれの読者の心の中で、自分の知っているパリだけがパリではないという密かな思いが強くならずにはいないだろう。これは今なお認められることだ。自分の知っているパリは本当のパリでさえなく、煌々と照らし出されてはいるが、あまりにも当たり前な舞台装置にすぎず、その道具方は決して姿を見せないだろうし、その舞台装置がもう一つのパリ、現実のパリ、すなわち捕らえがたい夜の幻のようなパリを隠していると思えてくるのだ。」ロジェ・カイヨワ「パリ――近代の神話」(『NRF』誌、二五巻二八四号、一九三七年五月一日、六八七ページ)　[L5, 3]

「都市は、森のように、そのもっとも邪悪で、もっとも恐ろしいことどものすべてが隠れている巣窟をもっている。」ヴィクトール・ユゴー『レ・ミゼラブル』第三部(『全集――小説七』パリ、一八八一年、三〇六ページ)　[L5, 4]

百貨店と美術館との間には関係があって、両者の間でバザールが中間の橋渡し役になっている。美術館には芸術作品が集められていて、これが芸術作品を商品に近いものにしている。商品が通行者の前に大量に提供されると、通行者はその一部に自分もありつけるにちがいないという考えを起こす。　[L5, 5]

「死者の町ペール＝ラシェーズ……古代の死者の町(ネクロポリス)を真似て作られたこの場所を墓地と呼ぶのはふさわしくない。石作りの死者の家があり、北方のキリスト教の習俗とは違って死者を生者として表わしている無数の立像が立てられていて、本当の町のように作られているのは、どう見ても生者の町の継続として考えられたものだからである。」(ペール＝ラシェーズという墓地の名前は、その土地の所有者、ルイ一四世の聴罪司祭に由来する。ナポレオン一世によって作られた施設。)　フリッツ・シュタール『パリ』ベルリン、一九二九年、一六一―一六二ページ　[L5a]

遊歩者

「阿片のように強烈な、とり憑かれた風景。」

マラルメ(「かつて、一冊のボードレールの余白に」。引用は正確ではない。)

「いまだかつて書かれなかったことを読む。」

ホフマンスタール

「そして私は自分の地理を知るために旅をする。」

「ある狂人(の手記)」(マルセル・レジャ『狂人の芸術』パリ、一九〇七年、一三一ページ)

「よそにあるものはすべてパリにある。」

ヴィクトール・ユゴー『レ・ミゼラブル』(『全集――小説七』パリ、一八八一年、三〇ページ「ココニぱりアリ、ココニ「ひと」アリ」の章)

だがさまざまな偉大な追憶、歴史的な戦慄——そうしたくだらぬことは彼(遊歩者(フラヌール))としては観光客に任せておく。観光客というのは、その土地の守護霊(ゲニウス・ロキ)と、軍隊式の合言葉で接することができると信じ込んでいる。われわれの友人であるこの遊歩者は〔合言葉など使わずに〕黙っていてもいいのだ。彼の足音が近づくだけで、その場所は生き生きしてくる。彼が情をこめてすぐ近くにいるというだけで、黙ったままぼうっとしていても、その彼はこの場所から目配せを受け取り、その示唆に従うのだ。この遊歩者はノートルダム・ド・ロレット教会の前に立つと、彼の靴の底ざわりで思い出すのだ。この場所はかつて、マルティール街からモンマルトルの丘に上がって行く乗合馬車に加勢の馬をつないだところだ、ということを。いまなお彼は、その辺の飼い犬がするように戸口の匂いを嗅いだり、タイルの感触を得るためには、バルザックやガヴァルニ〔風刺画家〕の住まいに関する知識や、襲撃があった場所や、それどころかバリケードのあったところについてのいっさいの知識さえ放棄することもしばしばであろう。　〔M1, 1〕

街路はこの遊歩者を遥か遠くに消え去った時間へと連れて行く。遊歩者にとってはどんな街路も急な下り坂なのだ。この坂は彼を下へ下へと連れて行く。母たちのところというわけではなくとも、ある過去へと連れて行く。この過去は、それが彼自身の個人的なそれでないだけにいっそう魅惑的なものとなりうる。にもかかわらず、この過去はつねにある幼年時代の時間のままである。それがしかし、彼自身が生きた人生の幼年時代の時間である必要が、どうしてあろうか？　アスファルトの上を彼が歩くとその足音が驚くべき反響を引き起こす。タイルの上に降り注ぐガス灯の光は、この二重になった地面の上に不可解な〔両義的な〕光を投げかけるのだ。　[M1, 2]

長い時間あてどもなく町をさまよった者はある陶酔感に襲われる。一歩ごとに、歩くこと自体が大きな力をもち始める。それに対して、立ち並ぶ商店の誘惑、ビストロや笑いかける女たちの誘惑はどんどん小さくなる。次の曲がり角、遥か遠くのこんもりした茂み、ある通りの名前などがもつ磁力がますます抗い難いものとなっていく。やがて空腹に襲われる。だが、空腹を満たしてくれる何百という場所があることなど、彼にはどうでもいい。禁欲的な動物のように彼は、見知らぬ界隈を徘徊し、最後にはへとへとに疲れ果てて、自分の部屋に――彼によそよそしいものに感じられ、冷ややかに迎え入れてくれる自分の部屋に――戻り、くずおれるように横になるのだ。　[M1, 3]

遊歩者というタイプを作ったのはパリである。それがローマでなかったというのは奇妙なことである。それはどうしてであろうか。ローマでは、夢さえもおきまりの道を行くのではなかろうか。そしてこのローマは、神殿、建物に囲まれた広場、国民的聖所があまりに多いので、一つ一つの舗石や店の看板ごとに、階段の一段ごとに、そして建物の大きな門をくぐるたびごとに、歩く人の夢の中にこの町はそっくり入り込みにくいのではなかろうか。また多くの点ではイタリア人の国民性によるのかもしれない。というのもパリを遊歩者の約束の地にしたのは、あるいはホフマンスタールがかつて名づけたように「まったくの生活だけからつくられた風景」にしたのは、よそ者ではなく、彼ら自身、つまりパリの人々なのだからである。風景――実際パリは遊歩者にとって風景となるのだ。あるいはもっと正確に言えば、遊歩者にとってこの町はその弁証法的両極へと分解していくのだ。遊歩者にとってパリは風景として開かれてくるのだが、また彼を部屋として包み込むのだ。〔M1, 4〕

遊歩者が町を徘徊するときに耽っているあの追憶(アナムネーシス)としての陶酔の素材となるのは、彼に感覚的に見えるものだけではない。この陶酔はしばしば、ただの知識をも、いや埃をかぶった資料さえも、自ら経験したり生きたりしたものであるかのように吸収しつくすのである。こうした感覚によって受容された知識というのは、なによりも口伝えによって人から人へと伝わるものである。ところが、こうした知識は一九世紀においてはほとんど気が遠くなるほどの膨大な量の文献の中に定着するようになった。「パリの街路という街路を、家という家を」描き出したルフーヴ以前でも、このパリの風景のそえ物として夢見心地ののらくら者が描かれていた。こうした文献を研究するのは、夢見ることに没頭すべく用意された第二の人生のようなものである。そして彼がそうした本から得たことは、アペリティーフの前の午後の散歩の際にはっきりした姿(ビルト)をなす。実際に彼は、パリに最初の乗合馬車が走ったころ、ノートルダム・ド・ロレット教会の裏のところで三頭目の加勢の馬が馬車につながれたことを知っていたがゆえに、そこの急坂を靴の底でもっと強烈に感じたはずではなかろうか。 [M1, 5]

情熱的な遊歩者のモラルのあり方がきわめて魅力的であるのを理解するよう努めねばならない。警察はわれわれが論じる多くの分野に関してもそうだが、この遊歩者についても精通しているように思える。一七九八(?)年一〇月、パリの秘密諜報部員の報告の中に次のような指摘が見られる。「掃き溜めのように密集した住民に公序良俗を思い起こさせ、それを維持することはほとんど不可能である。この密集地では各人はいわば誰にも知られずに、群衆の中に身を隠し、誰に見られても顔を赤らめる必要はないのである。」アドルフ・シュミット『革命期のパリの状態』Ⅲ、イエナ、一八七六年より引用。哲学的な散歩者のタイプからまったく離れ、社会の荒野を落ち着きなく放浪する狼男の相貌を呈する遊歩者をポーは最初に「群衆の人」で決定的な形で描き切ったのである。

[M1, 6]

ハシッシュによって生じる、二つのものが同じに見える重層現象を、類似性の概念によって捉えること。ある一つの顔が他の顔に似ているという場合には、他の顔のある種の相貌が、はじめの顔の中に現われているということであるが、その場合このはじめの顔は、もとのままであってなんら変わることはない。しかし、このような形で別の顔の相貌が現われ出る可能性には、いかなる基準もなく、したがってその可能性は無限にある。目覚めた意識にとっては、類似性というカテゴリーはきわめて限定された意味しかもっていないが、ハシッシュの世界にあっては無限の重要性をもつ。というのもハシッシュの世界においてはすべてが顔なのだ。そこではすべてが身体的な迫真力をもって現われ、その度合は非常に強いため、顔の場合と同じく相貌が現われ出るのを探し求めることが可能となる。そうした状況の下では一つの文章すらも顔をもっている(個々の単語はいうまでもない)。この顔が、当の文章と正反対の文章の顔と似て見えるのである。このことによってどんな真理もその反対物をはっきり指示し、こうした事情に基づいて疑念が解消される。真理は何か生きているものになるが、このように真理が生きるのは、命題と反対命題が相互に入れ替わることによって、相互に思考の対象となるようなリズムの中でのみである。 [M1a, 1]

「パリの街路の道徳的雰囲気について」ヴァレリー・ラルボー(20世紀仏の作家)はこう述べている。「交際はいつも平等とかキリスト教的友愛といった作りごとの中で始まる。この群衆の中では、下層民は上流人士のふりをし、上流人士は下層民のふりをしている。道徳の面でどちらの階層も偽装している。他の首都では偽装はほとんどうわべのものにすぎず、人々は、はっきりと目に見えるように、互いの違いを強調し、異教徒や野蛮人からはっきりと自分を区別するように努力する。ここパリでは、人々はできるかぎり違いを消し去る。ここからパリの街路の道徳的雰囲気の心地よさが出てくるし、この群衆の俗っぽさ、無頓着さ、単調さも大目に見る気にさせる魅力が生まれるのである。それがパリの優雅さであり、隣人愛という美徳である。徳をそなえた群衆……。」ヴァレリー・ラルボー「パリの街路と顔　シャ＝ラボルドの画集のために」『コメルス』八号、一九二六年夏号、三六―三七ページ。この現象を完全にキリスト教の徳へと移しかえてしまうのは正しいのだろうか。それとも、ここで働いているのはひょっとしたら、陶酔における類似化、重ね合わせ、同類化であって、それが、この町の街路において社会的な自己顕示欲よりも上回っているのではなかろうか。「ダンテとペトラルカ」というハシッシュの経験を引き合いに出すべきかもしれない。そして、人権宣言の中に入り込んでいる陶酔の経験の度合を推しはかるべきかもしれない。こういったいっさいを考慮すると、キリスト教らしさとはまったく別物となるであろう。 [M1a, 2]

「空間が行商本の挿絵(コルポルタージュ)めいたものになる現象」こそは遊歩者の基礎的な経験である。この現象は――別の面から言えば――世紀中葉の室内にも現われるから、遊歩の黄金時代は同じ世紀中葉ではなかろうかという推測を否定することはできない。こうした挿絵化の現象のゆえに、当該の空間においてのみ潜在的に起こったかもしれないことの全てを同時的に知覚できるのだ。空間は遊歩者に向かって目配せをして、さて、私の中で何が起こったと思うかね、と言うのだ。この現象と挿絵化とがどのように関連し合っているのかは、もちろんこれから説き明かすべきことである。■歴史■ [M1a, 3]

一八三九年五月一七日に〔パリの〕イギリス大使館が催した舞踏会は、まぎれもなく空間の仮装舞踏会であったに違いない。「この舞踏会の飾りのために、豪華な庭園と温室の花のほかに、一〇〇〇から一二〇〇本の薔薇が注文されたが、広間には八〇〇本しか置くことができなかった。しかしそれを考えるだけでも、まったく神話のような絢爛豪華のさまを思い描くことができるだろう。天幕で覆われた庭園は談話サロンになっていた。なんとすばらしいサロンだろう！　かずかずの花で一杯の軽やかな花壇は、とてつもなく大きなプランターであり、誰もがやってきてはこれに見とれた。小径の砂は新しい布地で覆われていたが、これは白いサテンの靴のための行き届いた配慮だった。くぼんだ鉄のベンチは取り払われ、代わりに花絹と緞子(どんす)の長椅子が置かれていた。円卓の上には、本や画集が置かれ、この巨大な閨房に一息つきにくることはすばらしい楽しみだった。ここから魔法の歌のように管弦楽の音が聞こえてきたし、またダンスに行くはしゃいだ娘たちや夜食をとりに行くもっと落ち着いた若い女性たちが、これをとりまく三つの花の回廊の中を、幸せな影法師のように通りすぎて行くのが見えた。……」H・ダルメラ『ルイ＝フィリップ治下のパリの生活』〈パリ、一九二五年〉、四四六―四四七ページ。この報告は、ジラルダン夫人によるものである。■室内■　今日の標語は混合ではなく、透明性であ

る。（ル・コルビュジエ！）　　[M1a, 4]

行商本(コルポルタージュ)の挿絵の原則が大歴史画にも広がりつつある様子。「会戦場面を描くに当たって画家の選んだ場面をカタログで説明するのに使われている、その会戦や戦場の全体についての記述は、その目的を果たしていない。そうした記述には通常は、引用したもとの著作が出所としてつけ加えられている。例えば、直後に括弧に入れられて『スュシェ将軍のスペイン戦役』――『ナポレオン軍軍報と公報』――『ガゼット・ド・フランス』第…号云々――ティエール氏の『フランス革命史』第…巻…ページ――『〔フランスの〕勝利と征服』…巻…ページ云々という注がついている。」フェルディナント・フォン・ガル『パリとそのサロン』I、オルデンブルク、一八四四年、一九八―一九九ページ　　[M2, 1]

挿絵的な視線というカテゴリーこそは遊歩者の基本である。彼はクビーン〔20世紀オーストリアの挿絵画家・著述家〕が『裏側』を著わしたときにそうしたのと同じように、絵に自分の夢を解釈としてつけている。　　[M2, 2]

ハシッシュを吸うと、絵画で知っているある種の事柄を再現する。牢獄、嘆きの橋、長

裾形のような〔Schleppe〕階段〔Treppe〕。 [M2, 3]

遊歩の際に、空間的にも時間的にも遥か遠くのものが、いかに今の風景と瞬間の中に侵入してくるかは、知られているとおりである。こうした状態の真に陶酔めいた段階が始まると、この幸福な遊歩者の血管は波打ち、彼の心臓は時計のように強く脈打ち、外面においても内面においても、一九世紀に(もちろんそれ以前にも)大変人気のあったあの「機械仕掛けの絵」から想像できるような状態になる。その絵では前の方にはフルートを吹く羊飼いがおり、羊飼いの隣には、二人の子どもがいて、フルートに合わせて体をゆすり、遥か後ろでは二人の狩人が獅子を追っていて、一番遠くの背景では汽車がちょうど鉄橋の上を走り抜けている。(シャピュイ/ジェリ『自動機械の世界』I、パリ、一九二八年、三三〇ページ) [M2, 4]

遊歩者の態度――第二帝政下における中産階級の政治的態度の縮図。 [M2, 5]

交通量がたえず増えている状況にあって、カフェのテラスでおたがいに耳の中に怒鳴り合わないでも話ができるようになったのは、結局は道路の「マカダム化」〔稜角のある砕石を固めて作った道路、土木技師マカダムにちなむ〕のおかげであった。

［M2, 6］

遊歩者のなりゆきまかせとは反対の要素に当たるものは、その時代の革命的な哲学諸説の中になおも存在した。「いっさいの物理的かつ道徳的現象の起源を万有引力に帰せしめようとするキマイラ的自惚れ〔サン＝シモンにおけるような〕を、われわれは嘲笑う。ただその際にわれわれは、こうした主張が決して偶発的なものではなかったということを忘れやすい。むしろ、力学的な物理学のもたらした革命的な自然法則の影響下に、自然の力学こそは社会的生活において、いやそれ以上にいっさいのできごとにおいて、同じ力学が働いていることの証明であるとするような、自然哲学的な思潮が成立したのである。」〈ヴィリー・〉シュピューラー『サン＝シモン主義』チューリヒ、一九二六年、二九ページ

［M2, 7］

遊歩の弁証法。一方では、この男は、誰からも注目されていると感じていて、まさにいかがわしさそのもの。他方では、まったく人目に触れない、隠れこもった存在。おそらくは「群衆の中の男」が繰り広げているのはこの弁証法なのであろう。

［M2, 8］

「都市の田舎への変容の理論。これこそが……モーパッサンに関する私の未完成の論稿の主要テーゼであった。……その論稿では狩りの場としての都市が問題にされていた。そもそも狩人という概念が重要な役割を演じていた(例えば制服の理論に関して。すべての狩人は同じに見える)。」一九三五年六月五日のヴィーゼングルント〔・アドルノ〕の手紙

[M2, 9]

プルーストにおける遊歩の原理。「すると、そうしたいっさいの文学への関心とはまったく無関係に、それとはなんの結びつきもなしに、突然一つの屋根、石ころに反射する太陽の光、道路の匂いが私の足をとめるのだ。それは、それらが私に贈ってくれた特別の快楽のためでもあるが、それらが私に見えるものの向こうに何かを隠していて、それを取りに来てみよと誘っていながら、私が努力してもそれを見つけだすことはできないようだったからでもある。」『スワン家のほうへ』〈I、パリ、一九三九年、二五六ページ〉。この箇所を見ると、古きロマン主義的な風景感情が解体し、風景についての新しいロマン主義的見方が成立してくる様がはっきり窺える。風景〔Landschaft〕といってもそれは、都市が遊歩にとってまさしく聖なる地であるというのが本当ならば、むしろ都市風景〔Stadtschaft〕であるように思えるが。このことはボードレール以降本論ではじめて描か

れるはずである。（もっともボードレールには、彼の存命中にたくさんのパサージュがあったにもかかわらず、パサージュが出てこない。）

[M2a, 1]

遊歩者はこうして部屋の中を散歩する。「ときおりヨハネスは外出の許可を求めるが、たいていは却下された。反対に父は外出の代替として、手をつないで部屋の中をあちこち散歩しようと提案した。最初はすばらしい代案に見えたのだが、……実際にはそこにはまったく別のことが隠されていたのである。この提案をヨハネスは受け入れた。どこへ行くかを決めるのはまったくヨハネスに任されていた。そこで二人は〔想像の中で〕門を出て近くの離宮へ行ったり、または遠くの海岸へ足をのばしたり、さらには通りを行ったり来たりもした。まったくヨハネスの望むままであった。というのも父にはなんでもできたからである。二人が部屋の中を行ったり来たりしているあいだに、父は二人に見えるものをすべて話して聞かせるのであった。二人は通りすがりの人々に挨拶したし、馬車が何台も二人の脇をうるさく通り過ぎて行き、父の声が聞こえないこともあった。お菓子屋の女性の売る砂糖がけの果物にはいまだかつてないほどに引きつけるものがあった……。」これはキルケゴールの初期のテクストで、エードゥアルト・ガイスマール『ゼーレン・キルケゴール』（ゲッティンゲン、一九二九年、一二―一三ページ）で紹介されているものである。この文章は「わが部屋の周遊旅行」という図式を解く鍵である。

[M2a, 2]

「産業家はアスファルトの上をその品質を評価しながら通り過ぎて行く。老人は慎重にアスファルト道路を調べ、できるかぎり長い間それを辿っていきながら、うれしげに道路に杖の音を響かせ、おれは最初の歩道が作られる工事を見たことがあるのだと誇らしげに思い出す。詩人は……詩句をもぞもぞつぶやき、無関心で物思いにふけりながらそこを歩いて行く。相場師は、最近の小麦の値上がりの確率を計算しながらそこを通り過ぎて行く。あわてものはそこで足を滑らす。」アレクシ・マルタン「アスファルトの生理学」(『ル・ボエーム』一巻三号、一八五五年四月一五日、編集主幹シャルル・プラディエ)

[M2a, 3]

パリの人々が自分たちの街路に住みつくための技術に関して。「サン＝トノレ街を通って帰る途中でわれわれは、パリの街頭商人が何から何まで利用する見事な例に出くわした。ある場所で舗石の改修と管の敷設をしており、そのために道路の真ん中は立入禁止区域になって、そこは小高く盛り上がっていて、石がかぶせてあった。この区域のど真ん中にたちどころに街頭商人が居つき、五、六人の小売商人が文房具や文庫本、鉄製の道具、ランプの傘、靴下どめ、刺繍のついた襟、そのほかありとあらゆる小間物を売っていた。いやそれどころか、れっきとした古物商が支店を開設しており、古い茶碗や皿にグラスなどの類いが石畳の上に大きく広げられていた。商業活動は、通りが短期間遮断されることに困るどころか、そこから利益を得ているのである。彼らはまさに、禍を転じて福となす名人である。」アドルフ・シュタール『五年後』I、オルデンブルク、一八五七年、二九ページ。

七〇年後でもなお私はブールヴァール・サン＝ジェルマンとブールヴァール・ラスパイユの角で同じ経験をした。パリの人々は街路を室内に変えてしまう。　[M3, 1]

「パリの街中においても文字どおり山越え谷越え歩けるのは、とても素敵である。」カール・グツコウ『パリからの手紙』I、ライプツィヒ、一八四二年、六一ページ。このモティーフにはもう一つの面がある。というのも、遊歩がパリを室内に変容させ、一つ一つの部屋が街区（カルチエ）となっているものの、実際の部屋のように敷居ではっきりと区分けされていない一つの住居に変えることができるのと同様に、その一方でこのパリの町もまた散策者の前でいっさいの敷居を失って周辺の風景のように現われることもできるからである。　[M3, 2]

しかし最終的には都市を自由にしてくれるのは革命だけである。革命の屋外性。革命は都市の魔力を奪う。『感情教育』にすでにコミューンがある。内戦のときの街路のイメージ。
[M3, 3]

室内としての街路。(ゲネゴー街とセーヌ街の間にある)パサージュ・デュ・ポン＝ヌフについて。「商店は戸棚に似ている。」『新パリ風景、あるいは一九世紀初頭パリ風俗習慣観察』I、パリ、一八二八年、三四ページ
[M3, 4]

テュイルリーの庭園。「バナナの木の代わりにガス灯が植えられた巨大なサヴァンナ。」ポール＝エルネスト・ド・ラティエ『パリは存在しない』パリ、一八五七年■ガス■
[M3, 5]

パサージュ・コルベール。「このパサージュを照明する大型燭台はサヴァンナの真ん中にあるココヤシの木に似ている。」■ガス■『百と一の書』X、パリ、一八三三年、五七ページ(アメデ・ケルメル「パリのパサージュ」)
[M3, 6]

パサージュ・コルベールの照明。「規則正しく並んだクリスタル・ガラスでできた丸い火の玉の列がすばらしい。そこから、強烈だが心地よい光が発してくるのだ。宇宙空間を放浪しに出かけようと出発の合図を待っている戦闘隊形の彗星もこんなふうなのではないか。」『百と一の書』X、五七ページ。都市の星界へのこのような変貌を、グランヴィルの『もう一つの世界』と比較せよ。■ガス■ [M3, 7]

一八三九年には、散歩するときに亀を連れて行くのがエレガントであった。これはパサージュを遊歩するテンポを想像させる。 [M3, 8]

ギュスターヴ・クローダンは次のように言ったという。「ヒレ肉がヒレでなくなりシャトーブリアンになった日、アリコ・ド・ムートン〔羊肉のシチュー〕がナヴァランと呼ばれた日、掛け時計の下に座ったお客に『モニトゥール〔世界週報〕』紙をもってこいと言われて、これを伝えるためにカフェのギャルソンが「モニトゥール、掛け時計の下！」と叫んだ日、まさにこの日にパリの品性は本当に栄光の座を下りたのだ！」ジュール・クラルティ『パリの生活、一八九六年』パリ、一八九七年、一〇〇ページ [M3, 9]

「そこには一八四五年以来存続している冬用温室庭園（ジャルダン・ディヴェール）――シャンゼリゼ大通り――がある。そこはパーティーや舞踏会やコンサートのためのいくつものホールを備えた巨大な温室である。この公園は夏にもその扉を開いているので、冬用温室庭園という名前は正しくない。」計画的な配置によって部屋と野外の自然とのこのような組み合わせが作られるとき、その配置はこうしたやり方で人間の心の奥底にある夢想への傾向に応じているのである。こうした夢想への傾向こそはおそらく怠惰が人間に対してもっている本来的な力を生み出しているものなのである。ヴォルデマール・ザイフェルト『一八五三年と五四年のパリ見聞録』ゴータ、一八五五年、一三〇ページ　[M3, 10]

レストラン「プロヴァンスの三人兄弟」のメニュー。「料理に三六ページ、葡萄酒に四ページ――そのうえ、それぞれのページがなんと長いことか、小フォリオ版に活字がぎっしり詰まり、細かな注もたっぷり付いている。」このメニューはビロードで装丁されていて、オルドゥーヴルが二〇種類、スープが三三種類、「牛肉料理が四六種類あって、その中でもビーフステーキが七種類、ヒレ肉の料理が八種類もある」。「野鳥料理が三四種類、野菜サラダが四七種類、煮込み料理が七一種類。」ユリウス・ローデンベルク『陽光と燭光のもとのパリ』ライプツィヒ、一八六七年、四三―四四ページ。メニューの遊歩

[M3a, 1]

夢見ながら午後の時間を夕暮れの網の中に取り込む最上の術は、さまざまな計画を立てること。計画を立てる遊歩者。

[M3a, 2]

「ル・コルビュジエの建築は空間的でもなければ、彫塑的でもない。風がその中を吹き抜ける！　空気が構成要素になる！　それにふさわしいのは空間でも彫塑性でもなく、ただ関係性と相互浸透だけである！　存在するのはただ一つの分割できない空間だけである。内部と外部の区別がなくなる。」ジークフリート・ギーディオン『フランスにおける建築』〈ベルリン、一九二八年〉、八五ページ

[M3a, 3]

街路は集団の住居である。集団は永遠に不安定で、永遠に揺れ動く存在であり、集団は家々の壁の間で、自宅の四方の壁に守られている個人と同じくらい多くのことを体験し、見聞し、認識し、考え出す。こうした集団にとっては、ぴかぴか輝く琺瑯引きの会社の看板が、ちょうど市民にとっての客間の油絵のように、いやそれ以上に壁飾りなのであり、「貼紙禁止」となっている壁が集団の書き物台であり、新聞スタンドが集団にとっ

ての図書館であり、郵便ポストがその青銅の像であり、ベンチがその寝室の家具であり、カフェのテラスが家事を監督する出窓なのである。路上の労働者が上着をかけている格子垣があると、そこは玄関の間であり、いくつも続く中庭から屋外へ逃れ出る出入り口であり、市民たちにはびっくりするほど長い廊下も、労働者たちには町中の部屋への入り口である。労働者たちから見れば、パサージュは客間である。他のどんな場所にもまして、街路はパサージュにおいて、大衆にとって家具の整った住み馴れた室内であることが明らかになる。　[M3a, 4]

一九世紀のパリで起こっている街路と住居の陶酔的な相互浸透――とりわけ遊歩者の経験における――には予言的な価値がある。というのも、この相互浸透を新しい建築術が客観的な現実にしているからである。ギーディオンが折に触れて注意を喚起しているのだが、「技術者が匿名的に作り上げたディテール、たとえば鉄道の踏切でも、建築物の一部になる」(つまり邸宅の一要素として使われる)のである。S・ギーディオン『フランスにおける建築』〈ベルリン、一九二八年〉、八九ページ　[M3a, 5]

「ユゴーは『レ・ミゼラブル』の中で、フォーブール・サン゠マルソーについて素晴らしい描写をしてくれた。「そこにはひと気がないわけではなかった。通行人はいたのだ。そこは田園ではなかった。家はあったのだ。そこは町ではなかった。通りには街道なみに馬車の轍（わだち）があったし、雑草が生えていた。そこは村ではなかった。建物は村にしては高すぎた。ではそれは一体何だったのか。夜は森よりもずっと荒々しく、昼は墓地よりもずっと陰気な、誰もいない人の住む場所、誰かがいる無人の場所。」」デュベック／デスプゼル『パリの歴史』一九二六年、三六六ページ　[M3a, 6]

「最後の乗合馬車は、一九一三年一月にラ・ヴィレット―サン＝シュルピス間を走った。最後の市街鉄道馬車は、同じ年の四月に、パンタン―オペラ間を走った。」デュベック／デスプゼル、前掲書、四六三ページ　[M3a, 7]

「一八二八年一月三〇日、最初の乗合馬車がバスティーユからマドレーヌまでのブールヴァール線を走った。運賃は二五ないし三〇サンティームであり、馬車は客が望むところで停車した。客席は一八から二〇あり、その路線は二区間に分けられていて、サン＝マルタン門が境目であった。発明の流行は常軌を逸していた。一八二九年には、この会社は一五の路線を開いていたが、これに対して、「三輪馬車（トリシクル）」、「スコットランドの貴婦人（エコセーズ）」、

「ベアルンの貴婦人（ベアルネーズ）」、「白い貴婦人（ダーム・ブランシュ）」といったライヴァル会社が競争を挑んだ。」デュベック／デスプゼル、前掲書、三五八―三五九ページ [M3a, 8]

「夜中の一時を過ぎてパーティーはお開きになった。ほとんど人影がなくなっているパリの街を私は初めて見た。大通り（ブールヴァール）ではほとんど人に出会わなかった。昼間は人混みを掻き分けて進まねばならないヴィヴィエンヌ街や株式取引所広場には人っ子一人いなかった。聞こえるのは私自身の足音とあちこちの噴水の水の音だけだった。噴水のあたりは、昼間には耳を聾するばかりのざわめきから逃れるすべもないところだ。パレ・ロワイヤルの近くでパトロールの兵士の一隊に出会った。兵士たちは街路の両脇を建物の壁に沿って一人ずつ五、六歩の間隔をおいて進んでいた。同時に襲撃されないように、また襲撃されたときは互いに助け合うことのできるようにである。これを見て思い出したのだが、パリに滞在するようになった当初、パリの夜を何人かで歩くときはこのようにし、一人で帰らねばならないときは、必ず辻馬車を使うようにと忠告されたものだった。」エードゥアルト・デフリーント『パリからの手紙』ベルリン、一八四〇年、二四八ページ [M4, 1]

乗合馬車(オムニバス)について。「御者が馬車を止めると、乗客は登りやすい踏み段を何段か上がって、車内の左右に一四から一六ある座席を見渡して、席を取る。客が車内に入るとすぐ馬車は動き出す。車掌が合図の紐を引いたからである。車掌は乗客が一人乗るたびに、透けて見える文字盤の針をカチンと音を立てて一つ進める。こうして料金徴収を確認する。走行中に客はおもむろに財布を取り出して支払う。車掌から遠く離れて座った場合は、乗車賃は客の手から手へリレーされる。めかした服装のご婦人が青い上っぱりの労働者からそれを受け取り、先へ回すことだってある。すべてがすらすらと手馴れて淀みなく行われる。降りるときには車掌がまた紐を引っ張り、車を止める。パリにはよくある坂道に差しかかると、車の速度は鈍って、男たちは、車が止まらなくても、乗り降りすることはしょっちゅうある。」エードゥアルト・デフリーント『パリからの手紙』ベルリン、一八四〇年、六一―六二ページ　[M4, 2]

「ヴェロシペード〔足蹴り式自転車〕がちらほら見え始めたのは一八六七年の博覧会の後であった。これは数年後には大流行したが、そのぶん長続きしなかった。総裁政府(ディレクトワール)時代にアンコイヤブル族〔伊達者〕が、ヴェロシフェールという重くて出来の悪いヴェロシペードを使うのが見られたことをまず言っておこう。一八〇四年五月一九日、ヴォードヴイル座に『ヴェロシフェール』と題された芝居が掛けられ、そこで次のような歌が歌われた。

ゆっくりした速歩(プチ・トロット)の味方で、
ほとんど急がない御者諸君、
諸君は、もっとも速いヴェロシフェールよりも
早く行きつきたい気があるのか。
いまでは、速さを競うよりも、
巧みに駆るすべを心得たまえ。

しかし一八六八年の初めから、ヴェロシペードが出まわって、すぐに公共の遊歩道をはいまわることになった。ヴェロシペード愛好者が舟遊びの人たちにとって代わった。体操場やヴェロシペード愛好会ができて、愛好家たちの腕を上げるために競技が開かれた。……今日では、ヴェロシペードはすたれ、忘れられた。」H・グルドン・ド・ジュヌイヤック『パリの数世紀』V、パリ、一八八二年、二八八ページ　[M4, 3]

遊歩者に独特の優柔不断さ。じっと動かず瞑想に耽っている者にとっては待つことがその本来的状態であるように、遊歩者の本来的状態は疑念をもつことのようである。シラ

ーの悲歌に、「疑念を抱く蝶の翅」とあるが、これは翅をもって飛ぶこととハシッシュの陶酔に特徴的な疑念の感情との間にある関連を暗に指している。

[M4a, 1]

遊歩者の典型としてのE・Th・A・ホフマン〔18―19世紀独の作家。一八二二年没〕。『従兄弟の隅窓』〔一八二二年〕は、遊歩者の遺言である。それゆえホフマンはフランスでもてはやされもした。フランスではこうしたタイプがことのほか理解されやすかったからである。彼の全五巻の後期作品集（ブロートハーク書店？）についている伝記上の注釈にはこう書かれている。「ホフマンは野外の自然にとくに親近感を抱くことは決してなかった。人間、人間とのコミュニケーション、人間についての観察、人間をただ見ているだけ、これが彼にはすべてに勝るものであった。夏には天気が良いと毎日のように夕方に散歩に出かけたのだが、……彼が立ち寄ったことのない酒場や喫茶店を見つけるのは容易ではなかった。人がいるかどうか、どんな人がいるかを見ようとしてどこにでも立ち寄ったからであった。」

[M4a, 2]

メニルモンタン。「安月給のために子どもも女も永遠の貧窮生活を強いられるこの巨大な地区にあって、中国通り（リュ・ド・ラ・シーヌ）とそれに隣接したり交差したりする通り、例えばパルタン通りやたいへん気まぐれなあの驚くばかりのオルフィラ通りは、曲がりくねったり、突然折れたりするなかに、粗削りの木の柵や、人の寄りつかないあずまやや、すっかり自然に戻り野生の小灌木や乱れ繁る雑草を繁茂させている荒れ果てた庭がある。落ち着きと得がたい静けさの雰囲気を醸し出している。……それは大空の下にある田舎の細道であり、そこを通りすぎる人々はたいてい、すでに飲み食いしてきた顔つきをしている。」J-K・ユイスマンス『パリの素描』パリ、一八八六年、九五ページ「中国通り」 [M4a, 3]

ディケンズ。「彼は旅に出ると、スイスの山中にいるときでも、手紙で……再三にわたり……路上の賑わいがないことを嘆く。これが彼の文学的創作には欠くことのできないものだったのである。一八四六年、ローザンヌで彼のもっとも偉大な小説の一つ(『ドンビー父子』)を書いているとき、「街路がないのが私にはどれだけつらいか、とても口にはできない」と手紙に書いている。「街路は私の脳髄が働かねばならないときに脳髄に不可欠な糧を与えるかのように思える。一週間か二週間なら辺鄙な所に居ても私は素晴らしいものを書くことができる。ねじを巻き直して新たに始動するには、ロンドンで一日過ごせば十分だ。しかしこの蠱惑的な街の灯なしに来る日も来る日も書く労力は途方もなく大きい。……私の作中人物たちは、周りに大勢の人がいないなら、動こうとしないようだ。……ジェノヴァには……それでも少なくとも二マイルも続く街路があって、私は夜、その町の明かりの中を歩くことができたし、毎晩のように大騒ぎを見たものだ。」」〈フランツ・メーリング〉「チャールズ・ディケンズ」『ノイエ・ツァイト』三〇巻一号、シュトゥットガルト、一九一二年、六二一―六二二ページ　[M4a, 4]

貧困のよくある描写。これはおそらくセーヌ河の橋の下の情景だと思われる。「一人のジプシー女が頭を前に垂れ、足の間に空の財布を置いて眠っている。彼女のブラウスは飾りピンに覆われていて、それに太陽の光があたって輝いている。ブラシ二本、むきだしのナイフ、閉じた飯盒といった彼女の所帯道具と化粧道具の一式はきちんと片づけられているので、この見かけ上の秩序は彼女の周りに、ほとんど気楽さといえるもの、室内の気配を作り出している。」マルセル・ジュアンドー『パリのイメージ』パリ、〈一九三四年〉、六二ページ　[M5, 1]

「僕のすてきな舟」という歌が大流行した。……それは一連の水夫もののシャンソンのはしりであって、こうしたシャンソンはすべてのパリジャンを海の男に変えてしまったように見え、彼らに舟遊びを思いつかせることになった。……贅沢が輝く豊かなヴェニスでは／金色の柱廊が水面にきらきらと映え／大宮殿の大理石の上には／芸術の傑作やすばらしい宝物が飾られている／僕にはゴンドラしかない／鳥のように生きよ／鳥は左や右に揺れながら翔ぶ／ほとんど水面をかすめながら。」H・グルドン・ド・ジュヌイヤック『一八三〇年から一八七〇年までのはやりうた』パリ、一八七九年、二一―二二ページ

[M5, 2]

「――こんな大鍋で煮られて、ひどくいやな臭いのするこの汚らしいシチューはいったい何なのかね、……と、田舎ものらしい男が門番の婆さんに言う。――さあ、それがね旦那、アスファルトを煮ているんですよ、可哀想に大通り(ブールヴァール)を舗装するというんですがね、舗装なんてなくたっていいじゃありませんか！……庭園を歩くように土の上を歩いていたときだって、散歩がいまよりも愉快でなかったなんてことはありませんよ。」『大都市――新パリ風景』I、パリ、一八四四年、三三四ページ(「アスファルト道路」)

[M5, 3]

最初の乗合馬車について。「すでに「白い貴婦人」という競争相手ができたばかりである。……この馬車は全体が白一色に塗られている。御者は白い……服を着て、警笛ペダルに足をかけて、「白い貴婦人」(三幕もののオペラ・コミック。一八二五年一二月一〇日にオ

ペラ・コミック座で上演〕のメロディーを口ずさんでいる。「白い貴婦人があなたを眺める……。」」ナダール『私が写真家だった頃』パリ、〈一九〇〇年〉、三〇一―三〇二ページ〔「一八三〇年前後」〕

[M5, 4]

ミュッセは、ヴァリエテ座の背後にあって遊歩者たちが足を踏み入れることのあまりない大通り（ブールヴァール）の一部を、どこかで大インドと呼んでいる。

[M5, 5]

遊歩者は市場の観察者である。彼の知識は景気予想についての秘密の学問と親密な関係にある。彼は消費者の王国へ派遣された資本家の偵察員である。

[M5, 6]

遊歩者と大衆。これについてはボードレールの「パリの夢」には極めて教えられるところが多いと言ってよい。

[M5, 7]

遊歩者の無為は、分業に反対するデモンストレーションである。

[M5, 8]

アスファルトは最初は歩道に用いられた。

[M5, 9]

「ロンドンのような都市は、何時間歩いても町のはずれに辿り着けず、郊外の田園が近いことを推測させるものがまるで見当たらず、ともかく独特なところである。ここには何もかもが集中し、二五〇万の人間が一箇所に集まっていて、この二五〇万人の力を一〇〇倍にもしている。この集中がロンドンを世界の商業の首都に押し上げ、巨大なドックを作り、幾千もの船を呼び集めて、それがつねにテムズ河を覆っている。……しかしそうしたすべてのために費やされた犠牲に気づくのはずっと後になってからである。数日間、大通りの舗装の上を歩き回ってみると、……ここロンドンの人たちが、文明のあらゆる驚異を実現するために彼らの人間性の最上の部分を犠牲にしなければならなかったことに初めて気づく。……路上の雑踏からしてすでに、何か不快な、人間の本性と相容れないものがある。そこに押し合いへし合い行き交う何十万ものあらゆる階級の人々、あらゆる身分の人々は、みんな同じ性質、同じ能力をもち、幸せになることにひとしく同じ関心をもった人間ではないのだろうか。彼らはみな自分たちの幸せを結局のところ同じ手段と手立てによって得ようと努力しているのではないのだろうか。それなのに彼らは、なに一つ共通するものはないかのごとく、互いになに一つ関係するものはないかのごとく、互いの側を通り抜けて行く。そして彼らの間での唯一の合意は、それぞれが歩道の右側を通り、足早にすれ違って行く二つの群衆の流れをとどこおらせないようにするという暗黙の了解だけなのである。そして誰一人として他人に目をくれようなどとしない。恐ろしいまでの無関心、個人的関心に閉じこもった個々人の無感情な孤立化は、これら個々人が狭い場所に押し込められれば押し込められるほど、ますます厭わしくも不快なものになる。個々人のこうした孤立、こうした偏狭な利己心がいたるところでわれわれの今日の社会の基本原理となっているのはわかってはいても、それがこのロンドンという大都市の雑踏の中ほど恥ずかしげもなく剝き出しに、また意識的に現われているところも他にはない。」フリードリヒ・エンゲルス『イギリスにおける労働者階級の状態』第二版、ライプツィヒ、一八四八年、三六―三七ページ(「大都市」)　[M5a, 1]

「私がボヘミアンということで言わんとしているのは、その生活ぶりが不可解で、身分が神話的で、財産が謎めいているといった連中のあの階層である。彼らには決まった住処も、世間から認められた安息の場所もない。彼らはどこにもいないが、彼らにはいたるところで出会えるのだ！　彼らにはただ一つの定職もないのに、五〇もの職業を営んでいる。彼らの大部分は朝に目覚めた時には、夕食をどこでとることになるのかわからない。今日は金持ちであっても明日には飢えている。できれば正直に生きようとする気持ちはあるが、それができない場合には別の生活を送ることになる。」アドルフ・デヌリー／グランジェ『パリのボヘミアン』(アンビギュ＝コミック座、一八四三年九月二七日上演)、パリ(『マガザン・テアトラル』)、八―九ページ　[M5a, 2]

「そのときサン＝マルタン門のアーチを横切って、
稲妻のように、ロマンティックな《乗合馬車(オムニバス)》が通りすぎる。」
[レオン・ゴズラン]『乗合馬車(オムニバス)の勝利――英雄的喜劇詩』パリ、一八二八年、一五ページ
[M6, 1]

「ドイツで初めての鉄道がバイエルンで建設されることになったとき、エアランゲン大学医学部は……次のような所見を表明した。急速な動きは……脳疾患を引き起こす。高速度で唸りを上げて通り過ぎる列車を見るだけでもそうなることがあり、それゆえ、少なくとも路盤の両側には高さ五フィートの板塀をつくるべきである、と。」エーゴン・フリーデル『近代の文化史』Ⅲ、ミュンヘン、一九三一年、九一ページ　[M6, 2]

「一八四五年ころから……すでにヨーロッパ各地に鉄道と蒸気船があって、この新しい

乗り物は賛美の的であった。……旅先の描写、旅先からの手紙、旅行小説が、作家と読者の双方に好まれるジャンルであった。」エーゴン・フリーデル『近代の文化史』Ⅲ、ミュンヘン、一九三一年、九二ページ

[M6, 3]

次のような観察は、当時の問いの立て方の特質をよく示している。「河岸や湖畔から舟に乗り込むと、体は活発な動きを止め……皮膚はまったく伸縮しなくなり、毛穴は開いたままで、自分を取り巻いている発散物や蒸気を吸い込んでしまう。血は……胸腔や腹腔ばかりに集まって、どうしても末端の手足まで流れていかない。」J－F・ダンセル『人間と病気に対する旅の影響について――特に上流人士のための著作』パリ、一八四六年、九二ページ(「湖や川での舟による遊覧について」)

[M6, 4]

遊歩者と野次馬の奇妙な違い。「とはいえ遊歩者と野次馬とを混同しないようにしよう。微妙な違いがあるのだ。……純粋な遊歩者は……いつも自分の個性を十分に確保している。反対に、野次馬にあっては、外部世界に熱狂し陶酔するほどに刺激されるので、彼らの個性は吸収され消えてしまう。野次馬は、目にする光景に影響されて、非人格的存在になる。それはもはや一人の人間ではない。野次馬は公衆であり、群衆である。野次

馬の真骨頂は……独特の性質をもち、素朴で夢見がちな灼熱の魂であって、まっすぐで誠実な心の持ち主のすべてから称賛されるに値する。」ヴィクトール・フールネル『パリの街路に見られるもの』パリ、一八五八年、二六三ページ(「パリの街路における遊歩者のオデュッセイア」)

[M6, 5]

遊歩者の幻影(ファンタスマゴリー)とは、[通行人の]職業と素性と性格を顔から読み取ること。 [M6, 6]

一八五一年にはまだ、パリとヴェニスの間は定期的な郵便馬車で結ばれていた。

[M6, 7]

空間が行商本の挿絵(コルポルタージュ)めいたものになる現象、行商本化(コルポルタージュ)について。「ダ・ヴィンチにおける神秘の秘訣を理解したオディロン・ルドンが書いているところによれば、神秘の意味とは、いつも曖昧なままとどまり、二重、三重の外観をもたせて、外観に疑いを抱かせるようにすることであり(描かれたイメージの中のイメージ)、これらの形は見る者の精神状態に応じて変化する。実際にその姿が現われるのだから、すべての物は暗示以上のものになるのだ。」レモン・エスコリエ「芸術家」(『グラフィック技術工芸』誌四七号、一九三五

年六月一日、七ページ)に引用　[M6a, 1]

夜の遊歩者。「おそらく明日には……夜歩きはなくなっているかもしれない。ともかく、三〇年あるいは四〇年も流行ったあとでは、夜歩きはきっとなくなっているだろう。……人はときどき休息することができる。休んだり立ち止まったりすることは許されてはいるが、寝る権利はない。」アルフレッド・デルヴォー『パリの時間』パリ、一八六六年、二〇〇、二〇六ページ(「午前二時」)——夜の生活はかなり広がった。デルヴォーによれば(一六三ページ)、商店が夜の一〇時まで開いていたという事実が、すでにこのことをよく示している。　[M6a, 2]

バレ、ラデ、デフォンテーヌのヴォードヴィル『デュルリエフ氏もしくはパリの美化のための小風刺喜劇』(一八一〇年六月九日ヴォードヴィル劇場で上演)の中で、パリは、デュルリエフ氏の手になる舞台模型の形をとって、舞台装置の中に組み込まれている。コーラスは、「自宅の客間の中でパリ全体を手に入れるなんてなんとすばらしいことか」(二〇ページ)と歌う。芝居の主題は、建築家デュルリエフと画家フェルディナンとの賭けである。もし前者がパリの模型の中になんらかの装飾を入れ忘れたならば、フェルディナンはただちにデュルリエフの娘ヴィクトリーヌとの結婚の承諾をもらえる約束であった。さもなくば彼はもう二年間待たなくてはならない。芝居の終わりで、建築家がパリ中で「もっとも美しい装飾」である皇后陛下マリー・ルイーズを入れ忘れたことが明らかになる。 [M6a, 3]

都市は、迷路についての古くからの人類の夢の実現である。こうして実現される現実に、それと知らないままに、遊歩者は従うのである。それと知らないままにである――別の面から見ると、遊歩者の振る舞いを合理化するテーゼ、際限もない量の文献によって疑問の余地のないとされているテーゼ、遊歩者をその振る舞いと姿形によって追究しようとする型にはまったテーゼほど愚かしいものもない。それは、遊歩者が人々の骨相学的外見をつぶさに観察して、その国籍や身分、性格や運命を、歩き方や体格や顔の表情から読み取っているというものである。こんなに根拠の薄い見え透いたテーゼが広まっているところを見ると、遊歩者のモティーフを覆い隠す関心がいかに執拗なものでなければならなかったかがわかる。 [M6a, 4]

遊歩者は、マクシム・デュ・カンの「旅人」の中では旅人の衣装をまとう。

「――私は足をとどめるのがこわい。それは私の人生の衝動だ。
……
愛は私をひどく怖がらせる。私はひとを愛したくはない。
――進め！　進め！　おお、哀れな貧しきものよ、
再びお前の悲しき道を歩み、お前の運命につき従え。」
マクシム・デュ・カン『現代の歌』パリ、一八五五年、一〇四ページ　[M7, 1]

石版画。「乗合馬車の御者と競争する辻馬車の御者」国立図書館版画室　[M7, 2]

一八五三年にはすでに、パリのいくつかの主要地点における馬車の交通に関する公式統計が出ている。「一八五三年には、パリには三一の乗合馬車の路線があって、ごくわずかを除けば、これらの路線は現在のバスと同じ文字で指示されていたことに注目すべきである。このように、「マドレーヌ―バスティーユ」線はすでにいまと同じ路線Eであった。」ポール・ダリスト『目抜き通り（ブールヴァール）の生活と人々（一八三〇―一八七〇年）』パリ、〈一九三〇年〉、一九六ページ　[M7, 3]

乗合馬車の乗換駅においては、座席の権利を得るために、乗客は整理番号順に呼ばれると、返事をしなければならなかった。（一八五五年）

[M7, 4]

「アブサン酒の流行は……小新聞……の隆盛期と時を同じくしている。かつて真面目な大新聞しかなかったときには、……アブサン酒の流行はなかった。アブサン酒が流行るのはパリの新聞のゴシップ欄と時評欄の論理的帰結である。」ガブリエル・ギユモ『ボエーム』（『パリのさまざまな相貌』）、パリ、一八六九年、七二ページ

[M7, 5]

ルイ・リュリーヌ『パリ一三区』（パリ、一八五〇年）は、この街区に固有の表情に関するきわめて奇妙な証言の一つである。この本はきわだった文体的な特徴をもっている。それはこの街区を擬人化するのである。「一三区（道ならぬ恋を意味する）がある一人の人間への愛に身を捧げるのは、その人に愛すべき悪徳を見出すときだけだ」（二一六ページ）というような表現は、めずらしくない。

[M7, 6]

ディドロの「街路は美しい！」は、遊歩の時事評論家たちも好んで使う言葉である。

[M7, 7]

遊歩者伝説について。「私は、通りすがりに聞く一つの言葉を手がかりにして、一つの会話、一つの人生をそっくり再現する。男の声の調子一つで、横顔をちらっと見ただけで、七つの大罪のどれかの名前が浮かんでくる。」ヴィクトール・フールネル『パリの街路に見られるもの』パリ、一八五八年、二七〇ページ　[M7, 8]

一八五七年にはまだ、朝六時にパヴェ＝サン＝タンドレ街からヴェニス行きの馬車が出ていた。これでヴェニスまで行くには六週間かかった。フールネル『パリの街路に見られるもの』二七三ページ参照　[M7, 9]

乗合馬車の中には乗客の数を示す文字盤があった。何のためか。乗車券を売る車掌が計算の手掛かりとするためである。　[M7, 10]

「注目すべきことは……乗合馬車がそれに近づくすべての人々の気持ちを和らげ、体の動きを鈍くさせるように見えることだ。乗り物客相手の商売で生計を立てている人々は……たいてい、がさつな騒々しさでそれとわかるが……そのうち、ほぼ乗合馬車の乗組員だけが、騒々しいそぶりを見せない。まるで重い車から、冬の初めにマーモットや亀を冬眠させる作用力に似た、穏やかで眠気を誘う作用力が流れ出ているかのようだ。」ヴィクトール・フールネル『パリの街路に見られるもの』パリ、一八五八年、二八三ページ（「辻馬車の御者、貸し馬車の御者、乗合馬車の御者」）

[M7a, 1]

「『パリの秘密』〔ウジェーヌ・シューの小説〕が出版されたとき、首都のいくつかの街区では、登場人物のトルティヤール、ラ・シュエット、ロドルフ王子の実在を誰も疑わなかった。」シャルル・ルアンドル『現代の危険思想』パリ、一八七二年、四四ページ

[M7a, 2]

乗合馬車的なものを作ってはとの最初の提案はパスカルに由来しており、ルイ一四世のもとで実現した。しかし、その時は特徴的な制限がついていた。「兵士、小姓、従僕その他の召使、それに人夫や労働者も、前記の有蓋四輪馬車に乗ることはできない。」一八二八年に乗合馬車が〔本格的に〕導入されたが、あるポスターには、乗合馬車についてこう記されている。「これらの馬車は……新発明のラッパを鳴らしてその通行を知らせる。」ウジェーヌ・ドリアック『フランス産業のこぼれ話』パリ、一八六一年、二五〇、二八一ページ

[M7a, 3]

街に出る幽霊の一人に「ランベール」なるものがいた――架空の人物である。ひょっとしたら遊歩者かもしれない。いずれにせよ、彼が出現する場所は大通り(ブールヴァール)に限られていた。「へい、ランベール」というリフレインのついた有名な小唄があった。デルヴォーは『時のライオン族』〈パリ、一八六七年〉の中で、このランベールに一節を割いている(二二八ページ)。

[M7a, 4]

デルヴォーは、『時のライオン族』の一章「馬上の貧者」の中で、都市風景の中の田舎者を描いた。「この馬上の人物は哀れな男で、体が悪いために歩くことができず、道を尋ねるようにして施しを求めるのであった。……この乞食の姿は……たてがみはボサボサで、毛並みも田舎のロバのように粗い彼のやせ馬とともに、長い間私の記憶にとどまり、その姿をありありと思い浮かべることができた。……彼は死んだ――金利生活者として。」アルフレッド・デルヴォー『時のライオン族』パリ、一八六七年、一一六―一一七ページ「馬上の貧者」

[M7a, 5]

パリ人の美食の誘惑にまさる新しい自然感情を強調すべく、ラティエはこう書いている。

「一羽の雉が葉を積み重ねた巣の前で、その冠羽と尾羽を金色やルビー色にきらめかせるだろう……彼は……森の大富豪のようにそれら〔そこに飛んできたズアオホオジロたち〕に敬意を表するだろう。」ポール＝エルネスト・ド・ラティエ『パリは存在しない』パリ、一八五七年、七一―七二ページ■グランヴィル■　[M7a, 6]

「野次馬を生み出すのは決して偽りのパリではない。……野次馬は歩道の上やショーウィンドーの前では遊歩者であり、取るに足りない男で、大道芸人や一〇サンティームの安価な感動を求めてやまず、石材、辻馬車、ガス灯以外には無縁であったのが、……耕作者、ブドウ栽培者、毛織業者、砂糖業者、鉄鋼業者になった。彼は自然の習わしを目にしても、もはや茫然自失したりはしない。植物の発芽も、彼にはもはや、フォーブール・サン＝ドニで用いられる製造工程と無縁とは思えないのだ。」ポール＝エルネスト・ド・ラティエ『パリは存在しない』パリ、一八五七年、七四―七五ページ　[M8, 1]

同時代の社会の堕落を糾弾した『呪われた世紀』（パリ、一八四三年）という風刺本の中で、アレクシ・デュメニールは、ユウェナリスばりの風刺のきいたフィクションを使っている。それは、大通りで群衆が突然に硬直して動かなくなり、その瞬間における彼ら一人

一人の考えや目的が記録される、というものである（一〇三―一〇四ページ）。 [M8, 2]

「都市と農村という対立は、……個人が分業に従属させられ、また個人が強制的にある特定の仕事に従事させられていることの、もっとも露骨な表現である。このような服従は、都市の人間を狭量な都市動物にし、農村の人間を狭量な田舎動物にしてしまう。」（〈カール・マルクス／フリードリヒ・エンゲルス『ドイツ・イデオロギー』〉『マルクス・エンゲルス・アルヒーフ』I、D・リヤザノフ編、フランクフルト、〈一九二八年〉、二七一―二七二ページ） [M8, 3]

凱旋門の傍らで。「幌つき馬車（カブリオレ）、乗合馬車（オムニバス）、つばめ（イロンデル）〔乗合馬車の一種〕、急行乗合馬車（ヴェロシフェール）、都会の女（シタディーヌ）〔辻馬車の一種〕、白い貴婦人（ダーム・ブランシュ）〔乗合馬車の一種〕などなど、こうした公共の乗り物の名称はいろいろだが、それらがこれらの通りをひっきりなしに行ったり来たりしている。さらにこれに加えて、無数のウィスキー〔軽二輪馬車〕、ベルリーネ〔ベルリン風の四人乗り旅行馬車〕、有蓋四輪馬車（キャロス）、騎馬の男女がいる。」L・レルシュタープ『一八四三年春のパリ』I、ライプツィヒ、一八四四年、二一二ページ。この著者はまた、行き先を旗に記している馬車についても述べている。 [M8, 4]

一八五七年ころには(H・ド・ペーヌ『内側から見たパリ』パリ、一八五九年、二二四ページ参照)、乗合馬車の二階席に女性は乗ってはならないことになっていた。 [M8, 5]

「神父カルロス・エレーラに化身した天才ヴォートランは、リュシアン・ド・リュバンプレのための持参金を作るために、これらの企業に彼の全資金を投資したとき、公共輸送へのパリ人士の熱狂を予見していた。」『ロマン主義時代のパリ散歩』「パリ市図書館および歴史記念建造物事業局」展に際して刊行[一九〇八年、ポエト、ボールペール、クルゾ、アンリオ]、二八ページ [M8, 6]

「耳で聴くことなしに見る人は、見ないで聴く人よりも……ずっと不安である。ここにはきっと大都市の社会学にとって有意義な要素があるにちがいない。聴覚の働きよりも視覚の働きのほうが際立って優れていることが……大都市の人間関係の特徴である。そしてこのことは……とくに、公共の交通手段によって生じた。一九世紀に、乗合馬車、鉄道、市街電車が発展する以前には、人々は、何分間も、あるいは何時間も口をきかないで互いに眺め合うことができるという経験、あるいはそうしなければならないという経験はしなかった。」ゲオルク・ジンメル『相対主義哲学論集――哲学的教養のために』パリ、一九一二年、二六―二七ページ（「感覚社会学試論」）。ついでにいえば、ジンメルがここで不安定で落ち着きのない状態と関連させているこの事態は、通俗観相学ともある程度関わっている。この観相学と一八世紀の観相学との違いを研究する必要がある。　[M8a, 1]

「パリは……一人の亡霊に昔の『コンスティテュシオネル』紙の思想の衣装を着せ、こうしてコドリュック・デュクロ（数々の奇行で知られる過激王党派の変人、[O4, 3]参照）をつくり出すのだ。」ヴィクトール・ユゴー『全集――小説七』パリ、一八八一年、三二ページ（『レ・ミゼラブル』第三部）　[M8a, 2]

ヴィクトール・ユゴーについて。「午前中、彼は部屋にいて仕事をする。午後になると、街を彷徨して仕事をする。彼は乗合馬車の屋上席、彼が名づけるところによれば移動式バルコニー席（バルコン・ルーラン）が大好きであった。この席から彼は心ゆくまで巨大都市のさまざまな相貌を研究することができた。彼は、耳を聾するパリのざわめきが海と同じ効果をもたらすと主張していた。」エドゥアール・ドリュモン『青銅の影像または雪の影像』パリ、〈一九〇〇年〉、二五ページ（「ヴィクトール・ユゴー」）　[M8a, 3]

街区(カルチエ)が特別な存在であること。この世紀の中葉でもなお、サン＝ルイ島では、娘で評判がよくないものがいると、将来の夫を自分の街区(カルチエ)の外に求めねばならない、と人々は言い合ったものである。

[M8a, 4]

「おお、夜よ！　おお、爽やかな闇よ！……首都の石造りの迷路の中では、星のきらめきよ、ランタンの突然の輝きよ、おまえたちが、「自由」の女神の花火なのだ！」シャルル・ボードレール『パリの憂鬱』イルスム版、パリ、二〇三ページ（XXII「夕べの薄明」）

[M8a, 5]

ガエタン・ニエポヴィエの『西ヨーロッパの大都市に関する生理学的研究』（パリ、一八四〇年、一一三ページ）に見られる一八四〇年ころの乗合馬車の名前――《パリジエンヌ》、《つばめ(イロンデル)》、《辻馬車(シタディーヌ)》、《用心深い女(ヴィジラント)》、《アグラエ》、《デルタ》

[M8a, 6]

画家たちの中に風景としてあるパリ。「ノートルダム＝ド＝ロレット街を通りすぎるときには頭を上げて、イタリア風の建物の上部を飾る平屋根のどれかに、あなたの視線を向けたまえ。そうすれば、あなたは、歩道の上方の七つ目の階に、案山子として畑におかれたマネキン人形に似たものが現われるのに気づかないわけにはいかない……。――まずはじめに気づくのは、虹の七色が乱雑に融け合っている部屋着であり、ついで、見たこともない形をした長ズボンであり、そして、説明しようもないスリッパである。この滑稽ながらくたに包まれて、一人の若い画家が潜んでいるのだ。」『わが町パリ』パリ、一八五四年、一九一―一九二ページ(アルベリク・スゴン「ノートルダム＝ド＝ロレット街」)

[M9, 1]

ジェフロワは、メリヨンの作品の印象についてこう書いている。「まさしく描かれたものが、それを眺める者に、それを夢見る可能性を与えるのである。」ギュスターヴ・ジェフロワ『シャルル・メリヨン』パリ、一九二六年、四ページ

[M9, 2]

「乗合馬車、この馬車のお化け、そして雷のような速度で行き交うこれほど多くの馬車！」テオフィル・ゴーティエ[エドゥアール・フルニエ『解体されたパリ』第二版、テオフィル・ゴーティエ氏の序文つき、パリ、一八五五年、Ⅳページ](この序文は――おそらくは第一版の書評としてであろうが――一八五四年一月二一日の『モニトゥール・ユニヴェル

セル(世界週報)』紙に掲載された。これは『一九世紀のパリとパリっ子』(パリ、一八五六年)に収められたゴーティエの「廃墟のモザイク」のテクストとまったくあるいは部分的に同じであろう。)　[M9, 3]

「要するに、実にさまざまな時代の要素が都市の中では並び合っている。一八世紀の建物を出て一六世紀の建物に入っていくと、時間の坂を下っていくことになる。そのすぐ隣には、ゴシック時代の教会が建っている。つまり、時間の奥底へと入っていく。数歩先まで行くと、泡沫会社乱立時代の通りに出る。……時間の山を登っていくことになる。一つの町に入ると、人は、今日の出来事に引き続いてもっとも遠い過去のそれが出てくる、夢の織物の中にいるような感じがする。建物が時間のどの層に由来するものであろうと、次々とつながり、こうして一つの街路ができ上がっている。さらに、ある通りが、たとえばゲーテ時代のものであってもいいが、それがたとえばヴィルヘルム時代の別の通りに流れ込んでいって、一つの街区ができ上がる。……都市の頂点は、その広場である。広場には、四方八方から多くの通りが流れ込んでいるが、それだけでなく、そこには、そうした通りの歴史も流れ込んでいるのである。これらの通りは広場に流れ込むと、たちまちに周囲を取り巻かれてしまう。広場の縁は岸辺なのであって、広場の外的な形態からしてもう、この広場で繰り広げられた歴史について教えてくれるのである。……政治的事件の中にはまったくかあるいはほとんど現われることのないようなことどもが、都市においては展開している。都市は繊細きわまりない楽器であり、その石の重みにもかかわらず、アイオールの竪琴のように感じやすく、生きた歴史の空気の振動に反応するのである。」フェルディナント・リオン『生物学的に見た歴史』チューリヒ／ライプツィヒ、〈一九三五年〉、二二五―二二六、二二八ページ（「都市についてのメモ」）　[M9, 4]

デルヴォーは、遊歩のうちに、パリの社会のさまざまな社会階層を、ちょうど地質学者が地層を読むように、苦もなく読み取ろうとしている。　[M9a, 1]

文人（オム・ド・レトル）――「彼にとってもっとも切実な現実はたんなる光景ではなくて、研究の対象である。」アルフレッド・デルヴォー『パリの裏面』パリ、一八六〇年、一二一ページ　[M9a, 2]

「危ない目にあうことを心配したり、都会のきまりを気遣ったりしなくてはならないのなら、人は散策などしていられないだろう。散策していて、面白いことが思い浮かんだり、珍しい店を見つけたら、車道を横切りたくなるのは当たり前で、それで、われわれの親の親たちが予測もしなかったような危ない目にあうのではたまらない。ところが、今日では、際限なく用心し、視界を確かめ、警察に助言を求め、ピカピカした金属片であらかじめ進むべき道を示してもらい、面食らって押し合いへし合いしている群衆に混じってでなければ車道を横断できない。頭に浮かんで来たり、街路の光景を見てかき立てられるはずの幻想的な観念をまとめようとしても、クラクションで耳をつんざかれるし、スピーカーで頭がぼうっとなってしまうし、……窓から断片的に漏れ聞こえて来る講演や政治情報やジャズでそんな気をなくしてしまう。昔なら、遊歩者の兄弟分である野次馬たちが、歩道をゆっくり進んでは、どんなところにでも立ち止まって、人の波に優しさと穏やかさを添えていたのだが、そういうこともなくなってしまった。今は、人の波は急流で、そこでは人は転がされ、突き飛ばされ、投げ出され、右へ左へと運ばれるのだ。」エドモン・ジャルー「最後の遊歩者」(『ル・タン』紙、一九三六年五月二二日号)　[M9a, 3]

「何に強制されるのでもなく外出して、まるで右や左に曲がるだけでもう本質的に詩的な行為となるかのように自分の思いつき(インスピレーション)に従うこと。」エドモン・ジャルー「最後の遊歩者」(『ル・タン』紙、一九三六年五月二二日号)　[M9a, 4]

「ディケンズは、……ローザンヌでは暮らせなかった。というのは、彼が小説を書くには、そのなかを絶えず歩き回る巨大な迷宮のようなロンドンの街路が必要だったからだ。……トマス・ド・クインシーは……ボードレールの言うところによれば「大都会の渦を通り抜けながら休まず瞑想する一種の逍遥派、街路の哲学者」だった。」エドモン・ジャルー「最後の遊歩者」(『ル・タン』紙、一九三六年五月二二日号)　[M9a, 5]

「テイラーとその協力者および後継者たちの固定観念は、「遊歩撲滅」である。」ジョルジュ・フリードマン『進歩の危機』パリ、〈一九三六年〉、七六ページ　[M10, 1]

バルザックにおける都会的な要素。「彼にとって自然は、物質の秘義として魔術的な形で現われる。彼にとって自然は人間のさまざまな力や欲求の反映として象徴的な形で現われる。大海の怒濤の逆巻きは、彼には「人間の諸力の高揚」として、花の華麗な薫りと色彩は、愛の憧れを綴る暗号文字として感じられる。自然は彼にとっていつも自然とは別の何かを意味していた。精神を指し示すものであった。それと反対方向の動きを彼は知らなかった。つまり、人間が自然の中に戻って浸りきるとか、あるいは星や雲や風と一つに響き合うといったことは知らなかった。彼はあまりにも人間生活の緊張に満たされていたのだった。」エルンスト・ローベルト・クルティウス『バルザック』ボン、一九二三年、四六八―四六九ページ　[M10, 2]

「バルザックは、……近代社会の生存競争によって大都市の住人が蒙らざるをえない追いかけられるようなあわただしさ、早すぎる破滅に満ちた生活を生きていた。……バルザックの人生は、創造的精神がこうした生活を分かちあい、それを自分の人生として生きた最初の例である。」エルンスト・ローベルト・クルティウス『バルザック』ボン、一九二三年、四六四―四六五ページ。テンポの問題に関しては、次の箇所も参照すること。「ポエジーと芸術は……「事物をすみやかに直観する」ことから生じる。……「セラフィータ」では、芸術家の直観の本質的特徴として迅速さが挙げられている。「迅速な知覚がかわるがわる画布の上にも、魂の中にも持ちこむこの内面の視野、地球でももっとも対照に富む風景。」」エルンスト・ローベルト・クルティウス『バルザック』ボン、一九二三年、四四五ページ　[M10, 3]

「神が……各人の運命を容貌に刷り込んだというのなら、……手は、人間の全活動であり、人間の唯一の表現手段である以上、容貌を要約していないはずはない。だから手相占いが生まれたのだった。……手相からある人の生涯の出来事を予言することは……兵士に向かってあなたは闘うだろうとか、弁護士に向かってあなたは話すだろうとか、靴屋に向かってあなたはブーツを作るだろうとか、農夫に向かってあなたは畑を肥やし耕すだろうとか言うのと同じで、何も驚くべきことではない。顕著な例を選ぶとしようか。人に天才があればそれは見てはっきりと分かるから、パリを散策していれば、どんなに無知な人でも大芸術家が通ると、それとすぐに見抜くものである。……パリの正体、社会の正体を観察するものたちの大部分は、通行人がやって来るのを見れば、その人の職業を言い当てることができる。」オノレ・ド・バルザック『従兄ポンス』(『全集』XVIII、『パリ生活情景』VI、パリ、一九一四年、一三〇ページ)

[M10, 4]

「魂が詩となり隣人愛となって、姿を見せる思いがけないもの、通りがかる未知のものに、すっかり身を任せる、このえもいわれぬ饗宴、この神聖な売淫に比べれば、人が愛と名づけるものは、ごく小さく、ごく狭く、ごく弱いものだ。」シャルル・ボードレール『パリの憂鬱』(R・シモン編)、一六ページ(「群衆」)

[M10a, 1]

「野心を抱いていた日々、韻律も脚韻もないのに音楽的で、魂の抒情的な動きに、夢想のうねりに、意識の突然の飛躍に適応できるほど十分柔軟でかつ十分ぎくしゃくした、詩的散文という奇跡を夢みなかった者がわれわれのうちにいるでしょうか。／この執念深い理想は、とりわけ、巨大な都市を足繁く訪れることから、そうした都市で結ばれる無数の関係が交錯することから生まれるのです。」シャルル・ボードレール『パリの憂鬱』パリ、（R・シモン編）、一―二ページ（「アルセーヌ・ウーセに」）　[M10a, 2]

「一本の蠟燭に照らされた窓ほど、奥深く、神秘的で、豊かで、暗黒で、眩いものはない。」シャルル・ボードレール『パリの憂鬱』（R・シモン編）、パリ、六二ページ（「窓」）　[M10a, 3]

「芸術家は永遠の真理を求めるけれど、自分のまわりで続く永遠には目もくれない。バビロンの寺院の円柱は称賛しても、工場の煙突は軽蔑するのだ。線の違いがどこにあるというのか。石炭の火による原動力の時代が終わってしまえば、今日寺院の円柱の残骸を称賛するように、人は、最後の高い煙突の残骸を称賛することだろう。……作家たちがあれほど呪っていた蒸気も、彼らに称賛の的を変えさせることになるのだ。……ベンガル湾へ出かけていくことを望んだりしないでも、作家たちは身近にあるものに対して日々好奇心を抱くことができるだろうに。東駅のポーターも、コロンボの運搬人と同じように絵になる。……遠くからやって来たかのように自宅から出かけること、自分が生活している世界という一つの世界を発見すること、まるでシンガポールからやって来て船を降りるかのように、自宅の玄関の靴拭きマットも、同じ階に住む人々の顔も見たことがなかったかのように一日を始めること、……そうすれば、これまで目もくれなかった現在の人類がはっきりと見えてくる。」ピエール・アンプ「社会の像としての文学」(『フランス百科事典』第一六巻「現代社会における芸術と文学」I、六四、一)　[M10a, 4]

チェスタートンは、ディケンズと街路との関係を特徴づけるために、英語の隠語における言い回しを引き合いに出している。締め出しをくって鍵のかかったドアの前に立っている人のことを、「彼は道路に出る鍵を持っている」という言い方で言う。「ディケンズは、……この上なく神聖でこの上なく真面目な意味で、まさしく街路の鍵を持っていたのである。……彼の領分は、舗道だったし、街灯は彼の星、通行人は彼の主人公だった。彼は、自分の家の一番目立たないドアを開けることができた。そのドアは、両側が家並みで飾られ、満天の星をアーケードにした秘密のパサージュに通じていた！」G・K・

チェスタートン『ディケンズ』(「著名人たちの生涯」叢書9)、ロランとマルタン=デュポンによる英語からの仏訳、パリ、一九二七年、三〇ページ　[M11, 1]

子どもの頃のディケンズ。「つらい仕事を終えると、彼はぶらつく(フラネ)ほかないので、ロンドンの半分を歩き回った。物思いにふける子どもで、特に自分の悲しい運命が気がかりだった。……学者ぶった者たちがするように観察に努めたりはしなかった。経験を深めるためにチャリング・クロス街の賑わいを眺めたりもせず、算数の練習にホルボーンの街灯を数えたりもしないで、抑圧された小さな心の中に出来上がってくる奇怪なドラマの場面をそうした場所に無意識に置いてみるのだった。ホルボーンの街灯の下だというのに心は闇で、チャリング・クロス街では苦しみに耐えたのである。彼にとって、後にそうした界隈すべてが、戦場だけにしかない独特の面白味を帯びてくる。」G・K・チェスタートン『ディケンズ』(「著名人たちの生涯」叢書9)、ロランとマルタン=デュポンによる英語からの仏訳、パリ、一九二七年、三〇―三一ページ　[M11, 2]

遊歩者の心理について。「われわれが皆、目を閉じて思い浮かべることができる忘れがたい光景というのは、ガイドブック片手に見つめた光景ではなく、われわれがその時には注意を向けなかった光景、ある過ちとか、行きずりの恋とか、たわいない面倒事とかといった他の事を考えながら通った場所の光景である。われわれにいま背景が見えるのは、そのときはそれが見えていなかったからなのである。ディケンズが、精神の中に事物を刻みつけたのではなく、むしろ、事物の上に自分の精神の跡を残したのも同じことなのである。」G・K・チェスタートン『ディケンズ』(「著名人たちの生涯」叢書9)、ロランとマルタン＝デュポンによる英語からの仏訳、パリ、一九二七年、三一ページ　[M11, 3]

ディケンズ。「一八四六年五月、彼はスイスに出奔して、ローザンヌで『ドンビー父子』を書こうと努める。……仕事は進まない。彼はこの事実を特に、好きなロンドンが懐かしくてたまらないこと、「街路がないこと、人が大勢いないこと」のせいにしている。……「私の作品の人物たちは、群衆に囲まれていないと無気力に襲われるようだ。」」G・K・チェスタートン『ディケンズ』(「著名人たちの生涯」叢書9)、ロランとマルタン＝デュポンによる英語からの仏訳、パリ、一九二七年、一二五ページ　[M11a, 1]

「「デュナナン親子の旅――父と息子」においては、この二人の田舎者に対して、パリのことを彼らが本当は行こうとしていたヴェニスであるとまことしやかに言いくるめるところがある。感覚が混乱する陶酔の街としてのパリ。」S・クラカウアー『ジャック・オッフェンバックと彼の時代のパリ』アムステルダム、一九三七年、二八三ページ　[M11a, 2]

ミュッセがある箇所で言っているところによれば、大通り(ブールヴァール)を境として「大インド」が始まる。(むしろ極東が始まると言うべきではなかろうか?)(S・クラカウアー『オッフェンバック〔と彼の時代のパリ〕』一〇五ページ参照)　[M11a, 3]

クラカウアーの言うところによれば、「大通りでは、非常な敵意を示す自然に遭遇した。……この自然は民衆と同様に火山のようであった」。S・クラカウアー『ジャック・オッフェンバック〔と彼の時代のパリ〕』アムステルダム、一九三七年、一〇七ページ　[M11a, 4]

推理小説について。「《都会》のこうした変貌が、フェニモア・クーパー〔19世紀アメリカの作家〕の草原や森を都会の景観の中に移し入れたことに由来するのはまちがいないと考えなくてはならない。クーパーの草原や森では、折れた枝はみな、不安か希望を意味するし、どの木の幹の向こうにも敵の銃か、姿も見えず物音も立てない復讐者の弓が隠れている。バルザックをはじめ、すべての作家たちには、このようにクーパーから借用した痕がはっきり残っており、彼らはこの借りを律義にクーパーに返したのである。A・デュマのとりわけそれとわかる表題の『パリのモヒカン族』のようなタイプの作品は、ごく頻繁に見られるものだった。」ロジェ・カイヨワ「パリ――近代の神話」(『NRF』誌、二五巻二八四号、一九三七年五月一日、六八五―六八六ページ)

[M11a, 5]

クーパーの影響の結果として、この小説家(デュマ)には、都会という書き割りの中で、狩人の経験に活動の余地を与える可能性が開かれている。このことは探偵小説の成立にとって意味をもっている。

[M11a, 6]

「パリには、より一般的に言って大都市には、夢幻的(ファンタスマゴリック)なイメージというもの……があって、想像力に対してたいへん強い力を及ぼすので、その正確さが実際に問われることにはならず、またそのイメージは、書物によってそっくりつくり上げられたものであるにもかかわらず、集団的精神環境の一部……を成すほどたいへん広く行き渡っていると主張してもおそらく受け入れられるだろう。」ロジェ・カイヨワ「パリ――近代の神話」(『NRF』誌、二五巻二八四号、一九三七年五月一日、六八四ページ)

[M12, 1]

「フォーブール・サン＝ジャックは、パリでもっとも未開な場末(フォーブール)である。なぜそうなのだろうか。砦が四つの稜堡に囲まれているように、この区域は四つの病院に囲まれており、この四つの病院があるために観光客の足がここから遠のいてしまうからだろうか。どの幹線道路にも通じていないし、どの中心街にも続いていなくて、……馬車の通行がごく稀だからだろうか。そんなわけで、馬車が遠くに見えると、最初にそれを見つけた運のいい子どもは、両手をメガホンにして、フォーブールの住人すべてにそれを知らせるのである。ちょうど、大西洋岸で水平線に帆が見えるとそれを知らせるのと同じだ。」A・デュマ『パリのモヒカン族』I、パリ、一八五九年、一〇二ページ。（第二五章「フォーブール・サン＝ジャックの未開人たちの話」この章に描かれているのは、この場末(フォーブール)のある家にピアノが到着したシーンにすぎない。これが楽器であることを誰も推測できないが、誰もが「マホガニー製の巨大な塊」（一〇三ページ）を見て感激している。というのも、この地区ではマホガニー製の家具はほとんど誰も知らなかったからである。）　[M12, 2]

『パリのモヒカン族』の広告ビラの冒頭の文句。「パリ――モヒカン族！……アレクサンドル・デュマから放たれたこの電光が走る深淵の縁で、互いに見知らぬ二人の巨人が誰何(すいか)し合うごとく、ぶつかり合う二つの名前。」　[M12, 3]

『パリのモヒカン族』第三巻（パリ、一八六三年）の口絵、［アンフェール（地獄）街という］「原始林」。　[M12, 4]

「なんと多くの見事な予防策、なんと多くの入念な準備、なんと多くの巧妙な策略、狡猾な術策だろう！　追ってくる敵をかわすために歩きながら足跡を消すアメリカの未開人も、慎重さにかけてここまで巧みでも、ここまで綿密でもない。」アルフレッド・ネットマン『連載小説研究』I、〈パリ、一八四五年〉、四一九ページ　[M12, 5]

パリの煙突を見てのヴィニーの感想（ミス・コークラン『名士たちと私』〈ロンドン、一九〇二年〉による。L・セシェ『A・ド・ヴィニー』II、〈パリ、一九一三年〉、二九五ページに引用）。「私はこれらの煙突が大好きだ。……そうですとも、パリの煙は、私にとって、人気のない森や山より美しいのです。」　[M12, 6]

ヴァレリーがしているように（一九二八年版『悪の華』、パリ、ポール・ヴァレリーによる序文、XXページ）、探偵小説を、ポーの方法的天才と関連させて考えるのがよい。「ある活動の全領域を見わたす地点に到達するということは、必然的に多数の可能性を見出すということです。……したがって、これほど強力な方法を手にしていたポーが、……いくつものジャンルの創始者となり、科学物語、現代的な宇宙創成詩、犯罪捜査小説、文学への病的心理状態の導入の最初の……手本を示したのは驚くに当たらないのです。」

[M12a, 1]

「群衆の人」について、バルザックないしはイポリット・カスティーユの筆とされている『ラ・スメーヌ』紙一八四六年一〇月四日号の次の記事（メサック〈『「探偵小説」と科学的思考の影響』パリ、一九二九年〉、四二四ページに引用）。「新世界の未開人が爬虫類や、猛獣や、敵の部族の間を進んでいくように、社会の中で法律や、罠や、共謀者の裏切りを突破していくこの人物から目が離せない。」

[M12a, 2]

「群衆の人」に関して。ブルワー〔ブルワー＝リットン。19世紀イギリスの小説家・政治家〕は、その大都市の群衆の描写を『ユージーン・アラム』（Ⅳ巻5）において、ゲーテの「最良の人間であれ、もっともみじめな人間であれ、どんな人間も、もし知られたら誰からも嫌われるような秘密を抱いている」という言葉をヒントにしながら構成している。さらにブルワーにおいては、都市と農村が対峙させられており、それだけすでに都市の方が有利になるようになっている。

[M12a, 3]

探偵小説について。「アメリカの英雄幻想においては、インディアン的性格が中心的な役割を果たしている。……インディアンの加入儀礼のみが、アメリカ的トレーニングの容赦のなさや残酷さと競合できるのである。……アメリカ人が実際に望んでいるどんな事柄においてもインディアンが姿を現わしてくる。ある特定の目標への異常なまでの集中力、追跡に当たっての執拗さ、極度の困難にも動ぜずに耐える力、こうしたすべてにおいて、インディアンの伝説的な美徳が完璧に真価を発揮する。」C・G・ユング『現代の魂の問題』チューリヒ／ライプツィヒ／シュトゥットガルト、一九三二年、二〇七ページ(「魂と大地」)

[M12a, 4]

「ベルギーに関する著作の梗概」の中の第二章、街路の相貌。「雨が土砂降りでも、建物の正面や歩道の洗浄。国民的な、一般的な奇癖だ。……店には商品が陳列されていない。想像力に恵まれた諸民族にあれほど大切な遊歩は、ブリュッセルでは不可能だ。見るものは何もないし、道は歩けたものではない。」ボードレール『作品集』II、〈パリ、一九

三二年〉、Y-G・ル・ダンテック編、七〇九―七一〇ページ　[M12a, 5]

ル・ブルトン〔19世紀仏の批評家〕は、バルザックには、「短上着（スペンサー）を着たモヒカン族やフロックコートを着たイロクォイ族が出て来すぎる」と非難している。レジス・メサック『「探偵小説」と科学的思考の影響』パリ、一九二九年、四二五ページに引用　[M13, 1]

『パリの秘密』の冒頭の一節。「アメリカのウォルター・スコットたるクーパーが、未開人たちの残忍な風俗や、生き生きとして詩的な言葉や、敵から逃げたり敵を追う際に用いる無数の術策を描写したあの感嘆すべき箇所は、だれもが読んでいる。……クーパーによってあれほど見事に描かれた未開の部族と同じほど文明に無縁な別の未開人たちの生活の挿話を、いくつか読者にお目にかけることにしよう。」レジス・メサック『「探偵小説」と科学的思考の影響』パリ、一九二九年、四二五ページに引用　[M13, 2]

『パリのモヒカン族』の冒頭における遊歩と探偵小説の注目すべき絡み合い、「のっけからサルヴァトールは、詩人ジャン・ロベールにこう言う。「小説をやりたいんですって？　それなら、ルサージュ、ウォルター・スコット、クーパーをお選びなさい……」

それから、『千夜一夜物語』の人物たちのように、彼らは紙切れを風に放って、その紙切れがきっと小説の題材の在処へ自分たちを案内してくれると思ってそれについて行くのだが、そうしたことが本当に起こるのだ。」レジス・メサック『「探偵小説」と科学的思考の影響』パリ、一九二九年、四二九ページ　[M13, 3]

連載小説に蔓延する〔ウジェーヌ・〕シューとバルザックの亜流について。「ここでは、クーパーの影響が直接に、あるいは、バルザックその他の模倣者たちを介して現われる。ポール・フェヴァルは、一八五六年から、『金のナイフ』において、大平原(プレーリー)の習俗を、さらにはその住人たちまでも、パリの風景の中に大胆に持ち込んでくる。モヒカンという名の驚くほど能力のある犬が出て来たり、トワーという名のインディアンが、パリの郊外でアメリカ式の猟師同士の決闘が起こったり、パリの街なかの辻馬車の中で敵の四人を殺し、頭の皮を剝ぐが、それがあまりに巧みなので御者さえそれに気づかないといった風である。その少し後、『燕尾服』(一八六三年)では、「……パリの街なかにクーパーの未開人たちが現われるのだ！　大都市というのは、新世界の森と同じように神秘的なものではないだろうか……」という具合に彼はバルザック好みの比較を繰り返すことになる。」注には次の指摘がある。「「わが国の泥の五大湖のヒューロン族、どぶ川のイロクォイ族たる」二人の宿なし、エシャロとシミロールを登場させる第二章、第一九章も参照のこと。」レジス・メサック『「探偵小説」と科学的思考の影響』、「比較文学雑誌」叢書、第五九巻、四二五—四二六ページ　[M13, 4]

「戦っている敵同士の部族がめぐらす策略から生まれ、アメリカの森のただ中にまき散らされる恐怖のポエジー、クーパーがあれほど利用した恐怖のポエジーが、パリの生活のどんなに小さな細部にもまつわりつくのだった。通行人、店、窓辺に立つ人物といったすべてが、老ペラードの命を守ることをまかされた「海千山千の連中」には、クーパーの小説の中で、木の幹や、ビーバーの巣や、岩や、野牛の皮や、動かないカヌーや、水面に浮かぶ葉むらがそうであるのと同じように、きわめて強い関心の的となるのだ。」バルザック「いくら出せば愛は老人に戻ってくるか」(『浮かれ女盛衰記』の一章)　[M13a, 1]

遊歩者の姿の中には探偵の姿があらかじめ潜んでいる。遊歩者にとっては、その自らの行動スタイルが社会的に正当化されることが重要とならざるをえなかった。自分の無関心な様子をうわべだけのものに見せるのが、彼にはきわめて好都合なことであった。実際、そうした無関心さの背後には、何も気づかずにいる犯罪者から目を離さない監視者

の張り詰めた注意力が隠されている。[M13a, 2]

ボードレールのマルスリーヌ・デボルド＝ヴァルモール論の末尾に、彼女の詩という庭園の中を散策する「散策者」が出て来る。彼の前に過去や未来の眺めが広がる。「しかし、この空はとても広いから、隅々まで澄みわたっているわけにいかないし、気温はとても高く、……散策者はこの喪のヴェールに覆われた広がりを眺めて、ヒステリーの涙、*hysterical tears* が目にこみ上げてくるのを感じる。」シャルル・ボードレール『ロマン派芸術』パリ、三四三ページ（「マルスリーヌ・デボルド＝ヴァルモール」）。この庭園の散策者はもう「楽しみながら散歩する」ことはできない。散策者は都市の陰の下に避難し、遊歩者となる。[M13a, 3]

年老いてピガール街に住んでいたころのヴィクトール・ユゴーについて、ジュール・クラルティが語っている。ユゴーは乗合馬車の屋上席に乗ってパリを回り、そこから街の賑わいを眺めるのが好きだったと。（レモン・エスコリエ『見た者たちが語るヴィクトール・ユゴー』パリ、一九三一年、三五〇ページ――ジュール・クラルティ「ヴィクトール・ユゴー」を参照）[M13a, 4]

「当代のもっとも強力なペンによって書かれた、「群衆の人」という題のタブロー〔ポーの短篇を指しているが、ボードレールは、「絵」を意味する「タブロー」という語を用いている〕……を憶えておられるだろうか。あるカフェの窓ガラスの後ろで、ひとりの病み上がりの男が、群衆を眺めて楽しんでおり、自分のまわりに動く思念すべてに、思念によって参加する。死の不安から最近抜け出して来たばかりのこの男は、生のきざしと香りをすべて心ゆくまで吸い込む。今にもいっさいを忘れてしまうところだったから、今度はいっさいを熱烈に思い出そうとする。ついには、人相を垣間見ただけで、またたく間に魅了されてしまった、ある見知らぬ人物を探しに、その群衆をかき分けて突き進んで行く。好奇心が、宿命的で、抗い難い情念となったのである！」ボードレール『ロマン派芸術』パリ、六一ページ〔「現代生活の画家」〕 [M14, 1]

アンドレ・ル・ブルトンはその著書『バルザック、人と作品』〈パリ、一九〇五年〉で、すでに――「高利貸し、代訴人、銀行家」といった――バルザックの作品の人物たちとモヒカン族を比較している。そうした人物たちは、パリジャンによりもモヒカン族に似ているのだ。（レミ・ド・グールモン『文学散歩』第二巻、パリ、一九〇六年、一一七―一一八ペー

ジー──「バルザックの師たち」参照）　　［M14, 2］

ボードレールの「火箭」の一節。「人間は……常に……野性状態にある！　文明社会の日々の衝突や紛争と比べれば、森や大平原（プレーリー）の危険などなんだろうか。人間は、目抜き通り（ブールヴァール）で詐欺の相手を抱きしめようと、未知の森で獲物を刺そうと、……もっとも完璧な猛獣ではないだろうか。」　　［M14, 3］

ラフェは（石版画に？）エコセーズ社の馬車とトリシクル社の馬車を描いた。　　［M14, 4］

「バルザックが、自由に観察できるように、屋根を取り払ったり、壁に穴を開けるのに対して、……あなたは立ち聞きする。……あなたは一言で言えば……小説を作り上げるために、イギリス人がもったいぶって犯罪捜査と呼んでいることをやっているのだ！」イポリット・バブー『シャンフルーリ氏の事例に関する真相』パリ、一八五七年、三〇ページ　　［M14, 5］

都市居住者の骨相研究のため個々の顔立ちを正確に突き止めるのも、やってみる価値のあることだろう。例えば、歩行者のために用意されている歩道も、車道に沿って作られていて、都市居住者はきわめて日常的な仕事で歩道を歩いている際に、絶えず馬車に乗って彼を追い越して行く競争相手の姿を目にしている。歩道は馬車や馬に乗っていた連中のために作られたことは確かである。それはいつのことだったか。 [M14, 6]

「完璧な遊歩者にとって……数の中に、波打つものの中に……居を構えることは、無限の喜びである。……わが家の外にいながらどこでもわが家にいる気持ちになること、世界を見つつ、世界の中心にいながら世界に対して身を隠していること、これが、そうした独立心が強く、情熱的で、公平な[!!]精神の持ち主たちのごくささやかな楽しみのうちのいくつかであるが、それは言葉では不器用にしか言い表わせない。観察者とは、いたるところでお忍びを楽しむ王侯である。……普遍的な生を愛するものは、巨大な電気貯蔵器の中に入っていくように群衆の中に入っていく。その人を、そうした群衆と同じだけ巨大な鏡になぞらえることもできる。意識をそなえた万華鏡に、ひと動きごとに多様な生が、生のすべての要素の流動する魅力が見える万華鏡になぞらえることができる。」ボードレール『ロマン派芸術』パリ、六四―六五ページ(「現代生活の画家」) [M14a, 1]

一九〇八年のパリ。「雑踏と馬車に慣れ、通りを選ぶことに慣れたパリジャンは、一定の歩調で、多くの場合うわのそらで長時間歩き回ることができた。一般に、……しょっちゅう移動できるとか、距離などまったく些細な問題にすぎないと三〇〇万人以上の人が考えうるほど、交通機関はまだ十分に発達していなかった。」ジュール・ロマン『善意の人々』I『一〇月六日』パリ、〈一九三二年〉、二〇四ページ

[M14a, 2]

『一〇月六日』の「少年の大旅行」と題する第一七章（一七六―一八四ページ）でジュール・ロマンは、ルイ・バスティドが、モンマルトルを、オルドネール交差点からキュスティヌ街まで歩いて行く様を描いている。「彼には果たすべき任務があるのだ。何かのお使いとか、何かを運ぶか、ひょっとすると何かを伝えることとかを言いつけられたのである。」（一七九ページ）ロマンは、この旅行ごっこの中に遊歩者の夢想が没入していくような風景――とくに山の居酒屋があるモンマルトルのアルプス的風景（一八〇ページ）――をいくつか描いている。

[M14a, 3]

遊歩者の格言。「現代の画一化した世界では、その場で核心に迫らねばならない。新鮮な衝撃と驚き、息をのむような異国情緒はすぐそばにある。」ダニエル・アレヴィ『パリ諸

地方』パリ、〈一九三二年〉、一五三ページ　[M14a, 4]

ジュール・ロマンの『キネットの犯罪』(『善意の人々』Ⅱ)には、たいてい遊歩者につきまとっている孤独の陰画のようなものが見られる。友情こそがこうした孤独を打ち破るに足る強さをもっているというのが、おそらくロマンのテーゼの説得力となっているのだろう。「私の考えでは、人が友達になるのはいつもおおよそこんな風にである。世界のある一瞬に、もしかすると世界のある束の間の秘密にともに居合わせる、あるいはまだ誰も見たことがなく、おそらくもう誰も見ることがないような出現に。たとえそれが、取るに足りないことであってもよい。そう、たとえば、私たちのように、二人の人物が散歩しているとする。そして突然、雲の切れ間ができ、日が差して、壁の上部に日が当たるようになる。すると壁の上部は、一瞬なにか素晴らしいものとなる。二人のうちの一方が、もう一人の肩に触れ、この人物も顔を上げて、やはりそれを見て、同じくそれを理解する。それから壁の上部で起きた事は消えてしまう。しかし二人はそういうことがあったことを永遠に[in aeternum]覚えている。」ジュール・ロマン『善意の人々』Ⅱ『キネットの犯罪』〈パリ、一九三二年〉、一七五―一七六ページ　[M15, 1]

マラルメ。「ジョージ・ムーア〔19―20世紀アイルランドの作家。パリに滞在〕に打ち明けたところによれば、彼は、ヨーロッパ広場を横切りヨーロッパ橋を渡るとき、ほとんど毎日、自分を捕らえているこの凡庸さから逃れるために、橋の上から線路に飛び降りて汽車に轢かれてしまいたいという誘惑に駆られたという。」ダニエル・アレヴィ『パリ諸地方』パリ、〈一九三二年〉、一〇五ページ　[M15, 2]

ミシュレはこう書いている。「私は二枚の敷石の間の元気のない草のように育った。」〈アレヴィ『パリ諸地方』一四ページに引用〉　[M15, 3]

ユゴーにおける大衆の生活の原型（アルケティープ）として考えられているざわめく森。「『レ・ミゼラブル』のある驚くべき一章には次のような箇所がある。「この通りでいま起こったことは森で起こったとしても不思議ではない。大木、雑木、ヒース、荒々しく交錯した枝々、背の高い草が薄暗く茂っている。そこではひしめく未開の群衆が、目に見えないものが、突如出現するのを垣間見るのだ。そこでは、人間以下のものが、もやを通じて、人間以上のものを見分けるのである。」」ガブリエル・ブヌール「ヴィクトール・ユゴーの深淵」四九ページ〈『ムジュール』誌、一九三六年七月一五日号〉■ゲルシュテッカーの一節■　[M15, 4]

「住居恐怖症という大病の研究。病気の理由。病気の漸進的な進行。」シャルル・ボードレール『作品集』Ⅱ、ル・ダンテック編、〈パリ、一九三二年〉、六五三ページ（「赤裸の心」）

[M15, 5]

二篇の詩「薄明」に添えてフェルナン・デノワイエに宛てた手紙。デノワイエはこの二篇の詩を『フォンテーヌブロー』（パリ、一八五五年）に掲載している。「薄明の頃に私が襲われる夢想の総体をおおよそ描いた二篇の詩をお送り致します。森の奥にいて、儀式具室や大聖堂の穹窿に似たこれらの穹窿の下に閉じこめられているとき、私は現代の驚くべき都会を思うし、梢に鳴り渡る不可思議な音楽は、人間の嘆きの翻訳に聞こえるのです。」A・セシェ『『悪の華』の生涯』パリ、一九二八年、一一〇ページに引用■ボードレール

[M15a, 1]

■

ポーに見られる初期の古典的な群衆描写。「通行人の中で一番多いのは、確信に満ちた、商売向きの態度で、群衆をかき分けて進むことにのみ専念しているように見える者たちだった。この連中は、眉をひそめ、目をきょろきょろと動かしていた。隣の通行人に突

き飛ばされても、苛立った様子はまったく見せず、服装を整え直して道を急ぐのだった。そのほかにも、動きが不安げで、血の気の多い顔をして、独り言を言い、しきりに身ぶり手ぶりで、まるで無数の群衆に囲まれているからこそ独りでいる気持ちがしているといった風の者たちが、相当多くいた。歩みを止められると、この連中は突然つぶやくのをやめるが、身ぶり手ぶりを一層激しくして、うわのそらで大げさに微笑んで、邪魔をしている者たちが通り過ぎるのを待つのだった。押されても押した者にたっぷり挨拶し、恐縮しきっている風だった。」ポー『続・異常な物語集』Ch・B〔シャルル・ボードレール〕訳、パリ、〈一八八六年〉、八九ページ　［M15a, 2］

「文明社会の日々の衝突や紛争と比べれば、森や大平原（プレーリー）の危険などなんだろうか。人間は、目抜き通り（ブールヴァール）で詐欺の相手を抱き締めようと、未知の森で獲物を刺そうと、永遠の人間、すなわちもっとも完璧な猛獣ではないだろうか。」シャルル・ボードレール『作品集』Ⅱ、ル・ダンテック編、〈パリ、一九三二年〉、六三七ページ（「火箭」）　［M15a, 3］

フランスに古典古代を重ね合わせたイメージと、アメリカのきわめて現代的なイメージが、あるテクストで隣り合っているのが見られる。バルザックは、外交販売員についてこう書いている。「とくと見ていただきたい！　なんという闘技者、なんという闘技場、なんという武器だろう、外交販売員、世の中、そして彼の言葉は。勇敢な海の男たる外交販売員は、氷の海へ、イロクォイ族の国へ、フランスへ、五、六十万フランを釣りに行くために、餌になる殺し文句をいくつか携えて船に乗り込むのだ！」H・ド・バルザック『名高きゴーディサール』カルマン＝レヴィ版、パリ、五ページ　[M15a, 4]

ボードレールにおける群衆の描写、ポーのそれと比べること。

「どぶ、不快なものが流れていく陰気なところ、
泡立ちながら下水の秘密を運び、
家々を有毒な波で洗い、
流れてはセーヌ河を泥土で黄色くし、台なしにして、
通行人の膝に波をはねかける。
だれもが、滑りやすい歩道で人を肘で小突き、
自分勝手に乱暴に、通りかかっては人に泥をはねかけ、
先を急いで、人を押しのけ立ち去っていく。
そこいらじゅう泥だらけ、水びたし、暗い空、

陰気なエゼキエルが思い描いたのもこんな暗い風景か！」

Ch・B『作品集』I、〈パリ、一九三一年〉、二二一ページ（拾遺詩篇「雨の日」）　[M16, 1]

推理小説について。
「署名もせず、姿もあとに残さず、
その場にはいず、何も言わなかった者、
そいつがどうしたら捕まると言うのか！
痕跡を消し去れ！」
ブレヒト『試行』〈四―七[第二集]、ベルリン、一九三〇年〉、一一六ページ（『都市居住者のための教科書』I）　[M16, 2]

ボードレールにおける大衆。それは遊歩者の前にヴェールとなってかかっている。それは孤立している者の最新の麻酔薬である。――それは第二に、個人のすべての痕跡を消し去る。それは追放された者の最新の隠れ家である。それは、ついに、都市の迷宮の中で、最後のもっとも究めがたい迷宮となる。これまで知られていなかった冥界の相貌が大衆を通じて都市像の中に刻み込まれる。　[M16, 3]

遊歩の社会的基盤はジャーナリズムである。文士は自分を売り込むために遊歩者として市場に赴く。それはその通りなのだが、この言い方は遊歩者の社会的側面を汲み尽くしているわけでは決してない。マルクスは言う、「あらゆる商品の価値がその使用価値の中に具現された労働量によって、つまりそれを生産するために社会的に必要な労働時間によって決められていることを、われわれは知っている」と〔マルクス『資本論』コルシュ編、〈ベルリン、一九三二年〉、一八八ページ〕。ジャーナリストは自分でもこのことがわかっているかのように、遊歩者として振る舞う。彼の特殊な労働力の生産に対して社会的に必要な労働時間は、実際、相当に多い。彼は目抜き通り（ブールヴァール）での自分の暇な時間を労働時間の一部に見せかけるように心がけることで、労働時間を何倍にもして、自分の労働の価値を何倍にも水増しする。彼の目には、そしてまた彼の原稿依頼人の目には、こうした価値がなにか素晴らしいものに見える。もっとも、自分の使用価値の生産に必要な労働時間を目抜き通りで過ごし、言ってみれば衆目に晒すことで、これを一般の公けの評価に委ねる特権的状態にあるからいいものの、そうでなければ、そんなことは言っていられないだろう。　[M16, 4]

新聞は情報の洪水を呼び起こす。そうした情報の刺激度はそこからなんらかの効用が取り除かれていればいるほど、強いものになる。（読者がその情報を利用できるためには、読者があらゆるところに出没できねばならない。そして読者があらゆるところに出没するという幻想が実際また作り出されもする。）こうした情報と社会的存在との現実の関係は、こうした情報産業が株式市場の利害に依存していることの中に、そしてもっぱらそちらに方向を合わせていることの中に含まれている。――情報産業が発展するにつれて、精神的労働は寄生的におのおのの物質的労働に寄りかかるが、そのさまは資本が次第におのおのの物質的労働を自分に従属させるのと同様である。［M16a, 1］

ジンメルは大都市の居住者がほとんどの場合に目に触れるだけでその声を聞くことのない隣人に不安を抱いていることを適切に指摘しているが、これは、骨相学もの（フィジオグノミー）〈正しくは生理学もの（フィジオロギー）〉の根源に、少なくともこうした不安を吹き飛ばし、軽視しようとする願望が他のものにましてあったことを示している。そうでなければ、こうした小冊子の読者の興味をそそる触れ込みが浸透することはおそらく難しかったであろう。［M16a, 2］

都市についての新しい経験を、自然についての古い伝承的経験の枠内で処理する試みがなされている。それゆえにこそ原始林や海の図式がさまざまに持ち出される（メリヨンやポンソン・デュ・テライユ）。

［M16a, 3］

痕跡（シュプール）とアウラ。痕跡は、痕跡を残したものがたとえどんなに遠くに離れていようとも、近くにあることの現われである。アウラは、それを呼び起こすものがたとえどんなに近くにあろうとも、遠くにあることの現われである。痕跡の中ではわれわれの方が事柄を捉えるのだが、アウラにおいては事柄の方がわれわれを取り押さえるのである。

［M16a, 4］

「特に私は、自分の昔からの習慣を守って、街路をよく書斎に変えてしまうのだが、夢想しつつあてずっぽうに歩んでいくと、不意に舗装人夫たちの只中にいるということがどれほどあることか！」バルテルミー『パリ――G・ドレセール氏（当時の警視総監）に捧げる風刺劇』パリ、一八三八年、八ページ

［M16a, 5］

「ル・ブルトン氏は、バルザックの高利貸しや、代訴人や、銀行家たちが、パリジャンよりはむしろ冷酷なモヒカン族に見えることがあると述べて、フェニモア・クーパーとの交友は、『ゴプセック』の著者にはあまりよいことではなかったと考えている。そうかもしれないが証明するのは難しい。」レミ・ド・グールモン『文学散歩』第二巻、パリ、一九〇六年、一一七―一一八ページ(「バルザックの師たち」)

[M17, 1]

「大都市の交通は押し合いへし合いし、錯綜していて、……心理的に距離を取らずにいたら……これはとても耐えられるものではなかろう。とてつもない数の人間と互いに体を触れ合う状態をもたらしているのは、今の都市文化……だが、これは、もしこのような交通の性格が客観化されて、そこに内的な隔たりと留保が生まれていなければ、……人間を完全に絶望させることになろう。こうした諸関係はあからさまな貨幣性、ないしはさまざまに仮装された貨幣性を帯びていて、これが人間同士の間にある種の……機能的な距離を作り上げていて、この距離があまりに混み合い過ぎた近さに対する……内的な防御になっている。」ゲオルク・ジンメル『貨幣の哲学』ライプツィヒ、一九〇〇年、五一四ページ

[M17, 2]

ラ・アルプ街四五番地、公示人事務所発行『遊歩者、民衆新聞』(一八四八年五月三日発行の第一号にしておそらく唯一の号)の序言。「現代では、煙草をふかしながら……夜の楽しみを考えながら遊歩するというのは、われわれには一世紀遅れたことのように思える。他の時代の習慣をそのまま続けている者たちのことが理解できないわけではないが、遊歩しながら自分の市民としての権利や義務のことを考えることができるし、そうすべきだとわれわれは言いたいのである。時代は逼迫しており、われわれのあらゆる思考、われわれのすべての時間を必要としているのだ。遊歩しよう、しかし愛国者として遊歩しよう。」(J・モンテギュ)ジャーナリズムのトリックの一つである言葉と意味のずらしの初期例。 [M17, 3]

バルザックに関する逸話。「ある日バルザックはぼろをまとった人物が目抜き通り(ブールヴァール)を通って行くのを、友人の一人と眺めていたが、バルザックが自分の袖に手を触れているのを見て友人は仰天した。バルザックは乞食の肘にあったかぎ裂きが自分の袖にあるような気がしたのである。」アナトール・セールベール/ジュール・クリストフ『H・ド・バルザックの『人間喜劇』総覧』パリ、一八八七年、Ⅷページ(ポール・ブールジェの序文) [M17, 4]

「観察は特に想像力を通じて行われる」というフローベールの指摘に関して、バルザックの幻視的能力。「まず、この幻視者の能力は直接発揮されるわけではないことを指摘しなくてはならない。バルザックは人生を楽しむ時間がなく……モリエールやサン＝シモン〔公爵〕がやったように、日常的に親しく接することによって人間をゆっくり研究する……ことは決してなかった。彼は生活を二分し、夜書いて、昼眠ることにしていた。」（Xページ）バルザックは、「回顧的洞察力」といっている。「どうやら、彼は実験の材料を素早くつかんで、それをいわば夢想の坩堝の中に投げ込んだのである。」A・セールベール／J・クリストフ『『人間喜劇』総覧』パリ、一八八七年、（ブールジェの序文、XIページ）

[M17a, 1]

基本的なのは、商品への感情移入が交換価値そのものへの感情移入であること。遊歩者はこうした感情移入の達人である。彼は金で買えるという考えそのものを散歩に連れ出す。百貨店が彼の足を向ける最後の場所であるように、彼の姿を最後に具現しているのがサンドイッチマンである。

[M17a, 2]

デゼサント〔ユイスマンスの小説『さかしま』の主人公〕はサン＝ラザール駅の近くのカフ

ェ・レストランで、すでにイギリスに来ているように感じている。　[M17a, 3]

遊歩者における感情移入の陶酔について、フローベールの見事な一節を挙げることができる。『ボヴァリー夫人』に専念していた頃のものだろう。「今日、たとえば、男性かつ女性であり、両性の恋人である私は、秋の午後、黄色い葉の下を通って、馬に乗り森を散歩したが、私は馬であり、木の葉であり、風であり、人の語る言葉であり、恋に溺れたまぶたを半ば閉じさせる赤い太陽だった……。」アンリ・グラパン「ギュスターヴ・フローベールの詩的神秘主義〈と想像力〉」(『パリ評論』一九一二年一二月一五日号、八五六ページ)に引用　[M17a, 4]

ボードレールにも見られる、遊歩者における感情移入の陶酔についてのフローベールの次の一節。「私は、歴史上のさまざまな時代にいる自分の姿がとてもはっきりと見える。……私は、ナイル川では船頭だったし、ポエニ戦争時代のローマでは奴隷商人[??]だったし、さらには、スブッラ〔古代ローマの一地区〕でギリシア人の修辞学教師だったが、そこで南京虫に食われた。十字軍遠征中に、シリアの海岸で葡萄を食べ過ぎて私は死んだ。私は、海賊や修道士、軽業師や御者、おそらく東洋の皇帝だったし、それに……。」グ

[M17a, 5]

ラパン、〔『パリ評論』〕、六二四ページ

I
「地獄はロンドンにとてもよく似た町、
人がうようよいて、煙っぽい町、
ありとあらゆる敗残者がそこにはいる。
地獄はあまり楽しくない、いやまったく楽しくない。
正義などいくらもありはしないし、思いやりはもっとない。

II
そこにはお城があって下水がある。
コベットのような奴もいれば、カスルレーのような奴もいる〔ともにイギリスの政治家〕。
ありとあらゆる盗っ人の集団が、
ありとあらゆる手練手管を使って、
自分たちより汚れていない集団に襲いかかる。

III
そこには……思慮分別をなくしたか、

売り払ってしまった奴もいる。どんな思慮分別だか誰が知るものか、
彼はゆっくり歩き回っている。背中の曲がったお化けのように、
ほとんど詐欺のように危なっかしいけれど、
それでも彼はどんどん金持ちになり、そして不機嫌になっていく。

Ⅳ

そこには大法官の裁判所があって、王様がいて、
生業を営む庶民がいて、泥棒の
徒党がいて、自ら買って出て、
似たような泥棒の代わりをつとめている。
軍隊があり、そして国庫の借金がある。

Ⅴ

この国債は、巧妙に考え出された紙切れの金、
その意味はきわめて単純、
「蜜蜂よ。蜜蠟はそちらでとっておいていい。こっちには蜜をよこせ、
そうしたら夏に花を植えよう、
冬のために。」

Ⅵ

そこでは、革命のことがしきりと取り沙汰されている。
そして暴政になる見込みが高い。
ドイツの雇兵―兵営―混乱、
騒動―富くじ―狂乱―めくらまし、
ジン―自殺とメソジスト主義。

Ⅷ

税金もある。ワインにパンに、
そして肉に、ビールに、チーズに、紅茶に課税されている。
その税金によってわれらの愛国者たちが養われている。
きゃつらは、千鳥足でベッドに入る前に、
他の連中の十倍は酒を流し込んでいる。

Ⅸ

弁護士、裁判官、老いた酒飲みがそこにはいる。
また裁判所の執達吏も、官房顧問官も、
司教もいれば大小の詐欺師もいる。

へぼ詩人も、怪文書書きも、相場師も、
戦争の栄誉に包まれた男たちも。

X　ご婦人方にもたれかかり、いちゃつき、うっとりと見つめ、
微笑みかけることを職とする人物たちもいる。
そのため、女性の中の神聖なるものはすべて、
残酷に、見栄っぱりに、如才なく、非人間的になり、
微笑みと啜り泣きのあいだで十字架にかけられてしまう。」

シェリー『ピーター・ベル三世』
第三部「地獄」ブレヒトの手稿から　[M18]

群衆観に関して次のことは示唆するところが多い。いまなお『従兄弟の隅窓』〔ホフマン〕においても、訪問者が言うには、従兄弟が市場の賑わいを見ているのは、色とりどりの変化を楽しむだけのためだ、とのことである。長い間にはとても疲れるはずだ、と彼は述べている。似たようなことを、おそらくは同じ時期にゴーゴリは『消えた文書』の中でコノトパの歳の市について書いている。「とてもたくさんの人々がそちらに向かって

いて、眼がちかちかするほどだった。」『ロシアの幽霊の話』ミュンヘン、〈一九二一年〉、六九ページ　[M18a, 1]

ティソは、贅沢に使われている馬に課税すべきだという自分の提案の根拠を説明するためにこう述べている。「日夜パリの街路で二万台の自家用の馬車が発する耐え難い騒音、建物の絶え間ない震動、その結果パリの大部分の住民が蒙っている不快と不眠は当然償われるべきものである。」アメデ・ド・ティソ『ロンドンとパリの比較』パリ、一八三〇年、一七二―一七三ページ　[M18a, 2]

遊歩者と店頭の陳列商品。「まず目抜き通り（ブールヴァール）の遊歩者たちというものがあり、この遊歩者たちはマドレーヌ教会とジムナーズ座の間で全生活を送っている。毎日彼らがこの狭い区域にやって来て、決してこの範囲から出ず、ショーウィンドーを眺め回したり、カフェの戸口の前で、座っている客を数えたり……するのが見られる。彼らは、画商のグーピルやドフォルジュが新しい銅版画や新しい絵を陳列したかどうか、バルブディエンヌの店が壺や群像の位置を変えたかどうか言うことができるだろう。彼らは、写真館の装飾を全部暗記しており、どんな看板が並んでいるか間違えずにそらで言ってみせるこ

とだろう。」ピエール・ラルース『万有大事典』Ⅷ、パリ、〈一八七二年〉、四三六ページ

[M18a, 3]

『従兄弟の隅窓』の田舎っぽい性格について。「ずうずうしく賑やかな敵がこの国を洪水のように満たしたあの不幸な時代以来」ベルリン人の風俗習慣は向上した。「見てごらん。従兄弟よ。昔と反対に今は、市場が安楽さと道徳的平穏を思わせる品格のある様子をしているではありませんか。」E・T・A・ホフマン『選集』XIV、シュトゥットガルト、一八三九年、二三八ページ、二四〇ページ

[M19, 1]

サンドイッチマンは遊歩者の最後の具現である。

[M19, 2]

『従兄弟の隅窓』の田舎っぽい性格について。従兄弟は訪問者に、「見るという術のいくつかの原則」を教え込もうとしている。

[M19, 3]

一八三八年七月七日にG・E・グーラウアーは、ハイネについてファルンハーゲンに宛て、こう書いている。「彼はこの春は眼をわずらいました。この前は彼といっしょに

目抜き通り(ブールヴァール)をちょっと歩いてみました。その特色において並ぶもののないこの通りの輝かしさ、その賑わいを見て私は飽きることのない賛嘆の思いに駆られる一方でした。それに対してその時のハイネは、世界の中心であるこの街に混入しているむごたらしい面をひどく強調していました。」群衆についてのエンゲルスの発言を参照のこと。ハインリヒ・ハイネ『対話』(フーゴ・ビーバー編)、ベルリン、一九二六年、一六三ページ　[M19, 4]

「比類ない生気、人の往来、活力が行きわたっているこの都会は、不思議にその反面、暇人と怠け者と野次馬が一番多く見られる都会でもある。」ピエール・ラルース『万有大事典』VIII、パリ、〈一八七二年〉、四三六ページ(「遊歩者」の項目)　[M19, 5]

一八二七年九月三日、ヘーゲルはパリから妻に宛ててこう書いている。「通りを歩けば、人々はベルリンと同じ様子に見える。――みなベルリンと同じ服装をしているし、顔つきも大体同じである。――同じ光景ではあるが、違うのはひしめきあっている群衆である。」『ヘーゲル往復書簡集』II、カール・ヘーゲル編、ライプツィヒ、一八八七年、二五七ページ(『全集』XIX－二)　[M19, 6]

ロンドン

それは広大な広がり、とても長くて、
通り抜けるには川蒸気船で一日がかり、
そしてはるか遠くまで、ただ密集しているだけ、
家々や、宮殿や高い記念建造物が、
時の流れのままにあまり調和もなくそこに建っている。
産業の鐘楼たる、黒く長い煙突が、
いつも口を開けて、その熱い腹から、
空に長々と煙を吐き出し、
白い巨大なドームとゴシック式の尖塔が、
スモッグにかすんで煉瓦の山の上に浮かんでいる。
接岸もできない川、うねりの強い川が、
曲がりくねって流れては黒い泥を掻き立てて、
おそろしい地獄の川を想わせる。
大きな橋脚の巨大な橋は、
ロードス島の巨人のようで、そのアーチの下を、

何千もの船が通り抜けられる。
潮汐(ちょうせき)が悪臭を放ち、いつも波打って、
世界の富を運び込んでは運び出す。
作業中の建築現場、開いている店々は、
内部に宇宙をも容れることができる。
それに変わりやすい空、雲に雲が重なって。
太陽は、死人さながら、顔に布が掛けられ、
あるいは時おり、腐敗した空気があふれるなか、
炭鉱夫のように炭だらけの額を見せ、
そしてくすんだ巨大な物の堆積の中で、
陰気な一国民は黙って生きて死んで行き、
何千もの人々が宿命的な本能に従い、
善により悪により金を追い求めている。

ボードレールのバルビエ論、メリヨンについての記述、「パリ風景」の諸詩篇を突き合わせること。バルビエの詩の中に二つの要素を、つまり、大都会の「描写」と社会的要求とをきちんと見分けなくてはならない。ボードレールにはもう、そうした二要素は痕

跡しか見られなくなっていて、それらは、ボードレールにおいては一体化してまったく異質な第三の要素になっている。オーギュスト・バルビエ『風刺詩と詩歌』パリ、一八四一年、一九三—一九四ページ。この詩篇は、一八三七年作の「ラザロ」詩篇群から

[M19a, 1]

メリヨンについてのボードレールのテクストをバルビエの「ロンドン」と比べてみると、「首都の非常な不気味さ」という暗いイメージ、つまり、まさにパリのイメージは、バルビエおよびポーのテクストによって強く規定されているのではなかろうか、という問いが出てくる。実際ロンドンは産業上の発展という点ではパリより進んでいたのだから。

[M19a, 2]

ルソーの「第二の散歩」の冒頭部。「そこで、人間が陥るもっとも不思議な状況に置かれた私の心の普段の状態を記述しようと計画したのだが、この企てを実行するのに、私自身の孤独な散歩と、その散歩中に頭を完全に空にして、何にも邪魔されず気詰まりなしに自由に思念を巡らすとどんどん湧いて来る夢想とを忠実に記録する以上に、簡単で確実な方法は見つからなかった。この孤独と瞑想の時が、一日のうちで、気が散ることもなく、妨げられることもなく、私が十全に私であり、私自身のものである、そして自

分が自然が望んだ通りのものであると本当に言うことができる、唯一の時なのである。」ジャン゠ジャック・ルソー『孤独な散歩者の夢想』ジャック・ド・ラクルテルによる序文「エルムノンヴィルの一〇日間」付、パリ、一九二六年、一五ページ。この箇所は、瞑想と無為の間を結ぶ結節となっている。決定的なのは、ルソーが――無為に日を送りながら――自分自身を楽しんでいることであり、しかも態度を外側へ向けて転換することがまだ果たされていないことである。

[M20, 1]

「ロンドン橋。しばらく前、私はロンドン橋を渡っていて、私の好きなもの、つまり、豊富で重たげで複雑な水を眺めるために立ち止まった。水面は真珠母色で、あちこち泥で濁り、多数の船が雑然とあたりいっぱいに浮かんでいた。……私は肘をついた。……見る喜びが一種の渇きのような力ですっかり私をとらえ、私は心地よい光の組み合わせを見つめていたが、その豊かさを味わい尽くすことはとてもできなかった。ところが私は、実際に目にしていたわけではないが、盲目の人々の一群が、自分たちの生活の差し迫った目標に引きずられて、歩きまわり、通って行くのを背後に感じてもいた。その群衆は、一人一人がその経歴、その独自の神、その長所や短所、独り言や運命を持った特異な人々の集まりだとはまったく思えなかった。そして自分の体の陰で見えないままに、私はその人たちを、そうとは意識せずに何かわからない空隙に一様に吸い込まれていく、どれも同じ粒の流れだと思った。その鈍く慌ただしい流れが単調に橋を通過していくのが私に聞こえるのだった。自尊心と不安とが混じった孤独を私はこれほどまで感じたことはない。」ポール・ヴァレリー『言わざりしこと』〈パリ、一九三〇年〉、一二二―一二四ページ

[M20, 2]

無為によって得るものが、労働によって得るものよりも価値がある〈?〉という考えが、その他のさまざまな想念と並んで遊歩には潜んでいる。遊歩者は周知のように「研究」しているのである。『一九世紀ラルース』はこの点について次のように語っている。「そうした遊歩者の見開いた目、そばだてた耳は、群衆が見にやって来るものとはまったく別のものを捜しているのだ。成り行きで発せられた言葉から、でっち上げることはできず、実地にとらえるほかはないあの人物の特徴の一つが、彼にはっきりとわかることになるだろう。なんとも素朴に注意を向けているあの顔付きをもとに、画家は夢見ていた表情を描くことだろう。他の人の耳にはなんでもないある物音が、音楽家の耳を打ち、ある和声を思い付かせるだろう。夢想にふけった思索家、哲学者にとってさえ、そうした外の喧騒は有益で、嵐が海原を掻き混ぜるように、その諸観念を混ぜ合わせ揺さぶる

ことだろう。……天才たちの大部分も偉大な遊歩者だったのだ。ただし、勤勉で実り豊かな遊歩者だったのである。……芸術家や詩人が一番仕事に没頭しているのは、彼らが一番仕事が暇そうに見えるときのことが多い。今世紀初頭、毎日、どんな天気でも、雪の日も晴れの日も、一人の人物がウィーンの町の城壁を回っているのが見られた。それは、そのみごとな交響曲を、紙に書きつける前に、遊歩しながら頭の中で反復しているベートーヴェンだった。彼にとって世間というものはもう存在しなかった。歩いている彼にうやうやしく帽子を脱いで挨拶する人がいても、彼の目には入らなかった。心ここにあらずだったのである。」ピエール・ラルース『万有大事典』Ⅷ、パリ、〈一八七二年〉、四三六ページ（「遊歩者」の項目）　**［M20a, 1］**

パリの屋根の下。「このパリのサヴァンナは、平原のように高さが均等な屋根から成っていたが、それらの屋根は人の住む奈落を覆っていたのである。」バルザック『あら皮』フラマリオン版、九五ページ。パリの屋根の長い風景描写の末尾。　［M20a, 2］

プルーストにおける群衆描写。「堤防沿いに歩いているそれらの人々はみな、まるで船の甲板を歩いているかのように、ひどくよろよろして（というのは、この人々は、片方の足をあげると同時に腕を動かして目をきょろきょろさせ、肩をまっすぐに戻し、体の片方を動かしたらすぐ反対側を動かしてバランスをとり、それで顔を真っ赤にしなくてはならなかったからだ）、自分のわきを並んで歩いている者や、向こうからやって来る者のことは気にかけていないと思わせるために、そうした人々が見えないふりをし、そのじつ、ぶつかることがないように盗み見するのだが、かえってその者たちにぶつかり、接触してしまうのだった。なぜなら、彼ら自身がまた、同じように見たところ目もくれない風が装われているものの、同じように秘かに関心が寄せられるその対象となっているからだった。群衆に対する愛——したがって怖れ——は、他人に好かれたり他人を驚かせたりしようと努めるにせよ、他人を無視していることを示そうと努めるにせよ、あらゆる人間を動かすもっとも強い動機の一つである。」マルセル・プルースト『花咲く乙女たちのかげに』Ⅲ、パリ、三六ページ　[M21, 1]

アルマン・ド・ポンマルタンが『スペクタトゥール』紙一八五七年九月一九日号に発表した『続・異常な物語集』評の中の一文は、この作品全体の性格を描写するために書かれたものだが、本当は、「群衆の人」の分析として見た方がよい。「これはまさしく、人間をもはや数字としか見なさず、数字に人間の生命や魂や力のようなものを与えるに至ろうとしている、あの民主主義的でアメリカ的な容赦ない冷酷さを驚くべき形で表現したものだ。」しかし、この文章は、むしろ先に刊行された(そして「群衆の人」はどちらに収録されているのだろうか?)『異常な物語集』に当てはまるのではないだろうか。ボードレール『全集』、翻訳『続・異常な物語集』クレペ編、パリ、一九三三年、三一五ページ。――この批評は、実は好意的なものではない。　[M21, 2]

「夜遊びの精神」は(名前を変えて)プルーストにおいて一番ところを得ている。「この気まぐれな才気によって、ご立派な貴婦人たちは「きっと愉快よ」と言い合いながら、じつのところ人をうんざりさせるようなやり方で夜会を終える。すなわち残る気力を奮いたたせて寝ている人を起こしに行って、そのくせ結局その人に何を言っていいかわからず、イヴニングコートを着たままでベッドのそばにしばらく佇んで、その後、もう夜も更けたことに気づいて、ようやく寝に帰るのである。」マルセル・プルースト『見出された時』Ⅱ、パリ、一八五ページ　[M21a, 1]

一九世紀のもっとも固有な建築上の課題である駅、展覧会ホール、百貨店(ギーディオンによる)はすべて集団的な事柄を対象としている。このような建造物、ギーディオンが言うには「忌み嫌われた、日常的な」建造物にこそ遊歩者は魅せられるのである。こうした建造物においては、歴史の舞台における巨大な群衆の登場がすでに予定されている。それらは、最後に残った私人が、その中で喜んで自己をみせびらかした、常軌を逸した枠組みであった。（[K1a, 5]参照）　[M21a, 2]

N

認識論に関して、進歩の理論

「時代は人々よりも興味深い。」

オノレ・ド・バルザック『文芸批評』ルイ・リュメの序文、パリ、一九一二年、一〇三ページ[ギー・ド・ラ・ポヌレーユ著『コリニー海軍元帥伝』]

「意識の改革は、自分自身について夢を見ている状態から世界をして目覚めさせることにしか存しない。」

カール・マルクス『史的唯物論——初期著作集』I、ライプツィヒ、〈一九三二年〉、二二六ページ(「マルクスよりルーゲ宛て書簡、クロイツナハ発、一八四三年九月」)

われわれの関わっている分野では、認識は稲妻の閃光のようなものでしかない。テクストは稲妻の後に長く続く雷鳴である。［N1, 1］

他の人々の研究上の試みに、磁極上の北極へ向かう航路から船が逸れてしまうような航海の企ての比喩を当てはめること。この磁極上の北極を見出すこと。他の人々にとっては航路からの逸脱であることが、私にとっては、航路を決定するためのデータなのだ。時間の微分素は他の人々にとっては、研究上の「大きなライン」に邪魔な事柄でしかないが、私としては、まさにその微分素に依拠して計算を行うのだ。［N1, 2］

著述に当たっての方法的な面そのものについて、いくらか言っておくこと。現在たまたま考えているいっさいのことを、取りかかっている仕事のうちに、いかなる犠牲を払ってでも組み込まなければならないということ。そこに仕事の強度が現われるかたちであれ、現在のさまざまな思考がはじめからこの仕事に向けてのテロスを宿していることが見えるようなかたちであれ。現在考えていることもそういうものである。つまり、いま考えていることは、インターヴァルとしての反省を特徴づけ、またそれを守る役目を負っている。インターヴァルとしての反省とは、この仕事のなかでも外界にきわめて集中的に向けられているもっとも本質的な諸部分相互の間隔のことである。 [N1, 3]

これまで狂気がはびこるだけだった地域を耕作できるようにすること。原始林の奥から誘いかけてくる恐怖に引き込まれないように、理性の研ぎ澄まされた斧を手にして、右顧左眄せずに突き進むこと。いかなる土地も耕作可能な土地へと理性によっていつかは変貌されねばならない。そして、狂気と神話の錯綜した藪を除去しなければならない。一九世紀という土地についても、このことがここでなされなければならない。 [N1, 4]

パリのパサージュを扱ったこの著作は、丸天井に広がる雲ひとつない青い空の下の戸外で始められた〔パリの国立図書館の閲覧室の様子をこのように喩えている〕。だが、何百万枚という木の葉〔書物の山〕に、何世紀もの埃に埋もれてしまった。これらの木の葉には、勤勉のさわやかな微風がそよめくこともあれば、研究者の重い溜め息が当たり、若々しい情熱の嵐が吹き荒れ、好奇心が漏らすものうげな空気のそよぎがたゆたうこともあった。というのも、パリの国立図書館の閲覧室のアーケードの天井に描かれた夏の青空が、見下ろす閲覧室に向かって、夢見心地の、薄明るい円蓋を広げているからである。

[N1, 5]

この仕事を支えているパトス、それは衰亡の時代などないという考えだ。ちょうど私が悲劇論〔『ドイツ悲劇の根源』〕で一七世紀を見ようと努めたように、一九世紀を徹底してポジティヴに見る試みである。衰亡の時代があるなどと信じないこと。それゆえに私にとってはどのような町も（その境界の外に立つと）美しいのであり、言葉には価値の高いものと低いものとがあるなどという言い方は受け入れがたいのである。

[N1, 6]

そしてその後、国立図書館の私の席の前に広がるガラス張りの広間。それは前人未踏の魔界圏であり、私が魔術で呼び出した人物たちが踏みしめる処女地である。

[N1, 7]

この企てが持っている教育上の関心は、「われわれの内には像を産み出す媒質（メディウム）があるが、それを、歴史の影の奥深くが見える立体鏡的な、そして奥行きを測れる見方へと育て上げること」である。この言葉はルードルフ・ボルヒャルト〔19—20世紀独の作家〕のものである。『ダンテ』Ⅰのエピレゴメナ、ベルリン、一九二三年、五六—五七ページ

[N1, 8]

私のこの仕事の基調となっている傾向を〔ルイ・〕アラゴン〔20世紀仏のシュルレアリスト。後に仏共産党の大立者になる〕のそれと区別するのは次の点である。アラゴンが夢の領域に留まろうとするのに対して、私の仕事では覚醒がいかなる状況なのかが見出されねばならない。アラゴンの場合には、印象主義的な要素——それは「神話」と言われる——が残されている。彼の著作〔『パリの農夫』〕には、明確な形姿を持たない哲学的思考要素がさまざまあるが、それはこの印象主義によるものである。これに対して私の仕事では、「神話」を歴史空間の中へと解体しきることが問題なのである。それは、過去についての未だ意識化されていない知を呼び覚ますことによってのみ可能となる。 [N1, 9]

この仕事は、引用符なしで引用する術を最高度に発展させねばならない。その理論はモンタージュの理論ともっとも密接に関係している。 [N1, 10]

「ある種の高尚な趣味の魅力を別にすれば、前世紀の芸術の織りなす襞はかび臭いものとなってしまった」とギーディオンは言っている。ギーディオン『フランスにおける建築』ライプツィヒ/ベルリン、〈一九二八年〉、三ページ。しかし、そうした襞はわれわれにとってやはり魅力なのであり、その魅力が証してくれるのは、そういった襞といえども、われわれの生活にとってきわめて重要な素材を含んでいるということである、とわれわれは考える。――たしかにわれわれの現在の建築にとって、鉄骨建築が現代建築の構造を先取りすることによって重要な素材をはらんでいるほどには、この襞は重要ではないかもしれない。しかし、われわれの認識にとっては重要な素材を含んでいるのだ。認識と言う代わりに、最初の退廃の徴候が現われてきたその瞬間における市民階級の状態を透かしてみるためには、と言ってもいいかもしれない。いずれにせよ政治的に見てきわめて重要な素材がある。シュルレアリストたちがこうしたものにこだわり続けていることを見ても、現在の流行がそうしたものを勝手に盗用〔搾取〕しているのを見ても、そのことがわかる。言葉を換えて言えばこういうことである。ギーディオンは一八五〇年ころの建築から今日のそれの基調をどのように読み取るかをわれわれに教えてくれたが、それとまったく同じにわれわれは、あの時代の生活、そして見たところどうでもいいような、今では失われたもろもろの形式から今日の生活を、今日の形式を読み取ってみたいと考えるのだ。　[N1, 11]

「風の舞うエッフェル塔の階段、いやもっといい例としては、運搬車橋〔Pont Transbordeur〕の鉄骨の足においてこそ、われわれは、今日の建築の美的な根本体験に出会うのである。空中に張られた細い鉄骨の網のあいだを物が、舟が、海が、家々が、マストが、風景が、港が流れていく。それらは明確な輪郭を失い、流れ下るなかで絡まってぐるぐる回り、同時に混じり合う。」ジークフリート・ギーディオン『フランスにおける建築』ライプツィヒ/ベルリン、七ページ。これと同じように今日の歴史家も、細いけれども重みに耐える骨組みを——一個の哲学的骨組みを——作って、過去のもっともアクチュアルな側面を自らの網の目に引き込まねばならない。だが、新しい鉄骨構造が都市の壮大な風景を見られるようにしてくれるといっても——ギーディオン、図版六一—六三参照——、それは長いこともっぱら労働者と技術者のみに開かれた風景であった。同じように、ここで今までにない側面を発見しようと思う哲学者は、自立した労働者、惑わされることのない労働者でなければならない。場合によっては孤独な労働者でなければならない。

[N1a, 1]

バロック論〔『ドイツ悲劇の根源』〕で一七世紀に現代から光を当てたのと同様のことが、しかしもっと明確に一九世紀に関してここで行われなければならない。

[N1a, 2]

文化史的弁証法についての小さな方法的提案。どの時代に関しても、そのさまざまな「領域」なるものについてある特定の観点から二分法を行うのは簡単である。片方には当該の時代の中での「実り多き」部分、「未来をはらみ」「生き生きした」「積極的な」部分があり、他方には、空しい部分、遅れた、死滅した部分があるというわけだ。それどころか、この積極的部分をもっとはっきりさせるために、消極的部分と対照させ、その輪郭を浮かび上がらせることもなされるであろう。だが、いかなる否定的なもの〔消極的なもの〕も、まさに生き生きしたもの、積極的なものの輪郭を浮かび上がらせる下地となることによって価値を持つのだ。それゆえ、いったん排除された否定的部分にまた新たにこの二分法を適用することが決定的な重要性を持つ。それによって、視角がずらされ（基準がではない！）、その部分のなかから新たに積極的な部分が、つまり、先に積極的とされた部分と異なるものが出現してくるようになる。そしてこれを無限に続けるのである。過去の全体がある歴史的な回帰を遂げて、現代のうちに参入して来るまで。

[N1a, 3]

突出したもの。別の表現で言えば、すべての事物のうちにある最高の生は破壊しえないこと。頽落の予告をする連中に対抗してこれを言っておきたい。たしかに、『ファウスト』を映画化するというのは、ゲーテに対する凌辱かもしれない。文学としてのファウストと映画としてのファウストとのあいだには、一つの世界ほどの膨大な距離が広がっているのかもしれない。たしかにそうだ。だが他方で『ファウスト』の拙劣な映画化と上等な映画化とのあいだにも、別の一つの世界ほどの距離が広がっているとは言えないだろうか。「大いなる」コントラストなどはどこでも問題とはならない。弁証法的コントラストだけが問題なのだ。この二つのコントラストはニュアンスの差のようであって、ときとして取り違えるほどにまで似ている。だが、この弁証法的コントラストからこそ、生はたえず新たに産み出されるのである。 [N1a, 4]

ブルトンとル・コルビュジエを包みこむこと――ということは、現在のフランスの精神を弓を張るような緊張で満たすことである。この張られた弓から認識の矢で瞬間の心臓が射止められるのだ。 [N1a, 5]

マルクスは経済と文化とのあいだに因果的連関を作り上げた。ここで問題なのは表現の連関なのだ。文化が経済から成立しているということではなく、経済がその文化の中で表現となっていることこそ叙述の課題である。言葉を換えて言えば、経済過程を眼に見えるような原現象〔Urphänomen〕として捉えること、パサージュにおけるいっさいの生活現象が（そのかぎりでは一九世紀の生活現象のすべてが）そこから生じている原現象として捉える試みである。　［N1a, 6］

この研究は、基本的にはもっとも初期の産業製品、もっとも初期の産業建築物、もっとも初期の機械、のみならずもっとも初期の百貨店や広告などのもつ表現としての性格を取り扱うものであり、したがって二つの意味でマルクス主義にとって重要である。第一にこの研究は、マルクスの教説が成立した環境が、それがもつ表現としての性格を通じて――単にその因果的連関を通じてではなく――、この教説そのものにどのようなかたちで影響を与えているかに気がつかせてくれるであろう。第二にこの研究は、マルクス主義自体ですら同時代の物質的生産物のもつ表現としての性格をどのような面で分かち持っているかを示してくれるであろう。　［N1a, 7］

この仕事の方法は文学的モンタージュである。私のほうから語ることはなにもない。ただ見せるだけだ。価値のあるものだけを抜き取るというようなことはいっさいしないし、気のきいた表現を我がものにするようなこともしない。そうではなく、ボロ、くずに

——それらの目録を作るのではなく、ただ唯一可能なやり方でそれらに正当な位置を与えたいのだ。つまり、それらを用いるというやり方で。　[N1a, 8]

現実に対してつける注釈(コメンタール)は（というのもここでなされるのは注釈、つまり、細部にわたる解釈なのだから）、テクストに対してつける注釈とまったく違った方法を必要としていることをいつも自分として心がけること。前者の場合に基礎的学問となるのは神学であり、後者の場合には文献学である。　[N2, 1]

この仕事の方法上の対象の一つとしてふさわしいのは、自らの内部で進歩の理念を無効にしてしまった歴史的唯物論のあり方を提示することであろう。まさにこの点にこそ歴史的唯物論が市民的（ブルジョワ的）思考習慣と明確にたもとを分かつべき十分な理由がある。歴史的唯物論の基本概念は進歩ではない。それは、アクチュアリティを呼び起こすことである。　[N2, 2]

歴史的な「理解」とは、理解されたものが生き続けることであると基本的に考えられる。したがって「作品が生き続けていること」や「名声」の分析によって認識されたものは、

歴史の一般的基盤であると見てよい。 [N2, 3]

この仕事はどのようにして書かれたのだろうか。偶然がわずかばかりの足がかりを提供してくれるかどうかに左右されながら、一段一段登っていくようにして書かれた。それは、危険な高所にまで攀じ登る人が、もしも眩暈を起こしたくなかったら一瞬たりとも周りを見てはならないのと同じだ(だが、それは、彼の周りに広がる眺望(パノラマ)の迫力を味わうのを一番最後にとっておくためでもある)。 [N2, 4]

「進歩」という概念を克服すること、および「衰亡の時代」という概念を克服することは、同じ事柄の両面にすぎない。 [N2, 5]

歴史的唯物論においてもうそろそろ認識されてしかるべき中心的問題。つまり、歴史についてのマルクス主義的理解が無条件に歴史の視覚性〔具象性〕を犠牲にするのは、どうしてもやむをえないことなのか、という問題。あるいは、視覚性〔具象性〕を高めることと、マルクス主義の方法を遂行することとを結びつけることは、どのようなやり方によって可能となるのか、という問題。このやり方の最初の段階は、モンタージュの原理を歴史の中へと受け入れることであろう。つまり、大きな構築物を作るには、厳格かつ精密に規格生産された最小の部品の組み合わせによること。いやまさに、微小な個別的契機の分析を通じてできごとの全体の結晶を見出すこと。つまりは歴史についての通俗的自然主義と縁を切ること。歴史の構築をそれ自体として捉えること。注釈(コメンタール)の構造で捉えること。■歴史のくず■　[N2, 6]

ヴィーゼングルント〔・アドルノ〕におけるキルケゴールからの引用およびそれに続く彼の注釈。「「形象的なものから出発しても、神話的なものについて上述したものと同様の見方に達することができる。すなわち、反省の時代において、反省的記述のうちに形象的なものがほとんど聴きとれないほどごくごくわずかに現われるのを見ると、そしてそうした形象的なものが、大洪水以前の化石と同じに、懐疑を洗い流してしまう、ある別の生活形式があったことを思い起こさせるのを見ると、かつて形象的なものがかくも大きな役割を果たしえたということを知って、人は不思議に思うかもしれない。」この「不思議に思う」ことをキルケゴールは続く箇所で斥けている。だが、「不思議に思う」ことは、弁証法、神話および形象(ビルト)のあいだの関係についてのもっとも深い洞察を告げている。なぜなら自然は、常に生き生きと現存する自然として弁証法のうちに地歩を占めているわけではないからである。弁証法は形象において静止し、歴史的にもっとも新しいものの中に、とうの昔に過ぎ去ったものとしての神話を、すなわち根源の歴史としての自然を引用するのだ。それゆえに、室内（アンテリウール）の形象のように、弁証法と神話の区別をなくすような形象は、まさに「大洪水以前の化石」なのだ。こうした形態は、ベンヤミンの表現を使って、弁証法的形象と称してもいいかもしれない。このベンヤミンによるアレゴリーの見事な定義は、アレゴリーを歴史的弁証法と神話的自然の形姿（フィグール）とするキルケゴールのアレゴリー的意図にも当てはまる。キルケゴールの意図するところによれば、「アレゴリーにおいて観察者の眼の前に横たわっているのは、硬直した原風景としての、歴史のヒポクラテス的相貌〔facies hippocratica 臨終の表情〕なのである」。」テオドール・ヴィーゼングルント・アドルノ『キルケゴール』テュービンゲン、一九三三年、六〇ページ■歴史のくず■　　［N2, 7］

近代的な技術の世界と、神話のアルカイックな象徴の世界の間には照応関係の戯れがある、ということを否定できる者がいるとすれば、それは、考えることなくぼんやりものを見ている者ぐらいだ。技術的に新しいものは、もちろん初めはもっぱら新しいものとして現われてくる。しかし、すぐそれに引き続いてなされる幼年時代の回想の中で、新しいものはその様相をたちまちにして変えてしまう。どんな幼年時代も、人類にとってなにか偉大なもの、かけがえのないものを与えてくれる。どんな幼年時代も、技術的なさまざまな現象に興味を抱くなかで、あらゆる種類の発明や機械装置、つまり技術的な革新の成果に向けられた好奇心を、もろもろの古い象徴の世界と結びつけるものだ。自然の領域では、好奇心と象徴世界とのこうした結びつきを初めから持っていないようなものはなに一つとしてない。ただし自然においては、この結びつきが新しさというアウラの中でではなく、慣れ親しんだもののアウラの中で作られるのである。つまり回想や、幼年時代、夢の中で。■目覚め■　　　　[N2a, 1]

過去の中にある根源の歴史に関わる〔urgeschichtlich〕契機はもはや——これもまた技術の結果であると同時に、条件であるが——かつてのように教会や家族という伝統によって隠蔽されてはいない。昔ながらの先史時代的な戦慄は、すでにわれわれの両親たちのまわりの世界をも取り巻いている。なぜならば、われわれはもう伝統を通じては両親の世界と結びついてはいないからである。知覚可能な慣例的世界はいっそう崩壊の速度を速め、その中にある神話的なものが、急速に、ますますはっきりと姿を現わす。それよりももっと速くまったく別の知覚可能な慣例的世界を作って、崩壊してゆく世界に対抗させねばならない。アクチュアルな根源の歴史という観点から見れば、技術の加速度的テンポはこうしたものである。■目覚め■　［N2a, 2］

過去がその光を現在に投射するのでも、また現在が過去にその光を投げかけるのでもない。そうではなく形象の中でこそ、かつてあったもの〔das Gewesene〕はこの今〔das Jetzt〕と閃光のごとく一瞬に出会い、ひとつの星座（コンステラツィオーン）＝布置を作り上げるのである。言い換えれば、形象は静止状態の弁証法である。なぜならば、現在が過去に対して持つ関係は、純粋に時間的・連続的なものであるが、かつてあったもの〔das Gewesene〕がこの今〔das Jetzt〕に対して持つ関係は弁証法的だからである。つまり、進行的なものではなく、形象であり、飛躍的である。――弁証法的な形象のみが真の（つまりアルカイックではない）形象である。そしてこの形象にわれわれが出会う場、それは言語である。■目覚め■　［N2a, 3］

ゲーテの真理概念について記したジンメルの叙述を勉強した際に、私には次のことが非常にはっきりとしてきた。つまり悲劇論〔『ドイツ悲劇の根源』〕で用いた根源〔Ursprung〕という私の概念は、このゲーテの基本概念の、自然の領域から歴史の領域への厳密かつ必然的な転用であるということである。根源——それは原現象という概念を、異教的な観点で捉えられた自然の脈絡から、ユダヤ教的に捉えられた歴史の脈絡に移し入れたものである。ところで、私がパサージュ論で行おうとしているのも根源の探求である。つまり私は、パリのパサージュのさまざまな形成過程と変容の根源を、その始まりから終末に至るまで追って行き、その根源を経済的な事実〔Fakten〕のなかで捉えるのだ。こうした事実は、もしそれが因果関係という観点から捉えられている場合には、つまり原因として見られている場合には、原現象〔Urphänomen〕と言うことはできないであろう。経済的な諸事実が原現象になるのは、それらの事実がその内発的な発展——むしろ展開〔Auswicklung〕と言ったほうがいいかもしれないが——に従って、パサージュの具体的な、歴史上の一連の形態を自分自身の中から出現させる場合に限られる。ちょうど植物の葉が、経験的な〔empirisch〕植物界の豊潤な全容を自らのうちから繰り広げてみせるように。 [N2a, 4]

「これほど近く、これほど遠いこの時代を研究していて、私は自分を、局部麻酔で手術をする外科医にたとえる。感覚のない、死んだような部位で作業をすすめるのだが、患者のほうは生きていて、まだ口がきけるのだ。」ポール・モラン『一九〇〇年』パリ、一九

三一年、六―七ページ　[N2a, 5]

形象〔Bilder〕を現象学における「本質性」と区別する点は、形象がもっている歴史的な指標〔Index〕である。（ハイデガーは歴史を、抽象的に「歴史性〔Geschichtlichkeit〕」なるものによって現象学のために救い出そうと試みたものの、それは徒労に終わった。）ここで言う形象とは、「精神科学」のさまざまなカテゴリー、つまりいわゆる慣習〔Habitus〕や様式などとははっきり区別されねばならない。形象が歴史的な指標を帯びているということは、ただ単に形象がある特定の時代に固有のものであるということのみならず、形象というものはなによりもある特定の時代においてはじめて解読可能なものとなるということを意味している。しかも、「解読可能」となるということは、形象の内部で進展する運動が、特定の危機的な〔kritisch〕時点に至ったということなのである。そのつどの現在は、その現在と同時的な〔synchronistisch〕さまざまな形象によって規定されている。そのつどの今〔Jetzt〕は、ある特定の認識が可能であるような今なのである。この今においてこそ、真理には爆発せんばかりに時間という爆薬が装塡されている。（他でもなくこの爆発こそが、意図〔Intentio〕の死なのである。そしてこの死と同時に真に歴史的〔historisch〕な時間、真理の時間が誕生するのだ。）過去がその光を現在に投射するのでも、現在が過去にその光を投げかけるのでもない。そうではなく形象の中でこそ、かつてあったもの〔das Gewesene〕はこの今〔das Jetzt〕と閃光のごとく一瞬に出会い、ひとつの星座(コンステラツィオーン)＝布置を作り上げるのである。言い換えれば、形象は静止状態の弁証法である。なぜならば、現在が過去に対して持つ関係は、純粋に時間的・連続的なものであるが、かつてあったもの〔das Gewesene〕がこの今〔das Jetzt〕に対して持つ関係は弁証法的だからである。それは時間的な性質のものではなく、形象的な性質のものである。弁証法的な形象のみが真に歴史的な——ということはアルカイックではない——形象なのである。解読された形象、すなわち認識が可能となるこの今における形象は、すべての解読の根底にある、批判的・危機的で、危険な瞬間の刻印を最高度に帯びているのだ。 [N3, 1]

「時代を超えた永遠の真理」などという概念とは、きっぱりとたもとを分かつのが良い。しかし真理というものは——マルクス主義が主張するように——ただ単に、認識の時代的関数であるばかりではなく、認識されたものと認識するもののうちにともに潜む時代の核〔Zeitkern〕に結びついている。この点はまさに真であり、それゆえ永遠なるものはいずれにしても、理念というよりはむしろ洋服のひだ飾りのようなものである。 [N3, 2]

パサージュ論の歴史をその発展に即して記すこと。この仕事において本来的に重要となる構成要素とは、なにものも放棄しないことであり、つまり、唯物論的な歴史記述がこれまでの歴史記述よりもより高い意味で形象に溢れたものであることを示すことである。

[N3, 3]

パサージュ論についてのエルンスト・ブロッホ〔独の哲学者。ベンヤミンの友人〕の発言。「歴史はスコットランド・ヤード〔ロンドン警視庁〕の徽章をつけている。」この仕事が「むかしむかしあるところに」という古典的な歴史物語のなかに封じ込められていた歴史の巨大な力を解放するものである――ちょうど核分裂の方法と同じように――ことを、私が話してきかせたときの会話でブロッホはこう言ったのである。事態をそれが「本当にあったがままに」描く歴史というのは、この世紀のもっとも強力な麻酔剤であった。

[N3, 4]

「真理がわれわれから逃げていくことはないだろう」と〔ゴットフリート・〕ケラー〔19世紀のドイツ系スイス人作家〕のエピグラムにある。ここで表現されている真理概念こそ、

この仕事のなかで訣別されるべきものである。　［N3a, 1］

「一九世紀の根源の歴史」――こうした標題は、もしもそれが一九世紀の在庫品のうちに根源の歴史に相応するもろもろの形式を再認する目論見として理解されるならば、なんの興味を引くものでもなかろう。一九世紀の根源の歴史という概念が意味をもつのは、一九世紀がこの根源の歴史の本源的な形式として描かれたときである。つまり、根源の歴史の全体がこの過ぎ去った世紀にあったもろもろの形象による新たな集合となるようなかたちに描かれたときなのである。　［N3a, 2］

覚醒とは、夢の意識というテーゼと目覚めている意識というアンチテーゼの総合としてのジンテーゼなのではなかろうか？　もしそうであるならば、覚醒の瞬間とは「この今が認識可能になること」と同じなのではなかろうか。この今が認識可能になることにおいて物事はその真の――そのシュルレアリスム風の――表情を帯びるのである。こうしてプルーストにあっては、人生の中で最高に弁証法的な断絶点、つまり、覚醒の瞬間から生涯を書き起こすことが重要なのである。プルーストは、覚醒する本人の空間の叙述から〔『失われた時を求めて』を〕始めている。　［N3a, 3］

「私がこのように、ある作家の伝記における矛盾のメカニズムについて強調するのは……その作家の思考の連続といえども、作家の思考を個別的にとらえたときにその思考がもつ論理とは異なる論理を有する諸事実を、おろそかにすることはできないからである。というのは、……労働者と向かいあっている警察と大砲があり、戦争の脅威とすでにファシズムの支配とがある……という非常に単純で基本的な事実を前にすれば、彼にとってほんとうに大切に思え、そして、真にもちこたえることができる考えなど、一つとしてないからである。……人間の尊厳にふさわしいのは、このような事実に自らの考え方を従属させてゆくことであり、たとえ自らの考えがどんなにすばらしいものであったとしても、その中に、巧妙なごまかしによってこのような事実をはめこむことではない。」アラゴン「アルフレッド・ド・ヴィニーからアヴデエンコまで」(『コミューン』Ⅱ、一九三五年四月二〇日、八〇八―八〇九ページ)。だが、私が私の過去に反論を加えながら、それによって他者の過去と連続性を作ることは可能なはずだ。そしてこの他者は彼の過去にコミュニストとして反論を加えることになる。この場合にはアラゴンの過去との連続性を作ることになる。彼自身は同じ論文で自分の『パリの農夫』から距離を取っているのだ。「そして私はほとんどの友人たちと同じように、失敗したもの、畸形的なもの、生きていけないもの、達成がありえないものを好んだ。……彼らと同じで、私は誤謬のほうがその逆より好きだった。」(八〇七ページ)　[N3a, 4]

弁証法的形象のうちでは、かつてある特定の時代に存在したものは、常に同時に「ずっと以前から存在し続けたもの」でもある。しかし、そのようなものとしてのかつてあったものが出現するのは、それぞれある特定の時代の眼前においてのみである。つまり、人類が眼をこすりながら、こうした夢の形象をまさに夢の形象として認識するような、そういう時代においてしか現われないのだ。歴史家がこの夢の形象に関して夢解釈〔判断〕の課題を引き受けるのは、まさにこの瞬間においてなのである。　[N4, 1]

自然という書物という言い方は、現実的なるものをちょうどテクストのように読むことができることを示唆している。本論では、まさにそのように一九世紀の現実と関わることにしよう。私たちは、すでに起きたことという書物のページを開くのである。　[N4, 2]

プルーストがその生涯の物語を目覚めのシーンから始めたのと同様に、あらゆる歴史記述は目覚めによって始められねばならない。歴史記述は本来、この目覚め以外のものを扱ってはならないのだ。こうしてこのパサージュ論は一九世紀からの目覚めを扱うのである。 [N4, 3]

目覚めに際しての夢のさまざまな要素を評価し役立てることこそ、弁証法の公準である。それは思想家にとって模範的であり、歴史家にとっては服すべきものとなる。 [N4, 4]

〔マックス・〕ラファエル〔ベンヤミンと同時代の批評家・美術史家〕は、ギリシア芸術のもつ規範的性格についてのマルクス主義的把握を修正しようとする。「ギリシア芸術の規範的な性格が、……歴史的に説明される事実であるとすれば、……どのような特殊な条件がおのおのの芸術復興期（ルネサンス）をもたらし、その結果、これらの芸術復興期がギリシア芸術のどの特殊な要因をモデルとして受け入れてきたかを、……決定しなければならない。というのも、ギリシア芸術全体が、規範的な性格をそなえていたわけではない。それぞれの芸術復興期には……それぞれの歴史がある。「規範」としての……古代という一つの抽象的概念が生まれた時期を指し示すことができるのは、歴史的分析だけである。……規範は、ルネサンスによってはじめて創り出された。すなわち、最初期の資本主義によって創り出されたということであり、その後、……古典主義によって受け入れられ、歴史的な諸連鎖における位置が定められた。マルクスは、史的唯物論のいろいろな可能性を十分に活かしてこの道を進んでゆくことをしなかった。」マックス・ラファエル『プルードン、マルクス、ピカソ』パリ、〈一九三三年〉、一七八―一七九ページ [N4, 5]

技術的な構築形式に特有なのは(芸術形式とは反対に)、そうしたものの進歩や成功が、その社会的内容の透明度に比例していることにある。(だからこそガラス建築が出てきた。) [N4, 6]

マルクスの重要な箇所。「ある種の重要な芸術表現形式は、芸術発展のあまり進んでいない段階においてのみ可能であることが、……たとえば叙事詩の例において……認められる。もしもこのことが芸術それ自体の領域内の、芸術のさまざまな種類との関係において真実であるとすれば、芸術の領域全体と社会の一般的発展との関係においても真実だということは、もうそれほど不思議ではないだろう。……」マックス・ラファエル『プルードン、マルクス、ピカソ』パリ、〈一九三三年〉、一六〇ページにおけるマルクスからの引用。出典の指示なし(おそらく『剰余価値論』I?)(正確には次のとおり。『経済学批判要綱』「序説」

第四節、ディーツ社版（一九五三年）、三〇ページ。新メガ版、四四ページ〕。　[N4a, 1]

マルクス主義の芸術理論。それはある時は大ぼらを吹き、ある時はスコラ的になる。　[N4a, 2]

A・アストゥラロが提案した上部構造の段階的系列——「経済、家族および親族、法律、戦争、政治、道徳、宗教、芸術、科学。」『歴史的唯物論と一般社会学』ジェノヴァ、一九〇四年（『ノイエ・ツァイト』シュトゥットガルト、二三巻一号、六二ページにエルヴィン・ソボ〔サボ〕による書評あり）　[N4a, 3]

「社会的諸力」についてのエンゲルスの奇妙な発言。「社会的諸力はその本性がいったん把握されてしまえば、協働する生産者のもとで、悪魔的な支配者であることをやめ、従順な下僕へと姿を変えることができる。」（！）エンゲルス『空想より科学へ』一八八二年　[N4a, 4]

『資本論』第二版のマルクスのあとがき。「研究は素材を細部にいたるまで手中に収めるべきであり、そのさまざまな発展形式を分析し、その内部に潜む紐帯を探り出さねばならない。こうした作業が完全に成し遂げられた場合にのみ、現実の運動を適切に記述することができるのである。もしもそれに成功し、素材の生き生きしたありさまが理念的に映し出されると、あたかもアプリオリな構築を扱っているかのように思えてくるほどなのだ。」カール・マルクス『資本論』I、コルシュ編、ベルリン、〈一九三二年〉、四五ページ [N4a, 5]

一八世紀が終わったあとの時代について歴史的に研究することにつきまとう特別な困難が叙述されねばならない。大新聞が出現してからというもの、史料は見通しのつかないほど膨大なものとなった。 [N4a, 6]

ミシュレは、民衆に喜んで野蛮人(バルバール)の名をつけようとしている。——「野蛮人(バルバール)、この言葉は気に入った、採用しよう。」——そして民衆の中の物書きたちについてこう述べている。「彼らはこよなく、ときには過剰に、細部を愛し、すっかりのめりこむのだ。そのさまはアルブレヒト・デューラーの神聖なるぎこちなさ、あるいは、技巧を十分に隠しきれないジャン＝ジャック〔・ルソー〕の過ぎた仕上げを思わせる。こういった念の入った細部によって、全体が損なわれるわけだ。しかし、彼らをあまり責めてはならない。樹液が……贅沢に溢れているのだから。その樹液は……葉も実も花もすべてを一挙につくり出そうと、小枝をたわめたり、ねじ曲げたりする。私の書く本にも、労を惜しまぬこの人たちのこういった短所がしばしば見られるが、その長所のほうはない。かまいはしない！」J・ミシュレ『民衆』パリ、一八四六年、XXXVI-XXXVII ページ　[N5, 1]

一九三五年八月五日付のヴィーゼングルント〔・アドルノ〕からの手紙。「あなたが述べておられる「夢」――つまり、弁証法的形象における主観的なものとしての「夢」の契機――と、「夢」をモデルとして見る考え方とを宥和させようとする試みをしているうちに、次のようないくつかの文章となりました。……事物においてその使用価値が死滅することによって、疎外された事物は空洞化され、暗号となってさまざまな意味を呼び起こすようになる。主観性は、望みや不安などといった志向をこれらの事物のなかに入れ込むことによって、そうした意味を奪取するのである。使用価値から離れてしまった事物が、主観的志向の形象の担い手となることによって、こうした形象は太古の、かつ永遠の形象として現われる。弁証法的な形象は、疎外された事物とそこに入り込む意味が織りなすコンステラツィオーン〔星座＝布置〕であり、死と意味とのあいだの差異が喪失する瞬間において停止するのである。事物はその外見の輝きによって最新のものへと覚醒させられるが、他方で、死がそうしたさまざまの意味を最古の意味へと変貌せしめるのである。」このような考え方に関しては、次の点を考慮せねばならない。つまり、一九世紀においては、技術の進歩によって、使用価値を持った品物が次々と通用しなくなってしまうので、意味を失って「空洞化」した事物の数がこれまで知られなかった規模と速度で増大しているという点である。　[N5, 2]

「批評家は……どのような理論的・実践的意識とも結びつきうるし、現存する現実の独特な諸形態から真の現実を当為(ゾレン)や最終目的として展開することもできる。」カール・マルクス『史的唯物論――初期著作集』I、ランツフート/マイアー編、ライプツィヒ、〈一九三二年〉、二二五ページ(「マルクスよりルーゲ宛て書簡、クロイツナハ発、一八四三年九月」)。ここでマルクスが言及している結びつきは、必ずしも直前の発展段階につながることを必要としているわけではない。それは、はるか昔に過ぎ去った時代に結びつくことも可能である。そして、そうした時代の当為や最終目的はもちろん、次にくる発展段階のことを慮りながら語られるべきではなく、その時代それ自体において、歴史の最終目的の先行形態として語られるべきなのである。　[N5, 3]

エンゲルスは言っている（マルクス／エンゲルス『フォイエルバッハ論』『マルクス＝エンゲルス・アルヒーフ』I、リヤザノフ編、フランクフルト・アム・マイン、〈一九二八年〉、三〇〇ページ）。「法が、宗教と同様に、それ固有の歴史を持っていないことを忘れてはならない。」法と宗教についていえることが、まさに決定的なかたちで文化についてもいえるのである。階級なき社会の生活形式を文化的に陶冶された人類というイメージに則して考えるのは、筋が通らない。　[N5, 4]

「われわれのモットーは……こういったらよかろう。意識の変革はドグマによってではなく、自己自身にとって明らかとなっていない神秘的な意識の分析によって可能になる。それはこうした意識が宗教的に現われる場合でも政治的に現われる場合でも同じである。とうに世界はある事柄についての夢を持っているのだから、その事柄をじっさいに所有しようとするならば、それについての明晰な意識を所有するだけでよいのである。」カール・マルクス『史的唯物論――初期著作集』I、ランツフート／マイアー編、ライプツィヒ、〈一九三二年〉、二二六―二二七ページ（「マルクスよりルーゲ宛て書簡、クロイツナハ発、一八四三年九月」）　[N5a, 1]

人類は過去と宥和しつつそこから訣別しなければならない——そうした宥和の一形態は明朗な訣れである。「現在のドイツの体制、……世界にたいしてぶざまにさらけ出されているアンシャン・レジームの空疎さ、……これはもう真の英雄が死んでしまった後の世界秩序における喜劇役者でしかない。歴史とは徹底的なものであり、古くなった形態を墓に葬ろうとするときには、多くの段階を踏まえていく。世界史の一形態における最終段階は喜劇である。アイスキュロスの『鎖に縛られたプロメテウス』の中ですでに一度悲劇というかたちで致命傷を負わされたギリシアの神々は、ルキアノスの対話の中でいま一度喜劇というかたちで死なねばならなかった。なぜ歴史はこうした成り行きをとるのだろうか。それは人類が朗らかに自らの過去と訣別するためである。」カール・マルクス『史的唯物論——初期著作集』I、ランツフート／マイアー編、ライプツィヒ、二六八ページ（「ヘーゲル法哲学批判序説」）。シュルレアリスムとは喜劇のうちで前世紀が死ぬことである。 [N5a, 2]

マルクスは次のように言っている（マルクス／エンゲルス『フォイエルバッハ論』『マルクス＝エンゲルス・アルヒーフ』I、フランクフルト・アム・マイン、〈一九二八年〉、三〇一ページ）。

「政治の歴史、法の歴史、学問の歴史等々、芸術の歴史、宗教の歴史等々は存在しない。」

[N5a, 3]

『聖家族』の中でベーコンの唯物論についてこう言われている。「物質(マテリー)は詩的・感覚的輝きを帯びて人間全体に笑いかける。」

[N5a, 4]

「衣食住、家庭の慣習、私法、娯楽、交際など、大多数の個人にとってつねに生活の主たる関心をつくり出してきた日常生活の事柄を、非常に不完全な形でしか扱えなかったことを遺憾に思う。」シャルル・セニョボス『フランス国民の真正の歴史』パリ、一九三三年、XIページ

[N5a, 5]

注に〔ad notam〕ヴァレリーの言葉。「真に普遍的なものの特性は、多産であることだ。」

[N5a, 6]

野蛮は、諸価値の宝庫という文化の概念それ自体の中に宿されている。この概念は、そうした価値を生み出した生産過程からは切り離されてはいなくても、そうした価値が生

き延びた時代の生産過程からは切り離されていると見なされる。そうした価値はこうしたやり方で、後者の生産過程〈?〉の擁護に奉仕する。たとえそれがどのように野蛮なものであっても。

［N5a, 7］

文化の概念がどのように生まれたのか、文化の概念がそれぞれの時代においてどのような意味を持っていたのか、文化の概念が形づくられることはどのような欲求に照応してきたのかを突き止めること。そこで明らかになるのは、文化の概念が「文化財」の総体と見做されるかぎりでは、最近生まれたものであるということであろう。文化の概念は、たとえば中世初期において古典古代の所産〔Zeugnisse〕にたいして破壊の闘いを仕掛けた聖職者たちにはまちがいなく欠落しているものである。

［N6, 1］

ミシュレ——彼は、どこで引用されても、彼を引用している当の書物のことを忘れさせてしまう著者である。

［N6, 2］

社会問題や慈善問題について書かれた最初の頃の書物に関して強調されるべきことは、そうした書物の装幀がとびきり入念に行われている点である。〔フランソワ・マルク・ルイ・〕ナヴィルの『法的慈善事業について』、フレジエ『危険な諸階級』などがそうである。

[N6, 3]

「ラファルグのような見識ある唯物論者にとって、経済的決定論は「歴史のすべての問題の鍵となりうる、まったく完全な道具」ではなかったという事実をいくら強調しても、しすぎることはないでしょう。」アンドレ・ブルトン『シュルレアリスムの政治的立場』パリ、（一九三五年）、八―九ページ

[N6, 4]

どのような歴史的な認識も、ちょうど釣り合いがとれて止まっている秤のイメージで捉えることができる。その秤の一方の皿には、かつてあったことが、そしてもう一方の皿には、現在の認識が載っている。前者の皿には見栄えのしない、いくら集めても数が十分にはならないような事実が載っているとすれば、後者の皿には、ほんの僅かだがずっしり重くて量感のある分銅が載っているだけでよい。

[N6, 5]

「産業時代において……哲学がとりうる唯一品位ある態度は……慎み深さである。マルクスのような人物の場合の「科学性」とは、哲学が諦観することを意味するのではなく、

……下劣な現実の支配が打破されるまで哲学が慎み深くあることを意味している。」フーゴー・フィッシャー『カール・マルクスとその国家ならびに経済への関係』イエナ、一九三二年、五九ページ [N6, 6]

エンゲルスが唯物論的歴史把握との関連で、「古典性」を強調している点が、かなり重要である。発展における弁証法を示すために彼が根拠としているのは、「現実の歴史の過程みずからが提供する法則である。それは、どのような契機も、それが完全に成熟する発展上の地点、すなわちそれぞれの契機が古典性を獲得する地点において考察されることが必要だからである」。グスタフ・マイアー『フリードリヒ・エンゲルス』第二巻「エンゲルスとヨーロッパにおける労働運動の興隆」ベルリン、〈一九三三年〉、四三四―四三五ページに引用 [N6, 7]

一八九三年七月一四日付の〔フランツ・〕メーリング〔独のマルクス主義的歴史家・評論家〕に宛てたエンゲルスの書簡。「たいていの人をなににも増して惑わしているのは国家制度、法制度、あるいはおのおのの個別領域におけるイデオロギー的表象、こういったものが独自の歴史を持つかのように見えることである。ルターとカルヴァンが公式のカトリックの宗教を克服し、ヘーゲルがフィヒテとカントを克服し、ルソーが『社会契約論』によって立憲君主論に立つモンテスキューを間接的に「克服」したとしても、それは神学や哲学や国家学の範囲の中での出来事に留まり、こうした思考の領域における歴史の一段階ではあっても、思考の領域の埒内からは一歩も出ないのである。そして資本主義的生産が永遠不変であり最終的な審級であるというブルジョワ的幻想がこうした考え方につけ加わって以来さらに、重農主義者や、アダム・スミスによる重商主義の克服ですら単なる思考の勝利と見なされてしまう。すなわち経済的な事実の変化の思考への反映としてではなく、つねにかつていかなる場所でも存在している実際の諸条件について最終的に達成された正しい洞察と見なされてしまうのだ。」グスタフ・マイアー『フリードリヒ・エンゲルス』第二巻「エンゲルスとヨーロッパにおける労働運動の興隆」ベルリン、四五〇―四五一ページに引用　[N6a, 1]

「シュロッサー〔19世紀独の自由主義の歴史家〕があの〔気難しい道徳的厳格さという〕非難に反論してなにか言えるとすれば恐らくこうだろう。すなわち、偉大な人生や歴史において学ぶことができるのは、小説の場合とは異なり、感覚や精神のよろこびを感じることであって、生の表層のよろこびではないということ、また、そうした偉大な人生や歴史を知ることで吸収できるものは人間嫌いの侮蔑ではなく、世界というものについての厳格な見方であり、生に関する真面目な原則であるということ、そして、いやしくも外面的な生を自分自身の内面的生という尺度によって測るすべを心得ていた、世界および人間の批判者すべての中でもっとも偉大な人物たち、すなわちシェークスピア、ダンテ、マキャヴェリのような人たちに、世界の本質はつねにそのような真剣さと厳格さへと仕向けるものだという印象を与えてきたということである。」G・G・ゲルヴィーヌス『フリードリヒ・クリストフ・シュロッサー』ライプツィヒ、一八六一年[『ドイツ追悼演説集』ルードルフ・ボルヒャルト編[ミュンヘン、一九二五年]、三一二ページ] [N6a, 2]

伝承と複製技術の関係を考えること。「口承と手書きという手段一般の関係は、ペンによる手書きによってコピーを増やしていくことと印刷によってコピーを増やしていくこととの関係と同様であり、一冊の本を時間を追って手書きによって写していくことと一度に大量に印刷することとの関係と同じである。」[カール・グスタフ・ヨッホマン]『言語について』ハイデルベルク、一八二八年、二五九―二六〇ページ(「詩の退歩」) [N6a, 3]

ロジェ・カイヨワの「『パリ――近代の神話」(『NRF』誌、二五巻二八四号、一九三七年五月一日、六九九ページ)は、対象であるパリをさらに解明するために行われるべき研究を列挙している。(1)パリについての一九世紀以前の描写(マリヴォー、レティフ・ド・ラ・ブルトンヌ)。(2)パリと地方の関係をめぐるジロンド党とジャコバン党の論争。パリにおける革命の日々の伝説。(3)帝政期および王政復古期における秘密警察。(4)ユゴー、バルザック、ボードレールにおけるパリの風俗描写。(5)パリの客観的描写。デュロール、デュ・カン。(6)ヴィニー、ユゴー(『恐ろしい年』〔普仏戦争とパリ・コミューン〕における焦土と化したパリ)、ランボー。　[N7, 1]

知的機敏さと弁証法的唯物論の「方法」とのあいだの関係を打ち立てねばならない。事実に則した振る舞いの最高の形式のひとつである知的機敏さに、つねに弁証法的プロセスがあることを証明しうるだけでは十分ではない。それ以上に決定的なことは、弁証法的に考える人間は歴史を危機の星座(コンステラツィオーン)＝布置としてしか見ることができないということである。彼は、この状況の展開を思考によって追いながら、いつもその向きをそらそうと待ちかまえている。　[N7, 2]

「革命は、一つの物語であるよりは一つのドラマであり、そのパトスはその真実性と同

じくらい緊急な条件である。」ブランキ（ジェフロワ『幽閉者』I、パリ、一九二六年、二三一ページに引用）　[N7, 3]

何年にもわたって一冊の書物の中のふとした引用の一つ一つに、何げない言及の一つ一つに鋭敏に耳を傾ける必要がある。　[N7, 4]

歴史の理論を、エドモン・ジャルー（20世紀仏の文芸評論家・小説家）が「私的な日誌」（『ル・タン』紙、一九三七年五月二三日）に訳しているグリルパルツァー（19世紀オーストリアの劇作家）の言葉と対照させてみること。「未来を読むことは難しいが、過去を純粋に見ることはさらに難しい。私が純粋にと言っているのは、回顧的なその視線のなかに、それ以降に起きたすべての事柄を混入させずに、ということである。」視線の「純粋さ」というのは到達しがたいというよりは、とうてい到達しえないものである。　[N7, 5]

唯物論的な歴史家にとって重要なことは、ある歴史的事象の構成を、ふつう「再構成」といわれていることと厳密に区別することである。感情移入というかたちをとった「再構成」は単層的である。「構成」は「破壊」を前提としている。　[N7, 6]

過去の一片が〔現在の〕アクチュアリティに撃たれるためには、両者のあいだに連続性があってはならない。　[N7, 7]

ある歴史的事実の前史および後史は、その事実の弁証法的叙述によって、その事実そのものにおいて現われる。さらにいえば、弁証法的に叙述されたあらゆる歴史状況は分極化されて、そうした状況の前史と後史のあいだに生ずる対決の力の場となる。歴史状況がそうした場になるのは、その状況にたいしてアクチュアリティが働くからである。そして歴史的事実はいつも新たなかたちで前史および後史へと分極化するのであり、けっして同じやり方によってではない。歴史的事実が分極化するのはみずからの外側、すなわちアクチュアリティそれ自体のうちにおいてである。それはちょうどアポロ分割〔黄金分割〕による線分の分割が、みずからの分割を自分自身の外側で経験するのと同様である。　[N7a, 1]

歴史的唯物論は歴史の均質的な叙述も、連続的な叙述もめざさない。上部構造が下部構造へと反作用するから、均質な歴史、たとえば経済史や文学史、法学史などは存在しないことが明らかになる。他方では、過去の多種多様な時代が、歴史家の現在にさまざまな程度において関わり合いとなるのだから(しばしばもっとも近しい過去一般でさえ歴史家の現在に関わり合いになれないことがある。現在はそうした過去を「正当に評価しない」のである)、歴史叙述の連続性を実現することは不可能になる。 [N7a, 2]

現在が過去に衝突して過去へと喰い込むこと。 [N7a, 3]

偉大な、きわめて感動的な芸術の享受とは、ヨリ多クノ人々ノモトヘ向カウコト[ad plures ire「死」を意味する婉曲的表現]である。 [N7a, 4]

唯物論的歴史叙述は、過去が現在を危機的状態へ至るよう仕向ける。 [N7a, 5]

ヴァレリーが「気むずかしく、洗練された読者のゆっくりした抵抗に満ちた読書」と名づけたものに抗うのが私の企図である。シャルル・ボードレール『悪の華』ポール・ヴァレリーの序文、パリ、一九二八年、XIIIページ [N7a, 6]

私の思考と神学の関係は、ちょうど吸取紙とインクとの関係である。私の思考は神学に完全に吸収されている。だからといって思考が吸取紙の方を向いていたら、書かれたものは何一つとして後に残らないだろう。 [N7a, 7]

出来事を前史と後史に分極化するのが現在である。 [N7a, 8]

歴史の未完結性という問題に関する一九三七年三月一六日付のホルクハイマーの書簡。「歴史が未完結であるという主張は、もし歴史が完結していることをその中に取り込んでいなければ観念論的なものです。過去の不正はすでに起きたのであり、完結したのです。撲殺されたものは実際に撲殺されたのです。……歴史の未完結性を本気で受け取るなら、最後の審判を信じるしかありません。……ひょっとするとこの未完結性ということに関して肯定的な側面と否定的な側面で違いがあって、過去の不正や恐怖や苦悩だけが修復不能なのかもしれません。行使された正義や歓喜、仕事といったものは時間にたいして別な関係にあります。なぜならそうしたものの持っている肯定的な性格は、移ろいやすさによって大幅に否定されるからです。このことはまずもって個人の存在に当てはまります。個人の存在において死が確定するのは、幸福ではなく不幸なのです。」こうした思考の経緯を修正してくれるのは、歴史がたんに科学であるだけではなく、それに劣らず哀悼的想起〔Eingedenken〕の一形式でもあるという考えである。科学が「確認」したことを、哀悼的想起は修正することができる。哀悼的想起は未完結なもの（幸福）を完結したものに、完結したもの（苦悩）を未完結なものに変えることができるのである。これは神学である。しかし哀悼的想起において私たちは、歴史を非神学的に捉えることが原則として禁じられるのを経験するのだ。歴史を直接神学的概念によって描こうとしてはならないのと同様に。［N8, 1］

アルカイックな像〔イメージ〕についての説がユングに対して果たしている明らかに退行的な機能は、「分析心理学と詩的芸術作品の関係について」というエッセイのなかの、次のような箇所に現われている。「創造の過程というものは……元型（アルケテュプス）を無意識的に活性化し、それを完成された作品へと仕上げることである。太古のイメージに形を与えることは、ある意味においてそれを現在の言葉へと翻訳することである。……その点に芸術の社会的意味がある。……芸術は時代精神にもっとも欠けている形象〔Gestalten〕を出現させる。現在にたいする不満足ゆえに芸術家の憧憬は、……時代精神の一面性を……補完するのにふさわしい無意識のうちにある太古のイメージにまで舞い戻っていく。芸術家の憧憬がこのイメージを捉え、それを意識に近づけると、このイメージは現在の人間がその把握能力にそくして受け入れられるようになるよう形を変えるのである。」C・G・ユング『現代の魂の問題』チューリヒ／ライプツィヒ／シュトゥットガルト、一九三二年、七一ページ。こうして秘儀的な芸術理論は、元型を「時代精神」が「受け入れられる」ようにするところまでゆく。　[N8, 2]

今日ならばすぐわかることであるが、まず初めに表現主義によって爆発的なかたちで白日の下に晒されることになった要素の一つが、ユングの仕事の中でおくればせの、しかしそれだけに強力な効果を発揮している。それは医師に特有なニヒリズムの要素であり、ベン〔20世紀独の表現主義から出発した抒情詩人・医者〕の作品においても出会うような、そしてセリーヌ〔20世紀仏の反ユダヤ主義の作家・医者〕がその遅ればせの後継者となったようなものである。このニヒリズムは、内臓がそれを扱う医師たちに与えたショックから生じたものである。ユング自身は、心的なものへの関心の増大の根拠が表現主義の影響によるものだとしてこう言っている。「そもそも芸術はつねに、将来における一般的な意識の転換をあらかじめ直観的に捉えるものだが、表現主義芸術はこの心的なものへの関心の増大という転換を予言者的に先取りした。」（『現代の魂の問題』チューリヒ／ライプツィヒ／シュトゥットガルト、一九三二年、四一五ページ「近代人の魂の問題」）ここでルカーチが表現主義とファシズムのあいだに定立した関係を見失わないこと。（[K7a, 4]参照）

[N8a, 1]

「伝統。葉を打つ風のようにとぎれとぎれに
　われわれが収録するさすらいの寓話。」

ヴィクトール・ユゴー『サタンの最期』パリ、一八八六年、二三五ページ

[N8a, 2]

ジュリアン・バンダ〔20世紀仏の思想家。知識人論で知られる〕は『世俗による律修士』においてフュステル・ド・クーランジュ〔19世紀仏の歴史学者〕の言葉を引用している。「もしもあなたが、ある時代を再び生きたければ、その時代の後に起こったことについて知っていることを忘れなさい。」これが歴史学派の歴史記述の密かなる大憲章（マグナ・カルタ）である。そしてバンダが、この引用につけ加えて次のように言っていても、証明力は乏しい。「フュステルは、歴史におけるある時代の役割を理解するために、この仕方〔mœurs〕が有効であるとは決して言っていない。」

[N8a, 3]

時間が空間の中で世俗化することと、アレゴリー的な直観との間になんらかの関係があるかどうかという問題を追究すること。いずれにせよ、空間における時間の世俗化は、ブランキの最後の著書で明らかなように、一九世紀後半の「自然科学的世界像」のうちに潜んでいる。（ハイデガーにおける歴史の世俗化。）
[N8a, 4]

ゲーテは市民的教養の危機が到来するのを見ていた。彼は『ヴィルヘルム・マイスター』でそれに立ち向かおうとしている。彼はその危機を、ツェルター〔18―19世紀独の作曲家〕との往復書簡の中で指摘している。
[N8a, 5]

ヴィルヘルム・フォン・フンボルト〔18―19世紀独の言語学者・政治家・文人〕は重点を言語に移した。マルクスとエンゲルスは重点を自然科学に置いた。言語研究も経済的機能を持っている。このことは世界市民的交通〔Commercium〕と対応している。それにたいして自然科学研究は生産過程と対応する。
[N9, 1]

学問の方法の特徴は、新しい対象へ導きつつ、新しい方法を発展させるところにある。それは、ちょうど芸術における形式の特徴が、新しい内容へ導きつつ、新しい形式を発展させるところにあるのと同じである。一個の芸術作品には一つの形式しかないというのは、また、一つの研究には一つの方法しかないというのは、外面的な見方にすぎない。

[N9, 2]

「救い」の概念について。概念という帆に当たる絶対的なものからの風。(風の原理は循環である。) 帆の角度は相対的なものである。

[N9, 3]

なにから現象は救われるのだろうか。その現象が悪評を被ったり、軽視されたりしている状態から救われるだけではない。いや、むしろその現象が伝承される一定の仕方、すなわち非常にしばしば「遺産として尊重」するという伝承の仕方が引き起こす破局(カタストローフェ)から救われるのである。——現象はそのうちに潜む亀裂を明らかにすることによって救われる。——破局である伝承が存在する。

[N9, 4]

弁証法的経験にとってもっとも固有なこととは、歴史がいつも同じという見かけ、つまり歴史は繰り返しにすぎないという見かけを追い払うことである。真に政治的な経験は、こうした見かけから絶対的に解放されている。

[N9, 5]

弁証法を駆使する者にとって肝要なのは、世界史の風を帆に受けることである。思考することは、こうした弁証法を駆使する者にとっては帆を張ることを意味する。どのようにその帆を張るかが重要なのだ。言葉の一つ一つが弁証法を駆使する者の帆である。言葉という帆がどのように張られるか、その仕方によって言葉は概念となる。　[N9, 6]

弁証法的な形象は一瞬ひらめく形象である。こうして、認識可能性としてのこの今において一瞬ひらめく形象として、かつてあったものが捕捉されうるのである。救いはこのようになされる——このようにしかなされえない——以上、それはいつも、次の瞬間にはもう救いえないものとして失われるであろう形象においてのみ成就されうる。これに関してヨッホマン〔19世紀のバルト出身のドイツ系作家〕のまえがきに比喩的な記述がある。過去のもろもろの頂にふれて見者のまなざしが一瞬きらめく、というのである。

[N9, 7]

弁証法を駆使する者であることは、歴史の風を帆にうけることを意味する。帆は概念である。しかし、弁証法を駆使する者にとって、帆を自由に操るだけでは十分ではない。

肝心なのは、帆を立てることの出来る技である。　[N9, 8]

進歩の概念は、破局(カタストローフェ)の理念のうちに基礎づけられるべきである。「今までどおり」というのが破局である。破局とは、これから来るものではなく、その都度すでに与えられているものである。ストリンドベリ〔19―20世紀スウェーデンの作家〕はそう――『ダマスカスへ』で？――言っている。地獄はこれから来るものではなく、ここにあるこの生そのものである。　[N9a, 1]

唯物論的探究では、はっきりしない結論〔Schluß〕を与えることが良いことである。　[N9a, 2]

救いにふさわしいのは、確固とした、見かけの上では荒々しい介入である。　[N9a, 3]

弁証法的な形象とは、ゲーテの分析対象に対する要求、すなわち真の総合を提示するという要求にかなうような歴史対象の形式である。それは歴史の原現象である。　[N9a, 4]

顕彰や擁護は、歴史のプロセスのもっている革命的な契機を隠蔽しようと努める。顕彰や擁護が関心をもつのは、歴史の連続性を作り出すことである。そこで価値を認められるのは、作品の要素の中ですでに後代への影響史の中に組みこまれてしまった要素だけである。顕彰や擁護からぬけ落ちるのは、そこで伝統が途切れ、伝統を乗り越えようとする者に手掛かりを与えてくれるぎざぎざの切断面がひらける場所である。　[N9a, 5]

歴史的唯物論は、歴史における叙事詩的要素を断念しなければならない。歴史的唯物論は、時代を物的な「歴史の連続性」から切り離す。しかし一方でそれは、時代内部の均質性をも破砕する。歴史的唯物論は、時代に現在という爆薬(エクラサイト)をしかける。　[N9a, 6]

真の芸術作品にはかならず、その作品へ沈潜しようとする者に向かって、作品がまるで明けわたる朝〔Frühe〕の風のように涼やかに吹きよせる場所が存在する。このことから明らかになるのは、しばしば進歩への関わりに無縁と見なされる芸術が、進歩の真正な定義に役立つということである。進歩は時代の経過の連続性にではなく、その連続性への干渉のうちに宿っているのである。そこでは、真に新しいものがはじめて夜明け〔Frühe〕の冷澄さを伴って感知される。　[N9a, 7]

唯物論の立場に立つ歴史家にとって、彼の関わるあらゆる時代は、彼自身にとって肝要である時代の前史でしかないのだ。まさにそれゆえに、彼にとって、歴史のうちには反復というみかけは存在しないのだ。というのも、この歴史家にとってもっとも重要な歴史の流れの中の契機は、その「前史」としての指標を通じて歴史家の現在そのものの契機になるからであり、その契機を破局とみるか勝利とみるかによってその性格が変化するからである。 [N9a, 8]

歴史の進歩の場合と同様、学問の進歩においてもいつもその都度の第一歩だけが進歩なのであり、第二歩も第三歩も、n＋1歩も決して進歩ではないと仮定するならば、二歩目以降の歩みは学問の営み〔Betrieb〕に属するばかりではなく、学問の集積〔corpus〕に属するものであることになる。しかし、本当のところはそうならない。なぜなら弁証法のプロセスにおけるおのおのの段階は（――歴史自身のプロセスにおけるおのおのの段階と同様――）たとえ先行する段階によって条件づけられているとしても、根本的に新しい転回を遂げ、それによって根本的に新たな扱いを要求するようになるからである。したがって弁証法的な方法の特徴は芸術における形式と同様に、新しい内容を導きつつ新しい方法を発展させるところにある。一個の芸術作品には一つの形式があり、一つの形式しかない、、、というのは、また弁証法的研究にも一つの方法があり、一つの方法しかない、、、というのは、外面的な見方にすぎない。

[N10, 1]

歴史の基本概念の定義。破局とは機会を逸したことであり、危機の瞬間とは現状〔status quo〕が続きかねないことである。進歩とは最初の革命的措置である。

[N10, 2]

歴史の事象を歴史の流れの連続性からもぎ取ることが要求されるのは、そのモナド的構造のゆえである。このモナド的構造はもぎ取られた事象においてはじめて露わになる。いいかえればこのモナド的構造が露わになるのは、歴史における対決という形態を通してなのである。この対決が歴史的事象の内部(いわば内臓)を形づくっていて、歴史のもつ諸力や関心の全体の中へと新たに若返ったかたちで踏み込んでいく。この歴史的事象の持っているモナド的構造のおかげで、歴史的事象はみずからの内部に自分固有の前史と後史が出現するのを見出すのである。(たとえばボードレールの前史は、この研究〔『パサージュ論』〕が述べているように、アレゴリーであり、その後史はユーゲントシュティールである。)

[N10, 3]

因襲的な歴史記述や「顕彰」と対決するためには、感情移入〔グリルパルツァー、フュステル・ド・クーランジュ〕への反論を土台とすべきである。　　　［N10, 4］

サン＝シモン主義者〔エミール・〕バロー〔19世紀仏の政治家〕は、有機的時代と批判的時代を区別する。批判的精神にたいする誹謗は、ブルジョワ階級の勝利のすぐ後、すなわち七月革命とともに始まった。　　　［N10, 5］

唯物論的歴史記述の破壊的ないし批判的契機は、歴史的事象を構成する第一条件である歴史の連続性の破砕においてその真価を発揮する。実際、歴史の連続的な流れのなかでは、そもそも歴史の一つの事象に狙いを定めることはできない。もっとも実際には歴史記述は昔から一つの対象を歴史の連続的な流れの中から簡単に取り出してきた。しかしそこには原則などあったわけではなく、窮余の策としてそうしてきたにすぎない。こうした歴史記述がなによりもまず目ざしているのは、事象をもう一度感情移入によって新たに作り出された連続性の中に組み入れることであった。それに対して唯物論的歴史記述は、対象を無造作に選択したりはしない。それは事象をつかみとるのではなく、事象を、歴史の流れを破砕して取り出すのである。唯物論的歴史記述の準備措置はずっと幅の広いものであり、〔そこで破砕によって取り出される〕出来事はずっと本質的である。

[N10a, 1]

〔なぜなら〕唯物論的歴史記述における破壊的契機は、伝統およびその継承者を脅かす危機の星座＝布置（コンステラツィオーン）に対する反応として把握されるべきである。この危機の星座＝布置に立ち向かうのが唯物論的歴史叙述である。そこにこの歴史叙述のアクチュアリティがあり、そうした危機の星座＝布置において唯物論的歴史叙述はみずからの知的機敏さを証さねばならない。こうした歴史叙述は、エンゲルスに倣って言えば、「思考の領域の外へ」出ることを目標とすべきである。

[N10a, 2]

思考には、思考の運動と同様に思考の静止も必要である。思考が緊張に満ち満ちた星座＝布置（コンステラツィオーン）において静止するとき、そこに弁証法的形象が現われる。それは思考の運動における節目である。その節目の場所は決して任意なものではない。それはひとことで言えば、弁証法的に対立するものの間の緊張が最高潮に達したところで求められねばならない。したがって唯物論的歴史叙述において構成される事象はそれ自体として弁証法的形象である。この形象は歴史的〔historisch〕事象と同一である。そしてこの形象は、歴史の流れの連続性から歴史的事象が偶然によってもぎ取られたことを正当化する。

[N10a, 3]

根源の歴史〔Urgeschichte〕のアルカイックな形態はいつの時代においても、そして今まさにユングによってふたたび持ち出されている。そうしたアルカイックな形態は、歴史における仮象の故郷として自然を示せば示すほど、そうした仮象をますます眩惑に満ちたものにする。

[N11, 1]

歴史を記述するということは、出来事があった年にその相貌（フィジオグノミー）を与えることである。

[N11, 2]

歴史家をとりまいていて、歴史家が今関わっている出来事は、炙り（あぶ）出しインクで書かれたテクストとして歴史家の記述の基礎となる。歴史家が読者に提示する歴史は、いわばこのテクストにおける引用になっている。そしてこの引用だけが、だれにとっても読み解くことのできるものとして提示されているのだ。歴史を記述するということは、したがって歴史を引用することである。しかし引用するということには、その都度の歴史的事象をその連関からもぎ取ってくるということが含まれている。　[N11, 3]

歴史的唯物論の基本条項。(1)歴史の事象の認識は救済として行われる。(2)歴史は形象へと分解する。物語にではない。(3)弁証法的プロセスが遂行されるときには、私たちはモナドと関わっている。(4)唯物論的歴史叙述は、進歩の概念に対する内在的な批判をともなっている。(5)歴史的唯物論のやり方を支えているのは経験であり、常識であり、知的機敏さであり、弁証法である。（モナドについては[N10, 3]）　[N11, 4]

現在は、過去の事象に関して、それがどこにおいてその前史と後史へと分岐するかを確定する。それはその事象の核心の周りを囲いこむためである。　[N11, 5]

一九世紀の書物についての偉大な文献学が遂行されうるのはマルクス主義によってだけであることを、実例を通じて証明すること。　[N11, 6]

「もっともはやく啓蒙された地域は、それら[諸科学]がもっとも大きく進歩を遂げた地域ではない。」テュルゴ『著作集』Ⅱ、パリ、一八四四年、六〇一―六〇二ページ(「人間精神の連続的進歩第二叙説」)(一七五〇年) 思考はテュルゴより後の時代の著作において役割を果たすことになる。マルクスにおいてもそうである。 [N11, 7]

進歩の概念は、一九世紀においてブルジョワ階級が権力を掌握してから、本来それに備わっていたはずの批判的機能をどんどん失っていかざるをえなかった。(自然淘汰の理論はこの過程で決定的な意義を持っていた。この理論において、進歩は自動的に遂行されるのだという考え方が強まっていった。この過程はさらに、人間の行為の全領域への進歩概念の適用の拡大を容易にしたのである。) テュルゴ(18世紀仏の政治家・経済学者。自由主義的改革を試みるが挫折)においては進歩概念はまだ批判的機能を有していた。彼はまずなによりも、歴史における退行的な運動に人間が注意を向けることを可能にした。テュルゴにおいて特徴的なのは、進歩がまずもって数学研究の領域において保証されるのを認識した点である。 [N11a, 1]

「人々の見解の連綿たる連なりとは何たる光景だろうか。私はその中に人間精神の進歩の跡を求めるのだが、目に見えるのはほとんど人間の誤謬の歴史でしかない。数学の研究にあっては、初歩を踏み出した頃からあれほどしっかりしていたその〔人間精神の〕足取りは、ほかの領域では、なぜあれほどよろめき、あれほど迷いやすいのだろうか。……見解や誤謬のゆるやかなこの進展において、……自然が植物の生まれつつある茎に与えた包被である最初の葉は、その茎より先に土中から顔を出し、ほかの包被が出てきては次々に枯れてゆき、最後にその茎が現われて花や実の王冠に飾られる、という晩成の真理の象徴（イマージュ）を見るような気がする。」テュルゴ『著作集』II、パリ、一八四四年（「人間精神の連続的進歩第二叙説」）、六〇〇—六〇一ページ　[N11a, 2]

テュルゴの場合には、まだ進歩の限界という考え方があった。「近頃、……大昔の人間が盲目的な本能に導かれてたどりついた地点に、完成によって戻らなければならなくなった。それこそが理性の最高の努力であると自覚しない者などいるだろうか。」テュルゴ、前掲書、六一〇ページ。マルクスの場合にも、この限界が考えられていたが、後になるとその考えはなくなってしまった。　[N11a, 3]

すでにテュルゴにおいて明らかになっていたのは、進歩の概念が科学を範としたものであり、芸術がその修正となるということである。（基本的には芸術も、退歩という概念で無条件に捉えきれるものではない。ヨッホマンの論文もこの観点を無条件に展開しているわけではない。）テュルゴは芸術に治外法権的な位置を与えているが、その仕方は今日そうされるであろうやり方とはもちろん違っている。「自然や真理の認識は、それらそのものと同様に無限である。われわれを喜ばすことが目的である諸芸術には、われわれと同様に限界がある。時代は諸科学において新たな発見を開花させる。しかし、詩、絵画、音楽には、〔それぞれ〕、言語の特質や自然の模倣やわれわれの器官の限られた感覚によって決定される一つの定点というものがある。……アウグストゥス皇帝の世紀の偉人たちはその点に到達したのであり、彼らはいまだにわれわれの範をなしている。」テュルゴ『著作集』Ⅱ、パリ、一八四四年（「人間精神の連続的進歩第二叙説」）、六〇五―六〇六ページ。つまり芸術のオリジナリティが綱領として放棄されているということだ！

[N12, 1]

「美術には、時代とともに改良することができた部分が存在する。たとえば、光学に依拠する遠近法。しかし、固有色、自然の模倣、情念の表現そのものはいつの時代も変わらない。」テュルゴ『著作集』Ⅱ、パリ、一八四四年（「世界の歴史についての第二叙説下書き」）、六五八ページ

[N12, 2]

進歩についての戦闘的な考え方。「真理の進歩を妨げるのは誤謬ではない。だらしなさ、頑固さ、習慣性、人を不活発にするすべてのものが妨げるのである。――古代ギリシアの諸民族やその都市国家において、もっとも平和的な術(アルス)の進歩でさえ、その合い間には終始くり返される戦争を伴っていた。片方の手でイェルサレムの城壁を建て、もう一方の手で戦ったというユダヤの民と同じ状態だった。精神はつねに活動の真っ只中にあり、士気はつねに盛り上がり、知識は日に日に増えてゆくのだった。」テュルゴ『著作集』Ⅱ、パリ、一八四四年、六七二ページ(「思索と断片」)

[N12, 3]

テュルゴの次の言葉には、知的機敏さを政治のカテゴリーとして捉えた考え方がすばらしい形で適切に表わされている。「ものごとは、それらがある特定の状況に在るということにわれわれが気づく前に、すでに数度は変化してしまっている。そのようにして、われわれが出来事を感知するのはいつも遅すぎる。政治はつねに、いってみれば現在を予測する必要がある。」テュルゴ『著作集』Ⅱ、パリ、一八四四年、六七三ページ(「思索と断片」)

[N12a, 1]

「一九世紀に風景はすっかり姿を変えてしまったが、その風景は少なくともその痕跡の形で現在でも見ることができる。風景の変化は鉄道によってもたらされた。……山なみとトンネル、渓谷と高架橋、急流とケーブルカー、河川と鉄橋……こうしたものがたがいにうまく溶け合っている所には、一九世紀の風景が凝縮している。……そうした場所ではおもしろいことに、自然が技術文明の勝利にもかかわらず、名も形もなきものにおとしめられてはいないということがわかる。つまり橋やトンネルそのものの純粋な構造だけが風景の中で目立っているのではなく、河や山が技術文明という勝者に打ち負かされた僕（しもべ）としてではなく、むしろ友だち同士のように寄り添っている。……山々の、壁で固めたトンネルの門をいくつもすり抜けていく鉄道は、自分の故郷に戻っていくようだ。自分自身を作った素材が憩う故郷へと。」ドルフ・シュテルンベルガー『パノラマあるいは一九世紀の風景』ハンブルク、一九三八年、三四―三五ページ　[N12a, 2]

進歩の概念は、それが特定の歴史的変化を計るための尺度ではなくなって、歴史の伝説めいた始まりと伝説めいた終わりの間の緊張を推量する手段になってしまった瞬間から、歴史の批判的理論と必然的に相反するものとなった。別の言い方をすれば、進歩というものが、歴史の経過全体を表わす印になってしまうと、進歩の概念は批判的な問題設定のコンテクストの中ではなく、無批判に進歩を実体化してしまうコンテクストの中に登場するようになる。批判的な問題設定のコンテクストというものは、具体的に歴史を観察する場合に、進歩というものを視野に入れるのと少なくとも同じ程度に、退歩に関しても明瞭に描いているかどうか、という点からわかるのである。（たとえばテュルゴやヨッホマンの場合がそうである。）

[N13, 1]

進歩概念の批判者としてのロッツェ〔19世紀独の哲学者〕。「人類の歴史はまっすぐに進歩するという主張が好んで信じられているが、それに対しては、……もっと慎重な思考があって、それはとっくに「歴史は螺旋状に前に進んでいる」という発見にいたらざるをえないことを知っていた。つまり、外サイクロイド曲線〔ある円の定点がより大きい円に接しながらその円の円周をまわるときに描く線〕が次の外サイクロイド曲線に続いているというわけだ。端的に言えば、総じて歴史というものは、純粋に気分を高揚させるような印象を与えるものではなく、もっぱら憂鬱な印象を与えるものである。こうしたことはつねに、深遠な言葉で婉曲に表現されてきた。いかに多くの教養財〔文化財〕が、また生の独特の美しさを示す財貨が……滅び去り、そして二度と戻らなかったことか。とらわれのない目で観察すれば、そのことをまずもって嘆き悲しみつつ驚嘆するのが常であろ

う。」ヘルマン・ロッツェ『ミクロコスモス』Ⅲ、ライプツィヒ、一八六四年、二一ページ
[N13, 2]

進歩概念の批判者としてのロッツェ。「教育というものが、人類の各世代にそれぞれ順次配分されており、後の世代ほど、前の世代の報われぬ努力から、また時として悲惨から実った果実を楽しむ恩恵に浴していると考えることを、決して……自明であると思ってはならない。個々の時代や人間の要求を軽く見て、そうした時代や人々の不運には目を向けずに、ただ人類が全体として進歩すればいいと考えるのは、それがたとえ高貴な感情に包まれていても、やはり思慮を欠いた熱狂でしかない。……以前に不完全な状況に苦しんだ人々の心の中で幸福と完全さが増大しないような進歩は……進歩ではありえない。」ヘルマン・ロッツェ『ミクロコスモス』Ⅲ、ライプツィヒ、一八六四年、二三ページ。歴史の経過全体を通じての進歩という考えが、自己満足した市民階級に固有のものであるとしたら、ロッツェがいっているのは、防御に回らざるを得なくなった市民階級の備えである。それに対して「私は来たるべき世紀の人類を愛する」というヘルダーリンと比較すること。
[N13, 3]

一考に値すべき言葉。「人間の心情の中でももっとも注目すべき特性の一つは、……一人一人はこれほどにまで我欲が強いのに、どんな時代も一般に未来に対してはいかなる嫉妬も抱かないことである。」未来に対して嫉妬を感じないということは、われわれの抱く幸福の想念の奥深くまで、われわれの生きている時代が染み込んでいるということを示唆している。われわれは自分が呼吸してきた大気の中でなければ、あるいはともに生きてきた人々の中にいなければ、幸福というものを想像することができない。言葉を換えて言えば、幸福の想念のうちには救済の想念が共鳴しているのだ――そしてこの点こそが、未来に嫉妬を感じないという奇妙な事実がわれわれに教えてくれることである。このような幸福は、まさに誤ってわれわれ自身がかつて置かれていた空しさと孤独に、その基盤を持っている。別の言い方をすれば、われわれの生は、歴史的時間の全体を凝縮するのに十分な力を持った筋肉なのだ。あるいはさらに別の言い方をすれば、歴史的時間についての真の想念は、完全に救済の形象(ビルト)にもとづいている。（先の言葉はロッツェ『ミクロコスモス』Ⅲ、ライプツィヒ、一八六四年、四九ページにある）　[N13a, 1]

宗教的歴史観における進歩思想の非難。「歴史はそれ自身のいかなる運動を通じても、歴史そのものの次元にないような目標に到達することは決してできない。歴史の長い時間の連続の中に一つだけの進歩を探し求めるような徒労はやめよう。歴史は長い時間の連続の中で進歩するのではなく、その中のそれぞれの各点において高みに向かうという形での進歩をするものと定められているのだから。」ヘルマン・ロッツェ『ミクロコスモス』Ⅲ、ライプツィヒ、一八六四年、四九ページ [N13a, 2]

ロッツェにおける進歩の思想と救済の思想の結びつき。「過ぎ去りゆく世代の労働はつねに彼らに続く次の世代のための役にしか立たず、彼ら自身にとっては決して取り返すことが出来ない形で失われてしまうということが無限に続く――こうした考えをわれわれは拒否する。これを認めれば世界の意味は無意味へと転倒してしまうであろうから」(五〇ページ)。そんなことはあってはならない、「さもなければ、世界はその歴史的発展の全部を動員しても理解不可能な空しい騒音にすぎないものとして現われることになるだろう。……進歩は彼ら過ぎ去りゆく世代のためでもあるのだ、という確信――それがいかに神秘的であっても――があってはじめて、われわれは人類という言葉を――つねにわれわれがそうしているように――語ることを許されるのである」(五一ページ)。ロッツェはこのことを「保存と返還の……思想」と呼んでいる(五二ページ)。 [N13a, 3]

ベルンハイム〔19―20世紀独の歴史家〕によれば文化史はコントの実証主義から発生したものである。ベロッホ〔19―20世紀独の古代史家〕の『ギリシア史』〈第一巻〉、第二版、一九一二年）はベルンハイムによれば、コントの影響の典型的な例である。実証主義的な歴史記述は「国家や政治的出来事を……おろそかにし、逆に、社会全体の知的発展こそ歴史の唯一の内容であると見る。……文化史は、歴史研究に値する唯一の対象にまで高められたのだ！」エルンスト・ベルンハイム『中世の時間観とその政治および宗教への影響』テュービンゲン、一九一八年、八ページ　[N14, 1]

「「時制の論理的なカテゴリーは、ふつう信じられているであろうほどには動詞を支配していない。」不思議に思えるかもしれないが、未来というものの表現は、人間の精神において、過去や現在の表現と同じレヴェルには位置していないようである。「……未来形はしばしば独自の表現を持たず、たとえ持ったとしても、それは複雑な表現であって、現在形や過去形と平行的なものではない。」……「先史時代のインド＝ヨーロッパ語が一度でも真の未来形を備えていたと考える根拠はまったく存在しない。……」(メイエ)」ジャン＝リシャール・ブロック「実用的言語、詩的言語」(『フランス百科事典』第一六巻、一六－五〇、一〇)　[N14, 2]

ジンメルは文化の概念と古典的観念論における自律性の成立する分野のあいだにあるアンチノミー〔二律背反〕に言及することによって非常に重要な事態に触れている。古典的観念論では、三つの自律性の成立する分野が相互に切り離されているために、野蛮をあれほど促進してきた文化概念を構想しないですんだ。文化理念についてジンメルは次のように述べている。「本質的なことは、美的・科学的・道徳的……さらには宗教的な成果がそれぞれ持っているそれらに固有な価値が、文化理念によって止揚されてしまうことである。そしてすべてが、自然状態を乗り越えていく人間本性の発展の中に組み込まれる要素もしくは礎石となってしまうことである。」ゲオルク・ジンメル『貨幣の哲学』ライプツィヒ、一九〇〇年、四七六―四七七ページ　[N14, 3]

「ある時代に固有の教養が全人類に浸透するような、あるいはせめてその教養のもっともすぐれた担い手となった一民族の全体に浸透するような時代は、歴史に一度としてなかった。教養によって洗練された生活を送り……市民階級の秩序の利点を思うままに享受する一方で、ありとあらゆる段階のありとあらゆるニュアンスを帯びる倫理的粗野、知的魯鈍、肉体的悲惨がたえず認められた。」ヘルマン・ロッツェ『ミクロコスモス』Ⅲ、

ライプツィヒ、一八六四年、二三—二四ページ　[N14a, 1]

「全体としてはつねに無教養な人々が社会の広汎な根底をなしていたとしても、わずかな少数者の教養がつねに高くなれば、それだけで進歩というに十分だ」という見方に対して、ロッツェは次のような問いを立てている。「そうした前提に立って、どうして人類のひとつの歴史などと言うことができようか。」ロッツェ『ミクロコスモス』Ⅲ、二五ページ　[N14a, 2]

「前時代の教養が伝承されるほぼ唯一の仕方は」、ロッツェによれば、「歴史の営みがめざす目標とは逆のものへと一直線に舞い戻ってしまう。考えるに逆のものとは、文化の本能という形の教養に至ってしまうということだ。この本能は慣習・道徳のさまざまな要素を次々ととらえこみ、その生気を失わせて自発性を奪ってしまう」(二八ページ)。これに対応するのは次のような言葉である。「科学の進歩が……そのまま人類の進歩であることはない。進歩というものがありうるとすれば、蓄積された真理内容が増加するにしたがって、人類がその真理内容に参与できる度合も増し、またその真理内容についての洞察がより明晰になる場合に限られる。」ロッツェ、前掲書、二九ページ　[N14a, 3]

人類に関するロッツェの言葉。「人類はみずからが生成するという意識でもって、そしてまた、みずからのかつての状態を追憶することでもって今あるところのものになる、などということはできない。」ロッツェ、前掲書、三一ページ　[N14a, 4]

ロッツェの歴史観は、シュティフター〔19世紀オーストリアの作家〕のそれと近いところがあるかも知れない。「個々人のまったく無秩序な意志は、それが実現される時にはつねに、恣意性を取り除かれた普遍的な条件によって制約を受ける。その条件は精神生活の法則一般、あるいは恒常的な自然の秩序にもとづくものである。」ロッツェ、前掲書、三四ページ　[N14a, 5]

シュティフターの『石さまざま』序文と、次の文章を比較してみること。「大きな結果はけっして小さな原因に因るということはなく、つねに大きな原因に因るものであることをまず確かなこととして受け止めておこう。」『ユリウス・カエサル伝』I、パリ、一八六五年（ナポレオン三世）　[N14a, 6]

ボードレールが、ハシッシュの陶酔下にある者の時間意識を表わすのに用いた表現は、革命的な歴史意識の規定に適用することができる。ボードレールはハシッシュの作用にすっかり陶酔していたある晩のことについて次のように記している。「どんなに長く感じられてもおかしくはなかったのに、……私には[夜は]たった数秒の経過にすぎず、また、永遠の内に位置を占めることがなかったようにさえ思われた。」〈ボードレール『著作集』ル・ダンテック編、パリ、一九三一年〉、I、二九八―二九九ページ　[N15, 1]

それぞれの時代に生ける者は、歴史の正午のうちに自分自身を発見する。彼らには過去のために饗宴を張る義務がある。歴史家は、死者を宴卓に招待するための使者である。　[N15, 2]

歴史的な文書に力を与える食餌療法。自分自身に襲いかかる悲惨がいかに長いことかかって準備されていたのか――それを同時代人に教えることこそ、歴史家が切に望むもののはずだが――それを認識した瞬間に、同時代人は自分自身の持っている力を一段とよく知るようになる。そのように彼を諭す歴史は、彼を悲しませるのではなく、むしろ強くする。そうした歴史はまた、悲しみから生まれてくるものではない。それはフローベールが次のような告白を記した時に彼の頭に浮かんでいた歴史とは違うものである。「カルタゴを甦らせようとするためには、どれほどの悲しみを知ることが必要であったかを察してくれる人は少ないだろう。」純粋な好奇心は悲しみから生まれ、悲しみを深めるものである。 [N15, 3]

最悪の意味での「文化史的」考察の例。ホイジンガは、中世末期の牧歌（パストラル）に表わされている身分の低い民衆の生活を考慮しなくてはならないと言っている。「そこにはみすぼらしいものに対する関心がある。そうした関心は、もうすでに起こり始めていた。カレンダーの細密画は、麦を刈り取る人々の擦り切れた膝を最大限の好意をもって強調しているし、絵画では乞食たちのボロ着が強調されている。……ここからレンブラントのエッチングやムリリョ〔17世紀スペインの画家〕の乞食の子を経て、スタンラン〔19—20世紀スイス生まれの仏の画家〕の描く浮浪者へと至る脈絡が始まる。」J・ホイジンガ『中世の秋』ミュンヘン、一九二八年、四四八ページ。ここで問題として取り上げられているのが、むしろ非常に特殊な現象であることは言うまでもない。 [N15, 4]

「過去は、光が感光乾板に刻みこむ像に喩えられる像を文学作品の中に自ら残している。

未来だけが、このような陰画の中を完全に探り出すだけの効力をそなえた現像液を持ち合わせている。マリヴォーやルソーの多くのページには、初めの頃の読者には十分に読み取れなかった不思議な意味が含まれている。」アンドレ・モングロン『フランスの前期ロマン主義』I『前期ロマン主義的英雄』グルノーブル、一九三〇年、XIIページ　[N15a, 1]

進歩に対する裏切り者めいたヴィジョンがユゴーにはある。ユゴー「燃えるパリ」(『恐ろしい年』)

「なに、すべてを犠牲にせよと！　なに、パンの倉をだと！
　暁を迎える方舟であり、
　理想の底知れぬＡＢＣであり、進歩というあの永遠の読者が
　ひじをついて夢想している「図書館」をだと……」　[N15a, 2]

めざすべき文体について。「親しみある言葉〔mots familiers〕によって文体は読者の心に刻まれ、浸透してゆくのである。そのおかげで、偉大な思想は、なじみある刻印を押された金や銀と同じように、通用するものとなり、良質のものとされる。親しみある言葉は思索をより理解しやすいものにし、そのためこれを使う人は信用を得るのである。なぜ

ならば、共通の言語のこういった使い方によって、人生やものごとを理解していて、そうしたことに精通している人間であることが認められるからだ。その上、こういった言葉は文体を率直なものに仕立てる。表現された思考や感情を著者が長いあいだ養分にしてきたことや、それを自身のものにして慣れ切ってしまったことや、長い構想過程のおかげで自身にとってすっかり平凡なものと化した観念を、もっともありふれた表現で十分に言い表わせるということが、これらの言葉から汲み取れるのである。さらに、言うことに信憑性が加わる。なぜならば、言葉の中で親しみある言葉といわれるものほどわかりやすいものはないからである。そしてわかりやすさはまさしく真理にそなわる性格の一つであるので、しばしば真理そのものと考えられてしまう。」少なくとも本当であるかのように、わかりやすくあるべしという忠告ほど巧妙なものはない。単純に書くべしという忠告は、たいてい怨念の影を深く引くものだが、このように表現されると最高の権威を持つようになる。J・ジュベール『著作集』Ⅱ、パリ、一八八三年、二九三ページ（「文体について　XCIX」）　[N15a, 3]

ジュベール〔18―19世紀仏のモラリスト〕の文体規則の弁証法を展開することのできる者がいたとしたら、その者はほんとうに語るに値する文体論が得られるであろう。ジュベールは一方で親しみのある言葉〔mots familiers〕を使うようにと勧めておきながら、他方では「現在のわれわれの風習に関する事柄しか表現しない」ような特定の言葉遣いを避けるようにと言っている。（「文体について　LXVII」〈前掲書、二八六ページ〉）　[N16, 1]

「すべての美しい言葉〔パロール〕は一つ以上の意味を持ちうる。ある美しい言いまわしに著者が使った意味よりももっと美しい意味が備わっているときは、それを採用すべきである。」J・ジュベール『著作集』II、パリ、一八八三年、二七六ページ（「文体について　XVII」）　[N16, 2]

政治経済学を念頭におきながら、マルクスは「ある現象の再生産がその現象のたんなる観念としての再生産になってしまうような政治経済学の要素」を「通俗的な要素」であると非常に的確に表現している。コルシュ『カール・マルクス』手稿II、二二ページにおける引用。この通俗的要素というものを、他の学問分野でも暴き出してみる必要がある。

[N16, 3]

マルクスにおける自然概念。「ヘーゲルにおいては……「物理的な自然は、同様にまた世界史にも介入する」と考えられているが、マルクスの場合には、自然ははじめから社会的カテゴリーの中で捉えられている。物理的な自然が世界史に介入する仕方は直接的ではなく、間接的である。つまりはじめから、人間と自然との間ばかりでなく、同時に人間と人間との間で遂行される物質生産のプロセスとして介入してくるのである。あるいは哲学者にもわかりやすいように言えば、こういうことだ。人間のすべての営みに先だって存在する純粋な自然（経済的な能産的自然〔natura naturans〕）があるのではなく、マルクスの厳密な社会科学において社会的「物質」として登場するのは、人間の社会的な営みによっていたるところで媒介され、作り変えられた――その意味では同時にまた現在でも未来でも変化しうる、また作り変えられる――自然であり、そうした自然は物質的な生産（経済的な所産的自然〔natura naturata〕）として登場するのである。」コルシュ、前掲書、Ⅲ、三ページ　［N16, 4］

コルシュ（20世紀独のマルクス主義哲学者）は、ヘーゲルにおける正・反・合の三段階の動きをマルクスが言い換えたものを次のように言い表わしている。「ヘーゲルの「矛盾」は社会階級間の闘争となり、また弁証法的「否定」はプロレタリアートとなり、そして弁証法的「総合」はプロレタリアート革命となる。」コルシュ、前掲書、Ⅲ、四五ページ　［N16, 5］

コルシュが唯物論的歴史把握に関して設けている限定。「物質的な生産形態の変化にともなって、物質的な下部構造とその政治的・法律的な上部構造、およびそれに対応する社会的意識形態の間にある媒介のシステムも変わる。それゆえに、経済と政治、あるいは経済とイデオロギーの関係、および階級と階級闘争……といった一般的概念についての唯物論的な社会理論の一般的な言明は……、それぞれの時代にそれぞれ異なった意味を持っている。またそれらの一般的言明は、現在の市民社会に関してマルクスによって表明されたような言明の形でこそ、妥当性を持ちうる。厳密に言えば、現在の市民社会についてのみ妥当するものである。……現在の市民社会においては、経済と政治の領域が形式的には完全に分離しており、労働者は国家公民として自由であり、同等の権利を持っているとされている。そしてこの市民社会についてのみ、経済領域において労働者が実際には自由を奪われている状態が続いているという科学的証明は、理論的発見としての性質を持ちうる。」コルシュ、Ⅲ、二二一―二二ページ　[N16a, 1]

コルシュは、「マルクスの学問の最終的な、そしてもっとも完成した形式について、一見矛盾するようではあるが的確な見解」を述べている。「マルクスの唯物論的社会理論においては、ブルジョワ社会学者が自立した領域として扱っているさまざまな社会的関係の全体は、その客観的な……内容からして、すでに経済学という歴史的かつ社会的な科学によって究明……されている。マルクスの唯物論的社会科学は、その意味で社会学ではなく、経済学なのである。」コルシュ、前掲書、Ⅲ、一〇三ページ　[N16a, 2]

自然の可変性についてのマルクスからの引用(コルシュ、前掲書、Ⅲ、九ページ)。「さまざまな人種の相違などのような、自然発生的な種の相違でさえも、歴史的に解消されうるし、またされねばならない。」　[N16a, 3]

コルシュの考えるところによる上部構造論。「経済的「下部構造」と法律・政治的「上部構造」およびそれに「対応する」意識形態の間にある……諸関係、諸連関の特性を規定するためには、哲学的概念規定である「弁証法的」因果関係も、「相互作用」という観点を取り入れた自然科学的な「因果関係」も、それらがこうした一般的な形式をとるかぎり十分ではない。二〇世紀の自然科学が教えてくれたのは、ある特定の領域にたずさわる研究者が、その領域のために「因果的」関係を確定するのであるが、その「因果的」関係は普遍的な因果性の概念あるいは因果律の形で定義されるものではなく、それぞれ独自の領域に「特有」なものとして規定されるということである。［フィリップ・フランク『因果法則とその限界』ウィーン、一九三二年、参照］……マルクスとエンゲルスによって得られた成果の……重要な点は、新しい原則を理論化したことにあるのではなく、その原則を、ある意味では実践的かつ根本的にずっと重要でありながら、ある意味では理論的にきわめて難しい一連の問題に対して、特有な仕方で適用している点にある。［これに当たるのは例えば、一八五七年の緒言（七七九ページ以下）〔「経済学批判序説」Einleitung [zur Kritik der politischen Ökonomie]〕の終わりで暗示的に提示されている問い、すなわち社会生活のさまざまな領域の「発展の不均衡性」という問いである。また物質生産の発展と芸術生産の（あるいは多様な芸術のジャンル相互間の）発展の不均衡、あるいはアメリカ合衆国の教養とヨーロッパのそれとの関係、あるいはまた法的関係として捉えた場合の生産関係の発展の不均衡などである。］ここに提示された諸関係を科学的により厳密に規定することは、現在のところではまだ未来に託された課題である。……しかしその場合にも重要なことは、繰り返しになるが、それをどう理論化するかではなく、マルクスの著作に内在的に含まれている諸原則をさらに適用し吟味することにあるといわねばならない。しかしその際に、マルクスの使っている表現にあまりびくびくしてしがみついていてはならない。マルクスは先にあげた特定の諸関係を「下部構造」と「上部構造」の関係として、あるいはその「対応関係」などなどとして記述しているが、そうした表現は単に比喩的に考えられていることが多い。……いま挙げたいずれの場合にも、マルクスの概念——後のマルクス主義者のなかでも〔ジョルジュ・〕ソレル〔19—20世紀仏の哲学者・社会主義者〕やレーニンはもっとも明確に理解していたのだが——は、新たなドグマの縛りを意味するものではない。つまり唯物論的であろうとする研究が、一定の順序に従っていちいち及第認定を受けねばならないような、アプリオリに設定された条件ではなく、研究や行動のための完全に非教条的な手引きなのである。」コルシュ『カール・マルクス』手稿Ⅲ、九三—九六ページ [N17]

唯物論的歴史把握と、唯物論的哲学について。「マルクス主義のエピゴーネンたちは、マルクスとエンゲルスが……市民社会の究明……にだけ使用し、他の時代に適用する場合にはその時代にそれぞれ対応する拡大解釈を加えてのみ使用した唯物論的歴史……把握の定式を、こうした特別な適用の仕方から、あるいはいかなる歴史的な適用の仕方からも切り離し、いわゆる「史的唯物論」なるものに基づいて普遍的な……社会学的理論を作り上げてしまった。こうした……唯物論的社会理論の……平板化から、次のような考えに至るまでにはほんの一歩である。その考えとは、マルクスの歴史学的・経済学的研究を一般的な社会哲学によって、いやそれどころか自然も社会も包摂するような……全体的かつ普遍的な唯物論的世界観によって補強することが、現在でもまだ、いやまさに現在こそまた必要になっているという考えである。そうした考え方は、マルクスに依拠して言えば、一八世紀の哲学的唯物論の真の……内容がその後の発展によって到達した科学的形態を、再び「物質に関する唯物論者たちの哲学的たわごと」に戻してしまうことになる。唯物論的社会科学は……決してそうした類いの哲学的根拠づけを必要とするものではない。マルクス自身の成し遂げた……このもっとも重要な進歩は、その後の時代において……「正統派」のマルクス解釈者たちにも見逃されてきたものである。……そのために彼らは、彼ら自身の時代遅れの哲学を、意識的に哲学から科学へと歩を進めたマルクスの理論の中に……持ち込んでしまったのである。こうしたマルクス正統派の歴史的運命は、ほとんどグロテスクな形で現われる。つまり、彼らは修正主義の攻撃を振り払おうとしながら、結局はすべての肝心な点で敵側の観点にたどりついてしまうのだ。たとえば、この方向の最たる代表者であるプレハーノフ(19—20世紀ロシアのマルクス主義者)は、マルクス主義の基盤となる「哲学」を熱心に求めたあげく、マルクス主義を「(フォイエルバッハによって神学的な付加物を取り除かれた)スピノザ主義の一種」と表現するような考えに至ってしまった。」コルシュ、前掲書、Ⅲ、二九—三一

[N17a]

コルシュはベーコンの『ノーヴム・オルガーヌム』を引用している。「「まさに真理は時代の娘であり、権威の娘ではないと言われている。」ベーコンは、すべての権威にまさる権威、すなわち時代にこそ、新たな市民社会の経験科学が中世のドグマ的な学問に対して持っている優越性の根拠をおいたのだった。」コルシュ、前掲書、I、七二ページ

[N18, 1]

「真理は具体的であるべきだというヘーゲルの大仰な要請を積極的に用いるためにマルクスは、それを特定化という合理的な原則に置き替えている。……その本質的な関心は、歴史上の特定の社会とすべての社会一般に共通する特徴とを区別し、そうした特定の社会の発展のもととなる特性にこそあった。……その意味で厳密な社会科学は、市民社会に与えられた歴史的形態に関して、いくつかの特徴を単に抽象化したり、あるいは多かれ少なかれ恣意的に選ばれた特徴を捉えることを通して一般概念を作ることなどできない。厳密な社会科学が特定の社会形態に含まれている一般性を認識することができるとすれば、その形態がそれとは別の社会体制から登場するにいたった歴史的条件、および

その形態を厳密に設定された特定の条件のもとで現在の形態にいたらしめた歴史的条件をすべて克明に追究することによってのみ可能である。……社会科学における唯一の真の法則とは、発展の法則以外にはない。」コルシュ、前掲書、四九―五二ページ　[N18, 2]

普遍史の真の概念は、メシアニズム的なものである。今日考えられている普遍史は、反啓蒙の蒙昧な輩の考えることだ。　[N18, 3]

認識の可能となる今の時は、目覚めの瞬間である。（ユングは夢から目覚めを遠ざけようとしている。）　[N18, 4]

サント＝ブーヴ〔19世紀仏の詩人・小説家・批評家。サン＝シモン主義にひかれる〕はレオパルディ〔19世紀イタリアの詩人〕の人物評で次のような見解を述べている。「文芸批評というものは、それに近い立場に身を置き、長い時間をかけて、内容も周辺もすべての状況も知り尽くした題材を扱ったときにしか、その価値と独特の持ち味が存分に発揮されない、そう私は確信する。」C－A・サント＝ブーヴ『同時代人の肖像』Ⅳ、パリ、一八八二年、三六五ページ。この見解とは逆に、次のように考えてみることが重要である。つまり、ここで要請されている諸条件のうちいくつかが欠けた場合に、それがいったいどのような価値を持ちうるのかということである。テクストの究極的なニュアンスを感じ取る感覚が欠けている鑑賞者はそれだけ一層注意深く、芸術作品の根底にある社会状況に関して極めて細かい所見を追い求めるようになることもある。また、極めて細やかな陰影(ニュアンス)に対して鈍感であれば、詩作品の輪郭をもっとはっきりと確定するようになり、それによって鈍感な者が他の批評家よりもある意味で優れた者になることもある。細やかな陰影を感じ取る感覚は必ずしもつねに分析の才とは結びついていないのだから。 [N18a, 1]

技術の発展に対する批判的な意見は、かなり早くから見られる。『技術について』の著者(ヒポクラテス?)曰く。「私が思うに、知性の……欲望は、未知の事柄のなかから何かを一つ発見しようとすることである。発見しないよりは発見したほうが好ましいのであるとすれば。」レオナルド・ダ・ヴィンチ曰く。「何も食べないで海中にいられるかぎり海に潜っているための私の方法を、いかなる事情で、また、何故、文章にしないでいるか。出版もせず、公表もしないのは、人間たちに悪用されるからである。海中から、船底をこじ開け、乗組員ともども船を沈没させ、殺害することにその方法を使うにちがいないからだ。」ベーコンについて。「『新アトランティス』の中で、彼は……新発明のうちのどれが公表され、どれが秘密にされるかを決定する責任を、ある特別に選出された委員会に委ねている。」ピエール＝マクシム・シュール『機械主義と哲学』パリ、一九三八年、七ページ、三五ページ。――「爆撃機は、レオナルド・ダ・ヴィンチが空飛ぶ人間に期待していたものをわれわれに思い出させてくれる。「真夏、熱気に震える街の石畳の上に、山の頂上から取ってきた雪を撒き散らすために」空飛ぶ人間は飛び立つはずだったのだ。」前掲書、九五ページ　［N18a, 2］

伝統の連続性は見せかけにすぎないのかもしれない。しかし、もしそうだとしたら、絶えず続いているというこの見せかけが恒常的に続いているということが、伝統の中に連続性を作り出しているのだ。　［N19, 1］

（ド・フォルグ氏宛てのバルザックの書簡から）プルーストは引用しているが、その引用箇所はおそらくモンテスキュー〔19―20世紀仏のディレッタント・文学者〕から採ったものらしい。その引用に関してプルーストはモンテスキューに次のように書き送っている。（彼が引用しようとした箇所には、どうも意味の通じない書き間違えか誤植があったらしい。）「二週間以上も前にすでに［引用を］校正刷りから削りました。……私の本はあまり読まれますまい。ですから、貴兄が先になさった引用は新鮮味を失うことにはならないはずです。私は、貴兄への気遣いというよりは、文そのもののためにこの引用を省きました。なぜなら、美しいすべての文には、運命に定められた落ち着き先として期待できる人以外には、いかなる人にも譲渡不可能な、時効のない一つの権利が存在すると私は思うからです。」『マルセル・プルースト書簡集』I「ロベール・ド・モンテスキュー宛て書簡」パリ、一九三〇年、七三―七四ページ　[N19, 2]

「文化」という考え方のなかにある病的なものは、骨董屋の五階建ての巨大な倉庫が『あら皮』の主人公ラファエルに与えた作用に極めてはっきりと現われている。主人公はこの倉庫を歩き回る。「未知の男はまず比較した。……文明、宗教、偶像、傑作、王政、放蕩、理性それに狂気がぎっしり詰まった三つの室を、数多くの面をもち、その一つ一つがある一個の世界を映し出している一つの鏡に比較したのだ。……これほどたくさんの国や個人が実在していたことは、それらの国や個人がなくなった後も残るこうした人間的な証拠物によって証明されているが、それを見た青年は感覚がしまいには麻痺してしまった。……家具、発明品、流行品、芸術作品、廃物のこの大海は、彼のために、果てしない一篇の詩をつくり上げていた。……彼はすべての喜びにすがりつき、すべての苦悩をとらえ、すべての生活様式を獲得して、……こうしたむなしい造形的な自然の模像に自らの生命と感情とを惜しむことなく撒き散らしていた。……彼は、消え失せた五〇世紀分の残骸の下で息苦しくなり、人間の考えたあらゆることを前に気分が悪くなり、贅沢と芸術によって止めをさされる思いだった……。魂は、一つの気体に万物創造を要約してしまう近代の化学と、気まぐれの点では類を同じくするのであって、その快楽や……その思惟をすばやく集中させて恐ろしい毒物を調合しているのではないだろうか。多くの人間は、彼らの内面に突然ながれ出す精神的な酸の電撃的な力を受けて、身を滅ぼしてしまうのではないだろうか。」バルザック『あら皮』フラマリオン版、パリ、一九ページ、二一―二二ページ、二四ページ　[N19, 3]

〔アンリ・〕フォシヨン〔19―20世紀仏の美術史家〕のいくつかのテーゼには、それなりにもっともらしさがある。もちろん芸術に関する唯物論的理論の関心は、そうしたもっともらしさを追い払うことにあるのだが。「形の生命の状態は、社会生活の状態と自動的に一致するわけではない。芸術作品を生みだす時代が、原理においても、その形態の特殊性においても、その芸術作品を決定しているわけではない。」（九三ページ）「カペ王朝と司教団と町人たちの行動が合わさってゴシック寺院を発展させたことは、社会の諸勢力の結合がいかに決定的な影響力を持ち得るかを示す。しかし、これほど強力な行動であっても、静力学の問題の解答を出したり、数値の比を組み合わせることとなると、手が出ないのである。バイユー寺院の北側の鐘楼の下に直角に交差する石のリブの要石を入れた石工……や、サン゠ドニ大修道院の内陣をつくった男は、立体を素材にする算術家たちであり、時代を解釈する歴史家たちではなかった[!!]。もっとも均質な環境に関するもっとも注意深い研究を行っても、付随するさまざまな事情についてもっとも緻密な関連づけを行っても、そこから、ランの塔の設計図を引き出すことはできない。」(八九ページ)この考察をさらに進めてみる必要があるだろう。そうすれば環境理論と生産力の理論の相違を、また作品の「追構成」と歴史的解釈の相違を示すことができるだろう。

(アンリ・フォシヨン『形の生命』パリ、一九三四年)　[N19a, 1]

技術についてのフォシヨンの見解。「われわれにとって、技術は、視線と研究とが、同一のパースペクティヴの中で最大の数と最大の種類の事物を把握できる観測所のようなものだった。それというのも、技術のいろいろなとらえ方がありうるからである。技術は、一つの生きた力とも、一つの機械仕掛けとも、まったくの余興とも考えられる。われわれにとって、それは「技能(メチエ)」の自動性でも、一種の「料理」のレシピでもなく、完全に行動からなる詩(ポエジー)であり、……変身の方法だった。技術に関する諸現象を観察することは、一種の規制可能な客観性をわれわれに保証するだけでなく、*芸術家自身が取り組んだときと同じ角度、同じ言葉で、さまざまな問題をわれわれに提出しつつ*、その核心にわれわれを運ぶようにつねに思われた。」著者が強調している箇所は、根本的に誤っている。アンリ・フォション『形の生命』パリ、一九三四年、五三―五四ページ　[N19a, 2]

「確立途上にある一つの様式の活動は……一般的には一つの「進化(エヴォリュシオン)」として提示される。この「進化」という言葉は、このうえなく広く漠然とした意味合いで使われている。この概念は、生物学によって注意深く管理され、考古学が分類の一つの方法として手元に置いてもいた。それ[進化]は、その見かけだけの調和的性格や一直線に進んでいく行程によって、また、疑わしい場合における「過渡的様式(トランジシオン)」の間に合わせ的な使用によって、そしてさらには、発明家たちの革新的エネルギーに場を与える能力の欠如によって、危険な要素を含んでいることを別のところで私は立証した。」アンリ・フォション『形の生命』パリ、一九三四年、一一―一二ページ　[N20]

売春、賭博

「恋愛は、パサージュの鳥〔oiseau de passage、渡り鳥（oiseau passager）のもじり〕である。」

『新パリ風景、あるいは一九世紀初頭パリ風俗習慣観察』I、パリ、一八二八年、三七ページ

「……パサージュでは、ご婦人方は、閨房にいるような心地である。」

ブラジエ／ガブリエル／デュメルサン『パサージュと街路、あるいは戦いは始まった』パリ、一八二七年、三〇ページ

彼は不断に彷徨し続けるので、街のイメージをどこでも自分なりに意味を変えて解釈することに慣れているのではなかろうか。彼はパサージュをカジノに、感情という赤や青や黄色をした賭け札を女たちに賭ける賭博場に、変えてしまうのではなかろうか。ふと浮かび上がる女たちの顔に——その顔は彼の眼差しに応えてくれるだろうか——、あるいは物いわぬ口に——その口は語りかけてくるのだろうか——、彼は賭けるのだ。賭博台の緑色の布の上で、どの数字からもカジノの客を見つめているもの——つまり幸運——が、ここパサージュでは、すべての女の体から、性的なものの幻影となって彼に目くばせを送ってくる。この幻影は、彼にぴたりとくるタイプである。このタイプとは、まさにこの瞬間に的中しようとしている数字であり、暗号であるが、その暗号の形で幸運がその名前を呼ばれるのだ。とはいえ、すぐに次の瞬間には、幸運は別の暗号に跳び移ってしまうのだが。タイプ——それはルーレット盤の三六個の枡目のうち今まさに賭けられている枡目のようなもので、そのどれかに好色な男の目は、ちょうどルーレットの象牙の珠が赤か黒の数字盤にとまるように、おのずと注がれる。彼はちきれるほどにふくらんだ財布を抱えてパレ・ロワイヤルを出て、娼婦を呼び寄せ、彼女の腕の中でもう一度、数字を当てたことを祝うのである。この数字に賭けたことで、いっさいの財産が、すべての重力から解き放たれて、運命の手で彼に与えられたそのさまは、まるで抱擁が首尾よくいって女が応えてくれたようなものである。というのも、売春宿と賭博場にある悦びはまったく同じで、もっとも罪深い悦びだからである。つまり快楽を運命の場とするのである。どのような種類のものであれ官能的快楽が、罪という神学的概念を決定することができるなどという考えは、うぶな観念論者に夢を抱かせるかもしれない。真の猥褻行為の根底にあるものは、神とともにある生活の営みから快楽をこのように盗み出すことにほかならない。その生活を神へと結びつけているものは、その名前のうちに宿っている。その名前そのものがあからさまな快楽の叫びなのだ。この醒めたもの、運命なきものそれ自体——つまりその名前——が敵として知っているのは、売春において神の代わりとなり、迷信の中におのれの兵器庫を作り上げている運命だけである。だから、博奕打ちと売春婦は、運命のさまざまな姿を作り出す迷信を抱いている。すべてのみだらな楽しみを、運命のおせっかいと運命の色欲で満たしてしまい、快楽さえも運命の支配下へと貶める迷信がある。 [O1, 1]

「一九世紀の二〇年代の「異邦人のサロン（サロン・デ・ゼトランジェ）」のことを思い出すと、あの時代の最大の賭博師で、当時の世の中を騒がせたハンガリーのフンジョディ伯のエレガントな顔立ちと騎士のような姿が目の前に浮かんでくる。……フンジョディの幸運は長いこと驚異的なものだった。どの胴元も彼の攻撃には太刀打ちできなかった。彼の儲けは二〇〇万スイス＝フランにもなったにちがいない。物腰はとくに静かで、非常に品がよかった。何千スイス＝フランもが一枚のカードの出方やさいころの転がり方にかかっているときにも、彼は見た目はまったく落ち着き払って、右手をフロックコートの胸に突っ込んでいた。しかし彼のお付きの召使が口の軽いある友達にこっそり打ち明けたところによると、ご主人の神経は本人が人々にそう思わせようとしているほど鉄のように強いわけではなかったらしい。賭けの展開が危なくなった時に興奮のあまり胸の肉に突き立てた爪跡に、翌朝まだ血がにじんでいることがよくあったという。」グロナウ大尉『大いなる世界より』シュトゥットガルト、一九〇八年、五九ページ　[O1, 2]

パリでのブリュヒャー将軍の賭けっぷりについては、グロナウ著『大いなる世界より』（前掲書、五四—五六ページ）を見るとよい。彼は負けたときに、「フランス銀行」に一〇万フランの賭け金の前貸しを強要し、このスキャンダルが発覚するとパリを去らねばならなくなった。「ブリュヒャーは、パレ・ロワイヤル一一三番地の賭博場に入りびたりで、滞在中に、六〇〇万フランをすった。パリから離れたときには、彼のもっている土地はすべて抵当に入っていた。」パリは、戦争賠償金として支払った額より多くの収入を、ドイツ占領軍によって得た。　[OI, 3]

一九世紀において市民階級が賭事をするようになったと言えるのは、アンシャン・レジームと比べた場合だけである。　[OI, 4]

個人的になされる不道徳とは違って、公然たる不道徳がいかにそれ自身のうちに矯正策を、解放的なシニシズムとして宿しているかを非常に説得的に示してくれるのは、次の話である。これはフランスの貧しい学校教師だったカール・ベネディクト・ハーゼが家に宛てて送った『旅先およびパリからの手紙』に載っているものである。「私がポン・ヌフを通りかかったとき、どぎつい化粧をした娼婦が小走りにこちらにやって来た。彼女は軽いモスリンの服を膝までたくし上げていた。その着物の下には、腿と腹部を覆っている赤い絹のパンタロンがはっきりと見えた。彼女は、「ちょっとそこのお兄さん、あんたは若いし、外国の人だから、きっとこいつが必要になってくるわよ」といって私の手を握り、一枚の紙切れを渡すと群衆の中にまぎれて姿を消してしまった。私はしかるべき場所の住所を受け取ったのだと思ってその紙切れを見た。ところがそこに書いてあったのは、なんと短期間にありとあらゆる病気を治すという医者の広告だった。すべての禍の原因となる女が、その禍から解放される手段を人の手に渡すということはめったにないことだ。」カール・ベネディクト・ハーゼ『旅先およびパリからの手紙』ライプツィヒ、一八九四年、四八―四九ページ
[O1, 5]

「ご婦人方の貞操に関して、近頃の様子はどんなものかと私に問うて来る人がいたら、私の答えはただ一つである。それは、劇場の緞帳にたいそうよく似ている、と。なぜならば、ご婦人方のペチコートは毎晩、一回どころか、むしろ三回は上げられているからだ。」オラース・ド・ヴィエル＝カステル伯爵『ナポレオン三世の治世をめぐる思い出』II、パリ、一八八三年、一八八ページ
[O1a, 1]

「窓から客を引くツバメ＝女たち」レヴィック＝トルカ『夜遊びのパリ』パリ、一九一〇年、一四二ページ。パサージュの二階の窓は、「ツバメ」と呼ばれる天使たちが住みつく二階桟敷席である。
[O1a, 2]

モードの「閉め切った室内的な性格」(L・ヴイヨの言葉「パリは閉め切った室内の臭いがする」)。ペチコートの下の「濃緑色の微光」についてアラゴンが言及している。胴体のパサージュとしてのコルセット。それは今日の屋外の世界とは、途方もなく違ったものである。今日、安っぽい売春婦の間で当たり前になっていること――服を脱がないまま事をなすこと――は、当時ではもっとも上品なことであったらしい。人々は女性が服をたくし上げた姿を楽しんだらしい。ヘッセルはこの点にヴェーデキント〔19―20世紀独の官能性で知られる劇作家〕の官能性の源があると推測している。ヴェーデキントにおいては、屋外の世界に憧れる熱情は、はったりにすぎなかったと言うわけである。そうでなければ何だというのだろうか。■モード■ [O1a, 3]

売春における貨幣の弁証法的機能について。貨幣は快楽を買うが、それと同時に恥ずかしさの表現となる。カサノヴァはある売春仲介業の女性について、「私には、彼女にそれなりのものを与えずに立ち去ることなどできそうもないことはわかっていた」と語っている。彼のこの奇妙な表現は、彼が売春のもっとも隠れたメカニズムを知っていたことを明かしている。どんな娘も、相手が規定の料金しか支払わないと考えれば、娼婦になろうなどとは決心しないだろう。また相手が規定の金額に何パーセントか上乗せして払うことで表わそうとする感謝の気持ちも、娼婦にとっては十分なうらづけとは思われないだろう。娼婦は彼女が無意識に持っている男についての知識にもとづいてどのような計算をするのだろうか。この問題は貨幣がここで単なる支払い手段だとか、あるいは贈り物だと考えられているかぎりでは、理解することができない。もちろん娼婦の愛は金銭で売買されるものである。しかし客の恥じらいはそうではない。この恥じらいは、事の行われる一五分間のための隠れ場を求め、もっともすばらしい隠れ場を見つける。それが貨幣だ。愛の戯れの彩（ニュアンス）がさまざまであるように、支払いの仕方にもたくさんの彩（ニュアンス）がある。緩慢だったり早かったり、あるいはこっそりとやったり乱暴だったりといった具合に。これはいったいどういうことだろうか。社会という身体に恥ずかしさで赤くなった傷ができると、傷は貨幣を分泌して癒える。傷は金属のかさぶたで覆われる。自分は恥じるところがないと思うような安っぽい楽しみは、老獪な女たらしに任せておこう。カサノヴァにはもっとよくわかっていた。最初は厚かましくも硬貨を一枚机に投げ出してはみるものの、恥ずかしくなって、それを隠すためにさらに硬貨一〇〇枚を上乗せすることになるのだと。　[O1a, 4]

「フランスで普通に踊られるカドリーユ（四人組で踊るダンス）は、下品さが他に例を見ないほどあからさまに示されるダンスである。踊り手たちが身振り手振りであらゆる人の繊細な感情を深く傷つけはするが、それでもまだその場に居合わせている警察から派遣されている者にホールから追放されることを恐れなくてもすむようなそうした類いのダンスの種類は、カンカンという。これに対して、ダンスの仕方によって皆の道徳的感情が踏みにじられるような場合、そしてついに警官が長いこと躊躇ったあげくに、そうしたダンスをしている者によく言う「もっと品よく踊ってください。さもなければ、出て行ってもらいます」という言葉で、礼儀を守るよう注意したほうがいいと思うような場合には、こうしたエスカレーションは——あるいは「こうした一層ひどい品位の低下」といったほうがいいかもしれないが——シャユーと言われる。／……野獣のような野蛮さ……のために警察の指令が出されるに及んだ。……つまり男性たちはそうした舞踏会で仮面をつけてはならず、いかなる扮装もしてはならない。この指令は一方では、顔を隠して素性がわからなくなるとますます野卑なことをする誘惑に駆られるのを防ぐためであり、また他方では、——そして主にこちらの理由のためであるが——もしも踊り手がダンスの最中に、パリでもっとも非難されるような行為を示し、そのために警察によってホールから追い出されてしまうようなことになった場合に、その人物が誰であるか知られてしまい、その結果あらためてホールに入れなくなるようにさせるためである。

……女性のほうは逆に、仮面をつけなければならない。」フェルディナント・フォン・ガル『パリとそのサロン』I、オルデンブルク、一八四四年、二〇九および二一三―二一四ページ

[O1a, 5]

現在と一九世紀中葉におけるエロティックな行為の範囲の比較。社交界におけるエロティックな戯れは現在では、礼儀を心得た女性が我を忘れずにどの程度の関係まで進むことができるかという問題をめぐって議論されている。不倫の喜びを具体的事実を挙げることなしに記すことは、劇作家のもっとも好む題材である。愛と社会との決闘に折り合いをつける領域は、非常に広い意味での「自由な」恋愛の領域である。一九世紀の四〇年代、五〇年代、六〇年代には事情がまったく異なっていた。その特徴をもっともよく捉えているのは、フェルディナント・フォン・ガルがその著書『パリとそのサロン』(オルデンブルク、一八四四―四五年、〈I、二二五―二三一ページ〉)の中で、「賄いつき下宿（パンシオン）」について報じている箇所である。それによると、たくさんのこうした下宿では、あらかじめ申し出ておけば住人以外の人も夕食に加わることができて、そこには娼婦がやって来るのだそうだ。娼婦はそこでは家柄のよい娘のように見せかけねばならず、また実際に仮面をすぐにかなぐり捨てるような雰囲気でもなかった。むしろ娼婦は、上品さと親し

げな態度をいつまでも装おうとしていた。こうした装いが解かれるのは、ひどくやっかいな策略ゲームによってであって、それが結局は、彼女の値を上げることになるのだった。こうした状況において現われているのは当然のことながら、性的なことを知らないふりをして上品ぶる態度ではなく、この時代の仮面に対する異常な熱中ぶりである。〔O2, 1〕

仮面に対する異常な熱中ぶりについて、もう一つの例。「売春に関する統計からわかるように、落ちぶれた娼婦は、自分がまだ肉体的に母となることの出来る人間であると認められることに誇りを求めようとする。この望みは、母になるという栄誉にともなう重荷や、体形が崩れてしまうのを彼女が喜ばないということと矛盾するものではない。だから彼女は中間の道をとって妊娠したふりをして、妊娠二カ月、三カ月と言いふらす。ただし妊娠三カ月以上だと言うことはもちろんない。」F・Th・フィッシャー『モードとシニシズム』シュトゥットガルト、一八七九年、七ページ■モード■〔O2, 2〕

売春では技術の革命的側面が現われてくる(創造的な側面、そしてたしかに発見的な側面にはちがいないが象徴的な側面も)。「まるで恋愛が従う「自然」の法則が、「社会」

の法則より独裁的であるとか、また憎むべきものであるとかいうのではないかのように！　サディズムの形而上学的な意味は、人間の反抗が強くなっていくと、この反抗はやがて、自然に対してその法則を変えることを要求するようになるだろう——女性たちが妊娠の試練や出産と中絶の危険や苦痛に耐えることはこれ以上望まなくなるので、人間が地上に永続していくために、自然はなにか別のことがらを発明しなければならなくなるだろう——という希望そのものである。」エマニュエル・ベルル「最初のパンフレット」（『ウーロップ』七五号、四〇五—四〇六ページ）。実際に愛に対する性の反乱は、熱狂的な憑かれたような快楽意志からのみ生じたのではない。この反乱は、自然を快楽意志の意のままにし、適合させることをも目指している。ここで問題となっている、あるいはそれを超えた〈原文のまま〉特徴がもっとはっきりと現われるのは、売春〈とくに一九世紀末のパリのパサージュで行われていたシニカルな形での売春〉を、愛とは逆のものとしてではなく、愛の頽落と考えた場合である。その場合には、この頽落の革命的な側面は、おのずとパサージュの頽落〈?・〉の革命的側面にぴったりと適合する。　[O2, 3]

パサージュにいる女という動物の生態分布。娼婦、お針子、魔女のような老売子、古物商の女、手袋屋の女、お嬢（ドモワゼル）。「お嬢」というのは、一八三〇年ころの女装した放火犯の

ことである。［O2, 4］

一八三〇年頃。「パレ＝ロワイヤルはいまだにけっこう人気があるので、ルイ＝フィリップ王の手元に公園の貸し椅子の上がりが三万二〇〇〇フラン、国庫に賭博場経営権賃貸借料として五五〇万フランが入ってくる。……パレ＝ロワイヤルの賭博場は、グランジュ＝バトリエール街の「セルクル・デ・ゼトランジェ」およびリシュリュー街にある「フラスカティ」と競っている。」デュベック／デスプゼル『パリの歴史』パリ、一九二六年、三六五ページ［O2, 5］

通過儀礼（パサージュ）――死や、誕生や、結婚や成人などに結びついた儀式を民俗学ではこう呼ぶ。近代の生活ではこうした節目は次第に目立たなくなり、体験できないものになってしまった。われわれは、別の世界への敷居〔Schwelle〕を越える経験にきわめて乏しくなってしまっている。おそらく眠りにつくことが、われわれに残された唯一のそうした経験だろう（したがって目覚めも同様である）。敷居を越えることで夢が形態を変化させるように、会話でのやりとりの変化や愛における役割変化も敷居ぎわを大波のようにゆれ動いているのである。アラゴンは言う。「人間は、想像力の戸口に立ちつくすことをなんと好むことか！」（『〈パリの〉農夫』〈パリ、一九二六年〉、七四ページ）愛する者や友人同士はこの想像力の門の敷居からばかりでなく、敷居たるものすべてから、力を吸い取りたがるものである。ところが、娼婦たちは逆に、この夢の門の敷居が好きなのだ。――敷居というものは、境界線とはっきり区別されねばならない。敷居は一種の領域（ゾーン）である。変化や、移行や、満潮などの意味合いが、「溢れる〔schwellen〕」という言葉には含まれている。語源研究はこれらの意味合いを見逃すべきではない。しかしその一方で、この言葉がそうした意味合いを持つようになった直接の構造的、儀式的な連関を確定することが必要である。■夢の家■ ［O2a, 1］

パレ・ロワイヤルの北東にある柱廊の下に、カフェ・デ・ザヴーグル〔盲人カフェ〕がある。「カンズ＝ヴァン救済院の盲人が六人ほどで、耳が痛くなるような音楽を、夕方の六時から午前一時までずっと弾きづめだった。――というのは、こういった地下の店は、夕方から明け方にかけてしか客に開かれていなかったからである。そこは札付きの「ライス」や「フリュネ」〔古代ギリシアの名だたる高級娼婦〕たちの絶好の溜まり場だった。この不純な人魚たちは、せめてものこととして、今日ではヘルクラーヌムの娼家のように悲しく、暗く、静まりかえっている広大なこの快楽のバザールに、動きや生命を吹き込むという貢献をしていた。」『パリのカフェの歴史――ある遊び人の回想からの抜粋』パリ、一八五七年、七ページ　[O2a, 2]

「一八三六年一二月三一日、夜中の一二時に、警察の命を受けて、すべての賭博場が閉鎖された。「フラスカティ」では、小さな暴動が起きた。すでに一八三〇年頃から目抜き通り(ブールヴァール)の繁華街にその座を奪われていたパレ・ロワイヤルはそれで止めを刺された。」デュベック／デスプゼル『パリの歴史』パリ、一九二六年、三八九ページ　[O2a, 3]

「タルマ〔18―19世紀仏の俳優。ナポレオンに庇護された〕、タレイラン〔18―19世紀仏の政治家〕、ロッシーニ、バルザック」はエドゥアール・グルドン〔『夜の草刈り人たち』パリ、一八六〇年、一四ページ〕に賭博師として引用されている。　[O2a, 4]

「賭博への情熱は、すべての情熱を含んでいるので、すべての情熱の中でもっとも高貴であると私は主張する。幸運な手が続くと、賭事をしない男が数年の間で味わう喜びよりもたくさんの喜びが得られる。私は精神によって享楽する、ということは、もっとも心情のこもった、もっとも繊細な方法で享楽する。あなたがたは、私の手もとにたどりついた黄金のうちに、私が儲けのことしか見ていないと考えておいでだろうが、あなたがたは間違っている。私は黄金がもたらすいろいろな歓びを、その内に見通して、真にそれを味わっているのだ。稲妻のように鮮やかで熱いこれらの歓びは、嫌気がさすにはあまりに速く過ぎていき、私を倦怠に陥らせるにはあまりにも多様である。私はただ一度の人生に百回の人生を生きる。私が旅をするといっても、それは電気の火花のように束の間のことである。……手を握り締め、銀行の紙幣をじっと持っているのは、時間の値段を知りつくしているので、他の人間たちのように時間を消費することができないからだ。一つの快楽を獲得すれば、千のほかの快楽を失うことになるだろう。……私には精神の享楽があるので、そのほかの快楽は必要としない。」エドゥアール・グルドン『夜の草刈り人たち』パリ、一八六〇年、一四―一五ページ。ラ・ブリュイエールからの引用がここで用いられている！「もしそれが可能なら、私はもう私が望むようにはできない」〔シラー〕というヴァレンシュタインの言葉を参照。　［O2a, 5］

「賭博場経営権賃貸借契約をしている遊戯場は、グランジュ＝バトリエール街六番地所在の「セルクル・デ・ゼトランジェ」館、リシュリュー街一〇三番地所在の「リヴリー」館こと「フラスカティ」、モン＝ブラン街四〇番地所在の「デュナン」館、マリヴォー街一三番地所在の「マリヴォー」館、タンプル街一一〇番地所在の「パフォス」館、ドーフィヌ街三六番地所在の「ドーフィヌ」館、パレ・ロワイヤル内の九番地(二四番地まで)、一二九番地(一三七番地まで)、一一九番地(一〇二番地から続いている)、一五四番地(一四五番地から続いている)だった。こんなにたくさんあるのに、賭博師たちはこれらの店舗では足りなかった。投機筋はほかの店を開き、それに対して警察の監視が十分には行き届かなかった。そこでは「エカルテ」「ブイヨット」「バカラ」(いずれもトランプ・ゲーム)などの賭博が行われている。すべての悪徳のグロテスクで恥ずべき残骸といったような老女たちが、……店を取り仕切っている。自称将軍未亡人である彼女たちは、カニョット(寺銭入れ)のあがりを分け合う自称大佐たちに守られている。この状態は、賭博場経営権賃貸借制度の廃止される一八三七年まで続いた。」エドゥアール・グルドン『夜の草刈り人たち』パリ、一八六〇年、三四ページ [O3, 1]

グルドンの伝えるところによれば、ある種のグループでは賭けをしていたのはほとんど女だったという。前掲書、五五ページ以下 [O3, 2]

「パリ市憲兵隊の騎馬兵に起きた話が、私たちの行きつけのクラブで語り継がれている。

彼は、運がなかなか回って来ない一人の賭博師の家の門に、幸運をもたらす護符(フェティシュ)として配置されたのだった。人のよい憲兵は、何かのパーティーの来客を出迎えるために自分はそこにいるのだとばかり思っていたが、通りや家の静かなことにすっかり驚いていたところへ、午前一時になって、［賭博場の］緑の卓布の哀れなる被害者が姿を現わした。彼はいつもの晩のように、幸運の護符(フェティシュ)の力にもかかわらず、賭博師は大損をしていた。彼は呼び鈴を鳴らす。だれも開けに来ない。再び、呼び鈴を鳴らす。眠っている門番の部屋では、何も動く様子がない。門はあい変わらず閉まっている。いらいらして、激怒して、とくに賭博ですってきたばかりで機嫌の悪い借家人は、門番をたたき起こすために、ステッキで窓ガラスを割る。それまでは、真夜中の光景をただ観察するだけだった憲兵は、ここぞ自分の出番であると思い込んでしまう。身をかがめて、騒ぐ男の襟をつかみ、引き上げて馬に乗せた。退屈な見張りを中断する適当な口実に喜んだ憲兵は、馬を急ぎに急がせて宿営に戻った。……賭博師は、事情を説明したものの、宿営のベッドで残りの夜を過ごすはめになった。」エドゥアール・グルドン『夜の草刈り人たち』パリ、一八六〇年、一八一―一八二ページ　［O3, 3］

パレ・ロワイヤルについて。「前任の警察長官メルランは、奢侈とあらゆるみだらな享楽のこの館を兵舎に改造して、あの恥ずべき人種に性的合体の場を閉ざすことを提案した。」F・J・L・マイアー『フランス共和暦四年のパリからの断章』I、ハンブルク、一七九七年、二四ページ
[O3, 4]

モンマルトルの浮かれ女（ロレット）たちについてデルヴォーはこう書いている。「彼女たちは女ではない、――闇である。」アルフレッド・デルヴォー『パリの裏面』パリ、一八六〇年、一四二ページ
[O3, 5]

運命においてのみ読み取ることができるような、貨幣の特定の構造があるのではなかろうか。また貨幣においてのみ読み取ることができるような、運命の特定の構造があるのではなかろうか。
[O3, 6]

隠語の教授たち。「所有するものといえば、賭けにおける確率と数の連続性やそのつどちがった色に賭ける賭け方についての完璧な経験といったものだけになっている彼らは、賭博場に開店時から閉店時まで陣取っていて、「ボーラル」館と呼ばれるブイヨットの巣窟で夜を明かすのだった。新参者や初心者がおしかけてくるのを待ち受けるのである。

……奇妙なこの教授たちは、忠告をしたり、今までの手について議論したり、さらに今後の手を予想したり、ほかの人に代わって賭けを行った。負けた場合には、悪運を呪ったり、親に賭け金の半分を取られる「ルフェ」という手のせいにしたり、何かしら偶然の出来事のせい、一三日だったら日にちのせい、金曜日だったら曜日のせいにすればよかった。勝ったときには預かった賭け金を操作しているときにピンはねした分とは別個に、特別手当を受け取るのだった。このやりくちは、かささぎに餌をやる、と呼ばれていた。この稼業にたずさわる人たちは、いくつかの階層に分かれていた。アンシャン・レジームの頃はみな大佐や侯爵だった貴族、大革命のときにのし上がった平民、それから五〇サンティーム出せば助言を与えてくれる連中がいた。」アルフレッド・マルキゼ『昔の賭博と賭博師たち（一七八九―一八三七年）』パリ、一九一七年、二〇九ページ。この著書には、賭事の搾取における貴族階級と軍隊の果たす役割に関する貴重な記述が含まれている。

［O3a, 1］

パレ・ロワイヤル。「三階に住んでいる人の多くは、比較的上品な階級の落ちぶれた女たちである。……四階と屋根裏の「天国」には低い階級のそうした女たちが住んでいる。仕事の関係で、彼女たちは街の中心部に、すなわちパレ・ロワイヤルやトラヴェルシエール街とその周辺部に住まなければならない。……パレ・ロワイヤルに住んでいるのは六〇〇から八〇〇人ほどだろう。——しかしそれと比べものにならないほど多くの人々が夕方になるとそこを散歩する。というのも、そこに行けば暇にあかせてぶらぶらしている人々に会えるからだ。夕方になると彼女たちは、ちょうど日中に宮殿に貸馬車が並ぶように、サン・トノレ街とその近くのいくつかの通りに列をなして立っている。しかしその数は、パレ・ロワイヤルから遠ざかるに従って減っていく。」J・F・ベンツェンベルク『パリ旅行書簡』I、ドルトムント、一八〇五年、二六一および二六三ページ。著者は落ちぶれた女性の数を「約一万」としている。「革命前の警察の調査では、二万八〇〇〇だった。」前掲書、二六一ページ　[O3a, 2]

「ほかの女たちに対してもそうしたように、彼女に対しても、悪徳は、いつもの役目を果たした。それは彼女の顔のあつかましい醜さに繊細さを与え、欲望をそそるものにした。場末に生まれたもの独特の愛嬌を失わずに、街の女は、大袈裟な装身具と化粧クリームの類いを使って大胆に手を加えた魅力のおかげで、けばけばしい化粧や騒がしい派手なドレスによってのみ活気づく、麻痺した愛欲の主たち、緩慢になった感覚の主たちの食欲をそそる魅惑的な女になっていった。」J-K・ユイスマンス『パリの素描』パリ、

一八八六年、五七ページ「客引き女たち」　[O3a, 3]

「富の分配という諸現象をブルジョワがいつか理解できるだろうと期待することは不可能である。なぜなら、機械的生産が発達するに従って、財産が個人のものではなくなって、株式会社という没個人的な集団の形態をまとうようになり、その会社の株も最後は証券取引所の渦の中に引き込まれていくことになるからである。……この株はある人々には損失を、ある人々には利益をもたらすが、それは賭事と非常に似ているので、実際に株取引が賭けと呼ばれるほどである。近代の経済発展の全体は、資本主義社会を次第に巨大な国際的な賭博場に変えていく傾向をもっている。そこではブルジョワは彼ら自身には決して知られない出来事のために儲けたり、損をしたりする。……「不可解なもの」が、賭博場と同じようにブルジョワ社会でも君臨している。……予期されず一般には知られない、見た目は偶然によると思われる原因のために成功や失敗が起こるので、ブルジョワは賭博師のような精神状態になりがちである。……資本家はその財産を株式に投資するが、その株価と配当の上がり下がりの原因は資本家にはわからない。こうした資本家はプロの賭博師である。ところが賭博師は……きわめて迷信深い人種である。賭博場の常連はいつもお呪い(まじな)の言葉を持っていて、それで運命を呼び出すのだ。たとえば、パドヴァの聖アントニウスやその他の天上の聖霊への祈りをつぶやく者もいれば、特定の色が勝つようになった時にだけ賭けるという人もいれば、また左手でクローバーをしっかり握っている人もいるといった具合である。ちょうど自然における不可解なるものが野生動物を取り巻いているように、社会的な事柄に関する不可解なるものがブルジョワを取り巻いている。」ポール・ラファルグ「神信仰の原因」『ノイエ・ツァイト』二四巻一号、シュトゥットガルト、一九〇六年、五一二ページ　[O4, 1]

アドルフ・シュタールによれば、シカールなる人物はダンスホール・マビーユの舞踏会でカンカンをリードして踊った人物だそうだ。彼は二人の警官の見守る中で踊るのだという。二人の警官たちの仕事は、ほかでもなくこの一人の男の踊りを監視することだけだった。これについては――ヴォルデマール・ザイファルトの『一八五三年と五四年のパリ見聞録』(ゴータ、一八五五年、一三六ページ)に詳細な出典を挙げずに引用されている――次のような意見を参照のこと。「パリの群衆の野蛮さを、ぎりぎりの限界のうちにとどめておけるのは、警察力の優位だけであろう。」　[O4, 2]

パレ・ロワイヤルに姿を見せる変人――深々とした髯をはやした一種の野生人間――そ

の名はコドリュック・デュクロといった。[04, 3]

「運をためすということは月並(つきなみ)な逸楽ではない。幾月を、幾年を、いや、危惧と希望との全生涯を、一瞬にして味わうということは、陶酔せずにはいられない快楽である。九年級の受け持ちのグレピネ先生が、教室で、「人間と精霊」という寓話を私たちに読んで聞かせてくれた時、私はまだ一〇歳にもなっていなかった。とはいえ私はあの寓話を昨日聞いたよりもはっきりと思い出す。ある精霊が一人の子どもに一つの糸毬(いとまり)を与えて言う。「この糸はお前の日々の糸だ。これを取るがよい。時間がお前のために流れてほしいと思う時には、糸を引っぱるのだ。糸毬を早く繰るかゆっくり繰るかによって、お前の一生の日々は急速にも緩慢にも過ぎていくだろう。糸に手を触れない限りは、お前は生涯の同じ時刻にとどまっているだろう。」子どもはその糸毬を取った。そしてまず、大人になるために、それから愛する婚約者と結婚するために、それから子どもたちが大きくなるのを見たり、職や利得や名誉を手に入れたり、心配事から早く解放されたり、悲しみや、年齢とともにやって来た病気を避けたりするために、そして最後に、悲しいかな、厄介な老年に止(とど)めを刺すために、糸を引っぱった。その結果、子どもは精霊の訪れを受けて以来、四カ月と六日しか生きていなかったという。賭博は、まさにこれと同じように、運命が普通には永い時間をかけてしか、いや、永い年月をかけてしか産み出さないあまたの変化を、一瞬にしてもたらす術でなくて何であろうか？　他の人々にあってはその緩慢な生涯に散らばっている数々の感動を、一瞬にして掻き集める術でなくて何であろうか？　全生涯を数分にして生きる秘訣でなくて何であろうか？　要するに、あの精霊の糸毬でなくて何であろうか？　賭博とは、運命との組み打ちである。……人は金（かね）を賭ける、――金、すなわち即時にして無限の可能性を。おそらく、賭博者がめくって今まさに表を出そうとしているトランプ札や、ころがって行く球は、園や庭、畑や広大な森、空高く尖塔のそびえた城館を、賭博者に与えるかもしれないのだ。そうだ、あの静かに滑ってゆく小さな球には、幾ヘクタールかの土地と、彫刻を施した煙突がロワール河に影を映しているスレート屋根の邸宅が含まれているのだ。あの小さな球には、芸術の至宝や、山海の珍味や、豪華な宝石や、世にも美しい女の肉体や、金で買えるとは思えなかった人の心に至るまで――要するに地上のありとあらゆる装飾、ありとあらゆる名誉、ありとあらゆる優雅なもの、ありとあらゆる力が入っているのだ。いや、それどころではない、あの小さな球にはそれ以上のものが含まれている。そうした一切のものへの夢が含まれているのだ。これでも、賭博をせずにいられようか？　まだしも賭博が無限の希望を与えることしかしないものであったら、その緑色の眼（ルーレット台には緑の羅紗布が張られている〕のほほ笑みしか見せないものであったら、人は賭博をあれほど熱狂的に愛しはしないであろう。しかし「賭博」はダイヤモンドの爪を持っていて、恐るべきものであり、その気になれば、悲惨と恥辱とを与える。さればこそ、人は賭博を熱愛するのである。危険の魅力はすべての大きな情念の奥底にある。めまいなくして逸楽はない。快楽は恐怖がまじっていてこそ人を陶酔させる。ところで賭博以上に恐るべきものがあろうか？　それはかつ与え、かつ奪う。その道理はわれわれの道理ではない。それは物言わず、目は見えず、耳は聞こえない。それは全能である。それは神である。……「賭博」にはその信者たちと聖者たちがいる。彼らは賭博が約束するもののためではなく、賭博そのもののために賭博を愛し、賭博によって打撃を加えられた時には賭博を崇拝する。残酷にも全財産をはぎ取られた暁にも、彼らはそれを自分自身のせいにして、賭博のせいにしない。すなわち、「賭け方が拙かった！」というばかりである。彼らは自分を責めて、神をののしる言葉を吐くことはない。」アナトール・フランス『エピクロスの園』パリ、一五―一八ページ〔大塚幸男訳、岩波文庫、二五―二八ページを一部改訳〕

[O4a]

ベローは多岐にわたる論述において、売春婦に対する行政的措置が法的措置よりも有効であることを弁護しようとしている。「したがって、法の殿堂はきたない訴訟によって公衆の面前で汚されることにはならなかった。そして犯罪は、警視総監の特令によって、独断的にではあるが処罰されている。」F・F・A・ベロー『パリの娼婦とその取り締まり』II、パリ/ライプツィヒ、一八三九年、五〇ページ　[O5, 1]

「〔娼婦の〕ひも(マルルー)とは、……若くて力強く頑健な美丈夫で、フレンチ・ボクシングに長けていて、お洒落もうまく、シャユーやカンカンを優雅に踊り、女神ヴィーナスに仕える街の女たちに対してやさしく、大きな危険が迫ったときには彼女たちを助け、彼女たちに対してしかるべき敬意を表させるすべを知り、また彼女たちにきちんとした行動を取るようにさせる青年のことである。……太古以来、見栄えのする服装と模範的な行いと社会に対する貢献とによって際立っていた人間たちからなる一つの階層がこうして〔特令以降〕苦境に追い込まれてしまった。」『美男テオドール・カンカン氏著――パリにさらに五万人の泥棒増える――別題、娼婦に関する警視総監令に反対する首都の元ひも一同の抗議文』、F・F・A・ベロー『パリの娼婦とその取り締まり』II、パリ/ライプツィヒ、一八三九年、一〇九―一一〇ページ、一一三―一一四ページに引用。[このビラが配られてから、ベローの著作に引用されるまでには、それほど時間がたっていない。]　[O5, 2]

一八三〇年四月一四日に布告された警察の売春規制令。

「第一条　……娼婦は、いかなるときも、いかなる理由によっても、パサージュ、公園、大通り（ブールヴァール）に姿を現わしてはならない。

第二条　娼婦は、認可を受けた施設（メゾン・ド・トレランス）でしか売春を行ってはならない。

第三条　独立した娼婦、すなわち施設（メゾン）に住んでいない者は、街灯が灯された後にしかこれらの施設に出掛けて行ってはならない。簡素な、慎ましやかな服装を着けて、寄り道をせずに施設に向かわねばならない。……

第四条　娼婦は同じ晩に、一軒の施設（メゾン）から別の施設に出向いてはならない。

第五条　独立した娼婦は、施設（メゾン）を出て、晩の一一時には自宅に帰っていなければならない。……

第七条　施設（メゾン）は、目印として、角灯をつけても差し支えないし、最初のうちは、戸口に老女を立たせても差し支えない。

署名　マンジャン」

F・F・A・ベロー『パリの娼婦とその取り締まり』II、パリ／ライプツィヒ、一八三九年、一三三―一三五ページ　[O5, 3]

警察の公安班に与えられることになっていた報奨金。二一歳以下の売春婦を見つけたとき、三フラン。未登録売春宿を見つけたとき、一五フラン。未成年者を使っている売春宿を見つけたとき二五フラン。ベロー『〔パリの〕娼婦〔とその取り締まり〕』〈Ⅱ〉、一三八―一三九ページ　[O5, 4]

新しい売春規制令に関する自らの提案にベローが行っている説明から。⑴戸口に立つ年老いた女に関して。「第二項は、戸口より外に出ることをその女に禁じている。なぜならば、彼女はたびたび歩行者たちのほうに向かって大胆に寄って行くことがあるからである。私は、この元女郎（マルシューズ）たちが男たちの腕や服をつかんで、彼女たちの施設（メゾン）にいわば無理やり入らせる場面をこの目で見ている。」⑵売春婦の営業禁止について。「服飾品や肌着や香水などを扱うのと同じように、娼婦たちを取りそろえた商店や小規模の店の開業を禁ずる。これらの商店や小規模の店に身を落ち着ける女たちは、通行人たちに合図ができるように、店の扉や窓を明け放しておく。……なかにはもっと巧妙な手口の女たちがいて、彼女たちは扉や窓を閉じておいて、カーテンのかかっていないガラス越しに合図を送るか、あるいは、カーテンとカーテンの間に内と外との連絡が容易にできるような隙間を残しておく。男が通るたびに店の正面をたたく女たちがいて、男は音のするほうへ振り向くことになる。女たちは次々に合図の音を送るのだが、それらの店は全部パサージュの中にあるから、誰にとっても聞き逃しようのないものであり、それだけにいっそう破廉恥である。」F・F・A・ベロー『パリの娼婦とその取り締まり』Ⅱ、パリ／ライプツィヒ、一八三九年、一四九―一五〇ページ、一五二―一五三ページ　[O5a, 1]

ベローは、公認売春施設が数かぎりなくあることに賛意を示して次のように述べている。「第一三条　成年に達した既婚ないし未婚のいかなる女性も、自前の家具の入っている最低二室のしかるべき住居に住み、既婚者の場合は、配偶者の許可および居住する家の所有者ならびに主たる借家人の許可を得れば、……売春施設(メゾン)の女経営者になり、認可手帳を取得することができる。」〔F・F・A・〕ベロー『パリの娼婦〔とその取り締まり〕』Ⅱ、一五六ページ　[O5a, 2]

ベローの提案によれば、どの娘も――たとえ未成年者さえも――希望すれば娼婦として登録できるようにすべきである。その理由を彼は次のように説明している。「あなた方の義務感は、このうら若い子たちに対するたえざる監督を命じている。……この子たちを追い返したら、残忍に見捨てた後に引き続き起こることの責任をあなた方が負うことになる。……だから彼女たちを登録して、当局の万全なる保護と万全なる監視のもとに置かなければならない。婚姻適齢にようやく達したばかりのこの娘たちを、退廃した空気の中に戻すよりは、彼女たちを迎えるために特別につくられた売春施設(メゾン)での規則正しい生活をさせなさい。……彼女たちの両親と連絡をとりなさい。彼らは、自分の娘たちのみだらな生活がひとさまに知られないですみ、役所がその秘密を良心的に守ってくれるとわかれば、彼女たちを引き取ることに同意するでしょう。」ベロー、〈前掲書〉、Ⅱ、一七〇―一七一ページ　[O5a, 3]

「警察は、……特に名の通った公認売春施設(メゾン)の女主人のうちの幾人かに対して、……晩餐会や舞踏会や演奏会を開くときエカルテ［二人でするトランプ遊び］をする小卓をいくつか置く許可を与えることができないものだろうか。せめてこの場所では、詐欺師たちは近くで監視されることになるだろう。ほかのクラブ［賭博場のことだが］では、それはまったく不可能である。……なぜなら、警察の力は……そこには、……ほとんど及ばないからである。」Ｆ・Ｆ・Ａ・ベロー『パリの娼婦とその取り締まり』Ⅱ、パリ／ライプツィヒ、一八三九年、二〇二ページ　[O6, 1]

「パリの大勢の若い娘たちの美徳が危機に瀕する時期は毎年同じだと言える。売春施設や他の場所における警察の調査によると、一年のほかの時期を合わせたよりもこれらの時期のほうが、もぐりで身を売る娘たちが多数見られる。放蕩が一時的に増加する原因についてたびたび尋ねてみたが、役所の中にさえ、この問題に答えられる人はいなかった。私自身の観察に頼るしかなく、根気よく努力した結果、ついに、……状況に応じて増大する……売春の真の原理までさかのぼることができた。新年、公現祭〔一月六日〕、聖母に関連した祭日が近づいてくると、お嬢さんたちは、お年玉をあげたり、贈り物をしたり、美しい花束を贈ったりしたい。自分たちのためにも、新しいドレスや流行の帽子が欲しい、そして、必要な金銭的手段を欠いているので、……数日間、売春に従事してそれを手に入れる。……これが、一定の時期や特定の祝祭日のころに放蕩的行為が増加する理由である。」F・F・A・ベロー『パリの娼婦とその取り締まり』I、パリ／ライプツィヒ、一八三九年、二五二―二五四ページ　[O6, 2]

警視庁で執り行われる娼婦の医療検査に反対する意見。「ジェリュザレム街で警視庁に向かっている女、あるいはそこから出て来る女はすべて、娼婦という烙印を押される。

……定期的に行われる破廉恥である。検診の日はいつも、警視庁の周辺は、このあわれな女たちを待ち伏せする大勢の男たちであふれている。彼らは、診療所から解放されて出て来る女性たちが健康であると診断されたと知っているのだ。」F・F・A・ベロー『パリの娼婦〔とその取り締まり〕』I、一八九―一九〇ページ [O6, 3]

浮かれ女(ロレット)たちは、ノートル＝ダム・ド・ロレット教会の界隈に住みたがる。というのもこのあたりは新開地で、彼女たちは新しくできた家に、家が乾くまで安い家賃で住むことができるからだ。 [O6, 4]

「ほかの種類の誘惑を味わってみたいですか？　テュイルリーか、パレ＝ロワイヤルか、ブールヴァール・デ・ジタリアンに行ってごらんなさい。椅子に腰を掛け、もう一つの椅子に足を乗せ、自分の横の三つ目の椅子を空けて待っている、一人ならずの人魚をそこで見かけることでしょう。これこそ色男にとってのきっかけです。……流行品店も、……女好きな連中にいろいろと手だてを提供します。バラ色、緑色、黄色、ライラック、格子柄などの帽子をそこで値切ってごらんなさい。値段を決め、あなたは自分の住所を教える、すると、翌日、申し合わせた時間に、帽子の後ろに、紗やリボンやほかの飾りものを繊細な手付きでつけようとしている女性が、あなたのもとに現われます。これらの飾りものは、あの種の婦人たちにとても気に入られるのです。」F・F・A・ベロー『パリの娼婦〔とその取り締まり〕』Ｉ「序として――世界の諸民族における売春についての歴史的素描」(M・A・Mによる)CII-CIV ページ(「序文」)　［O6a, 1］

「いつも同じ地点を娼婦たちが行ったり来たりするので、一種のファンタスマゴリーが生じて、彼女たちが無限に増加するように見え、初めのうちは、娼婦たちの数が膨大であるように信じがちである。こうした錯覚を起こすもう一つの状況がある。それは、一晩のうちに娼婦たちがたくさんの変装用の衣装を着るからである。少し慣れた目で見れば、八時には優雅で豪華な衣装の女が、九時になれば、お針子風(グリゼット)のいでたちで現われ、一〇時には、田舎娘になって姿を見せたりし、あるいはその逆だったりすることが容易に確かめられる。ふだんから娼婦たちの集まるパリ中のすべての地点でそうなのである。たとえば、サン＝マルタン門とサン＝ドニ門の間の、大通り(ブールヴァール)を行く一人の娼婦を尾行してみてほしい。今は、羽根付き帽子をかぶり、絹のドレスを着て、それにショールを羽織っている。彼女はサン＝マルタン街へ行って、右側を歩き、サン＝ドニ街に隣接する小さな通りへさしかかって、その辺にあるたくさんの娼家の一軒に入って行くが、少しばかりたってから、お針子(グリゼット)あるいは村娘の服装でそこから出て来る。」F・F・A・ベロー『パリの娼婦〔とその取り締まり〕』I、パリ/ライプツィヒ、一八三九年、五一―五二ページ■モード■　[O6a, 2]

テオドール・バリエールとランベール・ティブスト共作『大理石像の娘たち』、歌謡を取り入れた五幕の戯曲、初演はパリ、一八五三年五月一七日、ヴォードヴィル劇場において。この劇の第一幕では主役たちはギリシア人として登場し、しかも大理石像の娘たちの一人(マルコ)への愛のために命を失う主人公のラファエルは、ここでは大理石像を作るフィディアスである。この第一幕の結びの効果は、彫像たちの微笑みにある。それらの彫像は、彼らに栄誉を与えると約束したフィディアスには見向きもしなかったのに、お金をくれると約束したゴルギアスに微笑みながら振り返るのである。　[O7, 1]

「ねえ、考えてもみてください。……パリには、二種類の女性がいるのです、二種類の家があるように、……長期の賃貸契約を結んだ上でしか入れないブルジョワジーの家、それに、月極めで住まわしてもらえる家具付きの間借りです。……どこで違いがわかるのでしょう?……看板です。……ところがですよ、衣装は、女性にとっての看板なのです。……それに、口ほどにものを言う服装というのがあって、襞飾りの下から二番目の段に、「間借り人求む」と読めるというわけです！」デュマノワール／Th・バリエール『騒がしい衣装』一幕物の喜劇、パリ、一八五六年、二八ページ　[O7, 2]

理工科学校(エコール・ポリテクニク)の鼓手たちのあだ名は、一八三〇年ころには、ガヴォット、ヴォードヴィル、メロドラマ、ゼピュロスで、一八六〇年ころには、愛の若枝〔Brin d'amour〕、ニンフの太腿〔Cuisse de nymphe〕だった。（ピネ〈『理工科学校の歴史』パリ、一八八七年〉、二一二ページ）　[O7, 3]

ブルリエの提案によれば、賭場の営業がふたたび認可され、その営業権から上がる収益を「証券取引所のように豪華な」オペラ座の建設と病院の建設に充てるべきだという。ルイ・ブルリエ『賭博批判者たちへの書簡』パリ、一八三一年（Ⅶページ）　[O7, 4]

賭博場経営請負業者のブナゼは、賭場での普通より高い金相場を自らの個人的な取引のために利用するという不法営業を行っていた。そのブナゼに対してルイ・ブルリエの「パリの代議士の皆様への請願書［ギャルリ・ドルレアン］、一八三九年六月三〇日」と

いう文書が出された。ちなみにブルリエはその賭博場のもと従業員であった。　[O7, 5]

「証券取引所の立会所でも、われわれの賭場でも、
われわれは賭事をして、運に挑戦します。
31(トランテアン)では、赤と黒が、証券取引所では、上げと下げが、
同じく負けと勝ちを決めています。
……
ところで、証券取引のゲームとわれわれのゲームがそっくりなのに、
何故、株は許可されて、何故、賭事は禁止されるのですか?」
ルイ・ブルリエ『賭博場経営権賃貸借契約制度を廃止する法律に際して議会に寄せられた詩節』パリ、一八三七年、〈五ページ〉　[O7, 6]

「賭博場」というタイトルのついた一八五二年の大きな石版画(リトグラフ)の真ん中には、豹か虎らしい寓意的な絵が描かれていて、その毛皮はちょうど覆いのようにルーレットの絵の半分を覆っている。国立図書館版画室　[O7a, 1]

「浮かれ女(ロレット)たちは、彼女たちの住む界隈によっていろいろな価格を付けられていた。安いものから高いものの順に言えば、グラモン街、エルデール街、サン＝ラザール街とショーセ＝ダンタン、フォーブール・デュ・ルール地区。」ポール・ダリスト『目抜き通りの生活と人々（一八三〇―一八七〇年）』パリ、〈一九三〇年〉、二五五―二五六ページ　　[O7a, 2]

「女たちは株取引の行われている間は、中に入れてもらえなかったが、場外では彼女たちが証券取引所の周りに群れをなして集まってきて、その日の運命の大いなる託宣をじっと待ち構えている姿が見られた。」『パリの一週間』パリ、一八五五年七月、二〇ページ　　[O7a, 3]

「一三区には、人を恋しはじめたとき、死んでいく女性たちがいる。遊女としての最期の吐息を彼女たちは恋に捧げるのだ。」ルイ・リュリーヌ『パリ一三区』パリ、一八五〇年、二一九―二二〇ページ。これはその二年後に出版された『椿姫』の内容をみごとに表現したものである。　　[O7a, 4]

王政復古時代。「賭事をすることは決して恥ではなかった。……ナポレオン戦争では、もっぱら賭事にふける兵隊たちがあちこちへと移動したので、その結果として賭博熱が広まった。」エーゴン・セザール・コンテ・コルティ『ホンブルクとモンテ・カルロの魔術師』ライプツィヒ、〈一九三二年〉、三〇―三一ページ　[O7a, 5]

一八三八年一月一日。「禁止令を受けて、パレ・ロワイヤルにいたフランスの胴元たちのうちブナゼとシャベールはバーデン＝バーデンとヴィースバーデンへ行き、多くの使用人たちはピルモン、アーヘン、スパなどへ行った。」エーゴン・セザール・コンテ・コルティ『ホンブルクとモンテ・カルロの魔術師』ライプツィヒ、三〇―三一ページ　[O7a, 6]

M・J・デュコ（・ド・ゴンドラン）『証券取引所でいかに破産するか』（パリ、一八五八年）より。「正当な権利を攻撃する気はないので、仲介業者がもっぱらそれのみにいそしむべききまじめな証券取引に対して、私は何も言うことはない。私の批判は、とくに、虚構の証券取引の仲介手数料や……高利の繰越取引（決済日を延長してその金利をとる）を対象にすることになる。」（七ページ）「証券取引では、どれほど幸運に恵まれたとしても、仲介業者の取る、目も飛び出るような仲介手数料に太刀打ちできるような幸運は存在しない。……ライン河の沿岸（ホンブルクとヴィースバーデン）に賭博施設が二つあり、そこでは、「三〇と四〇（トラント・エ・カラント）」を、一〇〇フランに対して……六二・五サンティームといった安い手数料でやらせてくれる。これは仲介業者の手数料と繰越取引の分を合わせたものの……たった三二分の一に相当する。証券取引所では上げと下げに賭けるように、「三〇と四〇（トラント・エ・カラント）」では赤と黒に賭けるのであるが、こちらのほうは〔赤と黒〕どちらも出る確率（チャンス）がまったく同じなので、弱者が強者の意のままになるということがなく、不正も一切不可能である。」（一六ページ）　　　　　　　　　　　　　　　　　〔O7a, 7〕

地方の株取引は、「重要な株の値動きについての情報」をパリから得る必要があった。「……そのために緊急伝令や伝書鳩を使わねばならなかった。なかでも、当時、風車がいたるところにあったフランスでもっともよく使われた方法は、風車小屋から風車小屋へと信号を伝えるやり方だった。もし風車小屋の窓が開いていれば、それは高値を表わし、窓が閉まっていれば安値ということだった。この情報はパリから地方まで、いつも同じ順路で風車小屋から風車小屋へと伝わっていった。」ブラン兄弟はしかし——法的には政府だけが使えることになっていた——文字電報を使った。「一八三四年の天気のよいある日、ブラン兄弟の代理人の依頼を受けて、パリの電報係は官庁用電報を使ってHという文字をボルドーに送った。それは国債の価格が上昇したということを示すものだった。その文字を記しながら、しかもその意味を解読されてしまうことのないように、Hの後に意味をわからなくする文字を一つ加えた。」この方法でも問題が生じたので、ブラン兄弟はこの方法を他の方法と組み合わせることにした。「たとえばフランスの三分利付き国債の価格が最低二五サンティーム上昇した場合には、ブラン兄弟のパリの代理人であるゴスマンという人物が、手袋の入った小包を、ギブーというトゥールの電報係員に送った。そしてわざと、彼のことを手袋および靴下製造業者として宛名に書いておいた。逆に金利が同じように二五サンティーム程度下落した場合には、ゴスマンは靴下かネクタイを送った。この小包の宛名には文字か印が一つ書いてあって、それを受け取ったギブーは、それにすぐに解読防止用の文字や印を書き加えて、ボルドー行きの官庁用電報に書き添えて送った。」この方式は約二年間うまくいっていた。一八三七年の『ガゼット・デ・トリビュノー』の記事より。エーゴン・セザール・コンテ・コルティ『ホンブルクとモンテ・カルロの魔術師』ライプツィヒ、〈一九三二年〉、一七一―一九ページ　［O8, 1］

『一九世紀における家庭の暖炉ぎわで二人の少女が交わした好色な会話』ローマ／パリ、グランガッツォ＝ヴァッシュ出版社。そのなかからいくつかのおかしな表現。「ああ、お尻とヴァギナ。とても単純な言葉なのに、なんと意味深いのでしょう。ねえ、ちょっと見てちょうだい。私のお尻とヴァギナをどう思う。エリースちゃん。」（一二ページ）「神殿では犠牲を捧げる神官を、お尻には堂守として人差し指を、クリトリスには助祭として二本の指を。こうして私は来たるべきものを待っているの。「もし私のお尻がいい具合だったら、始めてちょうだい。ねえ、あなた。」」二人の少女の名前は、エリースとランダマンである。

[O8, 2]

ルコントはモード関係の女性ジャーナリスト、コンスタンス・オベールについて次のように語っている。彼女は『ル・タン』紙で重要な地位にあり、その記事の報酬は、記事に書かれた会社からの品物であった。「ペンは、毎日得るべき収入をそのつど自分で決めることのできる、まぎれもない資本そのものと化していくのである。パリ全体が手をのばせば何でも手に入る一つのバザールになる。現に、とうの昔から誰も無理な努力をしなくなっている。」ジュール・ルコント『ファン・エンゲルホムの書簡』アンリ・ダルメラ編、パリ、一九二五年、一九〇ページ。ルコントの著した手紙は一八三七年にブリュッセルの『アンデパンダン』紙に発表された。

[O8a, 1]

「都市で華やかな捕らわれの身の上を強いられている人間は、回想（レミニッサンス）と呼ばれる精神の能力によって、原初の住処だった田園に滞在すること、あるいは、せめて簡素で静かな庭をもつことを望む。彼の目は、商いの疲れや応接室のランプの熱い光から逃れて、緑に安らぎを求める。彼の嗅覚は、泥水から発散する悪臭にたえず痛めつけられ、花々からたちのぼる香りを探し求める。つつましやかな甘いスミレの縁植えに恍惚となってしまうだろう。……こういった幸福……が与えられなかったときには、彼は幻想を抱き続けるために、窓の縁を吊り庭園に、ささやかな自宅の暖炉を下草と花のちりばめられた花壇に変貌させることまでする。それが都市の人間であり、それが花や田園に対する彼の情熱の源泉である。……こんな事柄を考えた上で私は、数多くの織機を設置して、自然の花々を模した図案を織らせた。……この種類のショールの売れ行きは驚異的だった。……ショールは製造される前からもう売れてしまっていた。注文がとぎれなく続いた。……ショールにとってめざましいこの時期、製造業にとっての黄金時代は長続きしなかったが、フランスにパクトロス川〔古代の砂金の川〕のような流れをもたらした。その水流は、おもな源が外国にあっただけにいっそう豊かだった。この驚くべき流量＝売れ行きについて語った以上、それがどんな順に広がっていったかを知ることも……興味深いかもしれない。私の予測したとおり、パリは、自然の花柄のショールをあまり消費しなかった。各地方は、首都からの距離が離れていれば離れているほど、また外国はフランスからの距離が大きければ大きいほど、これを発注してきたのである。このショールの全盛時代はまだ終わってはいない。ヨーロッパの端から端ほど互いに離れた国に私はあい変わらず品物を送っているが、そういうところには、カシミアに似せた図柄のショールなどは一枚だって送ってはならないのだ。……パリが自然の花柄のショールを無視した事実から、……パリを趣味の中心地であると認めた上でこんなことが言えないものだろうか。……パリから離れれば離れるほど、自然の趣味や感情に近づくようになる、と。ほかの言い方をすれば、趣味というものと自然体というものには、この点で何も共通するものがないばかりか、互いに排除し合うのである、と。」カシミアの〔ショール〕製造業者J・レイ『ショールの歴史のための研究』パリ、一八二三年、二〇一―二〇二ページ、二〇四―二〇六ページ。国立図書館所蔵本には、仮扉にかなり古い筆跡のメモがある。「一見たわいない題材を扱った本研究は、……文体の純正さと優雅さによって、また『アナルカルシスの旅』に匹敵するような学識とによって、きわだっている。」　[O8a, 2]

ビーダーマイアー期と王政復古期に花柄が流行したことは、大都市の成長に対する無意識な不快感と関係があったのだろうか。　[O8a, 3]

「ルイ・フィリップ王政の初めの頃、世論は……今日の世論が証券取引所に関してそうであるように、賭博に対しても反対を表明した。……国家がそこから年間二〇〇〇万フランの収益を得ていたにもかかわらず、議会はその廃止を議決した。……いま現在、パリの証券取引は、政府に年間二〇〇〇万フランの収益などはもたらしていない。しかし、代わりに、仲介業者たち、もぐりの仲買人たち、繰越取引をして利子を二〇％以上に引き上げる……高利貸したちには、最低一億フランは儲けさせている。この一億フランは、互いに見ず知らずのまま、互いの搾取を企てながら、(仲介業者たちに)すっかり剝ぎとられてしまう、あまり先の読めない四、五千人の賭博師から巻き上げたものだ。」M・J・デュコ(・ド・ゴンドラン)『証券取引所でいかに破産するか』パリ、一八五八年、V－Ⅵページ　[O9, 1]

証券取引所は、七月革命の時には野戦病院と弾薬工場だった。散弾入り砲弾の製造に当たっては捕虜が使われた。トリコテルの『証券取引所内の場面の素描』〈パリ、一八三〇年〉を参照。証券取引所はまた宝物庫でもあった。そこにはテュイルリー宮殿から盗んできた銀が持ち込まれたからである。　[O9, 2]

二五日から三〇日もかけて仕上げられたショールがあった。

[O9, 3]

レイはフランス製のカシミアのショールのほうが〔インド製よりも〕評価できる理由を述べている。フランス製のカシミアのショールは何よりも新しいという利点を持っている。インド製のはそうではない。「〔インド製のショールが〕見てきた雅な宴や覆い隠してきた官能――それ以上は言うまい――の場面のすべてについて、立ち入って言うべきだろうか。わがフランスのおとなしく控えめな女性たちは、彼女たちを喜ばせているショールの前歴を知るようなことでもあったりしたら、だいぶあわててしまうだろう。」いずれにせよこの著者は、ショールといえばどんな種類のものでも、すでにインドで使われていたとする見解に同調する気はない。こうした見解は、「中国から出荷される前に、茶の葉はすでに一度は煎じられていた」という主張と同じように誤ったものだと著者は言っている。J・レイ『ショールの歴史のための研究』パリ、一八二三年、二二六―二二七ページ

[O9, 4]

ショールが初めてフランスに現われたのは、〔ナポレオンの〕エジプト遠征後のことである。

[O9, 5]

「姉妹たちよ、さあ夜も、昼のように歩きましょう。

　何時でも、どんな代償を払ってでも、愛の営みをすべきです。

すべきなのです。だって、この世では、宿命がわたしたちをつくったのです、
　家庭や貞淑な婦人を守るために。」

A・バルビエ『風刺と詩、ラザロ』パリ、一八三七年、二七一ページ〈リーフデ『〈一八二五年から一八六五年までの〉フランス詩におけるサン＝シモン主義』〈ハールレム、一九二七年〉、一二五ページに引用〉　[O9, 6]

『パリの憂鬱』の第一六番の詩「時計」には、賭博師の時間概念と対比しうるような時間概念が見られる。　[O9, 7]

モードが官能（エロティック）に与える影響について、エードゥアルト・フックスはうまい表現で言っている（『ヨーロッパ諸民族の戯画』II、〈ミュンヘン、一九二一年〉、一五二ページ）。「第二帝政期の婦人は「彼を愛しています」などとはめったに言わない。言うとすれば「いま彼に気があるの」という言葉だ。」　[O9, 8]

J・ペルコックは、カンカン踊りで高く持ち上げた脚を絵に描いて、そこに「捧げ銃(つつ)!」という言葉を書き添えている(エードゥアルト・フックス『ヨーロッパ諸民族の戯画』Ⅱ、一七一ページ)。

[O9a, 1]

「前世紀の三〇年代に公けにされた数多くの好色な石版画は、それが現われるとすぐに、直截的な性愛描写を好む人々のために猥褻なものに変えられた。……三〇年代末には、こうした戯れは次第に流行しなくなった。」エードゥアルト・フックス『中世から現代までの挿絵で見る風俗史、市民の時代』補巻、ミュンヘン、三〇九ページ

[O9a, 2]

エードゥアルト・フックスは、「一八三五年から四〇年頃のものと思われる、エロティックな挿絵入りの娼婦目録の始めの部分」について詳述している。「この目録は、二〇枚の色付きのエロティックな石版画からなっており、どの石版画の下にも娼婦の住所が印刷されていた。」これに続いて娼婦目録の最初に挙げられている七人の住所のうち五つまでがパサージュの住所であり、しかも五つとも異なったパサージュである。エードゥアルト・フックス『中世から現代までの挿絵で見る風俗史、市民の時代』補巻、ミュンヘン、一

五七ページ　　　　　　　　　　　　　　　　　　　　　　　　　　　　　[O9a, 3]

エンゲルスがドイツの手工業の徒弟たちに密告されて〔彼らの間ではエンゲルスのアジテーションは、グリューン〔カール・グリューン。ドイツの初期社会主義者〕の立場を弱めたという以上にさしたる効果をあげなかった〕スパイにつけられたとき、彼はマルクスに宛てて次のように書いている。「この二週間の間、私をつけている怪しげな奴らがほんとうに警察のスパイなら、……警視庁はこのところ「モンテスキュー」や「ヴァレンティーノ」や「プラド」といったダンスホールの入場券を何枚もばらまいたというわけだ。私は素敵なパリのお針子(グリゼット)と知り合いになってずいぶん楽しませてもらったことを、〔警視総監〕ドレセール氏に感謝している。」グスタフ・マイアー『フリードリヒ・エンゲルス』第一巻「若きフリードリヒ・エンゲルス」(第二版)、ベルリン、〈一九三三年〉、二五二ページに引用　　[O9a, 4]

エンゲルスは一八四八年にフランスの葡萄酒産地を旅行している途上で次のような発見をした。「これらワインのどれ一つとして同じ酔い心地にはならないのだ。ほんの数本でミュザールのカドリーユからマルセイエーズまでの、カンカン踊りの激烈な歓喜から革命の荒々しい熱狂までのあらゆる段階のニュアンスを味わい尽くす……ことができるのだ。」グスタフ・マイアー『フリードリヒ・エンゲルス』第一巻「若きフリードリヒ・エンゲルス」ベルリン、三一九ページに引用 [O9a, 5]

「一八五六年に「カフェ・ド・パリ」が閉鎖されてから、「カフェ・アングレ」はルイ・フィリップ治政下において「カフェ・ド・パリ」に認められていたのと同じ……重要性を持つに至った。白くて高い建物で、その廊下は入り組んでおり、たくさんのラウンジや別室が各階にしつらえてあった。」S・クラカウアー『ジャック・オッフェンバックと彼の時代のパリ』アムステルダム、一九三七年、三三二ページ [O9a, 6]

「フランスの工場労働者たちは、自分の妻や娘が売春をすることを、X番目の労働時間と呼んでいたが、それはまさに言葉通りだった。」カール・マルクス『史的唯物論』ランツフート／マイアー編、ライプツィヒ、〈一九三二年〉、三一八ページ [O10, 1]

「必要とあれば、写真屋は、……自分の撮影する猥褻な写真でポーズをとったモデルの住所を教えてくれる。」ガブリエル・ペラン『美しきパリの醜い面』パリ、一八六一年、一五三ページ。こうした写真屋には、女を一人ずつ撮った猥褻な写真が飾り窓にかかっていて、女たちを何人か一緒に撮ったものは中に置かれていた。　[O10, 2]

一八四九年八月二六日、風刺雑誌『カリカチュリスト』に載っているダンスホール。《野蛮人のサロン》《アポロ神のサロン》《濃霧の城》。(「一八四八年の共和政のパリ」パリ市主催展、パリ、一九〇九年、四〇ページ)　[O10, 3]

「……殺人的で、空虚で、かつまた大工場のシステムにはふさわしくない流行の移り気に対する最初の合理的な統制は労働日の規制である。」これについての注にはこうある。「ジョン・ベラースは「モードの不安定性」の及ぼすこうした作用をすでに一六九九年に糾弾している。」(「貧困、産業、貨幣、植民地および不道徳に関する試論」九ページ)カール・マルクス『資本論』コルシュ編、ベルリン、〈一九三二年〉、四五四ページ　[O10, 4]

マドモワゼル・ポーリーヌが文章を書き、首都(パリ)の乾物商、居酒屋主人、カフェやバー経営者、食料品店店主諸氏の推薦文を付けた「警視総監殿に送るパリ娼婦たちからの請願書」から。「この商売はそれ自体がすでにみじめなものですのに、税金も支払わないような他の女たちやお上品なご婦人たちとの競争のために、すっかり採算がとれなくなってしまいました。それとも、わたしたちの商売がこんなにうまくいかなくなったのは、わたしたちが現金を受け取っているのに、彼女たちはカシミアのショールを受け取るからなのでしょうか。シャルト〔ルイ一八世が一八一四年に公布した憲章〕はすべての人間に個人の自由を保障しております。もしもわたしたちの請願が警視総監さまのもとで聞いていただけないのでしたら、法廷に請願することにします。そうでなければ、いっそのことゴルコンダの王国〔インドにあるという富に溢れる伝説上の国〕に行ったほうがましです。そこでは国民が四四の区分に分かれていて、そのうちの一つはわれわれのような娘たちだけで成り立っているのだそうです。そして彼女たちの義務といえば、王の前で何かを踊ることだけだと言います。そうした役目ならば、わたしたちも警視総監さまがお望みとあればいくらでも応じる用意がありますのに。」フリードリヒ・フォン・ラウマー『一八三〇年のパリおよびフランスからの手紙』I、ライプツィヒ、一八三一年、二〇六―二〇七ページ

［O10, 5］

ジュルネ〔画家クールベの友人のフーリエ主義者〕の詩集の序文の著者は、次のように述べている。「いろいろな種類の針仕事をさせるアトリエ、そこで……ほかに仕事のない婦人

や娘たちが、日給四〇サンティームをもらって、……健康を……害すことになる。この哀れな人たちは、ほとんどみながみな、……一日の労働を終えた後の稼ぎに頼らざるをえなかった。」ジャン・ジュルネ『調和社会の詩と歌』パリ、ジュベール世界書房、パサージュ・デュ・ソーモン二番地および著者宅にて発売、一八五七年六月、LXXIページ(発行者の序文)

[O10, 6]

「殉教者街(マルティール)の歩道」のくだりはガヴァルニ(風刺画家)の作品名を多く取り上げているが、〔コンスタンタン・〕ギース(素描家)については何も触れていない。しかし次の描写は、まさしくギースを想わせる。「彼女たちがアスファルトの上を歩いて行く姿を眺めるのはまったく楽しいものだった。彼女たちは、ドレスの片側の裾を膝まで軽くたくし上げ、アラビア産の駿馬のごとく細くピチピチしたその脚は日の光を浴びて輝いていた。愛らしい震えや待ちきれない思いに満ちた脚の先端には、非の打ちどころのないお洒落な編上げ靴があった! このような脚が道徳的かどうかは、知ったことではない!……脚の向かっているところへ行きたいだけである。」アルフレッド・デルヴォー『パリの裏面』パリ、一八六〇年、一四三―一四四ページ(「パリの歩道」)

[O10a, 1]

ガニールは、国営の富籤(とみくじ)の基本財産の一部を、ある一定の年齢に達した賭博師たちの年金に充てるよう提案している。

[O10a, 2]

富籤販売屋について。「彼らの店にはかならず二つないし三つの出口といくつかの仕切ったただけの部屋があったが、それは一方では賭博と高利貸しとが混じり合ったようなその商売をやりやすくするためで、他方では臆病な客の都合を考えてのことだった。隣り合って並んでいる謎めいた小部屋に夫と妻が座っていても、おたがいにそれとは気づかずにいることも稀ではなく、だれもがその部屋をまったく一人きりで巧妙に使っていると思っているのだった。」カール・グスタフ・ヨッホマン『聖遺物』ハインリヒ・チョッケ編、第二巻、ヘヒンゲン、一八三七年、四四ページ(「賭事」)

[O10a, 3]

「信者をつくり出すのが神秘に対する信仰であるとするなら、おそらく世界には、信心深い信者よりももっと多くの信心深い賭博師がいることになるだろう。」カール・グスタフ・ヨッホマン『聖遺物』ハインリヒ・チョッケ編、第二巻、ヘヒンゲン、一八三七年、四六ページ(「賭事」)

[O10a, 4]

一八二〇年にフランス学士院科学アカデミーで発表されたポワッソン(19世紀仏の数学者)の「パリの賭博場で認可されている賭事が胴元(バンク)にもたらす勝利の確率に関する研究論文」によれば、賭博の年間収益は、カード賭博「31(トランテアン)」では二億三〇〇〇万(胴元の儲けは二七六万)フラン、ルーレットでは一億(胴元の儲けは五〇〇万)フランだった。カール・グスタフ・ヨッホマン『聖遺物』ハインリヒ・チョッケ編、第二巻、ヘヒンゲン、一八三七年、五一ページ(「賭事」)　[O10a, 5]

賭事は、天使の大群が奏でる音楽に対する地獄の対応物である。　[O10a, 6]

アレヴィの『フルフル』について。「喜劇『大理石像の娘たち』が娼婦の支配する時代を切り拓いたとすれば、『フルフル』はその時代の終焉を暗示している。……フルフルは、自分の生涯が徒労であったと悟ってその重みに打ち砕かれ、最後には、死に瀕して彼女の身内のもとへ逃れていく。」S・クラカウアー『ジャック・オッフェンバックと彼の時代のパリ』アムステルダム、一九三七年、三八五―三八六ページ。『大理石像の娘たち』は、その前年に初演された『椿姫』に対抗しようとするものだった。　[O10a, 7]

「賭博師は本質的に、全能でありたいというナルシシズム的で攻撃的な願望を追い求めるものである。こうした願望は――それがあからさまなエロティックな願望と直接結びついていないかぎりは――エロティックな願望よりも、大きな時間的広がりを特質として持っている。直接的な性交願望（コイトゥス）は、ナルシシズム的で攻撃的な全能願望と比べてずっと速くオルガスムスによって満足させることができる。性器によるセックスがつねに、あるいはもっともうまくいった場合でさえも、不満足感を残すという事実は、次の三つの事実によるものである。第一に、のちに性器に隷従することになる前性器的な願望のすべてが性交に回収し尽くされないということである。第二に、エディプス・コンプレックスの観点からすると、対象はつねに代用品だということである。この二つの……事実に加えて……もう一つの事情がある。つまり肥大化した無意識的攻撃性を存分に発散させることが不可能であるということが、不満足感を生み出すのである。性交において解消されうる攻撃性は、極度に飼いならされている。……こうした理由から、何よりも自分が全能なのだというナルシシズム的で攻撃的な虚構は苦境に陥ることになる。そのために賭博で解消できるとされている――いわゆる永遠の価値をもつ――快楽のメカニズムを味わったことのある者は、「持続を求める神経症的な願望」〔プファイファー〕に捕らわれている度合が高いほど、また、前性器的な〔リビドーの〕固着のゆえにその願望を普通のセックスで満たせない度合が高いほど、そのメカニズムの虜になりやすくなる。またフロイトの説では、人間の性欲は衰微しつつある機能であるという印象を与えるが、ナルシシズム的で攻撃的な傾向に関しては決してそういうことが言えない、という点についても考えてみる必要がある。」エドムント・ベルグラー「賭博師の心理学」(『イマーゴ』二二巻四号、一九三六年、四三八―四四〇ページ)　[O11, 1]

「賭事は、思考や願望が全能であるとする快楽原則が放棄されずにすむような――つまりは現実原則が快楽原則に比べていかなる優位性ももたないような――唯一の機会を提供する。全能であるという子どもじみた虚構にこのように固執する態度には、一種の攻撃性が含まれている。それは、かつて子どもに現実原則を「染めつけた」権威に対して、後になってから現われてくる攻撃性である。この無意識の攻撃性は賭事においては、思考が全能であることを行為で示すことと、抑圧されている露出欲を社会的に許容された範囲で体験することが一体となって、快楽の三要素をなしている。この快楽の三要素には、罰の三要素が対応している。それは無意識の喪失願望、無意識のホモセクシュアルな征服願望、および社会的な誹謗中傷とから成り立っている。……どのような賭事もそのもっとも深い部分では、無意識のマゾヒスティックな下心をもって愛を強要しようとする欲求である。だからこそ賭博師はついには決まって負けるようになるのである。」エドムント・ベルグラー「賭博師の心理学」(『イマーゴ』二二巻四号、一九三六年、四四〇ページ)

[O11, 2]

賭博師の心理学についてのエルンスト・ジンメルの考えに関する報告。「満たされることのない欲望は終わりのない悪循環に陥っていて、損失が儲けになり、儲けがまた損失になるという具合に休まることがない。この欲望は、みずからを懐胎させ、自分自身をみずからの内から産み落とすという、肛門からの出産という幻想のうちに潜むナルシシズム的な衝動から生じるのであり、さらには途方もなくエスカレートして、父と母にとって代わり、やがてそれを凌ぐものとなりたいという衝動から生じるのである。「賭事にそそぐ情熱は、要するにナルシスが自己自身に見出すような両性愛の理想を好む性癖を満足させる。言葉を変えて言えば、男と女、能動的と受動的、サディズムとマゾヒズムとの間に妥協を見出すことを目指すものであるが、最終的には性器リビドーか肛門リビドーかというまだ未解決の問題に決着をつけることを目指すものなのである。まさにその決着をつけようとして、賭博師はあの象徴的な赤と黒という色でやっきになっているのである。そのように賭事の情熱は、自己性欲の満足に役立つ。その際にゲームそのものは前戯の快楽であり、儲けはオルガスムスであり、損失は射精であり、排便であり、去勢なのである。」」エドムント・ベルグラー「賭博師の心理学」(『イマーゴ』二二巻四号、一九三六年、四〇九—四一〇ページ。引用はエルンスト・ジンメル「賭博師の精神分析」(『国際精神分析報』VI、一九二〇年、三九七ページ) [O11a, 1]

フーリエの言うところによれば、タヒチ島が発見されて、大規模産業が性的自由と一致するような秩序の実例が存在するようになって以来、奴隷的な夫婦関係は耐えがたいものとなった。 [O11a, 2]

性欲が「人間の」死滅しゆく機能であるというフロイトの推測についてブレヒトが述べているところによれば、その推測は、衰亡しつつあるブルジョワ階級と、衰亡期にあった頃の封建階級とを区別するものである。つまるところブルジョワ階級はみずからを人類全体の精華と感じ、それによってみずからの没落を人類の死滅と同一視しているという。(ちなみにこの同一視が、ブルジョワ社会における性欲の疑いようもない危機に加担していると考えることができる。)それに対して封建階級は、おのれをその特権によって他とは違う特別なものと感じていたし、実際そうであった。それゆえにこそ封建階級は、その没落においてある種の優美さと軽やかさを示すことができたのである。

[O11a, 3]

売春婦への愛は、商品への感情移入の神格化である。

[O11a, 4]

「パリの市吏よ！　体制の中を歩み、
マンジャンやベレームらの善き事業を継承せよ。
どぶのフリュネ〔古代の高級娼婦〕たちには、館として、
悪臭ただよう、暗くひっそりした界隈を与えよ。」

バルテルミー『パリ――G・ドレセール氏〔当時の警視総監〕に捧げる風刺劇』パリ、一八三八年、二二ページ

[O12, 1]

市門周辺の Lungen(?)〔Lugen(ねぐら)の誤りか〕に住んでいた下層娼婦についてのある記述。この記述はデュ・カンによるものだが、ギースの水彩画の多くにぴったりの説明ともなりうるだろう。「入り口を閉ざしている柵と扉を押して入ると、内部は大理石または木のテーブルの並ぶ、ガス灯で照明された居酒屋である。パイプからたちのぼる煙

雲の向こうに、取り壊しの廃材の運搬労務者や土工や荷車引きの姿が見えてくる。ほとんどが泥酔していて、アブサンの瓶を目の前に置いて、みじめでもありグロテスクでもある外見の女たちと口をきいていた。彼女たちはみな、ほとんどそろって、アフリカの黒人がよく好み、地方の安宿でカーテン地に使っているあの赤い木綿を身に着けていた。彼女たちの纏っているものはドレスとは言えず、ベルトのない、張り骨入りスカート(クリノリン)の上にだぶだぶにかぶさる一種のブラウスである。破廉恥なほど肩が露わにされて、裾がひざの高さまでしか来ないこの服は、彼女たちに、脂肪がぎらぎら光り、皺だらけで愚鈍な、そして、その尖った頭蓋骨が痴愚を示すような、顔のむくんだ、でぶの老いた子どもという外観を与えていた。警察官が、登録簿を確認しながら点呼をとると、彼女たちは立ち上がって返答するのだが、そのとき、サーカスの犬のような媚びを見せる。」マクシム・デュ・カン『パリ、一九世紀後半におけるその器官、機能、生命』Ⅲ、パリ、一八七二年、四四七ページ(「売春」) [O12, 2]

「賭事……の通念は、……次のゲームが前のゲームに左右されないということにある。……賭事は、過去の業績を思い出させるいかなる既得の状況も、いかなる前例も強力に否定する。……その点が、仕事と異なるのである。……賭事は、……仕事の支えになっているあの重い過去を排除するが、この重い過去こそが、謹厳さ、配慮、遠くにあるものに払う注意、法律、権力などを作り上げているのだ。……再びやり直して、……もっとうまくやり遂げようという考えは、……仕事に失敗したときにしばしば湧いてくる。……しかし、それは……無駄な考えである。……失敗作の上をよろめきながら乗り越えるべきなのだ。」アラン『思想と時代』I、〈パリ、一九二七年〉、一八三―一八四ページ（「賭事」）

[O12, 3]

後に影響を及ぼさないということが、体験〔Erlebnis〕というものの特徴をなす。それが非常にはっきりと表現されているのが、賭事の場合である。賭事は封建時代には基本的に、生産過程に直接たずさわることのない封建階級の特権であった。一九世紀になって市民階級が賭事をするようになったのは、新しい出来事であった。とくにナポレオンの軍隊は、その遠征の途上でブルジョワジーの間に賭事を伝える媒介者となった。

[O12a, 1]

賭博師の陶酔にとって時間という要素の意味は、アナトール・フランスと同じような仕方ですでにグルドンによって評価されていた。しかしこの二人はともに、儲かったかと思うとすぐにまたすってしまう利益に賭博師が抱く喜びに対して、時間がどのような意味を持つかという点しか考えなかった。つまりその喜びは、まだ定まっていない無限の使用可能性があるということ、そして何よりもその使用の仕方としてのたった一つの現実的な可能性を想像上で思い描いてみることで何百倍にもなるということにあるというわけである。ところが時間という要因が賭けの進行過程そのものでどのような意味を持っているかという点については、グルドンの場合にもフランスの場合にも考慮されていない。実際、賭事による気晴らしという要素には、特有の事情がつきまとっている。賭事が気晴らしとなる傾向は、一発勝負の要素が露骨に現われるほど、また一勝負の中で出てくるはずの組み合わせの数が少ないほど、またその組み合わせが次から次へと出る出方が速いほど、強まるのである。別の言い方をすれば、一発勝負の要素が大きいほど、勝負は早く終わる。こうした事情は、賭博師の本来の「陶酔」がいったい何であるかを見定める場合に、重要になってくる。この陶酔は賭事の特性によるものである。つまり賭けというものは、矢継ぎ早に次々と、一つ一つがそれぞれまったく無関係であるような状況(コンステラツィオーン)を提示し、それが賭博師のその度ごとにまったく新しく、また固有の反応に訴えることによって、才気煥発さを刺激するのである。こうした事態は、賭け金をなるべく最後の瞬間に賭けるという賭博師の習慣に反映している。これはまた同時に、純粋に反射的な反応の余地しか残されていない瞬間である。こうした賭博師の反射的な反応では、偶然を「解釈」している暇はない。むしろ賭博師が偶然に反応する仕方は、ちょうど膝蓋腱反射の場合にハンマーでたたかれた膝が反応するのと同じである。

[O12a, 2]

迷信深い人は、なんらかの暗示に注意を向ける。賭博師はそれに注意を払う以前に反応する。勝てる勝負をあらかじめ予想できたが、しかしそのチャンスを使わなかったという事態を素人が解釈すると、その賭博師は「調子がいい」ので、次回にはもっと大胆に素早く賭ければいいだけだ、ということになる。しかし実際にはその賭博師がいいチャンスを使わなかったということは、勝ち運に恵まれている賭博師に偶然が引き起こす反射的な反応が起こらなかったということを示す兆候である。こうした反射的反応が生じなかった場合にのみ、「来たるべきもの」がそれとして明確に意識されるようになるのである。

[O13, 1]

賭博師によって準備される未来は、それとして彼の意識に上らなかったような未来のみである。

[O13, 2]

賭事が非難されるもっとも深い理由は、次の点にあるように思われる。つまり、人間の自然な才能は、もっとも高尚な対象に向けられれば、人間をそれ以上のものに高めるのに対して、もっとも低劣な対象、すなわち金銭に向けられると人間そのものを低めてしまうということである。ここで問題になっている才能とは、反応の速さである。それが最高の形で現われたものが、いずれの場合にも予言的であるような読みである。

[O13, 3]

賭けで勝った人に特有の幸福感の特徴は、賭け以外の時にはこの世でもっとも重みがあり、もっとも悩ませるものである金(かね)と富が、もっとも幸福な抱擁で応えられるかのように運命から与えられるということである。これは男によって余すところなく満足させられた女が愛を表明するのと比べられる。賭博師とは女を満足させることのできないような人間のタイプである。ドン・ファンは、賭博師ではないのだろうか?

[O13, 4]

「アルフレッド・カピュのような人間の精神のうちに広がっていた安易な楽観主義の時代には、巷(ブールヴァール)では、なにもかも、つきのせいにするという風潮があった。」ガストン・

ラジョ「事件とは何か」(『ル・タン』紙、一九三九年四月一六日)――賭けは、さまざまな出来事にショックという性質を与え、それを経験〔Erfahrung〕の連関から解き放つ手段である。選挙の結果や戦争の勃発などについて賭けがなされるのも、偶然ではない。とくにブルジョワジーの場合には、政治的な出来事は、賭博台の上での成り行きのような形態をとりやすい。しかしプロレタリアの場合には、そういうことはない。プロレタリアには、政治的な出来事の中に恒常的なものを認識する素質がある。　[O13, 5]

イノサン墓地が、娼婦の客引きの場所として使われたこと。「この場所は一五世紀のパリ市民たちにとっては、ちょうど一七八九年〔フランス革命の年〕のメランコリックなパレ・ロワイヤルのようなものだった。埋葬や掘り起こしがたえず行われているただなかに、出会いのための散歩道があった。納骨堂のそばには小さな店があり、アーケードの下には放埒な娼婦たちがいた。」Ｊ・ホイジンガ『中世の秋』ミュンヘン、一九二八年、二一〇ページ　[O13a, 1]

占いに使われるトランプの方が、賭事に使われるトランプよりも起源が古いのではないだろうか。トランプゲームは、占いの技術が退化したものだと言えないだろうか。未来

を事前に知るということはトランプゲームでも重要なことなのだから。　　[O13a, 2]

金（かね）というのは、数字に生命を吹き込むものであり、「大理石像の娘」（[O7, 1]参照）に生命を吹き込むものである。　　[O13a, 3]

「すべてのことがらにおいて、時間を味方につける技を心得ていること」というグラシアンの格言を、誰よりもよく、また誰よりもありがたく理解するのは、長いあいだ抱いていた望みがかなった人である。この格言と、ジュベールがこうした時間について与えたすばらしい定義とを比較してみること。ジュベールは賭博師の時間を次のような対比によって定義している。「永遠なるものにも時間は存在する。それは地上の、世俗の時間ではない。それは何ものも破壊せず、成し遂げる。」J・ジュベール『省察』Ⅱ、パリ、一八八三年、一六二ページ　　[O13a, 4]

賭けにおける英雄的なものについて。それはいわばボードレールの「賭博」（『悪の華』の中の詩）から必然的帰結として出てくるものである。「私が賭博台のそばでいつもする観察。……もしヨーロッパの賭博台で年々浪費されている力と情熱をため込んだら、それでもってローマの民衆とローマの歴史を作り出すのに足りるほどではないだろうか。しかしまさにそれが問題なのだ。どの人間もローマ人のような力と情熱をもった人として生まれるのであるが、市民社会はその人間を脱ローマ化しようとする。それだからこそ、賭事や、社交ゲームや、小説、イタリア・オペラやお上品な新聞、カジノ、お茶の会や富籤、修業時代や遍歴時代、駐屯地での部隊勤務や護衛兵の閲兵式、儀式や表敬訪問、それに体にぴったりフィットする一五着から二〇着もの洋服――それを毎日着たり脱いだりする時間の浪費は有益な浪費なのだ――こうしたすべてのものは、余った力を知らず知らずのうちに消してしまうために導入されたのである。」ルートヴィヒ・ベルネ『全集』Ⅲ、ハンブルク／フランクフルト、一八六二年、三八―三九ページ（「賭博師たちの宴」）

[O13a, 5]

「しかし、あなたがたは、賭博場が開店するのをいらいらしながら待っている男の魂の中に、どんな熱狂とどんな力が宿されているかを理解できるだろうか。朝の賭博師と夕方の賭博師との間には、のんきな亭主と、愛する美女の窓の下で恍惚とする恋人というほどの違いがある。朝になって初めて、胸の高鳴る情熱と、なんともおぞましい姿の欲求が現われるのだ。そのとき、真の賭博師の姿、マルタンガール〔倍賭け〕の鞭にはげしく打たれるあまり、……食べることも、眠ることも、生活することも、考えることもまったく怠って来た賭博師の姿を眺めることができるだろう。呪われたこの時刻になったら、あなたがたは、恐ろしいほど落ち着きはらった目付きや、射すくめるような表情、カードを開いては、むさぼるように見入る視線に出会うだろう。それゆえ賭博場には、開場のときのみ、崇高なものが漂う。」バルザック『あら皮』パリ、フラマリオン版、七ページ [O14, 1]

売春は、さまざまなタイプの女をそろえた市場を開く。 [O14, 2]

賭博について。男は運命の束縛に縛られている度合が少ないほど、すぐ次に来るべきものによって規定されることも少ない。 [O14, 3]

ショックという形をとる体験の最良の例は、破局(カタストローフェ)である。それは賭博において非常にはっきりとしてくる。損失を取り戻そうとしてますます大きくなっていく賭け金によって、賭博師は絶対的な破滅へと向かっていく。 [O14, 4]

P

パリの街路

「パリの街を手短かに
私は唄った〔Ai mis en rime〕。どんなふうか聞きたまえ。」
ギヨの『パリ街小唄』(エドガール・マルキューズによる序文、注、用語解説、パリ、一八七五年)の冒頭(二行目の最初の語は原典ではAとなっている〔「彼(あるいは彼女)は唄った」になってしまう〕)

「歴史に入り込むたびにわれわれは跡を残す。」

パリは活動的な都市、つねに動いている都市として語られてきた。だが、この町において、都市構造が持つ生命力に劣らず重要なのは、街路や広場、あるいは劇場の名前にひそむ抑止しがたい力である。こうした名前はいくら場所が変化しても残り続ける。ルイ＝フィリップの時代にはまだブールヴァール・デュ・タンプルに立ち並んでいたあの小劇場が次々と取り壊されてはあらためて他の地区(カルチエ)に——市区(シュタットタイル)という言葉を使うのは気が進まない——出現するということが何度あったろうか。数世紀前に街路ができたときの地主の名前が、今日でもまだ街路の名前として残っているケースがなんと多くあることか。「水の城(シャトー・ドー)」というもうとっくの昔になくなってしまった噴水の名前が、今日でもパリのあちこちの区に名残りを留めている。有名な居酒屋でさえもそれなりのやり方で、市内におけるささやかな不滅性を確保してきた。《ロシェ・ド・カンカル》、《ヴェフール》、《トロワ・フレール・プロヴァンソー〔プロヴァンスの三人兄弟〕》のような文学史上不滅の酒場は言うまでもない。というのもある名前が、たとえばヴァテルとかリシュといった名前が食通のあいだに浸透するやいなや、パリ中が郊外にいたるまで小ヴァテルや小リシュで溢れかえるのである。これが街路の動きであり、名前の動きである。

そして、こうした名前はしばしばおたがいにずれながら交差するのである。 [Pl, 1]

それから時代の出来事とは無縁の小広場たち。それらは突如として出現し、名前が残り続けるということもない。それらの広場はヴァンドーム広場やグレーヴ広場のように入念に計画されたものではないし、世界史の庇護のもとにあるわけでもない。それらの広場は、時代の呼びかけにゆっくりと、目覚めきれぬまま遅れて応えながら集まってきた家並みに囲まれているのである。こうした広場において発言権をもつのは木々である。どんな小さな木でさえも濃い影を作り出す。しかし後になるとこうした木々の葉はガス灯の光を濃緑色の曇りガラスのように遮り、やっと萌え出たばかりの緑が、夜になるとこの大都会に春がやって来たことを自動的に告げるのである。 [Pl, 2]

ヨーロッパ地区には、すでに一八二〇年の段階で、通りにヨーロッパ各国の首都名をつけるという計画が存在した。 [Pl, 3]

一八〇五年二月四日に皇帝令により建物に番号がつけられた。番号をつけようとする試みはそれ以前にもあったが――一七二六年一月のことである――はげしい抵抗にあった。

家主たちは中門（ポルト・バタールド）には番号をつけてもよいが、正門（ポルト・コシェール）にはつけない旨をすでに表明していた。革命によってすでに区域ごとの家番号制は導入されていた。いくつかの区域では番号は一五〇〇から二〇〇〇に達していた。
[P1, 4]

マラが殺された後、モンマルトルはモン＝マラと呼ばれた。
[P1, 5]

パリの街路に名をつける上で聖人たちが果たした役割は、革命において一挙に明らかになった。サン＝トノレ街、サン＝ロシュ街、サン＝タントワーヌ街は、たしかにしばらくの間はオノレ街、ロシュ街、アントワーヌ街と呼ばれていたが、そのままで続くはずもなかった。フランス人の耳には耐えがたい発音上のきしみが生じたからである。
[P1, 6]

「あるとき一人の革命狂が、パリを世界地図に変えようと提案したことがある。すべての街路や広場の名前を変え、世界中のめぼしい場所や事物からとった名前を新しくつけようというのである。」思い浮かべてみるとよい。するとこの都市の視覚的・音声的なイメージが生み出す驚くべき印象によって街路名にひそむ重要性が明らかになるだろう。

ピンカートン／メルシエ／C・F・クラマー『一八〇六年以来のフランス帝国の首都の風景』Ｉ、アムステルダム、一八〇七年、一〇〇ページ（ピンカートン執筆の第八章「新語の導入」）　[P1, 7]

街路に名前をつけることには独特の悦びがある。　[P1, 8]

「二つの監獄、一つの街路、一つの地区全体につけられたラ・ロケットという名は、かつて人が住んでいなかった頃この土地に大量に生えていたこの名の植物（キバナスズシロ Eruca sativa）に由来する。」グランド・ロケット監獄は長い間、死刑囚が上告審の判決を待つ監獄だった。マクシム・デュ・カン『パリ』Ⅲ、二六四ページ　[P1, 9]

街路名にひそむ感覚性。それは普通の市民にとってどうにか感じ取れる唯一の感覚性である。というのも私たちは街角について、仕切り石について、舗道の構造について何を知っているだろうか。私たちは、石の熱さ、汚れ、へりの角を素足で感じたこともなければ、寝ころんで痛くないかどうか敷石の間のデコボコを調査したこともないのだ。　[P1, 10]

「オーステルリッツ橋！　その魅惑的な名から私は、戦いとはまったく別のことを思い起こしたものだ。私が言い聞かされて、義理で受け入れていたこととは逆に、戦闘のほうが橋から名前を貰ったのである。私の頭の中である説明が作り上げられていた。それは、私の夢想、私が夢見がちな小学生だった頃、特定の語の間で味わいと音が類似しているように思えたことのおぼろげな記憶からできていた。その説明は私だけの秘密の言葉の性質を帯びていたのだが、私は今でも子ども同然なので、その秘密の言葉を自分のために相変わらず捨てずに取ってある。その説明とは次のようなものである。戦争や十字軍や革命の時代には、戦いの済んだ夕方、英雄たちは、軍旗を持って、天地ができたときからあるこの橋に行って、オーステルリッツを一杯厳かに飲み干したものなのだ。オーステルリッツとは、強者たちの飲み物で、われらが先祖ガリア人の蜂蜜水にほかならないが、もっと苦くて、ゼルツ水（オー・ド・セルス）がたくさん入ったものだ。」シャルル・ヴィルドラック『パリの橋』　[P1a, 1]

モロッコ広場についての余談。都市と室内（アンテリウール）、都市と屋外だけが互いに交差しうるわけではない。そうした交差はそれよりずっと具体的にも行われる。ベルヴィルにモロッコ広場がある。この、賃貸アパートの並ぶ荒涼とした石のかたまりに私はある日曜の午後出くわしたのだが、それは私にとってモロッコの砂漠のように感じられたばかりではなく、さらに同時に、植民地帝国主義のモニュメントとしても感じられたのである。そこではその場の光景とアレゴリー的な意味が交差するのだが、だからといってそれがベルヴィルの中心部であることに変わりない。こうしたヴィジョンを引き起こすことができるのはたいていの場合、麻薬に限られている。ところが実際には街路名もこうした場合に、私たちの知覚を押し広げ、多層的にしてくれる陶酔を起こすものとなる。街路名が私たちをこうした状態へと誘ってくれる力を喚起力と呼びたい。――だがそういっただけでは言い足りない。なぜなら連想ではなくイメージの相互浸透がここでは決定的だからである。ある種の病理現象を理解するにはこの事態を想起しなければならない。何時間も夜の町を徘徊し、帰るのを忘れてしまうような病気の人は、おそらくそうした力の手に落ちたのである。 [P1a, 2]

ジャン・ブリュネ『メシアニスム、パリの一般組織』(『パリの全体構成』第一部、パリ、一八五八年)に出て来る街路名。金融業者大通り(ブールヴァール)/宝石商大通り/商人大通り/製造業者大通り/金属業者大通り/染物屋大通り/印刷業者大通り/学生大通り/作家大通り/芸術家大通り/行政官大通り/――ルイ一四世地区(カルチエ)(この名の詳しい説明は、三二ペー

ジ、「サン＝マルタン門とサン＝ドニ門の「美化」」）／既製服街／輸出広場／陶器街／厚紙装丁街。 [P1a, 3]

「私はある地理学の案を読んだが、それによると、パリが地図になり、辻馬車が先生になるのだという。なるほど、私は、パリを一冊のローマ〔教会〕暦にするよりは、地図にしたほうが良いと思うし、現在街路に付けられている聖者たちの名前は、それの代わりに付けようと提案されている都市の名前とは、音の響きの点でも、有用性の点でもとても比較にならない。そうなれば、フォーブール・サン＝ドニは、フォーブール・ド・ヴァランシエンヌと呼ばれることになり、フォーブール・サン＝マルソーは、フォーブール・ド・マルセイユとなって、グレーヴ広場は、トゥール広場かブールジュ広場などと呼ばれることになるだろう。」メルシエ『新しいパリ』V、七五ページ [P1a, 4]

イムーブル・アンデュストリエル〔産業アパート〕街――これはいつできたのだろう。 [P1a, 5]

一〇〇年前のアメリカ式の街路分割方式に都合のいい意外な論拠。「道徳と文芸を教えるかわいそうな教授たちよ！　あなた方の名前は街角の車よけの石の上の方に小さな黒い文字で書かれているにすぎない。あそこにある宝石商の名前はたくさんの明かりで輝いている。それは太陽のようにきらめいていて、金を払えば手に入れられるが、いささか高価だ。」メルシエ『新しいパリ』Ⅳ、七四―七五ページ　[P1a, 6]

街路名の理論のために。「固有名詞もまた概念にはこだわらず、純粋に響きの上で作用するのである。……固有名詞は、クルティウスの表現を用いれば（六五ページ）、「未記入の用紙」である。プルーストはこれに感覚を記入することができる。というのも、それはまだ言語によって合理化されていないからである。」レオ・シュピッツァー『文体研究』Ⅱ、ミュンヘン、一九二八年、四三四ページ　[P1a, 7]

「街路(シュトラーセ)」を理解するためには、それより古い「道(ヴェーク)」と対照させて輪郭づけを行わねばならない。両者はその神話的本性に従ってはっきり区別される。道には迷うことへの恐怖がともなっている。遊牧民の族長たちには、こうした恐怖が投げかける光が落ちていたに違いない。予期しえぬ方向に向かっているとき、孤独な旅人たちのだれもが今日でもなお、あの遊牧民に与えられた昔の教えの力を感じ取ることができる。しかし街路を行く者には、見かけ上はいかなる指示も導きも必要ない。人間は迷うことの中で街路に身を任せるのではなく、単調な、しかし魅惑的に延びていくアスファルトの帯に屈伏するのである。しかし迷宮が表現しているのはこうした二つの恐怖の総合、すなわち単調な迷いである。■古代■　［P2, 1］

内臓の中にいると私たちがどれほど安堵するものかということを知りたければ、眩惑されるままに、暗いところが娼婦の股ぐらにひどく似ている街路から街路へと入り込んでいかねばならない。■古代■　［P2, 2］

それにしても都市の中にある名前がどれほどの威力を持つかということは、そうした名前が地下鉄の構内の迷宮において登場するとき初めて明らかになる。穴居人の王国の領地――そこではソルフェリーノ、イタリア、ローマ、コンコルド、そして国民(ナシオン)という名前までもが見出されるのである。こうした〔地下鉄の駅の〕名前のすべてが地上では〔街路の名前となって〕互いに交差し、明るい日の下で一かたまりになっているなどとは人は信じようとしないだろう。■古代■　［P2, 3］

街路名が表わしている真の性格が認識されるのは、街路名を規格化するために行われる改名提案と比較してみた場合である。たとえば、パリの街路の名前にフランスの都市名や地方名などをつけようというピュジューの提案では、地理上の相互関係や人口を考慮し、かつ河川や山脈のことも考慮しながら、そうした河川や山脈の名前を、とくに幾つもの地区を貫いて走る長い街路につけるというのである。それはみな「旅行者が、パリでフランスの地理が覚えられ、また逆にフランス中でパリの地理が覚えられるように、まとまりを与えるためである」。J・B・ピュジュー『一八世紀末のパリ』パリ、一八〇一年、八一ページ■遊歩■ [P2, 4]

「一七の市門から帝国街道が始まる。……これらの名称全体に統一性を探しても無駄である。ラ・ヴィレットやサン=トゥーアンの隣にアンティーブやトゥールーズやバーゼルをもって来て一体どうなるというのか。……はっきりわかりやすくしようと思ったのなら、各市門にその方角のフランスの一番遠い都市名を付けることができただろうに。」E・ド・ラベドリエール『新しいパリの歴史』五ページ [P2, 5]

「好ましい都市政策のいくつかは帝政期に始まった。一八〇〇年一一月三日、政令により街路名全体の見直しが行われた。革命で考え出された滑稽な名前の大部分が消滅した。政治家の名前はほとんど全部軍隊的な名前に変わった。」リュシアン・デュベック／ピエール・デスプゼル『パリの歴史』パリ、一九二六年、三三六ページ　[P2, 6]

「一八〇二年、モン＝ブラン街やショーセ・ダンタンといったあちこちの地区で三ないし四プース〔一プース＝約二・七センチ〕の高さの歩道がつくられた。この頃に街路中央の排水溝の廃止が始まった。」リュシアン・デュベック／ピエール・デスプゼル『パリの歴史』パリ、一九二六年、三三六ページ　[P2, 7]

「一八〇五年、フロショ〔当時のセーヌ県知事〕の提案で新しい方式の建物の規則的番号づけが行われたが、これは、今日まで通用している。すなわち、セーヌ河から始めて、あるいはその流れに沿って、右側を偶数番、左側を奇数番に分ける方式である。数字は白で、河に平行する街路は赤地、河に直交する街路は黒地である。」リュシアン・デュベック／ピエール・デスプゼル『パリの歴史』パリ、一九二六年、三三七ページ　[P2, 8]

一八三〇年頃。「ショーセ・ダンタンは金融成金街だった。これらの西の地区はみな評判が悪かった。当時の都市計画家たちは、パリがサルペトリエール病院の方向へ発展していくだろうと思っていたのである。今日の都市計画家ならこうした見解には慎重にならざるをえないはずだ。……ショーセ・ダンタンの土地は、二万ないし二万五〇〇〇フランでもなかなか買い手が見つからなかった。」デュベック/デスプゼル『パリの歴史』パリ、一九二六年、三六四ページ　[P2a, 1]

七月王政。「政治的な記憶を呼び覚ますような街路名は大部分廃止されたのに対して、七月二九日街といった記念すべき月日を名前にしたものが現われた。」デュベック/デスプゼル『パリの歴史』三八九ページ　[P2a, 2]

「パリの街路や広場や袋小路や行き止まりの名前ほど滑稽で一貫性のないものを私は知らない。もっとも美しい地区の一つから、そうした名前のうちのいくつかを適当に取り上げて、そのような一貫性のなさ、そのような突飛さを指摘してみよう。私は、クロワ゠デ゠プティ゠シャン〔小さな畑の十字架〕街を通って来る。ヴィクトワール〔勝利〕広場を横切る。ヴィド゠グーセ〔掏摸〕街に入って、そこからパサージュ・デ・プティ゠ペール〔小修道士〕へ行き、そこからパレ゠エガリテ〔平等宮、パレ゠ロワイヤルのこと〕まではたった一歩だ。なんというごたまぜだろう！　第一の名は礼拝の対象と田園風景を思い起こさせ、第二の名は、軍事上の勝利を表わしており、第三の名は待ち伏せを、第四は、ある修道会の異名の名残りを、最後の名は、無知と陰謀と野心が代わる代わる濫用してきた言葉を示している。」J・B・ピュジュー『一八世紀末のパリ』パリ、一八〇一年、七三―七四ページ　　[P2a, 3]

「フォーブール・サン゠タントワーヌにあるバスティーユ広場から少し行ったところではまだ、「私はパリへ行く」という言い方がされる。……この郊外地区には、そこに固有の風習や慣習、いやそれどころか独自の言葉さえもが存在する。市当局は、パリの他のすべての地区と同じように、この地区の家々にも番号をつけた。しかし、この地区の住民のだれかにその住所を聞くと、その人は、冷たい、公式の番号ではなく、自分の家についている名前で答えるだろう。……たとえばこちらの家なら「シャム王の家」、あちらの家なら「金の星」というようにである。「二姉妹の館」もあるし、「イエスの名」というのもある。その他にも花飾りの籠、精霊、心地よい雰囲気、兎小屋、よき穀物などの名前がある。」ジグムント・エングレンダー『フランス労働者アソシアシオンの歴史』Ⅲ、ハンブルク、一八六四年、一二六ページ　　[P2a, 4]

おそらく革命期のものと思われる、街路名変更提案の抜粋。「ある人物が……街路や袋小路に美徳と高潔な感情の名前をつけることを提案したが、そのような言葉だけでは、パリにある多数の街路を名づけるには少なすぎることに、彼は気がついていない。……この案では、そうした名称の配置に一定の規則性があったことがわかる。例えば、正義街あるいは人情街は、当然のこととして幸福街に通じることになっていたし、……誠実街は……パリ全体を横切っていて、あちこちのもっとも美しい地区に行けるようになっていた。」J・B・ピュジュー『一八世紀末のパリ』パリ、一八〇一年、八三―八四ページ　[P2a, 5]

街路名がもつ魔力について。デルヴォーはモーベール広場についてこう述べている。「これは広場ではない――これはただの大きな泥のしみだ。この一三世紀の名前を言うと唇が汚れるほどである――その名が古いからではなく、それが泥の匂いを発して……われわれの嗅覚を不快にするからである。」A・デルヴォー『パリの裏側』パリ、一八六六年、七三ページ〔モーベール広場の名は、サント＝ジュヌヴィエーヴ修道院の第二代修道院長ジャン・オーベール（一二世紀）に由来するようだが、この広場は一六世紀から一八世紀までは刑場として使われ、一九世紀前半には、パリの乞食の溜まり場で、売春宿やいかがわしい酒場が多かった。こうした歴史的事実と「悪」を意味する「モー」が結びついてこうした見方が出てきたものと思われる。」

[P2a, 6]

「ある都市にやって来て、まず外観によってすべてを判断する外国人が、こうした一貫性のない下らない名称を読めば、その都市に住む者たちの観念も、同じように脈絡がないのだと思いかねないことを指摘するのは無駄ではない。そしてもちろん、いくつかの街路の名が卑しかったり猥褻であるとわかれば、外国人が、この都市の住民たちが背徳的だと思い込むのはもっともなことだ。」J・B・ピュジュー『一八世紀末のパリ』パリ、一八〇一年、七七ページ

[P3, 1]

「モーヴェ＝ギャルソン〔やくざ〕街」、「ティール＝ブダン〔淫売〕街」、「モーヴェーズ＝パロル〔悪口〕街」、「ファム＝サン＝テート〔首なし女〕街」、「シャ＝キ＝ペシュ〔漁師猫〕街」、「クルトー＝ヴィラン〔ずんぐり醜男〕街」といった名前は合理性から見ても不快である。私の提案をまったく理解する気がない人は、そこへ行って住んでみてほしいものだ、とピュジューは述べている。

[P3, 2]

「南フランスに住む人が、パリのあちこちの地区の名前が、自分が生まれたところや、妻が生まれた小郡(カントン)や、自分が幼い頃を過ごした村の名前になっているのを知れば、どんなに喜ぶことだろう。」J・B・ピュジュー『一八世紀末のパリ』パリ、一八〇一年、八二ページ [P3, 3]

「新聞の呼び売り人は、売り歩きたいと思う地区にしたがって新聞を選ぶのだが、そうした周辺地区でも微妙な違いがあって、それを見分けることができなければならない。『民衆(プープル)』を読む通りがあるかと思えば、『改革(レフォルム)』しか欲しがらない通りがあり、これらに直交して、両者を結んでいる通りでは、『国民議会(アサンブレ・ナシオナル)』か、まさしく『団結(リュニオン)』しか買わないのである。ちゃんとした新聞売りなら、われわれの町のあらゆる壁をごたごたと飾っている議員志望者たちの公約を見て、それらの政治乞食の各々が、これこれの区で何票取るかわからなくてはならない。」A・プリヴァ・ダングルモン『知られざるパリ』パリ、一八六一年、一五四ページ■遊歩者■ [P3, 4]

都市は、普通ならごくわずかな単語、すなわち単語の中の特権階級というべき単語だけに可能なことを、すべてのとは言わないまでも、多くの言葉に対して可能にした。つまり名前という言葉の貴族身分へと引き上げることを可能にしたのである。言語革命がもっともありふれたもの、すなわち街路によって遂行されたのである。——都市は街路名によって言葉の宇宙となる。
[P3, 5]

ヴィクトール・ユゴーの「イメージの力」について。「彼の仕事の手順についてある程度知っているおかげでわれわれは、想起の能力が彼の場合、他の者たちよりもはるかに優れていたのだと言うことができる。だから彼は、『レ・ミゼラブル』でジャン・ヴァルジャンが逃げるとき通っていくパリのあの地区をすべて記憶によって、メモ一つ使わずに描写することができたのであり、その描写は、街路一つ一つ、家一軒一軒がきわめて正確なのである。」ポール・ブールジェ『ジュルナル・デ・デバ』紙のユゴー追悼文〔『世論の前のヴィクトール・ユゴー』パリ、一八八五年、九一ページ〕
[P3, 6]

「一八六三年のティールシャプ街はまるで一二〇〇年頃の街路だ」という題の銅版画について。国立図書館版画室〈図1を参照〉
[P3, 7]

図１　ティールシャプ街，1863年
（パリ国立図書館）

一八三〇年に作られた銅版画には、ブールヴァール・サン＝ドニにある木の幹に一人の男が腰かけている姿が描かれている。　[P3, 8]

一八六五年に、セズ街とコーマルタン街の角に当たるブールヴァール・ド・キャピュシーヌに最初の「ルフュージュ」、すなわち最初の「安全地帯」が設けられた。　[P3a, 1]

「道化師たちが死体公示所の戸口へ行っておどけた顔をすること、そのようなところへ……ピエロが滑稽な無言劇を見せにやって来ること、〔死体公示所から出てきた〕あのような群衆が……死体が五体並んでいるのを眺めた後、輪になって大道芸人のたいていは下劣なばか話を聞き腹をかかえて笑うこと、そうしたことを、私はけしからぬことと呼んでいるのだ……！」ヴィクトール・フールネル『パリの街路に見られるもの』パリ、一八五八年、三五五ページ（「死体公示所」）　[P3a, 2]

都会に出る幽霊。「衰退期のロマン主義は、……伝説をつくって悦に入っている。人の言うところでは、男装したジョルジュ・サンドが、女装したラマルティーヌと一緒にパリ中を馬で歩きまわっている間に、デュマは、地下室で人に小説を書かせ、自分は上の階で女優たちとシャンペンを飲んでいる。それどころか、デュマは実在せず、架空の人物で、出版者組合が考え出した社名だという。」J・リュカ＝デュブルトン『アレクサンドル・デュマ父の生涯』パリ、〈一九二八年〉、一四一ページ　[P3a, 3]

「ここに……『隠語辞典』を刊行する。私は、セバスティアン・メルシエの『タブロー・ド・パリ』について言われたことを、これにも言ってもらいたいものだと思う。つまり、これは街頭で考えられ、車よけの石の上で書かれたものだと。」アルフレッド・デルヴォー『隠語辞典』一八六六年、Ⅲページ　[P3a, 4]

上品な地区の美しい描写。「これらの修道院を思わせる街路には、喧騒から守られた静寂な高貴さが満ちていて、まるで、平穏な隠れ処になっている広い壮麗な僧院の中にいるような気持ちになる。」ポール＝エルネスト〔・ド〕・ラティエ『パリは存在しない』パリ、一八五七年、一七ページ　[P3a, 5]

一八六〇年頃のパリではまだ、橋による両岸の交通は十分なものとは言えなかった。いろいろな場所で両岸を結んでいたのは渡し船だった。渡し船の利用には二ソル〔一〇サンティーム〕かかった。だからプロレタリアはそうそう渡し船に乗ることはできなかった。(P-E・ラティエ『パリは存在しない』パリ、一八五七年、四九―五〇ページによる)　[P3a, 6]

「ユゴーにおいては、こう言ってよければ、ヴァンドーム広場の記念柱と凱旋門と廃兵院が一緒に歩んでいる。これら三つの記念建造物の間には、歴史的、政治的、また実際的、文学的な関係がある。今日では……これら三項の地位が変わり、関係が変わった。ヴァンドーム広場の記念柱は、ヴュイヨーム〔ペギーの友人〕の意に反して、いわば消え去ってしまったのである。そして、いわばその代わりを務めることになったのがパンテオンである。特に、ユゴーがパンテオン入りして、こういう言い方が許されるなら、このパンテオンを偉人たちに戻してからそうである。今日、三大記念建造物は、凱旋門とパンテオンと廃兵院なのである。」シャルル・ペギー『全集　一八七三―一九一四年』『散文篇』パリ、一九一六年、四一九ページ（「伯爵ヴィクトール＝マリー・ユゴー」）　[P3a, 7]

「本当のパリは、もちろん、黒い、泥だらけの、悪臭芬々たる〔maleolens〕、街路の狭い、せせこましい都市で、……袋小路や行き止まりや得体の知れぬ路地や、悪魔の家に通じる迷路がたくさんある。しかも黒ずんだ建物の尖った屋根は雲にも届くほどに聳え、だから、北国の空がこの大都会に恵んでくれるわずかな青空もあまり見えない。……本当のパリは、手に負えない連中や魔術幻灯的（ファンタスマゴリー）早変わり人間どもが一晩三サンティームで泊まれる貧民窟（クール・デ・ミラクル）だらけだ。……そこでは、アンモニアくさい湯気がもうもうと立ちこめる中……天地創造以来一度も整え直したことのない寝床に、何百何千もの客引き、マッチ売り、アコーデオン弾き、せむし、めくら、びっこ、小人、いざり、けんかで鼻を喰いちぎられた者、ゴム人間、初老の道化師、刀飲み芸人、宝棒を歯で支える曲芸師などが並んで横になっている。……四本足の子ども、バスク人その他の大男、二〇代目の親指トム、手や腕から青々とした木が生えていて、その木から毎年枝や葉がたくさん出てくる植物人間、生きた骸骨、耳をすませばかすかな声が聞こえてくる……透明人間……、人間並みの知恵のあるオランウータン、フランス語を話す怪物などがいるのだ。」〔これらの表現については、一九世紀の原文の記載にそのまま従った〕。ポール＝エルネスト・ド・ラティエ『パリは存在しない』パリ、一八五七年、一二ページ、一七―一九ページ。ユゴーのデッサンと、それにオースマンのパリ観とも比べること。 [P4, 1]

ギゾー政権下における共和派系反対勢力の運命。「トゥールーズの『解放（レマンシパシオン）』紙は、保守系のある人物が、牢獄で鬱々としている政治犯たちの境遇を嘆くのを聞いて述べた言葉を引用している。「連中の背中にきのこが生えたら、私も連中を気の毒に思うだろう。」」ジャン・スケルリッチ『一八三〇年から一八四八年までの政治・社会詩から見たフランスの世論』〈ローザンヌ、一九〇一年〉、一六二―一六三ページ [P4, 2]

「このパリという魔法の題を用いれば、芝居も雑誌も本も成功間違いなしだ。」テオフ

ィル・ゴーティエ「序文」(冒頭の文)(『一九世紀のパリとパリっ子』パリ、一八五六年、Iページ)　[P4, 3]

「世界は、パリの葉巻の吸殻を拾っているだけだ。」テオフィル・ゴーティエ「序文」(『一九世紀のパリとパリっ子』パリ、一八五六年)、Ⅲページ　[P4, 4]

「シャンゼリゼに像をたくさん建てようという案が出てから大分経つ。その時はまだやって来ない。」Th・ゴーティエ「哲学的研究」(『一九世紀のパリとパリっ子』〈パリ、一八五六年〉)、二七ページ　[P4, 5]

「三〇年前は……下水道はまだ……ほとんど昔のままだった。大多数の街路は、今日では中央が高くなっているが、当時は中央に排水溝のある道だった。街路や交差点の傾斜が終わる一番低いところには、たいてい太い格子の大きな四角い蓋が見られ、その鉄が群衆の足で磨かれて光っていたものである。滑りやすく、馬車には危険で、よく馬が倒れたものだ。……一八三二年には、……多くの街路で、ゴシック時代の古い下水渠がまだ破廉恥な口を開けていた。覆いのある、巨大なその石の裂け目は、何とももののしい厚かましさをそなえ、車よけの石で囲まれていることもあった。」ヴィクトール・ユゴー『全集――小説九』パリ、一八八一年、一八一ページ(『レ・ミゼラブル』)　[P4a, 1]

ルイ一六世治下の「徴税請負人」の壁について。「パリを囲む壁（ミュール・ミュラン）がパリに抗議（ミュルミュラン）の声を上げさせる。」　[P4a, 2]

マイヤールは、死体公示所に関する伝説として、E・テクシエの次のような指摘(『タブロー・ド・パリ』一八五二年)を引用している。「この建物には、書記が住んでいて、……家族持ちだった。書記の娘が自分の部屋にピアノを持っていて、日曜日の夜には、ピロドかミュザールのリトルネロの音に合わせて友人たちを踊らせたかもしれない。」しかし、マイヤールによれば、一八五二年には、死体公示所に書記は住んでいなかったという。フィルマン・マイヤール『死体公示所に関する歴史的・批判的探究』パリ、一八六〇年、二六―二七ページに引用。マイヤール自身が説明しているようにこの話は、一八三〇年の、レオン・ゴズランのいくぶん新聞小説めいたルポルタージュに由来する。　[P4a, 3]

「モーベール〔Maubert〕広場、この呪われた（モーディト）広場はマグヌス・アルベルトゥス〔Magnus

Albertus、13世紀独の神学者〕の名前を隠している。」『わが町パリ』（ルイ・リュリーヌ「街路を通って」）〈パリ、一八五四年〉、九ページ　［P4a, 4］

メルシエの『新しいパリ』（一八〇〇年、VI、五六ページ）の伝えるところによると「不思議な角笛吹きたちが……事実、たいへん不吉な音を立てるのだった。それは水売りの笛ではなかった。彼らの立てる音は、恐怖のファンファーレとでも言うにふさわしく、たいてい火事の前兆だった。メルシエは、こう述べている。「彼らは、酒場にいて、地区から地区へと合図を交わし合うのだ。それらの音がすべて一緒になって一つのセンターに連絡を送る。その音が強くなると何か事件が起こることを予期したものである。長く聞いていても、何もわからなかったが、この騒ぎ全体に、反乱の合図めいたところがあった。騒々しく行われるこの密議もみなやはり謎めいていることに変わりなかった。火事の際には、合図は一層速やかで、一層性急で、一層朗々としていた。セレスタン修道院に火事が起こった時は……前日の角笛の音で私は頭ががんがんしていた。鞭を鳴らす音でそうなったことも一度あったし、日によっては、火薬を詰めた小さな鉄の箱を爆発させる音のこともあった。このように騒々しく毎日のように発せられる警告に人々は身震いするのである。」」エドゥアール・フルニエ『パリの街路の謎』パリ、一八六〇年、七二―七三

ページ(「パリのいくつかの音について」) [P4a, 5]

C・ブーグレ『社会主義の予言者たちの場合』(パリ、一九一八年)の中のエッセイ「仏独の知的同盟」(一二三ページ)に、ベルネがパリの街路について述べた「栄光に満ちたこれらの街路の敷石は、素足でなければ踏んではならないだろう」という表現が引用されている。 [P5, 1]

アヴニュー・ラシェルはモンマルトル墓地へ通じている。ダニエル・アレヴィは、この点について、「悲劇女優ラシェル(19世紀仏の著名な悲劇女優)は、ここでは、先導者であり、守り神だ」と書いている(『パリ諸地方』パリ、〈一九三二年〉、二七六ページ) [P5, 2]

「古いローマ街道の二つの部分が巡礼の主要目標にちなんで名づけられていることから、巡礼者の行き来がいかに重要だったかということが明らかになる——当時多くの人々が聖遺物をめざして出発した。北側の街道はトゥールの主教会にちなんでサン=マルタンと呼ばれ、南側の街道はスペインのヤーゴ・ディ・コンポステラ(サンティアーゴ・デ・コンポステラ)にちなんでサン=ジャックと呼ばれていた。」フリッツ・シュタール『パリ』

ベルリン、〈一九二九年〉、六七ページ　[P5, 3]

パリの地区にはそれぞれ固有な生命が存在することを、シュタール(『パリ』二八ページ)はパリのいくつかの記念建造物に言及しながら、さまざまなかたちで確認している。(彼が言及しているのは凱旋門だが、ノートル・ダムあるいはノートルダム・ド・ロレットを挙げることもできよう。)それらの記念建造物は重要な街路の背景を形づくりながら、地区の中心となっている。そして同時に地区の中においてパリという都市それ自身を代表している。シュタールは言う。「記念建造物は従者をともなって、……つまりさながら領主のように前立ちとお供を従えて登場する。記念建造物はこうした従者の存在によって、うやうやしく後方へ退く街並みと区別される。こうして記念建造物は一つの地区の支配的な中核となり、地区はそのまわりに集まってできたものに見えるようになる。」(二五ページ)　[P5, 4]

Q

パノラマ

「私と一緒にパノラマへ行こうというものは誰もいないのか。」

マックス・ブロート『醜悪な絵の美について』ライプツィヒ、一九一三年、五九ページ当時、パノラマ、ディオラマ、コスモラマ、ディアファノラマ、ナヴァロラマ、プレオラマ（プレオ〔πλέω〕とは「私は海路を旅する」「航海」の意）、ファントスコープ、ファンタスマ＝パラスタジー、夢幻的・異常状態的経験、室内での絵画旅行、ジェオラマ、さらに光のピトレスク、シネオラマ、ファノラマ、ステレオラマ、ツィクロラマ、パノラマ・ドラマティクなどがあった。

「パノラマ、コスモラマ、ネオラマ、ミリオラマ、キゴラマ、ディオラマなどが溢れているわれわれの時代。」M・G・ザーフィルの『ベルリーナー・クリール』紙一八二九年三月四日での文。エーリヒ・シュテンガー『ベルリンにあるダゲールのディオラマ』ベルリン、一九二五年、七三ページに引用　［Q1, 1］

蠟人形館のようになった革命後のヴェルサイユ宮殿。「壊されずに残っていた王侯たちの彫像は改造され、オランジュリーの大広間にあるルイ一四世の像の鬘は剝ぎ取られ、その代わりにフリギア帽〔革命派のかぶったベレー帽〕がかぶせられ、指揮杖の代わりに歩兵の長槍をもたせられた。改造された軍神がどういうものなのか見間違わないようにと、その像の台座には「フランスの軍神、世界の自由の守護者」との銘がつけられていた。同じようなお遊びは、宮殿の大回廊にあるクストゥ作の騎馬姿のルイ一四世の巨大な浅浮き彫りにもほどこされた。雲の中からゆらゆらと下りて来る栄誉の守護神は、王のはげ頭の上に、これまでの月桂冠の代わりに、フリギア帽をかざしている。」■行商本■F・J・L・マイアー『フランス共和暦四年のパリからの断章』Ⅱ、ハンブルク、一七九七年、三一五ページ　[Q1, 2]

サン=ローランの市において、クルティウスあるいは誰か他の興行師によって企画された(一七八五年頃)、盗人集団の蠟人形の展示について。「鎖につながれボロをまとっている者がいるかと思えば、ほとんど裸で落ちぶれた姿をしている者もいる。それはまことに風変わりな見世物であった。二、三人の頭目の像だけが本物そっくりであった。けれどもこの一味は大人数であったから、蠟人形館の所有者は彼らに仲間をつくってやるのを余儀なくされたのである。彼は気まぐれに、でたらめに、子分たちをつくったのだと私は想像し、きっとそうに違いないと信じて、これらの下っ端のならず者たちの、日焼けして、多くは汚い口髭によって覆われた顔をざっと見てまわっていると、むかつくような衣装をまとっているが、どこかで見たことのある顔をいくつかそのなかに見分けたように思った。私はもっとよく観察して、こう確信したのだ。これらの大盗賊人形の所有者は、別の蠟人形館の所有者と同じ人物であって、もう流行(はや)らないいくつかの人形や、いくつかの廃棄された注文人形を利用して、それらにボロをまとわせ、鎖をつけ、いくぶんか醜くして大盗賊と並べたのである。……こう考えると、思わず知らず笑いがこみ上げてきて、どこかの徴税請負人の細君はきっとこれらの人物たちの中に、かつて蠟人形師に注文した自分の夫の像を見出すこともあるだろうと思った。そしてこれは決してふざけて言うのではない、私はそこにランゲにそっくりの像があったと断言してもいい。彼の像は数カ月前にはうやうやしく別の展示室に置かれていたが、おそらくは節約の気持ちから、監獄を飾るために、ここに持ってこられたのであろう。」(シモン゠ニコラ゠アンリ・ランゲ、一七三六年に生まれ一七九四年にギロチンにかけられた。雑文家にして弁護士。) J・B・ピュジュー『一八世紀末のパリ』パリ、一八〇一年、一〇二―一〇三ページ■行商本■　[Q1, 3]

「待つこと」は、皇帝パノラマ館の上演および倦怠につきものらしい。マックス・ブロートが寸評「パノラマ」で、モード、倦怠、ガス灯などなど、このパサージュ論のキーワードのすべてに行きついているのは、極めて特徴的である。　[Q1, 4]

ジュール・クラルティは戦争パノラマを「死体公示所とリュクサンブール美術館との混合」と名づけた(『パリの生活』一八八一年、パリ、四三八ページ)。このパノラマを見てわかるのは、戦争もまたモードに従っているということで、マックス・ブロートは彼の寸評「パノラマ」で「予備役将校たちが……彼らの空想の植民地戦争にふさわしい戦場」を探す姿を認めている。つまりパノラマはかつての戦争の保管所であって、金のない人たちがやって来て、大金を遣うこともなく、どこかの使い古された戦場を自分のものにできないかどうか、見に行くようなものだというわけである。　[Q1, 5]

バルザックの『ゴリオ爺さん』の初めの部分に――「ディオラマ」の「ラマ」にならって――「ラマ」という言葉を用いた言葉遊びをする場面がある。　[Q1, 6]

パノラマ館の設備。一段高くなっていて手摺りで囲まれた立ち席が周りにあって、そこから目の前や下に広がる画面を見下ろすようになっている。絵は円筒形の壁面に広がっていて、長さはおよそ一〇〇メートル、高さは二〇メートルである。偉大なパノラマ画家プレヴォーのもっとも重要なパノラマ作品に、パリ、トゥーロン、ローマ、ナポリ、アムステルダム、ティルジット、ワグラム、カレー、アントワープ、ロンドン、フィレンツェ、エルサレム、アテネがある。ダゲールは彼の弟子の一人である。　[Q1a, 1]

一八三八年、イトルフによってパノラマの円形(ロトンド)の建物が建てられた。〔一八五五年のパリ万博のパビリオンに流用されたもの。〕■鉄■　[Q1a, 2]

一八五五年のパリ万国博覧会におけるパノラマ。　[Q1a, 3]

ディオラマにおいては、風景が一日の経過の中で変わる様子が一五分から三〇分ごとにわかるように、照明を変化させるようになっているが、これが何を意味するかを確かめねばならない。これには映画でのコマ落とし撮影を遊びの次元で先取りしたようなところがある。時間の経過を、機智に溢れた幾らか悪ふざけ気味の「踊るような調子で」加速すること、これは逆に自然の模倣〔*μίμησις*〕が惨めなものであることを想い起こさせる。ブルトンは『ナジャ』の中で次のような例を挙げている。午後も遅くなってマルセイユの旧港に向かって画架を立てて絵を描いている画家が、日差しが次第に弱まるにつれて絵の中の明るさを次々と変えてゆき、ついに絵が真っ黒になる、というのである。しか

しブルトンに言わせれば絵はまだ「終わって」いなかったのだった。　[Q1a, 4]

パノラマ芸術の特殊なパトスについて突っ込んで考察すること。それと自然との特別の関係について、そしてとくに歴史との関係についても考察すること。ヴィールツの絵画はパノラマの多くの要素を含んでいるが、彼の次の文章は、この関係がどの点で特殊であるかを理解させてくれる。「絵画におけるリアリズムについてはしばしば語られてきた。一般的に言って、リアリズムの名で呼ばれる絵画は、ほとんどこの命名と一致しない。純粋なリアリズムなら、描かれた対象がまるで手で摑めるように見えるという特徴がなくてはならないだろう。／…… 一般に、いわゆるだまし絵がほとんど評価されないのは、これまでこの絵画ジャンルが凡庸な画家とか、もっぱら静物画でしか描かれないいくつかの物だけを扱ってきた看板画家の仕事だったからである。……／ヴィールツ氏が手本となって新しいジャンルが生まれるのではないだろうか。」『ヴィールツ氏のアトリエ』と題された、画家自身によって書かれたカタログの中の「好奇心の強い女」についての説明。『文学作品集』〈パリ、一八七〇年〉、五〇一―五〇二ページ　[Q1a, 5]

「ノクトゥルノラマ。この冬、パリで、新しい形のコンサートが流行を追う連中を楽しませることになる。音楽が演奏されている間、音楽が表現するすべては、見事な出来ばえの透かし絵によって目で見ることができるそうだ。ハイドンの「天地創造」が準備されているが、この作品に合わせた魔術幻灯(ファンタスマゴリー)つきなので、聴衆の感覚は二重に籠絡されることになるにちがいない。／しかしこの設備はこの偉大な作品にふさわしいばかりか、さらにそれ以上に陽気でセンチメンタルな気分を起こさせるにふさわしいもののように私には思える。／例えば、素晴らしい女性歌手が姿を見せないままイタリアのアリアを歌う間、マリブラン〔19世紀仏のオペラ歌手〕本人と見紛うばかりの動く絵が、ずっと見えているそうで、それはあたかもマリブランの影絵が歌っているのを聞いているかのようだという。」アウグスト・レーヴァルト『御婦人室のアルバム』ライプツィヒ／シュトゥットガルト、一八三六年、四二―四三ページ　[Q1a, 6]

ダゲールは自分の経営するディオラマで時々とくにサン・テティエンヌ・デュ・モン教会を出し物にしていた。真夜中のミサの様子である。オルガンつきで。最後に、蠟燭が消される。　[Q1a, 7]

映画は今日では現代の造形のすべての問題を映画の存在に関わる技術上の問題として、

もっとも簡明に、もっとも具体的に、もっとも批判的に表明しているが、このことは映画とパノラマとの次のような比較にとっては重要である。「数あるパノラマの中でもとくにブーローニュのパノラマにわれわれは注目しているが、当時のパノラマの流行は、今日の映画の流行に似ている。パサージュ・デ・パノラマ式の屋根つきのパサージュは、パリでパノラマが隆盛をきわめる発端になる。」マルセル・ポエト『都市の生活、パリ』パリ、一九二五年、三三六ページ　[Q1a, 8]

ダヴィッドは弟子たちに、パノラマで写生の練習をするように勧めていた。　[Q1a, 9]

「芸術は無際限に進歩すると、多くの人々は考えている。それは間違いだ。芸術の進歩が停止する限界というものがある。その理由は、自然の模倣が制限される条件は変わることがないからだ。一枚の絵というものは、額縁があろうとなかろうと、ひとつの平面であり、その平面の上に、さまざまな着色料だけでつくり出された描写のことである。……絵を構成する諸条件の中で、やれるだけの試みはすべてなされてしまった。もっとも困難な問題は、完全な立体感であり、もっとも完全な現実感を生むに至る奥行きのある遠近法である。立体鏡（ステレオスコープ）はそれを解決した。」A・J・ヴィールツ『文学作品集』パリ、一八七〇年、三六四ページ。この所見は、当時ステレオラマなどがどのような観点から見られていたかについて興味深い光を当てるものであるが、それだけでなくまた、諸芸術における「進歩」の理論が自然の模倣という理念と結びついており、それとの関連で議論すべきものであることをも、はっきり示している。　[Q2, 1]

空間が行商本の挿絵（コルポルタージュ）めいたものになる現象と、またそれと同時にパサージュに基本的に備わっている両義性の解明のためには、蠟人形館の中の人物たちがその時々で多様に使われることが、手がかりを与えてくれる。蠟でできた立像や頭部は、そのうちの一つは今日は皇帝だが、明日は国事犯で、明後日は肩モールをつけた番人を表わし、また別の一つは今日はジュリア・モンターグ、明日はマリー・ラファルグ、明後日はドゥメルグ夫人を表わすという具合であって、それらは、光が戯れ合うこうしたギャルリにはまことに適切なものである。ルイ一一世にとってはルーヴル宮がそうした場所であり、リチャード二世にとってはロンドン塔、アブデル・クリムにとっては砂漠、ネロにとってはローマがそうである。■遊歩者■　[Q2, 2]

ディオラマは幻灯（ラテルナ・マギカ）に取って代わる。幻灯には遠近法がなかったからである。もっとも幻灯によって光の魔術が照明のまだ不十分であった住居へ入り込んだのではあったが。「幻灯だよ！　珍しい出しものだよ！」こう叫びながら幻灯屋が夜の通りを歩き、手招きされると住居へ昇って来て幻灯をやってくれた。第一回ポスター展の広告にはまだラテルナ・マギカが描かれていたのは特徴的なことである。　[Q2, 3]

しばらくの間、ギャルリ・コルベールにジェオラマがあった。――一四区のジェオラマではフランス全土が小さく模写されていた。　[Q2, 4]

ダゲールが写真を発明したのと同じ年に彼のディオラマが焼け落ちた。一八三九年のことである。■先駆者■　[Q2, 5]

ディオラマ、パノラマなどと様式上でちょうど対をなすような作品が無数にある。一九世紀中葉の新聞小説風の作品集やスケッチ風の連作もの、たとえば『大都市』『パリの悪魔』『フランス人の自画像』などの作品がこれである。これらはある意味では道徳的なディオラマであって、厚かましいほどの多彩さを誇る点でディオラマやパノラマなどと変わるところがないばかりか、技術的にもまったく同じ作りのものである。ディオラマやパノラマなどでは前景が完全に具象的に作り上げられ、多かれ少なかれ細かに描写されているが、こうした作品の場合、ディオラマにおける大きな背景に対応するのは、社会観察であり、それに新聞小説風の明瞭な輪郭づけが施されている。 [Q2, 6]

プルーストにおけるバルベックの――「一度として同じことはない」――海と、プルーストの読者の前で過ぎ去るのと同じ速度で照明を変化させて一日を観衆の前に過ぎ去らせて見せるディオラマ。ここで模倣（ミメーシス）のもっとも低俗な形式ともっとも高雅な形式が手を差し伸べ合う。 [Q2, 7]

蠟人形館〔Panoptikum〕は総合芸術作品の一つの現象形態である。一九世紀の普遍主義の記念碑は蠟人形館である。すべて〔Pan〕を見る〔Optikum〕とは、ただすべてを見るだけでなく、すべてをあらゆる仕方で見ることでもある。 [Q2, 8]

「ナヴァロラマ。」エードゥアルト・デフリーント『パリからの手紙』ベルリン、一八四〇年、五七ページ [Q2, 9]

パサージュのパノラマのためのプレヴォーによる主要なパノラマ絵。「パリ、トゥーロン、ローマ、ナポリ、アムステルダム、ティルジット、ワグラム、カレー、アントワープ、ロンドン、フィレンツェ、エルサレム、アテネ。これらすべての都市の絵が同じ手法で構想されていた。これらの都市を見るものは、あたかも中央の建物のてっぺんの、手すりで囲われた平屋根にいるかのようであり、どこからでも地平線を見はるかすことができた。円筒形のホールの内部の仕切り壁に張りつけられたそれぞれのカンヴァスの円周は、九七メートル四五センチ二ミリメートル(三〇〇ピエ)で、その高さは一九メートル四二センチ(六〇ピエ)であった。したがってプレヴォーの一八のパノラマの表面積は、八万六六六七・〇〇六(平方)メートル(二二万四〇〇〇(平方)ピエ)に相当する。」ラベドリエール『新しいパリの歴史』パリ、三〇ページ　[Q2a, 1]

『骨董屋』でディケンズは蠟人形における「冷酷無情でよそよそしい動きのない表情」について語っている。■夢の家■　[Q2a, 2]

ダゲールとアカデミー[フランセーズ?]。「ルメルシエは……学士院の公開会議への招待状を私にくれた。……彼はその会議の際にダゲールの装置に捧げる詩を朗読して、この装置に対する興味を再び呼び起こそうとした。というのも、この発明者は、自分の部屋の火事によってその器具のすべてを失っていたからで、そのため私のパリ滞在中もこの装置の素晴らしい動き具合については何一つ見ることができなかった。」エードゥアルト・デフリーント『パリからの手紙』ベルリン、一八四〇年、二六〇ページ〔一八三九年四月二八日の手紙〕　[Q2a, 3]

パレ＝ロワイヤルで「カフェ・デュ・モン・サン・ベルナール、階段を上がった正面に一風変わった見もの（辺りの壁にスイスの風景が描かれている喫茶店、――テーブルの高さに小さな陳列台があって、そこには小さな雌牛、スイス風の小屋、水車、ゼマーン〔これはおそらくゼネン（牧人）の間違いだろう〕など、見るからに極めて珍しいミニチュアが置かれていて、絵の前景になっている）」。J・F・ベンツェンベルク『パリ旅行書簡』I、ドルトムント、一八〇五年、二六〇ページ　[Q2a, 4]

「パノラマのフランス語」という貼り紙。J・F・ベンツェンベルク、前掲書、I、二六五ページ。この関連で、ビラ貼り人が従わねばならない規約の通告。　[Q2a, 5]

ベンツェンベルクにおけるピエールの劇場のプログラムの異常なまでに詳細な描写。前掲書、I、二八七―二九二ページ　[Q2a, 6]

パノラマに関する関心は、真の町を見ることにある――家の中の町。窓のない家の中にあるものが、真なるものである。ところで、パサージュもまた窓のない家である。パサージュを見下ろす窓は、桟敷席と同様に、そこからパサージュを覗き込むことはできるが、パサージュからはその外を覗くことはできない。(真なるものには窓がない。真なるものは決して世界には開かれていない。)　[Q2a, 7]

「現実感は完全であった。私は一見して直ちに、あらゆる記念碑、あらゆる名所、そして私が泊まっていた聖救世主僧院の部屋が面した小さい中庭までも、見てとったのだ。かつてどんな旅行記作家もこれほど厳しい試練に遭ったことはあるまい。旅行記の真偽を確かめるために、エルサレムとアテネをパリに移すなどとは私には予想できなかった。」『〈パリから〉エルサレムへの旅』の序文の中のシャトーブリアンの言葉。エミール・ド・ラベドリエール『新しいパリ〔の歴史〕』三〇ページに引用　[Q3, 1]

光の都市（ヴィル・リュミエール）のもっとも内部で輝いている部屋、つまり昔のディオラマは、パサージュの中に棲みついていた。そうしたパサージュの一つには今日なおそれにちなんだ名前がついている。最初の瞬間には水族館にでも入ったかのように思われたものである。暗い大ホールの壁に沿って、照明の当てられた帯状のガラスの水槽のようなものが広がっていて、所々に細い継ぎ目があった。深海の生き物たちの燃えるような色彩の戯れほど鮮やかなものはない。しかしここに見られたものは、地上高く空中に浮かぶ奇跡であった。月の光に照らされた池には、スルタンの後宮が映り、あるいは白夜の人気のない公園の光景が広がっていた。月光の中に見えるのは、サン＝ルー宮殿で、コンデ家の最後の末裔が窓辺で縊死しているのが発見されたところである。宮殿の窓の一つにはまだ明かりが灯っていた。その間に幾度か日の光が輝かしく差し込んで来た。夏の朝の澄み切った光の中に見えたのは、ヴァティカン宮殿のラファエルの間である。ナザレ派の画家の目に映じたような光景である。すぐ近くにはバーデン＝バーデンの町が現われるのであった。しかし蠟燭の明かりにも立派な出番があった。蠟燭の明かりは通夜室となった仄暗い大聖堂の中で、暗殺されたベリー公を取り巻き、愛の島の絹空に懸けられた常明灯は、丸顔の月の女神ルナをも恥じ入らせるばかりのものであった。それはロマン主義の月の光に照り映える魔法の夜を目指そうとする意味深い実験なのだが、その実験からはその

高貴な実体が見事に抽出されていた。　　[Q3, 2]

歴史のマネキンとしての蠟人形。――蠟人形館では過去は、遠きものが室内空間(アンテリウール)にあるのと同じ凝集状態にある。　　[Q3, 3]

世界旅行パノラマについて。これは一九〇〇年のパリ万国博覧会において「世界旅行」という名のもとに知られていたものであり、そこでは次々と移り行くパノラマ的背景が、それぞれの背景に相応した生身の端役たちを前景に使うことによって生き生きと描き出されていた。「「世界旅行パノラマ」が入っているパビリオンは、その奇抜な外見からしても一般にセンセーションを巻き起こしている。建物の外壁の上にはインドの回廊がめぐらされているし、建物の角には仏舎利塔や中国の塔や古代ポルトガルの塔が聳えている。」「世界旅行」(『パリ万国博覧会案内』ゲオルク・マルコウスキー博士編集、ベルリン、一九〇〇年、五九ページ)――こうした建築物が動物園のそれと似ているのは注目に値する。　　[Q3, 4]

ルメルシエは「ランペリーとダゲール」において三つの段階を挙げている。⑴動かないパノラマの叙述。(2)パノラマに動きをつける技術の叙述。この技術は、ダゲールがランペリーに教えてくれるように頼んだものである。(3)根気強いダゲールがランペリーを説得する経緯の記述。次に挙げたのはその第一段階。(第三段階は■写真■の項において扱う。[Y3, 1]参照)

「ダゲールは、塔の中に、その練達の絵筆で
光の戯れるかくも美しき劇場を開き、
どっしりとした部屋の闇の中に
地平線の広大な眺めを輝かせ、
そのパレットは魔術的で、彼の注ぐ光が
視界に達し、その光が壁を通過すると、
丸く動く内壁の織物は
全自然の鏡に姿を変える。」

ネポミュセーヌ・ルメルシエ『才気ある画家によるディオラマの発明について』[後に『ランペリーとダゲール』と改題](フランス王立学士院、シュヴルール議長司会の五アカデミー合同公開年会議、一八三九年五月二日木曜日、パリ、一八三九年、二六―二七ページ)

[Q3a, 1]

ダゲールのディオラマでは、七月革命の後にも、「一八三〇年七月二八日のバスティーユ広場」を見ることができた。（ピネ『理工科学校の歴史』〈パリ、一八八七年〉、二〇八ページ） [Q3a, 2]

シャトー・ドー（後のレピュブリック広場）のディオラマとボンディ街のディオラマ。国立図書館版画室〈図2参照〉 [Q3a, 3]

精密機器製造、J・モルトニ社、シャトー・ドー街六二番地の広告版画には——一八五六年の後だというのに！——とりわけ「魔術幻灯（ファンタスマゴリー）、ポリオラマ、ディオラマなどの装置」が記載されている。国立図書館版画室〈図3参照〉 [Q3a, 4]

「パノラマ」という題のついたアンピール様式の飾り枠つき版画（ヴィニェット）。中景のクロス製あるいは紙製の絵に綱渡り師たちが描かれている。年の市の道化師か呼び売り商人のような尖った帽子をかぶった愛の神（アモル）が、前景の人形芝居を指差している。その人形芝居では、騎士がひざまずきながら心を寄せる貴婦人に愛の告白をしている。それらすべてが一つの風景の中。国立図書館版画室 [Q3a, 5]

図 2　ボンディ街のディオラマ，1837 年(パリ国立図書館)

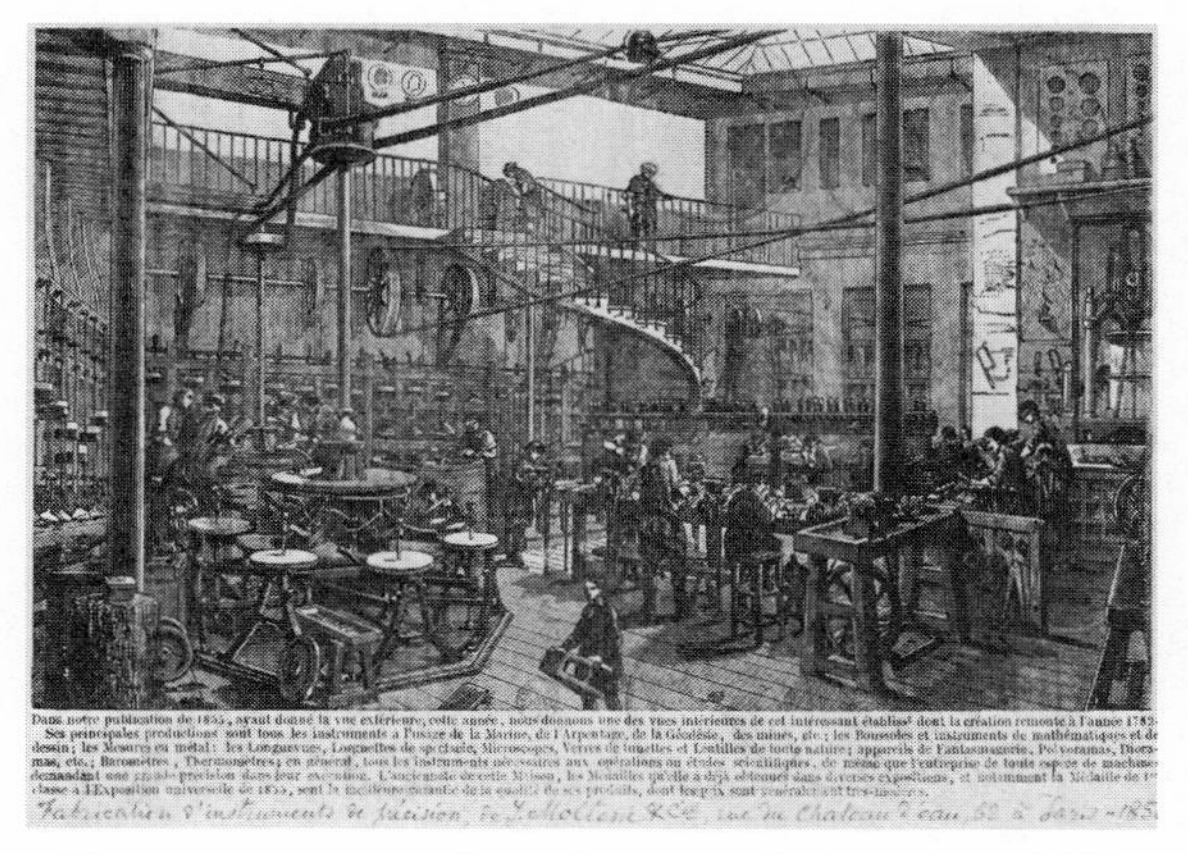

図 3　シャトー・ドー街 62 番地，1856 年(パリ国立図書館)

「私は、その女が自分のところのパノラミストと呼んでいる配下の女性たち、すなわちあらゆるパノラマ、とくにモンマルトル大通りのパノラマを上から下まで歩きまわる女性たちの供述を受け入れる用意をした。」P・キュイザン『法律に保護された色事』一八一五年、一三六―一三七ページ　[Q3a, 6]

「インドの植物、花、果物を特別に見せる……カルポラマ。」J‐L・クローズ「一八三五年夏のパリの見世物」(『ル・タン』紙、一九三五年八月二一日)　[Q3a, 7]

バルザックにおけるパノラマ的原理。「われわれの調査によれば、『人間喜劇』の登場人物たちが活躍する一八〇〇年から一八四五年までのこのバルザックのパリで、およそ三〇〇の実名を挙げることができる。もしこれに、筋とは無関係に、……バルザックの筆のもとに出現する政治家、文学者、劇作家……あらゆる種類の有名人たちを加えるならば、おそらく実名の総計は五〇〇人にもなるであろう。」H・クルゾ／R‐H・ヴァランシ『人間喜劇のパリ』(「バルザックと彼の贔屓の業者たち」)パリ、一九二六年、一七五ページ　[Q4, 1]

パサージュ・デ・パノラマ。「このパサージュは、一七九九年一月にフランスに導入された見世物からその名を得たと推測される。パリの最初のパノラマは、フルトンと名乗る……アメリカ合衆国の人が経営するものである。……フルトンは、ナポレオンのイギリス侵攻が計画されていたときに、フランス海軍が直ちに蒸気機関を採用すべきだという意見書を皇帝に提出した。この技師はフランスでは受け入れられなかったが、アメリカでは成功した。そして皇帝は、死地となるべきセント・ヘレナに送られる途上で、「フルトン号」と呼ばれる蒸気船を望遠鏡で認めたといわれる。」ルイ・リュリーヌ「目抜き通り(ブールヴァール)」(『わが町パリ』パリ、〈一八五四年〉、六〇ページ)

[Q4, 2]

バルザックについて。「一八二二年、ダゲールのディオラマを訪問したとき、彼は感激してこれを世紀の奇跡の一つと名づけて、「何千という問題が解決されている」と言った。二〇年後にダゲレオタイプ〔銀板写真機〕ができたとき、彼はこれで自分の写真を撮らせ、自分がすでに『ルイ・ランベール』〔一八三五年〕で予言していたと主張するこの発明について、文字通り圧倒されたような口ぶりで語っている。」〔これについては『書簡集』I、〈一八七六年〉、六八ページの注、『ゴリオ――〈異国の女性への〉手紙2』〈一九〇六年〉、三六ペ

ージ参照。」エルンスト・ローベルト・クルティウス『バルザック』ボン、一九二三年、二三七ページ　[Q4, 3]

ディケンズ。「彼はすべてを自分一人で書く大がかりな雑誌を夢見ていた。……彼はこの雑誌にある特徴を与えようとした。ロンドンの『千夜一夜物語』のようなものを提案したのだ。その中で、ロンドンの巨人たるゴグとマゴグが彼らと同じほど途轍もない物語を書くのである。」G・K・チェスタートン『ディケンズ』ロランとマルタン＝デュポンによる仏訳、パリ、一九二七年、八一ページ。ディケンズは多くの連作小説の計画をもっていた。　[Q4, 4]

一八八九年の万国博覧会ではステヴァンスとジェルヴェクス〔前者はベルギー、後者は仏の画家〕の歴史パノラマが展示された。白髪のヴィクトール・ユゴーがフランスをアレゴリー化した記念碑の前に立って終わるものであった。――記念碑は祖国の防衛と労働のアレゴリーを両側に従えていた。　[Q4, 5]

楽団の指揮者で作曲家のジュリアンの「バルタザールの饗宴」（一八三六年頃のもの）。「主役は……鮮やかな色彩の七枚の透かし絵で、それらは音楽が鳴り響いている間、キマイラのように闇の中に捕らえ所なくかすかに見えているのだが、視線はこれにすっかり捉えられて、音楽自身が単なる伴奏になり下がっていた。「ノクトゥルノラマ」と呼ばれたこの目を楽しませるイヴェントは、機械仕掛けで行われた。」S・クラカウアー『ジャック・オッフェンバックと彼の時代のパリ』アムステルダム、一九三七年、六四ページ　[Q4a, 1]

パノラマ——これはフランス革命期に現われたギリシア語の中でもっとも有名なものである。「革命暦Ⅶ年花月(フロレアル)七日、ロバート・フレットン〔フルトン?〕は、「《パノラマ》と呼ばれる円筒絵画を展示するための」特許を得た。この最初の試みは、「ペリパノラマ」、次に「コスモラマ」、またその後「パンステレオラマ」（一八一三年）のアイディアを次々と生み出すことになる。」フェルディナン・ブリュノ『起源から一九〇〇年までのフランス語の歴史』Ⅸ「大革命期と帝政期Ⅱ」「事件、制度、言語」パリ、一九三七年、一二一二ページ（「革命期の命名法」）　[Q4a, 2]

ジョゼフ・デュフール（一七五二—一八二七年）の作品にはタブロー・タンチュール〔壁掛け絵画〕というのがあって、それは長さ一二—一五メートルのパノラマ風の連続的な壁画

である。そこに描かれているのは、風景〔ボスポラス海峡やイタリア〕、風俗〔南海の野生人〕、神話である。　[Q4a, 3]

「〔こんな絵を見るくらいなら〕荒っぽい巨大な魔術で私に有益な錯覚を否応なく起こさせるディオラマにもう一度連れていってもらいたいと私は願う。芝居の書き割りをじっくり眺めるほうがいいとも思う。そこには、私のもっとも大切な夢が、芸術的に表現され、悲劇的に凝縮されて、見出されるからだ。これらのものは、まさに贋物であるからこそ、限りなく真実に近い。」シャルル・ボードレール『作品集』II、ル・ダンテック編、〈パリ、一九三二年〉、二七三ページ〔『一八五九年のサロン』VIII〔正しくはVII〕「風景画」〕　[Q4a, 4]

バルザックの作品では脇役が五〇〇〇人にも達する。物語の筋に組み込まれることなくエピソード的に出て来る人物が五〇〇〇人もいるのである。　[Q4a, 5]

R

鏡

鏡を使って街路という戸外の空間をカフェに取り込む方法は、複数の空間を交差させるやり方の一つであり、――それは遊歩者をとりこにせずにはおかない光景である。「日中はしばしば味気ない感じだが、ガス灯がともる夕べともなると、もっと楽しい気分になる。ここではまばゆいばかりの光の芸術が栄え、ほとんど完成の域にまで達している。どんなにありふれた居酒屋でも、眼の錯覚をねらっている。これらのどの酒場も、左右に並べられた商品が鏡張りの壁に映し出されることによって、人工的な広がりを得、ランプの光のもとでその広がりは夢幻的な大きさにまでなるのである。」カール・グッコウ『パリからの手紙』I、ライプツィヒ、一八四二年、二二五ページ。

こうして、この町のいたるところで、昼のような明るい開けた視野が、暮れかかる夜とまさしく同居することになるのである。　[R1, 1]

ここでは、鏡という主題に関連して、外側の窓ガラスに書かれた宣伝文句が、自分の店（ブティック）なり居酒屋（ビストロ）なりのなかから見ると、いつも鏡文字（左右が反転した文字）で見えるのに我慢がならなかった男の話に触れておくべきだろう。そのために、一つの挿話を考え出すこと。

われわれは寄せ木の敷居を踏み越えれば、パレ＝ロワイヤルの古いレストランの流儀に従って五フランで「パリのディナー」にありつけるわけだが、その敷居もまた壊れかかっている。この間口の広い敷居を越えて上がってゆくと、ガラスをはめたドアがある。この向こう側にほんとうにレストランがあるとは信じられないかもしれない。一番手前のガラスのドアの向こう側は劇場の「プチ・カジノ」らしく、切符売り場や座席の値段などがガラス越しに見られるが、しかし、ドアを開けたとして、――ほんとうにそのなかに入れるのだろうか。劇場に入り込む代わりに、向こう側の通りに出てしまうのではないだろうか。ドアにも壁にも鏡が張られているので、曖昧な明るさを前にして、途方にくれてしまうのである。パリは鏡の都市である。パリの自動車道の鏡のように滑らかなアスファルト、どこの居酒屋(ビストロ)の前にもあるガラス張りのテラス席。カフェの内側を明るくし、小さな囲いや仕切りで分断されているパリの飲食店の内部に心地よい広さを与えるために、窓ガラスと鏡があふれている。ここには、他のどこより多くの女が見られる。パリの女たちに特有の美しさが生まれてきたのも、この場所からである。女たちは、男たちに見つけられる前に、すでに一〇回も鏡に映った自分の姿を眺めている。だが、男たちもまた、ちらりと映る自分の顔つきを見る。男は他のどこよりもすばやく自分のイメージを捉え、どこよりもすばやく自分のイメージに納得するのである。通行人の眼でさえ、ヴェールを掛けた鏡であり、娼家の低いベッドの上に水晶の鏡がかかっているように、パリというセーヌの大きな川床（ベッド）の上には天空がかかっている。 [R1, 3]

これらの鏡はどこで作られるのだろう。そして、飲食店に鏡を備えつけるという習慣はいつから始まったのだろう。 [R1, 4]

古い絵のために作られた、彫刻を施した高価な額縁に、絵画ではなく、鏡をはめ込むという習慣は、いつから始まったのだろうか。 [R1, 5]

二つの鏡がたがいを映しあうようにすれば、悪魔は、もっともお気に入りのトリックを使って、彼らしいやり方で（彼のパートナーである神が、愛し合う者同士の視線のなかでそうするように）その鏡のなかに無限の遠近法を開く。パリは、それが神的なものにせよ、悪魔的なものにせよ、たがいを映しあう鏡像のような遠近法への情熱をもっている。凱旋門やサクレ＝クール教会、パンテオンでさえ、遠くから見れば低空に浮かんで

いるように見え、建築を通して蜃気楼を作り出すのである。■遠近法■　[R1, 6]

アルフォンス・カールは、一八六〇年代の終わりに、もう鏡の作り方を心得ている人はいなくなってしまったと書いている。　[R1, 7]

この鏡の魔術の最後の、しかしまたもっとも偉大な作品を今でも見ることができるのは、今日ではもはや衰えてしまったその魅力や有用性のおかげというよりも、むしろおそらくはその莫大な製造費用のおかげであるにちがいない。その作品とは、グレヴァン蠟人形館の「鏡の間」である。ここは、鉄製の支柱と無数の角で交わりあう巨大なガラス板とが一つになっている最後の場所だった。さまざまな化粧張りが鉄柱を、あるときはギリシア風の柱に、あるときはエジプト風の柱に、またあるときは街灯の柱に変えるので、それぞれの場合に応じて見学者は、古代寺院の見渡しがたく広がっている柱の森に取り囲まれることにもなれば、駅や市場やパサージュが無数につながりあっている光景に囲まれることにもなる。展示ごとに、変化する照明がつけられ、柔らかな音楽が流されるが、展示が変わるたびに、その前触れとして、昔風のベルの音が鳴り響く。それはカイザー・パノラマ館でわれわれが最初に世界旅行をしたときに覚えた衝撃だ。つまり、別れの悲しみに満ちたわれわれの眼の前を一つの映像がゆっくりとステレオスコープから消えてゆき、次の映像が映し出されるときのあの衝撃である。 [R1, 8]

鏡の天才としてのマラルメ。 [R1a, 1]

「パリのガラス製造所と、「ヨーロッパ中に知られた比類なき」サン＝ゴバン製造所は、何も失いはしなかった。」ルヴァスール『〈一七八九年から一八七〇年までのフランスにおける〉労働諸階級〈と産業〉の歴史』I、〈パリ、一九〇三年〉、四四六ページ [R1a, 2]

「わが国のガラス製品は、日ごとにますます大きなものがつくられるようになり、ヨーロッパ中で貪るように求められるほどになった。それらは今日、ごく控えめな収入の人々にも手の届くものとなった。ガラス製品を一つか二つ持っていないフランスの家庭は一つもないが、イギリスでは、たとえ城館のなかでもガラス製品に出会うことはきわめて稀である。」アドルフ・ブランキ『一八二七年フランス産業製品展示会の物語』パリ、一八二七年、一三〇ページ [R1a, 3]

利己的であること――「パリにいると、人は利己的になる。パリでは、愛すべき自分の姿を眺めずにはほとんど一歩も歩けないからである。ひしめき合う鏡たち！　カフェに、レストランに、大小の商店に、美容室に、文学サロンに、浴場に、その他いたるところに鏡がある。「一インチごとに鏡！」なのである。」S・F・ラールス〈?〉「パリからの手紙」(『ヨーロッパ――洗練された世界の年代記』Ⅱ、アウグスト・レヴァルト編、一八三七年、ライプツィヒ／シュトゥットガルト、二〇六ページ)　[R1a, 4]

ルドンは事物を、いくらかくすんだ鏡に映っているかのように描く。だが、彼の鏡の世界は平面的であって、遠近法を敵視している。　[R1a, 5]

「板ガラスが、吹管を口で吹いてつくった円筒形のガラスを引き延ばすことによってしか作れなかった時代には、ガラスを吹くときの肺活量に限界があるために、板ガラスの大きさは一様に比較的小さかった。圧搾空気が使われるようになったのは最近のことだ。それでも、一六八八年に……鋳造という方法が導入されるやいなや、板ガラスの大きさは、かなりのものになった。」A・G・マイアー『鉄骨建築』エスリンゲン、一九〇七年、五四―五五ページ。この箇所には次のような注がついている。「鋳造によって作られたパリで最初の窓ガラスは、八四×五〇インチの大きさだったと言われている。それに対して、それ以前は、五〇×四五インチの大きさがせいぜいだった。」 [R1a, 6]

パサージュにとってそもそも問題なのは、他の鉄骨建築のようにその内部空間を明るく照らすことではなく、外部空間の侵入を抑えることである。 [R1a, 7]

パサージュを支配している光について。「あらわな脚の上にたくしあげられるスカートの下の突然の輝きにも似た、どことなく深海を思わせる、海緑色の微光。アメリカ式の巨大な本能が、第二帝政のある知事〔オースマン〕によって首都に輸入される。彼は墨糸に沿ってパリの地図を直線状に裁断しなおそうとしている。この本能は近いうちに、あの人間水族館の数々〔パサージュのこと〕を維持することを不可能にしてしまうだろう。すでにその原初の生命は失われているが、それらはそれでもなお、いくつもの現代の神話が隠れている場所として、人々から見つめられる価値はある。」ルイ・アラゴン『パリの農夫』パリ、一九二六年、一九ページ■神話■ [R2, 1]

外では、「緑色の透き通った満々たる水が」溢れ、「通りを満たし、家々をすっぽり呑み込んでいた。そして、しばしばほとんど人間そっくりのきわめて奇妙な魚たちが、そのなかを泳ぎまわっていた。……通りそのものが、まるではるか昔の絵本のなかから抜け出してきたかのようであった。灰色の街路沿いの家々には尖った高い屋根と、ときにはまっすぐに、ときには斜めに並んでいる幅の狭い窓があり、その外壁は、貝殻と海藻にすっかり覆われている部分もあれば、清潔で美しく保たれ、かわいらしい絵や貝殻の絵で装飾された部分もある。……どのドアの前にも、背の高いタマサンゴが丈を伸ばして影をつくっている。壁のところには、われわれならばほっそりとした格子をわたしてブドウやバラを絡ませるであろうように、珊瑚やイソギンチャクが大きな枝を作っていることも珍しくなく、それは窓の上の高いところまでよじ登り、しばしばそびえ立つ屋根のてっぺんまではびこっている」。フリードリヒ・ゲルシュテッカー『沈める都市』［ノイフェルトおよびヘニウス、一九二一年］、三〇ページ。フロイトが個人意識のもつ性的な意識内容について主張したのと同様に、ある集団の抑圧された経済的な意識内容から一つの作品なり想像的なイメージなりが生じてくることがありうるとすれば、われわれはこの叙述のうちに、ショーウィンドーから溢れ出てくるそのこまごました品々ともども、パサージュの完全に昇華された姿を目のあたりにしていることになるだろう。すずらん街灯の冷たく光る電球、申し分なく華麗で堂々たるガス灯の照明でさえ、ゲルシュテッカーのこの海中の世界に入り込んでいるのだ。この小説の主人公は、「しだいに日が暮れてゆくにつれて、この海中の通路が自然に、またゆっくりと明るく照らされてゆく」のを見て驚く。「というのも、珊瑚や海綿の群生するところにはどこでも、海藻のつくる花飾りや厚い壁掛けと、その背後に突き出ている背の高いゆらめく海草のあいだに、ガラスのように見える大きなクラゲがいて、すでにはじめから緑がかった弱い燐光を発していたのだが、まわりが暗くなるとともに、その光が急に強さを増し、いまや明るく輝きはじめたからである。」ゲルシュテッカー『沈める都市』四八ページ。ここでパサージュは、ゲルシュテッカーのもと、ある別の星座（コンステラツィオーン）＝布置に置かれている。「彼らは家を出るやいなや、一つの広い、水晶の丸天井をもつ風通しのよい通路に足を踏み入れることになる。近くの家々のほとんどすべてがその通路につながっているようである。だが、まったく透明な、薄い氷塊を積み重ねたような壁一つ隔てただけのすぐ向こう側には、澄んだ水があるのだった。」ゲルシュテッカー『沈める都市』四二ページ　［R2, 2］

中新世や始新世の岩石のところどころに、それらの地質年代に生きていた怪獣たちの痕跡が残されているように、今日のパサージュは大都市のなかで、すでに見当たらなくなった怪獣たちの化石が発見される洞窟のような具合に存在している。その怪獣とは、ヨーロッパ最後の恐竜である資本主義の、しかも帝政以前に生息していた消費者たちのことである。この洞窟の壁面には商品が太古の植物相のようにはびこり、潰瘍のできた組織のように、あちこちできわめて無秩序に絡み合っている。この太古の植物相において明らかになるのは、秘かな親和性の世界である。そこではシュロの葉とちりはたきが、ヘアドライヤーとミロのヴィーナスが、人工補装具〔義肢や義眼など〕と書簡文例集とが、その親和性をうち明けているのである。オダリスクがインク壺のとなりでお呼びの時を待ちながら寝そべっているし、ぬかずいた女たちが皿を高くかかげもっていて、われわれはそこに煙草の吸いさしを煙の生け贄として捧げる。これらのショーウィンドーは一つの判じ絵である。このショーウィンドーには、固定皿にのせられた鳥の餌とか、双眼鏡のとなりの花の種とか、楽譜の上のこわれたネジとか、金魚鉢の上の拳銃だとかが並んでいるが、これらをどのように読み解くべきかは、言えそうでいて言えないのである。ところで、それらのいずれも新しそうには見えない。金魚はおそらくとっくに涸れてしまった噴水盤から連れてこられたにちがいないし、拳銃は「犯罪の証拠物件〔corpus delicti〕」であったし、これらの楽譜は、最後の生徒がいなくなったときに、以前の所有者であった女性を餓死から守るのが困難になったものである。夢見る集団そのものにとっては、ある経済期の没落が世界の没落として現われてくるのだから、詩人カール・クラウスのパサージュに対する見方はまったく正しかったのだが、しかし、パサージュの方もクラウスを、ある夢の鋳造物として自分の味方につけていたにちがいない。「ベルリンのパサージュには草が生えない。まだ人々は動きまわっているのに、まるで世界が没落してしまった後でもあるかのようだ。生物は干からび、干からびた状態のままで陳列されている。場所はカスタン蠟人形館。ああ、それはある夏の日曜日の六時。ナポレオン三世の結石摘出手術に合わせて、一台のオーケストリオン〔オーケストラやバンドのような音楽を奏でるように作られた演奏機械〕が演奏している。大人なら黒人の下疳も見分けることができよう。そこでは、正真正銘最後のアステカ人たちも見られるし、オイル印画や、厚い手をした男娼たちも見られる。外に出れば生活がある、つまり、ビールを出すキャバレーがある。オーケストリオンでは、「エミール、おまえは変わり者」が演奏されている。ここでは機械によって神がつくられるのである。」〈カール・クラウス〉『夜に』ウィーン／ライプツィヒ、一九二四年、二〇一―二〇二ページ　［R2, 3］

一八五一年の水晶宮（クリスタル・パレス）について。「たしかに、これらのガラスの表面そのものは、光に解消されて感覚的に知覚できなくなっている。／根本原理からすれば、これはけっしてまったく新しいというわけではない。むしろ、その前史は少なくとも数百年、お望みなら数千年以前にまでさかのぼれるだろう。というのも、その歴史は、壁に光り輝く金属板が張られるようになった時とともに始まるのだからである。／……それこそは、水晶宮が示しているような新たな空間構想への最初の一歩なのである。ミュケナイの宮殿の丸屋根がつくり出す空間においてはすでに、この新たな空間構想が決定的に表現されていたので、全空間がこの輝きのうちに溶けこんでしまうほどだったと言えるかもしれない。……だがその際、あらゆる室内設計のあの主要な手段、つまり、コントラストという手段が犠牲にされてしまった。それに続く時代の全発展は、このコントラストによって規定されることになるのだが。とはいえ、われわれにとって決定的な視点から見た発展は、およそ千年後になってようやく始まるのであり、しかも、それはもはや金属の「輝き」ではなく、ガラスの「輝き」とともに始まるのである。……この点で頂点をきわめるのはゴシック様式の教会の窓だろう。……無色ガラスの透明さが増してゆくにつれて、外界が内部に引き入れられるようになり、壁を鏡張りにすることによって内部空間の姿が外界へ映し出されることになる。内でも外でも「壁」は、空間を仕切るという意味を失ってしまう。「輝き」は、その本質に属する固有の色をますます失ってゆき、もっぱら外からの光を反射する鏡となってゆく。／これが実現されるのは、一七世紀の世俗的な内部空間においてであって、そこでは、もはや壁に開けられた窓枠全体に水のように透明なガラス板がはめ込まれるだけではなく、その空間を取り巻いている残りの壁の表面にも、特に窓の開口部に向かい合っている部分に鏡が張られるのであり、こうして、「ロココ様式の部屋の鏡廊下」ができ上がることになる。／……だが、ここにも依然として、コントラストの原理が支配している。……それにもかかわらず、サント＝シャペルにおいてであれ、ヴェルサイユ宮殿の鏡の間においてであれ、面と光のこの関係は、もはや光が面をではなく、面が光をさえぎるように設計されている。だとすれば、空間価値の発展には一つの連続した系列が認められるのであり、要するに、温室とロンドンの水晶宮のホールとはこの系列の終端に位置しているのである。」A・G・マイアー『鉄骨建築』エスリンゲン、一九〇七年、六五―六六ページ　[R2a, 1]

われわれが知っている封建時代の鏡張りの壁の清らかな魔力を、魅惑的な商店街を歩いているときにわれわれを誘い招くあのパサージュの鏡張りが示す艶(なまめ)かしい魔力と比較してみるとよい。■流行品店(マガザン・ド・ヌヴォテ)■　[R2a, 2]

パサージュの両義性に対する一つの視点、つまり、パサージュが鏡に溢れており、そのためにその空間が信じられないほど拡張され、それだけに方向を定めることが困難になるということ。というのも、この鏡の世界は、多義的、いやそれどころか無限に多義的であるのだが、――それでもやはり両義的だからである。この世界は眼くばせする――この世界はいつでもこの一なる世界であり、そこからすぐに何か別のものが現われてくるような無の世界では決してない。変貌するこの空間が、そうした別のものを生み出すとすれば、無のふところにおいてである。この空間に置かれたくすんで汚れた鏡のなかで、事物はカスパール・ハウザーの視線を無と交わしあうのである。だとすると、涅槃(ニルヴァーナ)から送られてくるある両義的な眼くばせがあるのだ。そして、ここでもまた冷たい微風とともにわれわれをかすめ過ぎるのは、オディロン・ルドンというしゃれた名前である。ルドンほど、無の鏡をのぞきこむ事物のこうした視線を受けとめ、事物であることと無であることとの結託のうちに忍び込むすべを心得ている人物はいない。パサージュは、こうした視線のささやきに満ちている。パサージュではつねに事物は、もっとも予想しなかったときに、その片方の眼を一瞬開けたかと思うと、眼くばせしながら閉じてしまう。だが、もっと近づいて見ようとすると、それは消えうせてしまっているのである。〔パサージュという〕空間は、これらの視線のささやきにおのれのこだまを貸し与える。空間は眼くばせしながら、「いったい私のなかで何が起こったのだろう」と尋ねる。われわれは驚いて立ちつくす。「そうだ、いったいおまえのなかで何が起こったの

だろう。」われわれはそんなふうに、この空間に小声で問い返すことになる。■遊歩■

[R2a, 3]

「若きキルケゴールの哲学的構成の中心には、……室内空間というイメージが現われてくる。おそらくこれらのイメージは、哲学から……生み出されたものではあろうが、それらが堅持している事物のおかげで、哲学を超える意味を獲得している。……反省の主要な主題は、室内に向けられている。「誘惑者」は、ある日記のメモをこう始めている。「ちょっと静かにしてもらえないものだろうか。君たちは朝のあいだじゅう何をしていたのだ。君たちは、私の日除けを引っ張り、私の反射鏡を揺さぶり、窓ガラスをたたき、要するにあらゆる種類の狼藉によって、自分たちの存在に気づかせようとするのだ。」……反射鏡は、一九世紀の大きな貸しアパートにとりつけられていた特有のものだ。……反射鏡の役目は、アパートの建物が無数に一直線に並んでいる通りを、孤立したブルジョワ的な居住空間のうちに反射をつうじて取り入れることである。これによって、その通りを住居に隷属させると同時に、住居を通りによって限界づけることができるのである。」テオドール・ヴィーゼングルント＝アドルノ『キルケゴール』テュービンゲン、一九三三年、四五ページ■遊歩者■室内■

[R3, 1]

生理学ものについて、バブー（19世紀仏の風刺作家・批評家）の「シャルル・アスリノーへの手紙」のなかから、後年のものに属するとはいえ、次の箇所を引用しておくべきである。この箇所でバブーは、時流にこびない反モダニズム的な見解を自由に語っているからである。「私にはわかっているのだが、現代の公衆は、あらゆる公衆のうちでもっとも美しいので、ゆっくりくつろいで、ブールヴァールのカフェを飾る大きな鏡に、あるいは文学趣味の室内装飾業者の手によって親切にも寝室に立てられた大きな鏡に、自分の姿を映すことを、熱狂的に愛しているのだ。」イポリット・バブー『無辜なる異教徒たち』パリ、一八五八年、XVIIIページ　［R3, 2］

S

絵画、ユーゲントシュティール、新しさ

「歴史の残骸そのもので歴史を創造する。」

レミ・ド・グールモン『第二の仮面の書』パリ、一九二四年、二五九ページ

「出来事は、解説されないほうがおもしろい。」

アルフレッド・デルヴォー『革命の壁』I、序文、パリ、〔一八五一年〕、四ページ

「永遠であり、
常に新たな天罰よ、
人の心に隠しておけ、
おまえたちの恐怖のすべてを。」
悪魔の歌(クープレ)。悪魔はこれを、荒れ果てた岩石の風景を婦人部屋(ブードワール)へと作り変えながら歌うのである。イポリット・リュカ／ウジェーヌ・バレ『天国と地獄』夢幻劇、パリ、一八五三年、八八ページ

「これまで流行(モード)だったやり方は、
空しいたわごとであったと申せましょう。」
『ファウスト』第二部(ホムンクルスの場面のワーグナーの科白)

「歴史はヤヌスと同じであり、二つの顔を持つ。過去を見ていても、現在を見ていても、歴史は同じものを見ている。」〔マクシム・〕デュ・カン『パリ』VI、三一五ページ■モード■

[S1, 1]

「目の前で起こったいくつかの小さな出来事をとらえ、そうした出来事に特有の相貌を見つけ出し、そのなかに好んでこの時代特有の精神を判別する。そんなことを幾度か続けてやってみたことがあった。「これは」と私は考えた、「現代にこそ起こってしかるべきことがらであって、昔ならばありえなかった。つまり今という時を示すしるしなのだ。」ところが、一〇回のうち九回は、同じ出来事が同じような状況で起こるのを、古い回想録や昔の物語のなかに私は見いだすのだった。」アナトール・フランス『エピクロスの園』パリ、一一三ページ■モード■

[S1, 2]

永遠に今日的なるものであるモードの交替が「歴史的」考察をすりぬけるのに対して、もっぱら政治的(神学的)考察のみがこの交替を真の意味で克服することが出来る。常に政治はアクチュアルな星座=布置（コンステラツィオーン）のうちに、真に一回限りのもの、二度と回帰しないものを看破する。バンダの『知識階級の裏切り』のなかに見られる以下のような報告は、悪しき意味での今日的なものから出発するモード的な考察の特徴をなしている。つまりそこではあるドイツ人〔実際はイギリス人アーサー・ヤング〕が、バスティーユの襲撃の二週間後、パリのレストランの「ランチ・テーブル」に座っていて、だれ一人政治について語らないことにどれだけ驚いたかを、話すのである。この語らないことは、アナトール・フランスの作品において老ピラトがユダヤ総督だった時代のことをローマで語り、ユダヤ人の王の反乱にちらっと触れる際に口にする、「さてあの男〔イエス〕はどんな名だったか？」という科白と何ら変わらない。　[SI, 3]

つねにすでに存在したものとの連関における新しいもの、という「現代的なもの（モデルネ）」の定義。カフカ（『審判』）における、常に新しく、それでいて常に同一である荒野の風景は、こういった事態をなかなか巧みに表現している。「「もう一枚絵をごらんになりませんか？　あなたにお売りしてもいいのですが。」……画家はベッドの下から額に入っていない絵を一山引き出した。それらはひどく埃まみれだったので、画家がいちばん上の絵から埃を吹き払おうとすると、Kの眼前に埃がたちこめ、しばらくは息もできないほどだった。「荒野の風景です」と言って、画家はKにその絵を差し出した。暗い草原に二本の弱々しい木が遠く離れて立っていた。背景には、さまざまな色彩で日没の光景が描かれていた。「素敵ですね」とKは言った。「買いましょう。」よく考えもせず彼は簡単に口に出した。だから、画家がそのことを悪くとらずに次の絵を床から取り上げたとき、彼はほっとした。「これはその絵と対をなす作品です」と画家は言った。対をなすように意図されているにしては、最初の絵と比べてほんのわずかの違いも認められなかった。前景には木と草原、後景には日没。だがKにとってそんなことは問題でなかった。「どちらも美しい風景画ですね」とKは言った。「両方いただいて、私の事務所に掛けましょう。」「モティーフがお気に召したようですね」と画家は言い、三枚目の絵を取り出した。「幸いなことに似たような絵がもう一枚ここにあります。」似たようなどころか先のと寸分異ならない風景だった。画家はこの機会を存分に利用して、以前描いた絵を売り払おうとしていた。「それも買いましょう」とKは言った。「三枚でおいくらですか？」「それについてはこの次にしましょう」と画家は言った。……「いずれにしろ、絵がお気に召したのがうれしいのです。この下にある絵をすべてあなたに差し上げましょう。荒野の風景ばかりです。私はもう何枚も荒野の風景を描いてきました。こういう絵は暗すぎると言って拒む人が多いのですが、まさにその暗さを好む人もいて、あなたはその

一人なのでしょう。」」フランツ・カフカ『審判』ベルリン、一九二五年、二八四―二八六ページ■ハシッシュ■ [S1, 4]

地獄の時間としての「現代（モデルネ）」。この地獄の懲罰とは、いつでもこの一帯に存在している最新のことがらであり続けねばならないということだ。「繰り返し同じこと」が生じるということが問題なのではないし、ましてここで永遠回帰が問題なわけでもない。むしろ肝心なのは、まさしく最新のものにおいて世界の様相がけっして変貌しないということであり、この最新のものが隅々にいたるまでつねに同一のものであり続けるということだ。――これこそが地獄の永遠を形づくっている。「現代（モデルネ）」をありありと示す特徴の全体を規定するということは、この地獄を描き出すことにほかならないだろう。 [S1, 5]

発展のある一段階を岐路として識別するかどうかは死活にかかわる問題だ。より高次の具体性、頽落の時代の救済、時代区分の修正といった特徴を、全体としても個々の点でも有している新たな歴史的思考は、いままさにそうした岐路にさしかかっている。この思考が反動的な意味をもつものか革命的な意味をもつものかの評価が、いま決定されつつあるのだ。この意味において、シュルレアリストの著作類とハイデガーの新著には、この二つの解決可能性の中にあるまったく同じ危機〔裂け目〕が現われている。　[S1, 6]

レミ・ド・グールモンは、〔ゴンクール兄弟の〕『革命期および総裁政府時代のフランス社会の歴史』について言う。「歴史の残骸そのものによって歴史を創造するというのが、ゴンクール兄弟のまず第一に独創的な点である。」レミ・ド・グールモン『第二の仮面の書』パリ、一九二四年、二五九ページ　[S1a, 1]

「もっとも一般的なことがら、比較対照や理論構築に好都合なことがらのみを歴史から取り上げるのだとすれば、ショーペンハウアーが言うように、朝刊とヘロドトスを比べるだけで十分である。そのあいだにあるすべてのこと、つまりずっと昔の出来事やごく最近の出来事の明らかで避けようのない反復など、何の役にも立たず、うんざりさせるだけだ。」レミ・ド・グールモン『第二の仮面の書』パリ、一九二四年、二五九ページ。この一節はいくらか曖昧だ。文面からすれば、歴史の経過における反復は、大きな出来事にも小さな出来事にも当てはまる、と想定しなければならないだろう。だが、著者が考えているのはおそらくもっぱら前者のみである。これに対して、まさに「そのあいだにあねばならない。

る」些細な出来事にこそ永遠に同一のものがありありと現われる、ということが示され

[SIa, 2]

歴史学の構成は軍隊の秩序になぞらえられる。つまりそこでは真の生が苛まれ兵舎に入れられるのだ。これに対して、挿話(アネクドーテ)とは街頭蜂起である。挿話は事態を空間的にわれわれの方にぐっと引き寄せ、われわれの生のなかに立ち入らせる。一切を抽象化してしまう「感情移入」を要求する歴史学と、挿話は鋭い対照をなす。近さをもたらすこのテクニックは、エポック〔による区分〕とは対照的に、暦の数え方をつうじて確証することができる。ある人間が自分の息子の生まれた日に五〇歳で死に、その息子もまた同様に自分の息子の生まれた日に五〇歳で死ぬ、と仮定してみよう。そしてこの連鎖をキリストの生誕からたどってみれば、われわれの暦の数え方の出発点からまだ四〇人も生きていないことがわかる。こうすれば、歴史のなかの時間経過のイメージが作り変えられるし、人間の生にふさわしい明確な尺度を歴史の時間経過に持ち込むことができる。この近さへの情熱、さまざまな「エポック」による歴史学の抽象的構成に対する嫌悪は、アナトール・フランスのような偉大な懐疑家のうちに生き生きと働いていたものだ。

[SIa, 3]

どのエポックもつねに自分自身を、規範から外れているという意味で「現代的（モダン）」と感じていたし、自分の時代が深淵のまん前に立っていると思っていた。決定的な危機のただなかにいるのだ、という絶望的なまでに澄んだ意識が、人類においては常態なのだ。あらゆる時代が、その時代にとって避けようもなく新時代（ノイツァイティッヒ）に見える。だが「現代（モデルネ）」が異なるのは、同一の万華鏡の鏡面の図柄がそれぞれ異なっているのとちょうど同じ意味においてなのだ。　[S1a, 4]

行商本の挿絵（コルポルタージュ）の志向ともっとも深い神学的志向の連関。民衆版画の志向には神学的志向が濁った姿で反映しており、そこでは、正しい生活の場においてのみ妥当すること、つまり世界は常に同一の世界である（あらゆる出来事は同じ空間で起こりえただろう）ということが観想の空間に移し替えられている。そこにどんな洞察が含まれていようと（鋭い視点がうちに秘められていようと）、これは理論として見れば弱々しい枯れはてた真理にすぎない。だがこの真理は、敬虔な人の生活においては最高のかたちで実証されるのだ。あらゆる事物が敬虔なる人の生活に仕えるように、民衆版画の世界において空間は過ぎ去ったことすべてに奉仕するのである。こんなにも深く神学的なものが民衆版画の領域に浸透しているのだ。実際こう言ってもいいだろう。もっとも深い真理は、おぼろげなもの、人間における動物的なものに由来しているのではまったくないにもかかわらず、それでもやはりおぼろげなもの、卑俗なものに適応する強烈な力を有しており、無責任な夢の数々においてさえ自分の姿をそれなりの仕方で反映させる力を保持しているのだ、と。 [S1a, 5]

パサージュの没落ではなく急変。一瞬にしてパサージュは「現代（モデルネ）」のイメージが鋳造される鋳型となった。ここに一九世紀は自らの最新の過去を嘲笑とともに反映させたのだ。 [S1a, 6]

一六世紀の数字はすべて紫の衣〔僧衣〕を引きずっている。一九世紀の数字がどんな相貌を有しているかが、いまようやく明らかになるはずである。とりわけ、建築物の日付と社会主義の日付から。 [S1a, 7]

あらゆるエポックは自分自身を避けようもなく「現代的（モダン）」と感じている――だが、それぞれのエポックにはそのように理解される理由がある。とはいえ、どんな事態が避けようもなく現代的（モデルネ）と理解されるべきなのか、それは以下の一節からきわめて明瞭にうかがわれる。「おそらくわれわれののちの人々は、キリスト以来の全歴史において、宗教改革をふくめたキリスト教世界の発展全体を最初の主要な時期と総括し、二番目の主要な時期を、フランス革命と一八世紀から一九世紀への転換におくだろう。」別のところでは、「宗教の創始者も改革者も立法者もなしに、かつてないほど世界史に深い刻み目を入れている、偉大な時代」という言い方がされている（ユリウス・マイアー『フランス近代絵画史』ライプツィヒ、一八六七年、二二ページと二一ページ）。著者がこう考えるのは、この時代の出来事がつねに広がり続けているからである。だが実際のところそれは、産業がこの時代に文字通り画期的な性格を与えていることによっている。一九世紀とともに時代を画する変革が歩み出したという感情は、ヘーゲルとマルクスの専売特許ではない。

[S1a, 8]

夢見る集団は歴史を知らない。この集団にとって出来事の経過は、つねに同一のものとして、また同時につねに最新のものとしてかなたへと流れ去ってゆく。つまり、最新のもの、もっとも現代的なものの与えるセンセーションは、あらゆる同一のものの永遠回帰と同様、出来事の夢想的な形式なのである。このような時間の知覚に対応した空間の知覚のあり方が遊歩者の世界の、透明な相互浸透と重なり合いにほかならない。この空間感情、時間感情が近代の雑文業（フィユトニスム）の揺りかごとなったのである。■集団の夢■　[S2, 1]

「われわれを過去の考察に駆り立てるものは、現在のわれわれの生活とかつて存在していたものとのあいだの類似性であって、この類似とは「何かしら同一なあり方」なのである。この同一性を把握することによって、われわれは自らを死というもっとも純粋な領域に移し入れることができるのである。」フーゴ・フォン・ホフマンスタール『友の書』ライプツィヒ、一九二九年、一一一ページ　[S2, 2]

ホフマンスタールがこの「何かしら同一なあり方」を死の領域に属する存在と呼んでいることは、きわめて注目に値する。だからこそ、彼の小説に登場する「牧師見習い」は不死なのだ。私と最後に会ったとき、彼はこの人物について語ってくれたのだが、それによるとこの牧師見習いは、さまざまな宗教が交替するなかを何百年かかって、まるで同じ住居の続き部屋をつぎつぎと通り抜けるように、歩んでゆくということだった。たった一つの人生という窮屈きわまりない空間において、かつて存在していたものとの「何かしら同一なあり方」がどのように死の領域につながるのかということ、このことが私に明らかになったのは、一九三〇年にパリでプルーストについてある対話をした際のことである。たしかにプルーストは人間を高めたりはしない。彼はもっぱら分析する。だが、彼の道徳的な偉大さはまったく別の領域に存在している。彼は、彼以前の文学者のだれ一人知ることのなかった情熱をもって、われわれの人生を彩っているさまざまな事物に忠義を尽くすことを自らの本分としたのだ。ある午後への、ひともとの木への、壁布の上のまだら模様の太陽の光への忠義、夜会服(ローブ)や家具に対する、香水や風景に対する忠義。（メゼグリーズへの途上で最後に行われる発見、すなわち「常ニ同一デアル物〔semper idem〕」の一種の空間的転位は、プルーストが授けることのできた最上の道徳教育である。）プルーストはもっとも深い意味で死の側に立っていたのかもしれないということを私は否定しない。彼のコスモスにおいてはおそらく太陽は死の姿で存在しており、生きられた瞬間や事物のすべてはこの死を中心にめぐっているのだ。「快楽原則の彼岸」がきっと、プルーストの作品に関する最良の注釈だろう。プルーストを理解するためにはそもそも、彼の描く対象はある裏面、世界の裏側というより生それ自身の裏側である、というところから出発しなければならないだろう。　　[S2, 3]

オペレッタの永遠性は過ぎ去った昨日のことがらのもつ永遠性である、とヴィーゼング

ルント〔・アドルノ〕はオペレッタに関する論考のなかで述べている。　[S2, 4]

「おそらくどんな見せかけ(シミュラークル)も、「モダン・スタイル〔アール・ヌーヴォー〕」の驚くべき装飾的建築をかたちづくる大がかりな見せかけ(シミュラークル)以上に、理想的という言葉が正確に当てはまる一群のものをつくり出すことはなかった。どんな共同的な努力をもってしても、これらのモダン・スタイルの建築群ほど純粋で惑わしにみちた夢の世界をつくり出すことはできなかったのであり、そうした建築群はただそれだけで、建築と呼びうるものの縁辺にあって、強固な実質をそなえた欲望を真の意味で現実化するのだ。そしてそこでは、このうえなく暴力的で残酷なオートマティスムによって、現実に対する憎悪や観念の世界のなかに逃げ場所を求める欲望が、幼児期の神経症のように痛々しくあらわにされるのである。」サルバドール・ダリ「腐ったロバ」(『革命に奉仕するシュルレアリスム』一巻一号、パリ、一九三〇年、一二ページ)■産業■広告■　[S2, 5]

「これこそわれわれがなお愛おしむことのできるものだ、つまり、これらの錯乱した冷ややかな建物たちの形成する圧倒的な建築群である。そうしたものはヨーロッパ中に広まっているが、アンソロジーや研究書からは軽蔑され、無視されているのである。」サルバドール・ダリ「腐ったロバ」(『革命に奉仕するシュルレアリスム』一巻一号、パリ、一九三〇年、一二ページ)。サグラダ・ファミリア教会を設計した建築家〔アントニオ・ガウディ〕の建物のあるバルセロナほど、こういったアール・ヌーヴォー〔ユーゲントシュティール〕の完全な典型をもつ都市はおそらく存在しないだろう。　[S2a, 1]

ヴィーゼングルント〔・アドルノ〕はキルケゴールの『反復』の一節を引用して注釈している。「ガス灯の点った家の二階へ上がってゆき、小さなドアを開き、玄関の間に立つ。左手には小部屋につうじるガラス戸。まっすぐ進んで控えの間に入る。その奥には二つ部屋があるのだが、それらはまったく同じ大きさで家具も同じなので、鏡で二重になった部屋のように見える。」この箇所〈キルケゴール『〈全〉集』III〈『おそれとおののき』/『反復』イエナ、一九〇九年〉、一三八ページ〉をヴィーゼングルントはもう少し長く引用して、次のように注釈している。「実際はそうでないのに鏡に映ったように見えるこの部屋の二重化には、測りがたいほどの意味がある。歴史における仮象はすべて、自然に従属しつつもそれ自らが仮象のうちに留まり続けようとするかぎり、おそらくこの部屋とそっくりであるだろう。」ヴィーゼングルント＝アドルノ『キルケゴール』テュービンゲン、一九三三年、五〇ページ■鏡■室内■　[S2a, 2]

カフカの『審判』における荒野の絵のモティーフについて。地獄の時代には新しいもの(対をなすもの)はつねに永遠に同一のものである。　[S2a, 3]

パリ・コミューンの後。「イギリスは追放者たちを受け入れ、彼らを引き留めるための努力を惜しまなかった。一八七八年の万国博覧会では、イギリスが、工芸の分野における一線級の人々をフランスとパリから引き抜いてきたばかりであることが、見てとれた。もしモダン・スタイルが一九〇〇年にわれわれのところに戻ってきたのだとしたら、それはおそらく、コミューンが野蛮なやり方で弾圧されたその遠い結末なのである。」デュベック/デスプゼル『パリの歴史』パリ、一九二六年、四三七ページ　[S2a, 4]

「一つのスタイルを一からつくり上げることが望まれた。もっぱらほぼ植物的装飾だけから想を得ていた「モダン・スタイル」を、外国からの影響が助長した。イギリスのラファエル前派やミュンヘンの都市計画者が範とされた。鉄骨建築に続いて鉄筋コンクリートが現われた。それは建築にとって曲線の下降のきわまった点を形成し、もっとも深刻な政治的落ちこみと時期を同じくしたのであった。パリが、きわめて珍妙で、古い町並みとまったく相容れぬ家々や記念建造物を受け入れたのは、まさにこの時期である。オルセー河岸二七番地にブーヴァンス氏によって建てられた寄せ集めスタイルの家、地下鉄(メトロポリタン)の出入り口の覆い、サン＝ジェルマン・ロクセロワ界隈の歴史的風景の中にフランツ・ジュールダン氏によって建造されたサマリテーヌ百貨店などがその例である。」デュベック／デスプゼル、前掲書、四六五ページ　[S2a, 5]

「「風に波うつ紙テープがもつ深い魅惑」とそのときアルセーヌ・アレクサンドル氏が呼ぶもの、それは「蛸様式」、焼きの浅い緑色の陶器、四方に広がる靭帯のかたちに無理やり引き延ばされた線、むなしく痛めつけられた素材などである。……ヒョウタン、カボチャ、立葵(たちあおい)の根、煙のつくる渦といったものをヒントに、合理性を欠いた家具が作られ、そのうえにアジサイ、コウモリ、月下香、孔雀の羽根がおさまりかえる。いずれも象徴と詩への見境のない情熱の虜になった芸術家たちのあみ出した産物である。……照明と電気の時代に勝ち誇っているのは、水槽、緑がかった色、海中風景、異種混交、毒をもったものなのだ。」ポール・モラン『一九〇〇年』パリ、一九三一年、一〇一―一〇三ページ　[S2a, 6]

「この一九〇〇年ふうスタイルは、そもそも文学全体を汚染している。これほどの思い上がりをもってまずい文章が書かれたことは、あったためしがない。小説においては小辞〔貴族の名前の前につける de〕が必須のことがらとなる。マダム・ド・スクリムーズやら、マダム・ド・ジリオンヌやら、マダム・ド・シャルマイユやら、ムッシュー・ド・フォカスやら、そんな名前しか出てこない。変てこな名前ばかりである。ヤニスとか、ダモザとか、エジナール卿とか。……さきごろ出版されたばかりのガストン・パリスの『中世の伝説』がネオ・ゴシックへの熱狂的な崇拝を支えている。聖杯とか、イゾルデとか、一角獣を従えた貴婦人とか、そんなものだらけだ。ピエール・ルイスは玉座ということばを〔trône と綴るかわりに〕throne と書く。深淵は〔abîme(s) でなく〕abyme(s)、イメージは〔image(s) ではなく〕ymage(s)、花々のあいだには emmy les fleurs、y の隆盛だ。」ポール・モラン『一九〇〇年』パリ、一九三一年、一七九―一八一ページ　[S3, 1]

「ある雑誌の号［『ミノトール』三―四号という注記がある］で、私は、霊媒術によって描かれたデッサンを少しばかり集めてみたらおもしろいのではないかと思った。そしてたまたまその号には、モダン・スタイル芸術のいくつかのすばらしい見本も紹介されていた。……実際、これら二つの表現方法に現われた傾向の類縁性に、まちがいなく人は驚かされるにちがいない。私は次のように問うてみたいのである。モダン・スタイルとはなんであろうか、もしもそれが霊媒術によって描かれ、制作されたデッサン、彫刻、絵画の、建築芸術または家具芸術への一般化および適用の試みでないとしたら？　そこには、細部における同じ統一のなさがあり、まさしく真の魅惑的なステレオタイプをつくり出す同じ反復不可能性がある。また、かぎりなく続いてゆく曲線、たとえば芽を出したばかりの羊歯とかアンモナイトとか胚の螺旋模様といったようなものから汲まれる同じような深い喜びがある。そこにはまた同じような細部へのこだわりがあり、そのこだわりを確かめることはそもそもとても刺激に満ちたことだったが、ただそうすることによって、全体的な喜びはあらぬ方に逸らされてしまうのである。……そんなわけでこれら二つの企ては、同じ一つの徴(しるし)のもとに発想されていると主張することができる。そしてその徴とは蛸、ロートレアモン言うところの「絹のまなざしをもつ蛸」（『マルドロールの歌』、「第一の歌」のなかの表現）のそれであると言ってもよいだろう。双方とも、造形的には曖昧さが線すらも支配しており、解釈の上では取るに足らない部分にいたるまで複雑さが支配している。原則としてそれぞれ非常に異なった表出の欲求に呼応しているとはいえ、植物の世界から主題――それが副次的なものであると否とにかかわらず――を借用してくることがうんざりするくらい多いといったことも含めて、これら二つの表現方法に共通しないものはない。そして、アジアやアメリカの古い芸術のいくつかの作品を……皮相なやり方で思い起こさせるというようなある種の性質にいたるまで、それらが同じように共有しないものはないのだ。」アンドレ・ブルトン『黎明』パリ、〈一九三四年〉、二三四―二三六ページ　[S3, 2]

〔パリの〕国立図書館の丸天井に描かれた木の葉模様。その下でページを繰っていると、上でザワザワ音がする〔[N1, 5]参照〕。　[S3, 3]

「家具が相互に引き合っているように――ソファーの外装と玄関の帽子掛け自体もこのような合一化の賜物である！――四方の壁、床、天井にも独特な吸引力がそなわっているように見える。一つ一つの家具はますます不動のものとなって持ち運びできなくなり、壁や隅に身を寄せて、床に張りつき、いわば根を下ろすのだ。……「自由な」芸術作品、壁に掛けられた絵や彫像の置物といったものは可能なかぎり取り除かれている。壁画やフレスコ画、装飾的なゴブラン織り、ガラス彩色画といったものの復活は、その奥深い本質においてこの傾向に由来するのである。……住居の不変な要素がすべてこういう仕方で交換不能にされ、住人自身も移動の自由を奪われて、土地と財産に縛りつけられる。」ドルフ・シュテルンベルガー「ユーゲントシュティール(アール・ヌーヴォー)」『ノイエ・ルントシャウ』四五巻、一九三四年九月九日、二六四―二六六ページ　[S3a, 1]

「豊満で力強い輪郭線によって、魂の形象は装飾となる。……メーテルリンクは……この沈黙を(『貧者の宝』のなかで)ほめたたえている。この沈黙は、二人の人間の意志から生じるのではなく、いわば第三の独自な存在として流出し、成長を遂げ、愛するものたちに絡みつき、こうして初めて彼らの共同性を作り出す。そのような沈黙というヴェールが装飾の輪郭として、あるいは装飾の……真の生命をもった形態として現われていることは、明々白々である。」ドルフ・シュテルンベルガー「ユーゲントシュティール」『ノイエ・ルントシャウ』四五巻九号、一九三四年九月、二七〇ページ　[S3a, 2]

「こうして家々はすべて、自らの内的なものを外部によって表現している……一つの有機体であるかに見える。そしてヴァン・デ・ヴェルデ(19世紀から20世紀にかけてのベルギーの建築家)は、さまざまな性格からなる都市という彼のヴィジョンのモデルが何なのか、……はっきりと打ち明けている。……「そんなものは醜怪なカーニヴァルとなるだろうと反論する人には、陸生植物ならびに水生植物が自由に生い茂っている庭園の与える、調和的で真に喜ばしい印象を想起してもらえばよいだろう。」気ままに生い茂った家々という生き物でいっぱいの庭、それが都市だとすれば、そのような理想像には、人間が占めるべき場所が完全に欠落している。人間はこれらの植物の内部にとらわれ、自らも根を下ろし、地面——土であれ水であれ——に縛りつけられるほかないだろう。あたかも魔法によって姿を変えられた結果(メタモルフォーゼの結果)、枠のような形で自分を取り囲んでいる植物と同様、自らも身動きがとれなくなるかのように。……たとえばルドルフ・シュタイナーが目で見、からだで感じていた星気体(アストラル)。……ルドルフ・シュタイナーとその一派は……彼らの著作の多くに……荘厳な装飾を施しているが、その装飾のもつ曲線は、ユーゲントシュティールの装飾の残滓にほかならない。」これについては、オウィディウス『変身物語』(Ⅲ、五〇九—五一〇)からとられたこの論文の次のエピグラフを参照。「肉体はどこにも存在しなかった。あったのは肉体ではなく一本の花。/まんなかにサフランのような黄色、ぐるりを白い花びらに囲まれて。」シュテルンベルガー「ユーゲントシュティール」前掲書、二六八—二六九ページ、二五四ページ　[S3a, 3]

ユーゲントシュティール〔アール・ヌーヴォー〕に対する以下の見方は、たいへん疑わしい。というのも、逃避というカテゴリーだけではいかなる歴史的現象も理解することはできないからだ。常にこの逃避には、消え去ったものの姿が具体的に刻印されているのだ。「外部に……あるのは、都市のざわめきだが、それは自然の力の荒々しい猛威ではなく、産業のそれである。つまり、いっさいを覆っている現代の市場経済の威力、企業と機械化された労働と大衆からなる世界である。ユーゲントシュティールの担い手たちには、こういったものはいたるところに存在する息苦しく混沌とした騒音、と思われたのである。」ドルフ・シュテルンベルガー「ユーゲントシュティール」『ノイエ・ルントシャウ』四五巻九号、一九三四年九月、二六〇ページ　[S4, 1]

「ユーゲントシュティールのもっとも固有の作品は住居である。より厳密には、一世帯用の住居である。」シュテルンベルガー「ユーゲントシュティール」『ノイエ・ルントシャウ』四五巻九号、一九三四年九月、二六四ページ　[S4, 2]

デルヴォーはあるところで「一九世紀パリの歴史を書くことになるはずの、未来の謹厳実直の士たち（ベネディクタン）」について語っている。アルフレッド・デルヴォー『パリの裏面』パリ、一八六〇年、三二ページ［アレクサンドル・プリヴァ＝ダングルモン］　[S4, 3]

ユーゲントシュティールと住宅社会主義。「これからの芸術はいままでのどんな芸術よりも個人的なものになる。人々の自己認識への願望がこれほど強烈であった時代はかつて存在しなかった。そして、人々が自分の個性を最良のかたちで発揮して、聖なるものへと高めうる場は住宅であって、しかも、われわれのそれぞれが自らの……心情にしたがって建築するであろう住宅である。……われわれすべてのなかに装飾に関する十分な発明の才能が眠っているのであって、……われわれは……自分の家を建てるのにもはや第三者を利用する必要はないのである。」このヴァン・デ・ヴェルデの「現代の工芸美術におけるルネサンス」からの引用のあとで、カルスキーはこう続けている。「これを読む者すべてにとって、現在の社会ではこの理想が到達不可能であること、その実現は社会主義に委ねられているのだということは明白であるにちがいない。」J・カルスキー「現代の芸術の諸潮流と社会主義」『ノイエ・ツァイト』二〇巻一号、シュトゥットガルト、一四六―一四七ページ [S4, 4]

鉄骨建築と建築技術の分野からユーゲントシュティールに流れこんできたさまざまな様式上の要素のなかで、もっとも重要なのは充満に対する空洞の優位である。 [S4, 5]

イプセンは『建築家ソルネス』のなかで、ユーゲントシュティールの建築に対して裁きを下し、それと同じように『ヘッダ・ガブラー』では、このスタイルの女性類型(タイプ)に対して裁きを下している。ヘッダはユーゲントシュティールにおける寄席の女芸人や踊り子たち、つまり現実の背景なしに裸身でポスターに登場する、頽廃した華のごとき、あるいは純粋可憐な花のごとき、あの女性たちの演劇上の姉妹なのである。　[S4, 6]

旅に出るため早起きしなければならないとき、眠りから身を引き離すのが嫌で、もう起きて服を着ている夢を見る、ということがある。そのようにブルジョワジーは、一五年後に歴史がおそろしい物音で彼らを目覚めさせるまで、ユーゲントシュティールのうちで夢見ていたのである。　[S4a, 1]

「それこそは憧れ――雑踏に暮らしつつ
　時のなかに故郷をもたぬこと。」
ライナー・マリア・リルケ『初期詩篇』ライプツィヒ、一九二二年、一ページ(エピグラフ)　[S4a, 2]

一九〇〇年のパリの万国博覧会の展示「パリの通り」は、自分の家というユーゲントシュティールに固有の発想を、極端な姿で実現した。「ここには非常に多様な家々が、長い列をつくって……建てられている。……風刺新聞『ル・リール〔笑い〕』は人形劇場を建築した。……サーペンタインダンス〔スカートダンスの一種〕の考案者ロイ・フラーの家は、この並びにある。そこから遠からぬところに……逆立ちしたように見える家がある。天井は地面に根をおろし、敷居のついたドアは空をむいている。そしてこの家は「奇跡の塔」と呼ばれている。……このアイディアはいずれにしろ独創的だ。」Th・ハイネ「パリの通り」(ゲオルク・マルコウスキー博士編『言葉と写真によるパリの万国博覧会』ベルリン、一九〇〇年、七八ページ) [S4a, 3]

「逆さまの館」について。「古いゴシック様式で造られているこの小さな家は、文字どおり……逆立ちしている。つまり煙突と尖塔のある天井は地面に横たわり、土台は空に聳えている。したがって当然、あらゆる窓、ドア、バルコニー、蛇腹やさまざまな飾り付け、刻まれた文字にいたるまで、すべてあべこべになっている。大時計の文字盤すら、こうした意図に忠実に、ひっくり返っている。……ここまではこの無鉄砲なアイディアは興味深い。……内部に入ると、このアイディアは退屈なものとなる。この家のなかで人間自身が自ら逆立ちすると、その人間と一緒に……展示品も逆立ちする。そこにあるのは、昼食の用意のできたテーブル、かなり豊かな調度をもつリビングルーム、それに浴室。……隣接した小部屋。……さらにいくつかの小部屋があってそこにはようするに、凹面鏡や凸面鏡がしつらえられている。この家の企画者は端的に笑いの小部屋と呼んでいる。」「逆さまの館」(ゲオルク・マルコウスキー博士編『言葉と写真によるパリの万国博覧会』ベルリン、一九〇〇年、四七四―四七五ページ)　[S4a, 4]

一八五一年のロンドンの万国博覧会について。「技術と機械の領域だけでなく、芸術の発展という側面でもこの博覧会は成功をおさめたのであって、われわれは今日なおその影響のもとで生きているのである。……われわれはいまやこう問いかける。ガラスと鉄の記念碑的建築を産み出すにいたった運動は、さまざまな器具や道具の発展にも際立った成果をもたらしたのではなかったか、と。一八五一年にはこのような問いは発せられなかった。だがやはり注目すべき点は多々存在していたにちがいない。一九世紀の最初の一〇年のあいだに、英国の機械産業は、機械による生産を容易にするために、道具・器具からよけいな装飾を取り去るようになっていた。その際、とくに家具に関しては一連の、きわめて単純でいて構成しぬかれた、だれにも了解できる形態が成立したのだが、今日われわれが再び尊重しはじめているのはこの形態なのである。あらゆる装飾を排し、純粋なラインを強調する一九〇〇年の完全に現代的な家具、それは、一八三〇年—五〇年の、堅実でなだらかなラインをもったあのマホガニー製の家具に直接つながっているのである。だが、一八五〇年に人々は、自分たちが新たなスタイルに到達する途上にすでにあるのだということに気づかなかった。」(人々はむしろ、さしあたりルネサンス様式の流行をもたらした歴史主義のとりこになっていたのだ。)ユリウス・レッシング『万国博の五〇年』ベルリン、一九〇〇年、一一—一二ページ　[S5, 1]

一八六〇年頃の自然主義の画家たちの綱領は、カフカのティトレルリ(『審判』に登場する画家)と比べることができる。「彼らによれば、自然に対する芸術家のありようは……非個性的でなければならない。一〇回つづけて同じ絵が描けるほどでなくてはならない、それも何の迷いもなく、また後に描いた絵が前の絵といかなる点においても寸分たがわぬように。」ギゼラ〔ジゼル〕・フロイント『社会学的視点から見た写真』(草稿、一二八ページ)　[S5, 2]

ユーゲントシュティールの影響を追求していって青年運動(ユーゲント)に至るとき、おそらく戦争

〔第一次大戦〕開始の時点にまでこうした考察が引き延ばされるべきだったのだ。　[S5, 3]

レオミュール街の『アンフォルマシオン』紙の建物の正面は、アール・ヌーヴォーの一典型である。そこからは梁のかたちが装飾的に変形されているのが特にはっきりと読みとれる。　[S5, 4]

リアリズム絵画の理論に対して複製技術のあり方が与えた影響。「彼らによれば、自然に対する芸術家のありようは、徹頭徹尾非個性的でなければならない。一〇回つづけて同じ絵が描けるほど非個性的でなくてはならない、それも何の迷いもなく、また後に描いた絵が前の絵といかなる点においても寸分たがわぬように。」ギゼラ・フロイント『一九世紀フランスにおける写真』パリ、一九三六年、一〇六ページ　[S5, 5]

アール・ヌーヴォーの秘教的な側面に示唆を与えている象徴主義とアール・ヌーヴォーの関係が留意されるべきである。エドゥアール・デュジャルダン『弟子の一人が見たマラルメ』〔これはベンヤミンの勘違いで、実際は『三つの散文詩および韻文』〕（パリ、一九三六年）を紹介する文章のなかで、テリーヴは書いている。「ジャン・カスー氏が、エドゥアール・デュジャルダン氏の本に付した巧妙な序文のなかで記した説明によれば、象徴主義とは、一つの神秘的かつ魔術的な企てであって、特殊用語（ジャルゴン）、すなわち「芸術階級のもつ不在と逃避への意思をあらわす極度に洗練された隠語」の使用という永遠の問題を提起したのであった。……どうやら象徴主義は、なかばパロディである夢のたわむれや、曖昧なフォルムをあえて好んだということであるらしく、この注釈者は、耽美主義と「黒猫（シャ・ノワール）」的悪趣味（カフ・コンス〔＝カフェ・コンサート。飲み物などをとりながら歌やショーを楽しむカフェ〕）、ジゴ〔婦人服で肩口を羊のもも肉（ジゴ）のようにふくらませ、袖口をしぼったデザイン〕、蘭、フェロニエール〔鎖で額に巻きつける宝石〕付きの髪型）の混合は、味わい深く、必然的な組み合わせだったとまで言ってのけるのである。」アンドレ・テリーヴ「書評欄」（『ル・タン』紙、一九三六年六月二五日）　[S5a, 1]

デンナー〔18世紀独の細密画家・肖像画家〕は、現在ルーヴルに陳列されている肖像画の制作に従事したが、その際に彼は対象の忠実な再現のために拡大鏡の使用さえも厭わなかったので、完成まで四年かかった。すでに写真が発明されていた時代においても（？）こんなことがあったのだ。人間にとって自分の部署を道具に明け渡しその支配に委ねるということは、それほどに難しいことなのである。（ギゼラ・フロイント『一九世紀フランス

における写真』パリ、一九三六年、一一二ページ参照） [S5a, 2]

アール・ヌーヴォーの先駆的な形象化においてボードレールは「一つの夢にも似た部屋、真に精神的な部屋……」を構想している。「〔そこでは〕家具たちは長々と横たわり、打ちのめされた、物憂い様子をしている。家具たちは夢を見ているようだ。植物や鉱物のように夢遊病的な生命を与えられているとでも言いたげな風情である。」彼はそこで、おそらくセガンティーニ〔19世紀イタリアの画家〕の「よこしまの母たち」やイプセンの『ヘッダ・ガブラー』を思い起こさせるような偶像の女を登場させる。「《偶像》……これこそまさしく……あの目だ、恐ろしいようないたずらっぽさでそれとわかる、あの狡猾でぞっとするまなこだ！」シャルル・ボードレール『パリの憂鬱』パリ（R・シモン編）、五ページ（「二重の部屋」） [S5a, 3]

エドマンド・B・ドーヴェルニュの『夜のパリ』という本（ロンドン、発行年なし、一九一〇年頃）の五六ページに、古い「黒猫（シャ・ノワール）」（ヴィクトール・マッセ街）のドアに次のような碑文が刻まれていたことが書き留められている。「道行く人よ、現代的であれ！」（ヴィーゼングルント〔・アドルノ〕の手紙による）――「黒猫」における詩人ロリナ。 [S5a, 4]

「レオナルド〔・ダ・ヴィンチ〕のような画家が抱いていた驚くべき野心ほど、われわれから遠いものがあろうか。彼は「絵画」を知識の究極の目的あるいは究極の表現とみなし、絵画を究めるには諸学全般についての知識の獲得が必要だと考えた。そしてひるむことなく全体的分析を遂行し、その徹底ぶりと正確さはわれわれをとまどわせるほどである。過去の偉大さから現在の状態への「絵画」の移行は、ウジェーヌ・ドラクロワの作品と著作のなかに非常にはっきり現われている。さまざまな観念でいっぱいになったこの現代人を、不安および不能の感情が引き裂く。過去の巨匠たちに肩を並べようと努力を傾けながら、彼はたえずみずからの方法の限界を感じとる。分裂して自分自身の敵となり、芸術における偉大な様式についての最後の戦闘を神経質に繰り広げるこのきわめて高貴な芸術家ほど、かつては存在していた、なにかよくわからない力や充実感の減退を明らかにする恰好の例がほかにあるだろうか。」ポール・ヴァレリー『芸術論』パリ、一九一一九二ページ(「コローをめぐって」) [S6, 1]

「芸術の勝利は性格の喪失を代償として獲得されるように思われる。」カール・マルクス「一八四八年革命とプロレタリアート」『人民新聞』刊行四周年記念祝典における演説。『人民新聞』

一八五六年四月一九日号掲載〔D・リヤザノフ『思想家、人間および革命家としてのカール・マルクス』ウィーン／ベルリン、〈一九二八年〉、四二ページ〕　[S6, 2]

ドルフ・シュテルンベルガーの論文「荒海と難破」（『ノイエ・ルントシャウ』四六巻、一九三五年八月八日）は「寓意画の変容」に取り組んでいる。「寓意画から一つの風俗画が生じた。寓意画としての難破は世界の移ろいやすさ一般を……意味している。風俗画としての難破は、自らの生の彼岸への、すなわち、自分のものではないにもかかわらず必然的な危難に満ちた生への覗き穴である。……こうした英雄的な風俗画は、社会の再組織化と宥和が……始まるしるしであり続ける。」このことは、別な箇所ではシュピールハーゲンの『高潮』（一八七七年）と特別に関係づけられながら言われている（一九六ページ、一九九ページ）。　[S6, 3]

「私的な快適さというものは、ギリシア人たちのあいだでは、ほとんど知られていないことがらだった。こうした小都市の市民たちは、自分たちのまわりにすばらしい公共の記念建造物をいくつも建てたにもかかわらず、家の中では質実そのものだったのだ。調度品といえば、いくつかの壺があるだけだった。もっともそれらの壺は、たしかに優美きわまりない傑作ではあった。」エルネスト・ルナン『道徳と批評に関するエッセー』パリ、一八五九年、三五九ページ（「博覧会の詩」）。比べられるのは、ゲーテの住まいの部屋の性格である。ボードレールの創作に見られる、快適さへのこれとは逆な愛を参照せよ。

[S6, 4]

「一つの国が快適さ（コンフォルタープル）（フランス的というにはほど遠いある一つの観念を表現するためにこの〔英語起源の〕野蛮な言葉を使わざるをえないのだが）への嗜好に関してなし遂げる進歩に併行して、芸術上の進歩が可能になるなどということがあり得ない以上、逆説でも何でもなく、次のように言うことが許されよう。すなわち、快適さが公衆の関心を惹く主要な興味となった時代や国は、芸術的見地からすれば、もっとも才能に乏しい……と。便利さは様式を排除する。イギリス製の壺は、ヴルチ〔＝ウォルケイ、古代ローマ、ルカニアの都市〕やノラ〔サルデーニャ島南部のフェニキアの植民地〕のどんな壺よりもそれ本来の用途に適している。これらの壺は芸術品だが、イギリス製の壺は家庭用品以外のなにものでもあり得ない。……歴史において、工業の進歩が芸術の進歩とけっして併行的ではないという、この疑問の余地のない帰結〔のみにここではとどめておくことにしよう〕。」エルネスト・ルナン『道徳と批評に関するエッセー』パリ、一八五九年、三五九、三六一、三六三

ページ（「博覧会の詩」）　[S6a, 1]

「各国の首都が急激に人口過密化した結果……部屋の面積が狭隘になる。スタンダールは『一八二八年〔「一八二四年」の間違い〕のサロン』ですでに述べている。「一週間ほど前、住まいを探そうと思い、ゴド＝ド＝モロワ街に出かけた。私は部屋のあまりの狭さに驚きを禁じえなかった。絵画の世紀は去ったのだ、と私は溜め息まじりに呟いた、隆盛をきわめるのはもはや版画だけであろうと。」」アメデ・オザンファン「壁画」（『フランス百科事典』第一六巻、「現代社会における芸術と文学」I、一六－七〇、二）　[S6a, 2]

『ボヴァリー夫人』の書評において、ボードレールはこう言っている。「レアリスム、――すなわちすべての分析家の面前に投げつけられる厭うべき罵言、俗悪な人間にとっては、新たな創造の方法ではなく付随的なことがらの細密な描写を意味する、漠然としていて融通のきく言葉。」ボードレール『ロマン派芸術』四一三ページ　[S6a, 3]

『ベルギーに関する著作の梗概』二四章「美術」より。「専門家（スペシアリスト）たち。――太陽専門の画家が一人、雪が一人、月光が一人、家具が一人、織物が一人、花が一人、――そして専門の無限の分割。——産業におけるごとく、共同作業が必要不可欠。」ボードレール『作品集』Ⅱ、Y－G・ル・ダンテック編、〈パリ、一九三二年〉、七一八ページ　[S6a, 4]

「都市生活を神話の資格にまで引き上げることは、このうえない明晰さをもった人間たちにとってはただちに、現代性の鋭敏な選択を意味する。この概念がボードレールにおいていかなる位置を占めているかは、人の知るところである。……彼自身の言葉によれば、彼にとってそれは「主要で本質的な問い」である、つまり自分の時代が「新しい情熱の数々に固有の、独特な美」を所有しているのかどうかという問いなのだ。彼の答えは周知のものである。彼の書いたなかでもっとも重要な、少なくともその広がりにおいてはそうである理論的著作の結論そのものが、まさにその答えなのだ。「驚異的なものが大気のようにわれわれを包み、われわれを潤している。だが、われわれはそのことに気づかずにいるのだ。……というのも『イリアス』の英雄たちは君たちの足元にも及ばないからだ。おおヴォートラン、おおラスティニャック、おおビロトーよ——そして、おおフォンタナレス、われわれ皆が身にまとう、葬式を思わせるひきつったフロックコートのもとでは、自らの苦悩を公衆に語ることをあえてしなかった人よ、そして、おおオノレ・ド・バルザック、自分の胸のなかから引き出した人物たちの誰にもまして英雄的で、風変わりで、ロマンティックで詩的な人よ。」（ボードレール『一八四六年のサロン』一八章）」ロジェ・カイヨワ「パリ——近代の神話」（『NRF』誌、二五巻二八四号、一九三七年五月一日、六九〇—六九一ページ）

[S7, 1]

『ベルギーに関する著作の梗概』二四章「美術」より。「英国のあのロンドンっ子（コックニー）たちが熱狂する、ヴィールツと呼ばれるはったり屋について、数ページ。」ボードレール『作品集』Ⅱ、Y‐G・ル・ダンテック編、〈パリ、一九三二年〉、七一八ページ、七二〇ページ。「独立絵画。——ヴィールツ。いかさま師。白痴。盗っ人……ヴィールツ、哲学者ぶった、文士気取りの画家。当世風のたわごと。人道主義者たちのキリスト。……『静観詩集』末部に見られるヴィクトール・ユゴーのそれを思わせる愚かさ。死刑廃止、人間の無限の力。／壁に書かれた文句。フランスの批評家たちおよびフランスに対して向けられた罵詈雑言。いたるところヴィールツの格言がある。……世界の首都ブリュッセル。パリは田舎。ヴィールツの著書。剽窃。彼はデッサンができないし、その馬鹿さ加減たるや彼の描く巨像の馬鹿でかさに匹敵する。結局このいかさま師はうまく商売したのだ。だが彼の死後、ブリュッセルはこうしたことすべてをどうするつもりなのか？／だまし絵。《〔あるベルギー婦人の〕平手打ち》。《地獄のナポレオン》。《ワーテルローの獅子》〈ル・ダンテック編の原典にある《ワーテルローの書》は誤植〕。ヴィールツとヴィクトール・ユゴーは人類を救おうと欲する。」 [S7, 2]

アングルの「美術学校(エコール・デ・ボザール)に関する報告への返答」(パリ、一八六三年)は、返答の相手である美術大臣に対して美術学校の組織をきわめてそっけない態度で擁護している〔アングルは一八五〇年以来校長の職にあった〕。その際にアングルの答えはロマン派に対抗していたわけではない。それは最初(四ページ)からただちに産業〔具体的には写真のこと〕を問題にしている。「いまや人は芸術に産業を混ぜ合わせようとしている。産業! われわれとしてはそんなものは御免こうむりたいのである! 産業がしかるべき位置にとどまり、われわれの学校の階段の上に居座ったりしないよう切望する次第である。……」――アングルは、絵画の基礎授業として素描のみを行うことを主張する。色づけなど八日も勉強すればできるというのである。 [S7a, 1]

ダニエル・アレヴィは子どものころ出会ったイタリア人のモデルの女性たちについて報告している。彼女たちはソレント風の衣装を身にまとい、手にはタンバリンを持ち、おしゃべりしながらピガール広場の噴水のまわりに立っていた。(アレヴィ『パリ諸地方』

〈パリ、一九三二年〉、六〇ページ参照）

[S7a, 2]

アール・ヌーヴォーにおける花の生命。『悪の華』からオディロン・ルドンの花の魂を経て、プルーストがスワンのエロティシズムに絡ませたカトレアに至るまで、一個のアーチが架かっている。

[S7a, 3]

セガンティーニの「よこしまな母たち」はユーゲントシュティールのモティーフであって、レスビアンと深い類縁関係にある。この不品行な女たちは、ちょうど坊主たちと同じように、産むこととは無縁である。実際、ユーゲントシュティールは二つの異なる系譜を描いている。その一つはボードレールからワイルドとビアズリーへとつながる倒錯の系譜であり、もう一つはマラルメからゲオルゲへと至る聖職者の系譜である。だが最後に第三の系譜がより力強く際立ってくる。それはところどころで芸術の領域を超出してしまう唯一の系譜、解放の系譜である。この系譜は『悪の華』から出発し、『自堕落な女の日記〔ある売春婦の匿名の回想録〕』を生み出した下層階級と『ツァラトゥストラ』の高みを結びつける。（このことが、カピュによる注釈に含ませることのできる意味である。）

[S7a, 4]

不妊というモティーフ。イプセンに登場する妻たちは夫とともに寝ない。彼女たちは夫と「手に手をとって」ある怖るべきものに魅入られていくのである。 [S7a, 5]

オディロン・ルドンの花の倒錯したまなざし。 [S7a, 6]

イプセンにおける解放の定式。理想的な要求、美しいまま死ぬこと、人間の安住の地、(『海の夫人』の)自己責任。 [S8, 1]

ユーゲントシュティールは様式をひたすら追い求めるスタイルである。 [S8, 2]

『ツァラトゥストラ』における永遠回帰の理念はその本質からすれば、ブランキにおいてはなお地獄の徴として認識されている世界の様相を、様式化したものである。永遠回帰の理念は、現存するもののもっとも微細な時間の一片一片にまで及ぶ様式化である。しかし、『ツァラトゥストラ』の様式は、それが開陳する教説によって否認される。 [S8, 3]

ユーゲントシュティールにおいて表現されている三つの「モティーフ」。聖職者のモティーフ、倒錯のモティーフ、解放のモティーフ。それら三つとも『悪の華』の中に含まれている。この三つのモティーフの各々に、それらを表わしているこの詩集の代表的な詩を当てはめることができる。聖職者のモティーフには「祝禱」が、倒錯のモティーフには「デルフィーヌとイポリット〔地獄堕ちの女たち〕」が、解放のモティーフには「魔王への連禱」が当てはまる。　[S8, 4]

『ツァラトゥストラ』はまず初めにユーゲントシュティールの有機的なモティーフに対抗して、ユーゲントシュティールの構成的要素をわがものとした。とくに『ツァラトゥストラ』のリズムを特徴づけている休止は、ユーゲントシュティールのスタイルを構成している根本形態、すなわち空虚の形式が充満の形式に対して優位に立つという根本形態に対応している。　[S8, 5]

ある種のユーゲントシュティールのモティーフは技術に由来する形態から生じている。こうして鉄の柱の形状が建物正面の装飾モティーフとして登場する。(『フランクフルタ

ー・ツァイトゥング』一九二六―一九二九年ころのある論文「マルティンの?」を参照） ［S8, 6］

「祝禱」
「そしてこのみじめな木を思いのまま捩（ねじ）ってやろう、
　悪臭芬々たる若芽など生え出してこぬように！」

アール・ヌーヴォーにおける植物のモティーフとその系譜がここには現われている。けっして一番わかりやすい箇所ではないが。 ［S8, 7］

ユーゲントシュティールはアウラ的なものを極端に強める。太陽はその光彩に包まれてこれほど得意満面になることはなかったし、人間の眼がフィドゥス（19―20世紀独のユーゲントシュティールの建築家・画家・デザイナーのフーゴ・ヘッペナーの筆名）の作品におけるほど輝くことはなかった。メーテルリンクはアウラ的なものの発展をカオス状態にまでおし進めた。ドラマの登場人物の沈黙は、その表現形式の一つである。ボードレールの「後光（オーレオール）喪失」（『パリの憂鬱』）はこうしたユーゲントシュティールのモティーフと決定的な対照をなしている。 ［S8, 8］

ユーゲントシュティールは、芸術が技術と対決する第二の試みだった。第一の試みは、リアリズムだった。リアリズムにおいては、多かれ少なかれ芸術家の意識の中に、技術の問題が存在した。彼らは複製技術の新たなあり様に不安をおぼえたのである(リアリズムの理論はこのことを示している。[S5, 5]参照)。ユーゲントシュティールにおいては、すでにこの問題それ自体が排除されている。ユーゲントシュティールはもはや技術との競い合いによって脅かされているという自己認識をもたない。それだけにいっそう、ユーゲントシュティールの中に隠されている技術との対決が先鋭なものとなった。技術というモティーフへのユーゲントシュティールの回帰は、技術のモティーフを装飾によって中和しようとする試みから生じている。(ついでに言えばこのことは、アドルフ・ロースが装飾に対して敢行した闘いに、際立って政治的な意義を与えた。)　[S8a, 1]

ユーゲントシュティールの根本モティーフは不妊の聖化である。身体はもっぱら性的成熟にいたる前の形態で描かれる。　[S8a, 2]

女性の同性愛は女性の下腹部までをも精神化する。そこには妊娠も家族もいっさい知らない「純粋な愛」のシンボルである百合の幟が立てられる。　[S8a, 3]

憂鬱（スプリーン）のとりこになっている者の意識がもたらすのは、世界精神のミニチュア・モデルである。そこには永遠回帰の思想も数え入れられるかもしれない。　[S8a, 4]

「人はそのなかを通る、象徴の森を抜けて。
　森は親しげなまなざしで人を見守る。」

「万物照応（コレスポンダンス）」。ここに現われているのはアール・ヌーヴォーにおける花のまなざしである。アール・ヌーヴォーはふたたび象徴を獲得する。この象徴という言葉は、ボードレールにおいてはさほど頻繁には使われていない。　[S8a, 5]

メーテルリンクがその長い生涯において極度に反動的な姿勢へと導かれていった過程は、必然性をはらんでいる。　[S8a, 6]

技術によって条件づけられている形態をその機能連関から引き離して自然の定数にしようとする――つまり様式化しようとする――反動的な試みは、ユーゲントシュティールの場合と似たかたちで、しばらく後に未来派においても登場した。　[S8a, 7]

ボードレールの秋がめざめさせる悲哀。それは収穫のときであり、花が枯れしぼむときである。秋はボードレールにおいて特別な厳粛さをともなって呼び起こされる。ボードレールにとってこの秋という言葉はおそらく彼の詩の中でもっとも沈鬱な意味をもっている。太陽についてこう言われている。

彼〔太陽〕は「収穫に命ずる、いつも花咲くことを願う不死の心のなかで、成長し、熟するようにと。」

いかなる果実ももたらそうとはしない心の形象において、ボードレールは、アール・ヌーヴォーが現われるはるか前に、アール・ヌーヴォーに対して手厳しい評決を下していたのである。　[S9, 1]

「このようにわが家を求めること〔Suchen nach meinem Heim〕は……わが試練〔Heimsuchung〕であった。……どこにわが家はある？　私はそれを問い、追い求めてきたが、見出せなかった。おお、永遠の遍在〔Überall〕よ、おお、永遠の非在〔Nirgendwo〕よ。」（『ツァラトゥストラ』からの引用。レーヴィット『永遠回帰というニーチェの哲学』〈ベルリン、一九三五年〉、三五ページより）（[S4a, 2]のリルケのエピグラフ参照）クレーナー版、三九八ページ　[S9, 2]

ユーゲントシュティールの典型的な描線において——空想によるモンタージュにおいて一つになりつつ——神経系と電線が一体化されることがまれではないのは(とりわけ、有機的世界と技術のあいだの境界形式としての植物神経系のシステムに媒介されて)、容易に推測しうるところだろう。「世紀末の神経礼讃は、……電信のやりとりのこのイメージを保持していた。そして、ストリンドベリの二番目の妻フリーダによれば、……彼の神経は大気中の電気に対してひどく敏感だったので、雷が導線を伝わるようにその神経に伝わったそうである。」ドルフ・シュテルンベルガー『パノラマ(あるいは一九世紀の風景)』ハンブルク、一九三八年、二三三ページ [S9, 3]

ユーゲントシュティールにおいてブルジョワジーは、その社会支配の条件とはまだ対決しようとしなかったが、自然支配の条件とは対決し始めていた。こうした条件に対する洞察によって、ブルジョワジーの意識の閾に圧力が働き始める。それゆえに、こうした圧力から身を守ろうとする神秘主義(メーテルリンク)が一方では出てくるし、他方ユーゲントシュティールの技術形態——たとえば空洞——の受容も出てくる。 [S9, 4]

『ツァラトゥストラ』の一章である「砂漠の娘たちのもとで」は、ニーチェにおいてユーゲントシュティールの重要なモティーフである花の乙女たちが登場することを理解するのに役立つだけではなく、ニーチェとギース〔19世紀の画家。ボードレールの論考によって知られる〕の類縁性を理解するのにも役立つ。「深く、だが思想はぬきにして」という言葉は、ギースの絵における娼婦の表現に的確に当てはまる。　[S9a, 1]

技術による世界のコントロールのポイントは、子を産むことの抹殺にある。ユーゲントシュティールの美の理想は冷感症の女において形成される。(ユーゲントシュティールはあらゆる女の中に、ヘレナではなくオリンピア〔ホフマン『砂男』に登場する自動人形の娘〕を見る。)　[S9a, 2]

個人、集団、大衆――集団は風俗画(ジャンル)の原理である。ユーゲントシュティールにとって個人の孤立は特徴的な意味を持つ(イプセン参照)。　[S9a, 3]

ユーゲントシュティールは、ブルジョワジーが自らの自然支配の技術的基盤により接近する限りでは進歩であり、日常性一般をなお直視し続けるための力が失われる限りでは退歩である。(こうしたことは生きる上で不可避の嘘で守られることによってのみ可能である。)――ブルジョワジーは自分たちが生きている時間はもう長くはないと感じ、それだけ一層若くありたいと願っている。彼らは自らにより長い生が、あるいは少なくとも美しいままの死が、本当にあるかのように思い込むのだ。 [S9a, 4]

セガンティーニとムンク。マルガレーテ・ベーメ〔20世紀初頭独の作家〕とプルツィビシェフスキー〔19―20世紀ポーランドの詩人〕。 [S9a, 5]

ファイヒンガー〔19―20世紀独の哲学者〕の「かの-ように」の哲学はユーゲントシュティールに対する死刑執行を告げる鐘の合図である。 [S9a, 6]

「エヌビックやペレ兄弟〔19―20世紀仏の建築家〕の初期の作品とともに、建築の歴史に新たな一章が開かれる。逃避や刷新の欲望はそもそもモダン・スタイル〔アール・ヌーヴォー〕の試みの中に表明されていたのだが、それは無残な失敗に終わったのだった。これらの作家たちは、もうこれ以上はないというほど石材をさまざまに酷使し、そのため、簡素さを求める激しい反発を準備することになったように思われる。新しい素材の開発によって、穏やかなフォルムの中に、建築芸術は甦ろうとしていた。」マルセル・ザアール「建築の現在の諸傾向」(『フランス百科事典』第一七巻、一七-一〇、三-四)　[S9a, 7]

ボードレールは彼の官展評（サロン）の中では自分を風俗画（ジャンル）の非和解的な敵として認識していた。ボードレールは、風俗画（ジャンル）を消滅させようとしたアール・ヌーヴォーの試みの竿頭に立っている。『悪の華』において初めてアール・ヌーヴォーはその特徴である花のモティーフとともに姿を現わした。　[S10, 1]

ヴァレリーの次のような箇所はボードレールへの返答のように読める(『全集』J、『ル・タン』紙一九三九年四月二〇日におけるテリーヴの引用〔「自由の変遷」(『現代世界の考察』所収)から〕)。「現代の人間は現代性の奴隷になり果てている。……やがて、厳格に隔離されたいくつかの僧院を作らなければならなくなるだろう。……そこでは速度や数が、また大衆、驚愕、対照、反復、斬新、軽信といったものがつくり出す効果が軽蔑を受けるだろう。」　[S10, 2]

センセーションについて。こうしたセンセーションをもたらすやり方——新しさおよび、新しさにショッキングなかたちで襲いかかる価値剝奪——は一九世紀の半ば以降、独特のドラスティックな表現を見いだした。硬貨は使い古されてもその価値をいささかも失わないが、消印を押された切手は価値を失う。切手というのはおそらく、新しいという性格とその効力が分離できない証券の最初のケースである。(価値の承認はここでは価値剝奪と重なる。)

[S10, 3]

ユーゲントシュティールにおける不妊のモティーフについて。生殖は創造の動物的側面を肯定するきわめて野卑な流儀として受けとめられた。

[S10, 4]

否定を「プランにかなっていること」への反抗として捉えること。プランについてはシェールバルトの『レザベンディオ』の一節、私たちは皆プランを持っていないためにこんなに疲れているのだ、が参照されるべきである。

[S10, 5]

「新しさ。新しさへの意志。新しいものとは、最後にはどんな食物よりも欠くべからざるものになる、あれらの刺激的な毒の一つである。そうした毒にひとたび支配されてしまうと、つねにその分量を増やさざるをえなくなり、死にいたる危険を犯すほどの量にまで行き着く。目新しいという性質は、ものごとのまさに死すべき部分なのであって、そんな部分にこのように執着するのは、まことに奇妙なことである。」ポール・ヴァレリー『語らざりしこと』〈パリ、一九三〇年〉、一四―一五ページ　[S10, 6]

プルーストのアウラに関する決定的な箇所。彼はバルベックへの旅について語りながら、今日ではその旅がおそらくは自動車によって行われ、それにはそれで利点もあると考えている。「しかし結局のところ旅行特有の楽しみとは、途中で地面に降り立つ……ことができるということではない。出発と到着のあいだの差異をできるかぎり感じられないようにするのではなく、その差異をできるかぎり深く感じとれるようにすること、それこそが旅行の楽しみなのであり、またこの差異とは、想像力がわれわれを、自分の生活している場所から行くことを望んでいる場所の中心まである飛躍によって運び去るとき、われわれの頭のなかにあったものなのだが、旅行の楽しみはその差異を……まさにそのままの状態で再び感じとることでもあるのだ。こうした飛躍が奇跡的なものに思えたのは、それがある距離を越えていったからというよりはむしろ、はっきりと異なる二つの土地の個性を結び合わせたからで、またわれわれをある一つの名前から別の名前に連れていったからだった。そしてこれを端的に表現するのが〈どこでも望むところで下車できるのである以上、もはや到着ということがほとんど問題にならないドライブなどよりも）、駅というあの特別な場所で行われる神秘的な作用なのである。駅というのは、言ってみれば町に属しているわけではないが、町の人格のエッセンスを含んでおり、それは表示板のうえにその名前が記されているのと同じことである。……駅とはまことに驚異にみちた場所であって、人はそこから遠い目的地に向かって出発するわけだが、不幸なことにそれはまた悲劇の場所でもある。というのも……そこを通って神秘に近づいてゆくために、いやな臭いのする洞窟、あのガラス張りの大きな作業場(アトリエ)の一つに入りこもうとひとたび心に決めたならば、家に戻って横になるという希望はすべて捨てざるをえないからだ。バルベック行きの列車に乗るために私が赴いたサン＝ラザール駅もそんな駅の一つだったが、この駅は腹を裂かれた都会の上に惨事の予感をいっぱいにはらんだどぎつい巨大な空をひろげており、それは、ほとんどパリの現代を描いたように思えるマンテーニャやヴェロネーゼの空のいくつかに似ていて、こんな空のもとでは、列車での出発とか十字架の建立とかといった、なにか恐ろしい荘厳な行為が行われるしかないのだった。」マルセル・プルースト『花咲く乙女たちのかげに』Ⅱ、パリ、六二―六三ページ

［S10a］

プルーストは美術館についてこう言っている。「いかなる領域においても、事物を、現実のなかでそれを取り巻いているものと一緒に示すことしかせず、そしてまさにそうすることによって、その本質的な部分、つまり事物を現実から切り離す精神の行為を無に帰せしめてしまうこと――現代という時代がもっている偏向とはこのようなものである。人は一枚のタブローを、同時代の家具や小さな置物や壁掛けのあいだに「飾る」。なんとも味わいに乏しい飾りつけであり、……そんななかで夕食をとりながら傑作を眺めても、美術館の部屋にあるときにしか求めることのかなわぬあの酔うような喜びを、それはわれわれにもたらしてはくれない。飾り気もなくどんな特徴も欠けているがゆえに、この美術館の部屋こそが、芸術家が周囲から自分を切り離して創造に集中する内的空間を、いっそうよく象徴しているのである。」マルセル・プルースト『花咲く乙女たちのかげに』Ⅱ、パリ、六二―六三ページ　[S11, 1]

近代（モデルネ）はどのようにしてユーゲントシュティールになるのだろう?　[S11, 2]

戦場か見本市か? 「かつては文芸の世界にも、高潔で利害にとらわれぬ活動を旨とする運動があったことが、思い出される。さまざまの流派があり、流派の領袖たちがいた、さまざまの党派があり、党派の領袖たちがいた、さまざまの闘争的な理論があり、さまざまの思潮が、そしてそれに反対する思潮があった、そんなふうに言われている。……ああ！　一八三〇年頃には、私の知るかぎり、文士たるもの、すべからく遠征軍の兵士となることを誇りとしていたのであり、軍旗の影に響きわたる戦場への呼びかけ以外に、宣伝などというものは存在していなかったのだ。……今日、ああした誇り高い意気軒昂さのうちのなにが残っているだろうか。われらが先達たちは戦った、ところがわれわれは作り、そして売るのである。われわれは無秩序のただなかにあるが、その無秩序においてこのうえなくはっきりと私の目にうつるのは、戦場の代わりに、おびただしい数の店や作業場(アトリエ)が並んで、そこで毎日新しい流行(モード)の品々、一般にパリ物と呼ばれるありとあらゆるものが売られ、また作られている光景なのである。」「そう、流行品屋(モディスト)、これこそわれわれの世代の思想家や夢想家たちにぴったりの言葉である。」イポリット・バブー『無辜なる異教徒たち』パリ、一八五八年、VII－VIIIページ（「シャルル・アスリノーへの手紙」）

[S11, 3]

T

さまざまな照明

「夜の松明に照らされて。」

街路の照明の開始を記念する一六六七年のメダル

「ナポレオンの帽子の上には、毛織物で覆われた天井、びろうど、絹、刺繡、黄金、銀を張った天井があり、さらにはガラスのカプセルがある。つまり、それらは、不滅の冠であり永遠のガス灯である。」カール・グツコウ『パリからの手紙』I、ライプツィヒ、一八四二年、二七〇ページ

[T1, 1]

一八二四年に関する注釈。「今年パリは一万一二〇五基のガス灯で照らし出された。……請負業者は街中の照明作業を遅くとも四〇分ですませなければならない。つまり、毎日の規定時刻より二〇分前に点灯を始めて、二〇分後に終わらせねばならない。一人の点灯夫に、二五以上のガス灯を任せられないからだ。」デュロール『一八二一年より今日までのパリの〈自然、市民、精神の〉歴史』II、パリ、〈一八三五年〉、一一八―一一九ページ

[T1, 2]

「夢の景観、そこではガスのゆらめく黄色の光が電気火花の月光のような冷たさと結びつく。」ジョルジュ・モントルグイユ『足の向くままのパリ』パリ、一八九五年、六五ページ

[T1, 3]

一八五七年に電気による街灯が初めてできた(ルーヴル宮の近くで)。 [T1, 4]

ガスは最初のうちは一日の必要量を容器に入れて贅沢なクラブに運び込まれていた。 [T1, 5]

「私はケンケ灯の支持者であることを大胆にも宣言する。ケンケ灯は、実際、照らすだけに甘んじていて、人の目を眩ませようとはしない。それでいてその灯油は、ガスよりずっと控え目だし、決して爆発を引き起こさない。ケンケ灯なら、呼吸ももっと自由だし、嗅覚もそれほど傷つけられない。私がほんとうに理解できないのは、われわれのパサージュにいるあの商店主たちで、ガス灯のせいでまるで赤道地帯かと思われるほどになっていても、大変な熱気の中で店内にいつもじっとしているのである。」■パサージュ■『新パリ風景、あるいは一九世紀初頭パリ風俗習慣観察』I、パリ、一八二八年、三九ページ [T1, 6]

「街頭の照明は、同じ期間に二倍以上になった。ガスが灯油に代わったのである。新しい街灯が旧式の器具に取って代わり、恒常的な照明が間歇的な照明の代わりに設置された。」M・ポエト／E・クルゾ／G・アンリオ『第二帝政下のパリの変貌』(「パリ市図書館および歴史記念建造物事業局」展に際して刊行)、〈パリ、一九一〇年〉、六五ページ　[T1, 7]

レジ係の麗人について。「彼女たちは昼間は髪にカールペーパーをつけ、ペニョワール〔入浴後や髪を梳かすときの化粧着〕を着ているように見えるが、太陽が沈み、ガス灯がともる頃ともなると、完璧な舞踏会の装いに見える。そして火の海に囲繞された彼女たちがレジのところに鎮座しているのを見ると、おそらくはお伽話文庫を、そして金髪の王子と魅惑的な王妃のメルヘンを思い出すだろう。こうした比較が許されるとしてのことだが。というのも、パリの女性たちは魔法にかけられているというよりは、むしろ魔法のごとく魅惑的だからである。」エードゥアルト・クロロフ『パリの情景』II、ハンブルク、一八三九年、七六―七七ページ　[T1, 8]

駅の構内食堂のビュッフェなどには造花を載せたブリキの棚があるが、これは、かつてレジ係の女性が周りに飾っていた生け花の名残りである。　[T1, 9]

デュ・バルタス〔16世紀仏の詩人〕は太陽を「ろうそくの王様」と呼んでいた。M・デュ・カン『パリ』V、パリ、一八七五年、二六八ページに引用　[T1, 10]

「ランタン持ちたちは「六個の大きなランプ」付きの灯油のランタンを持っていたようだ。彼らは互いに八〇〇歩ずつ隔たった詰め所に配置される。……それぞれの詰め所の上には、看板の代わりに色塗りのランタンが置かれ、彼らの腰のベルトには都市の紋章付きの一五分用「砂時計」が装着されている。……こうしたことはまだ経験的な智恵から行われていたのであった。これらの移動式の照明によっても都市は少しも安全にならなかった。というのも、照明を運ぶランタン持ちたちは一度ならず、彼らが付き添った人びとを打ちのめしたからである。それでも、照明がないよりはましなので、彼らは雇われていた。それも非常に長い間雇われていたので、一九世紀の初めにも彼らの姿が見られたほどである。」マクシム・デュ・カン『パリ』V、二七五ページ　[T1, 11]

「彼ら〔夜警〕は辻馬車を探し、自家用馬車を大声で呼び止め、帰宅が遅れた通行人に自宅まで付き添い、部屋まで上っていって、蠟燭をつけてやるのである。朝になると、彼らは進んで夜中に目撃したことを洗いざらい警察副署長に報告すると、人々は言い張っ

ている。」デュ・カン『パリ』V、二八一ページ　[T1a, 1]

「ウィンザー〔ガス灯〕のパリへの輸入免許状は一八一五年一二月一日に交付された。一八一七年一月には、パサージュ・デ・パノラマにガス灯が設置された。……照明会社の最初の努力は少しも報われなかった。住人たちはこの種の照明を受け入れようとしなかった。危険だと恐れ、呼吸する空気を汚染すると非難したのである。」デュ・カン『パリ』V、二九〇ページ　[T1a, 2]

「……このガスの炎の下で、商業の死滅に見舞われた場所。……代金が支払われないのではないかと恐れて震えているかのようだ。」ルイ・ヴイヨ『パリのにおい』パリ、一九一四年、一八二ページ　[T1a, 3]

「ガラスは鉄骨建築において重要な役割を演ずべく定められている。これまでの厚い壁は、数多くの穴をあけるとその堅牢性や安全性が減じるのだが、それに替わって、われわれの家々は開口部ばかりとなり、光を透過するようになる。厚いガラス、一重もしくは二重のガラス、すりガラス、あるいは透明ガラスがはまっているこの広い開口部は、昼間はその内部において、夜間は外部に対してなんとも魔術的な輝きを放つことになる。」ゴバール「未来の建築」『建築総覧』一八四九年、三〇ページ[ギーディオン『フランスにおける建築』〈ライプツィヒ/ベルリン、一九二八年〉、一八ページ]　[T1a, 4]

花瓶の形をしたランプ。「光」という珍しい花が油の中に活けられている。(一八六六年の、流行を描いた銅版画にこの形がある。)　[T1a, 5]

昔のガラスカバーがついていないままに燃えているガスの炎は、しばしば蝶々のかたちの炎をしていた。それゆえに、そうしたガスの炎は蝶々と呼ばれていた。　[T1a, 6]

カルセル灯ではゼンマイ仕掛けの装置で油が芯に上って来るようになっていたが、それに対してアルガン灯(ケンケ灯)では、上部にある油タンクから芯へ油が垂れてくるようになっていたために、影ができてしまった。　[T1a, 7]

パサージュ――パサージュは帝政時代のパリでは妖精の洞窟として光を放っていた。一八一七年にパサージュ・デ・パノラマに足を踏み入れた者には、片側でガス灯のセイレンたちが歌いかけ、その向かい側からは石油ランプの炎のオダリスクたちが誘いかけてきた。電灯がともるとともに、こうしたパサージュの通路の見事な輝きは消えてしまって、突然にこうした通路は見つけがたくなった。通路は、出入り口で黒魔術を行っており、暗い窓の奥から自分自身の内部を覗き込んでいたのである。　[T1a, 8]

一七九〇年二月一二日にファヴラ侯爵が反革命的陰謀のかどで処刑されたとき、グレーヴ広場と絞首台には提灯が吊るされていた。　[T1a, 9]

「われわれは第一巻で、どんな歴史的時代も、ある特定の昼間照明もしくは夜間照明を浴びていると述べた。この世界は初めて人工の照明を得た。この世界はガス灯の明かりの中にある。ガス灯は、ナポレオンの星が傾き始めたころにもうすでにロンドンで燃え上がり、ブルボン朝とほとんど時を同じくしてパリに入り込み、ゆっくりと粘り強く前進して、ついにはすべての街路と公共の場を征服してしまった。一八四〇年ころともなると、いたるところにガス灯がともっていた。ウィーンですらもガス灯がついていた。このうるさく音を立てる陰鬱な明かり、強く燃え上がるときもある明かり、散文的であったり、薄気味悪かったりする明かりの中で、食料品店店主たちが太ったわらじむしのようにせわしなく動いている。」エーゴン・フリーデル『近代の文化史』Ⅲ、ミュンヘン、一九三一年、八六ページ　[T1a, 10]

カフェ「千夜一夜」について。「そこでは何もかもが前代未聞の壮麗さをまとっていた。どんなところだったかを察するためには、こう言うだけで十分だろう。店の美しい女主人はカウンターの中で……玉座、それも王様用の本ものの玉座を腰掛けに使っていたが、実際その上にはヨーロッパの君主の一人が威厳に満ちた様子で腰を下ろしたことがあったのだ、と。いったいこの玉座はどうやってこの場所にやって来たのだろうか。それを言うことはできない。われわれは事実を述べるが、説明まではしない。」『パリのカフェの歴史――ある遊び人の回想からの抜粋』パリ、一八五七年、三一ページ　[T1a, 11]

「ガスが灯油に代わった。黄金細工が木の内装の座を奪った。ビリヤードがドミノや双六を閉塞させた。蝿の羽音しか聞こえなかったところに、ヴェルディやオーベールの調べが聞こえるようになった！」『パリのカフェの歴史――ある遊び人の回想からの抜粋』パリ、一八五七年、一一四ページ　[T2, 1]

《一九世紀グラン・カフェ》――一八五七年、ブールヴァール・ド・ストラスブールに開店。「そこでは多数のビリヤード台の緑の厚布が目にとびこんでくる。華麗なカウンターが花型のガス灯で照らされている。どのテーブルからも正面に見えるのは白大理石の噴水で、そのアレゴリックな彫像は輝かしい後光に照らされている。」『パリのカフェの歴史――ある遊び人の回想からの抜粋』パリ、一八五七年、一一一ページ　［T2, 2］

「一八〇一年から、ルボンはサン゠ドミニック街四七番地のセニュレ邸でガスの照明を試みた。この方式は一八〇八年一月一日に再開されて、三〇〇のガス灯がサン゠ルイ病院を照らし出した。その成功は大変なものだったので、工場を三つも作ることになった。」リュシアン・デュベック／ピエール・デスプゼル『パリの歴史』パリ、一九二六年、三三五ページ　［T2, 3］

「市役所の仕事に関して、王政復古時代の二大事業はガスによる照明と乗合馬車の創設である。パリは、一八一四年に、五〇〇〇の街灯で照明され、この業務に一四二名の点灯夫が従事した。一八二二年に、政府は、古い契約の期限が切れしだい街路の照明をガス灯に切り換えることを決定した。一八二五年六月三日、フランス・ガス運送会社による広場の照明の最初の試みがなされた。ヴァンドーム広場には、円柱の囲いの角に四本の大型枝付きキャンドル、カスティリオーヌ街の角には二本のガス灯が設置された。一八二六年に、パリには九〇〇〇のガス灯が設置され、一八二八年には一万になった。契約者は一五〇〇人、三つの会社が四つの工場を持ち、そのうちの一つはセーヌ左岸にあった。」デュベック/デスプゼル『パリの歴史』三五八ページ　［T2, 4］

「ブールヴァール・サン＝タントワーヌの有名な遊歩道美化募金の一環として提案された照明計画」と題する一八世紀の企画書からの抜粋。「大通り（ブールヴァール）は両側の並木の間に並んだランタンの環飾り（ギルランド）によって照らされるだろう。この照明は週に二度、木曜日と日曜日に行われる。満月の場合には、一日遅れになる。一〇時に点灯を始め、一一時にはすべての灯がともされる。……この種の夜間遊歩道は馬車を所有する貴族や金持ちにしかふさわしくないので、募金の提案は彼らに対してしかなされない。今年の寄付金は一店あたり平均一八リーヴルであるが、翌年からは一二リーヴルですむだろう。今年限りの超過分六リーヴルはこの事業の初期費用にあてられる。」三ページ。「この有名な遊歩道に沿って立ち並ぶカフェや芝居小屋は、当然のことながら、称賛に値するものである。そう、彼らの栄光のために言っておこう。彼らがあの輝かしい仮小屋を飾り立てるのに用いる気のきいたランタンは、私に全体照明という発想を提供してくれたのである。かの高名なシュヴァリエ・セルヴァンドーニは、その豊かな才能にふさわしいアーケードと環飾りと優雅な花文字の図柄を私に約束してくれた。われらの裕福な自家用馬車所有者のうちで、かくも輝かしい計画の実現のために急いで寄付をしようとしない者が一人でもいるだろうか。こうして飾り立てられた大通り(ブールヴァール)は華麗な舞踏会の会場となり、馬車はそのボックス席となるであろう。」　[T2, 5]

「芝居の後で私はカフェに行った。ルネサンス様式に新装されたばかりのところであった。金箔を塗った柱のあいだの部屋中の壁にはすべて鏡が張られていた。レジ係の女性はいつも大きく華麗な机の向こうで何段か高いところに座っていて、彼女の前には銀製品、果物、花、砂糖、そしてギャルソン用の小箱が置かれていた。客は支払いの際にギャルソンのために少額をこの小箱に投げ入れるのが習慣だったからである。ギャルソンはこれをみんなで分けるのである。」エードゥアルト・デフリーント『パリからの手紙』ベルリン、一八四〇年、二〇ページ　[T2a, 1]

二月革命と六月蜂起の間のこと。「人々はクラブの会議が終わると街路を練り歩いた。

そして眠っている市民は、「提灯を、提灯を」という叫び声によって叩き起こされ、窓を提灯で飾らねばならず、そうでなければ、無責任に発射される銃声で眠りを覚まされることになった。……どこまでも続く行進が松明をかかげてパリを練り歩いたのだが、あるときなど、一人の娘が服を脱がせられ、松明の明かりの下で、民衆の前に素っ裸で立つことすらあった。民衆は、これを最初のフランス革命の「自由の女神」への思い出であると受け止めていた。……あるとき警視総監のコシディエールはこうした松明行進を認めない声明を出した。ところがこの声明はまたいっそうパリのブルジョワたちをおびえさせた。というのもそのなかで、民衆というのは、共和国が危機に瀕したときはじめて松明を手に取るものだ、と宣言されていたからである。」ジグムント・エングレンダー『フランス労働者アソシアシオンの歴史』II、ハンブルク、一八六四年、二七七―二七八ページ

[T2a, 2]

「すっかり油にまみれて、街灯を朝に掃除し夜に点灯するのはまたしても女たちである。彼女らは、日中は支柱の中に鍵をかけてしまっておくロープで、街灯を下ろしては吊り上げる。そして数年前からイギリスのもっとも鄙びた村でも灯っているガス灯を待っている。灯油やケンケ灯の商人たちは、ガス灯の話だけはどうあっても聞こうとしなかっ

たが、彼らはすぐさまちょうど手近なところに、……推奨すべき二人の作家、シャルル・ノディエ氏とアメデ・ピショ氏を見つけた。この二人は、八つ折り判の書物で、ガス灯のあらゆる難点と邪悪さを、ガスが悪漢の手に渡った場合、爆発によってわれわれが大混乱に陥るかもしれないという危険をも含めて……非難したのだった。」ナダール『私が写真家だった頃』パリ、〈一九〇〇年〉、二八九―二九〇ページ　[T2a, 3]

花火やイルミネーションは、すでに王政復古の時代にも、ユルトラ王党派の法案が代議院で否決されたときには催されていた。　[T2a, 4]

盲人ホームや精神病院における電灯の設置に関して以下の補論がある。「さて、いよいよ事実を話すことにしましょう。電気からほとばしる光線はまず鉱山の地下の坑道を照らすのに用いられ、それから広場や街路の照明、つぎに工場、作業場、商店、劇場、兵営の照明に用いられるようになりました。家庭で室内用に使われるのはその後です。このまばゆい敵を前にして、目はひるまずに対応しましたが、次第にめまいが起こるようになりました。最初は一時的なもので、次に周期的になり、最後には慢性化したというわけです。最初の結果と言えば、こんなものです。――なるほど、わかりました。だが、大富豪たちの馬鹿げた〔電気の〕浪費はどうでしょう？――財界や産業界や商品取引の大物たちは、みずからはすっかりくつろぎながら自分の思考に世界一周をさせればよい……ということに……気づきました。……そのために、彼らの誰もが執務室の机の上に電信の線をくりつけ、自分の金庫をアフリカ、アジア、アメリカのわれわれの植民地と接続させたのです。机の前にゆったりと腰掛けて、地球上にまき散らされたはるか彼方の支店の通信員に指先でお喋りさせるのです。午前一〇時に、巨万の富を積んだ船が難破したと告げる者がいれば、……一〇時五分には、南北アメリカでもっとも安定した商社の電撃的な破産を伝える者がいる。さらに一〇時一〇分には、サンフランシスコ周辺の収穫物を満載した大型船の輝かしいマルセイユ入港の報告が入る。次から次へと、すべてはこんな調子です。彼らのあわれな頭脳は、どれほど頑丈であっても、これにはまいってしまいました。市場の力持ちの人夫の肩でも、小麦の袋を一つではなくて一〇もかつごうとしたら、まいってしまうのと同じように。これが第二の結果です。」ジャック・ファビアン『夢の中のパリ』パリ、一八六三年、九六―九八ページ　〔T3, 1〕

ジュリアン・ルメール『ガス灯のパリ』パリ、一八六一年。「私は太陽に幕を引く。たしかに、すっかり日が暮れたのだ。太陽のことは、もう語るまい。これから先は、ガス灯の光しか見えない。」（一〇ページ）この書物にはパリの情景描写があって、その最初のものが書物全体のタイトルになっているが、それ以外に三つの短篇小説が含まれている。

[T3, 2]

パリ市役所広場のほとりに――一八四八年ころに――《ガス・カフェ》があった。

[T3, 3]

エメ・アルガン〔18世紀スイスの物理学者〕の不運。彼は昔のオイル・ランプの空気の通路を〔吸気・排気の〕二重立てにし、空洞の筒の形に編んだ芯を用い、ガラスの火屋(ほや)を使ったりして、さまざまに改良したのだが、一緒に協力していたイギリスのランゲによってそれがアルガンの改良ではないと否定され、次には、パリのケンケにそのアイディアを奪われ、発明品の名前もケンケになってしまった。こうしてアルガンは悲惨な最期を遂げたのである。「特許を取り消されてから、彼はすっかり人間嫌いになり、オカルト科学に一種の埋め合わせを求めるようになった。……「その晩年には、墓場をうろついて骸骨や墓石のかけらを拾い集める〔アルガンの〕姿が見られた。それらに化学的処理を施し、こうして生を長引かせる秘訣を死のうちに捜し出そうとしたのである。」」彼自身、

若くして死んだ。A・ドロホジョウスカ『フランスの大工業——照明設備』パリ、一二七ページ

[T3a, 1]

カルセル、ぜんまい仕掛けで動くランプの発明者。このランプはぜんまいを巻く必要があった。つまり、内部に時計の歯車の仕掛けがあって、下にあるタンクからオイルをポンプで芯へ上げるようになっている。これまでのランプがタンクを芯より高い位置に置いて、そこからオイルが少しずつ垂れるようになっていたのに比べると、まさにこの高い所にあるタンクのせいでできる影がなくなったところが進歩した点であった。この発明は一八〇〇年である。それには次のような商標が記してあった。「機械式ランプ、リクノメーヌの発明者であるB‐G・カルセル、これを製造」

[T3a, 2]

「化学マッチは文明が生み出したもっとも嫌悪すべき工夫の一つである。……マッチのおかげで、誰もがポケットに火事を入れて運んでいるようなものだ。……私は、……つねに爆発を起こす可能性があり、つねに人類を小さな炎で部分的に燃やしかねない、この恒常的な災厄を嫌悪する。アルフォンス・カール氏が提唱した禁煙運動に参加するのなら、同時に化学マッチに反旗を翻す必要がある。……喫煙の機会をポケットの中に持

っていなければ、煙草を吸うことも少なくなるだろう。」H・ド・ペーヌ『内側から見たパリ』パリ、一八五九年、一一九―一二〇ページ　[T3a, 3]

リュリーヌによれば――『わが町パリ』〈パリ、一八五四年〉における「目抜き通り（ブールヴァール）」の章――最初のガス灯は、一八一七年パサージュ・デ・パノラマにともった。　[T3a, 4]

パリの街路に街灯が最終的に定着した（一六六七年三月）のを機に、「テラソン神父のほかに、文人たちの間でランタンの悪口を言った人を私はほとんど知らない。……彼の意見によると、文学の頽廃はランタンの設置に始まる。「それ以前には、と彼は言う。殺されるのが怖くて、誰もが早く帰宅したものだったが、その結果、仕事がはかどることになった。今では、夜になっても家に帰らないので、もう仕事にならない。」この言葉にはたしかに真実がある。ガス灯が発明されても、これが真実であることに少しも変わりはない」。エドゥアール・フルニエ『ランタン――パリの昔の照明の歴史』パリ、一八五四年、二五ページ　[T3a, 5]

一八世紀の六〇年代の後半に、詩の形式で新しい街灯を扱ったビラがいくつも出現した。

以下に引く詩は「巡回する夜の姫君 対 街灯殿下、ささやかな美徳に捧げる」(一七六九年)からのものである。

「哀れな恋する女が恋人の代わりに、
見つけるのは街灯ばかり、
かつてはあなたの第二のシテール島であった、
この輝く街に、
あなたのニンフたちは降り立つ。
肉欲のやさしい母であるこの街、
今ではニンフたちは窮屈な小部屋か、
さもなければ八〇年も昔からの辻馬車のなかに
うずくまることを強いられる。
それはBか、それともF〔で始まる悪態の言葉〕を経て、
彼女たちを連れていくのか、
辻馬車ではどうにもならない場所へ……
夜がみじめな住まいから離れさせてくれるときには、哀れみたまえ。
生きることはそれほど切羽詰まったことなのだから。

街灯の光の差し込まないような、
街角も四つ角も、一つだってありはしない。
われらの昼間のすべてのたくらみを
貫く、それはきらめくガラス……」
エドゥアール・フルニエ『ランタン――パリの昔の照明の歴史』パリ、一八五四年、五ページ(この書物に収められた詩の特別のページ付けによる)

[T4, 1]

一七九九年にある技師が自分の家にガス灯を設置し、それによって、それまでは物理の実験室での実験としてのみ知られていたことを、実際に運用してみたのである。

[T4, 2]

「屋根付きパサージュという避難場所を選べば
あんな不運もときには避けられる、と人は言う。
ごもっともだが、暇人が気取って歩くあの回廊には、
ハヴァナの葉巻が紫煙の渦をまき散らす。
……

そなたの努力で、われらの生活をもっと優美にせよ。
われらの足元からあらゆる粗野な衝撃を遠ざけよ。
読書用サロンやレストランを破壊する
火山の爆発を事前に回避するために、
夜になったらすぐに、無臭ガスに汚染された
すべての場所を探索するよう命じよ。
燃える蒸気がしのびこむのを感じるやいなや、
恐怖の叫びを上げて警戒を促せ。」

バルテルミー『パリ――G・ドレセール氏〔当時の警視総監〕に捧げる風刺劇』パリ、一八三八年、一六ページ　　[T4, 3]

「「ガス灯はなんとすばらしい発明であることか」――とゴットフリート・ゼンパー〔ウィーンのブルク劇場やドレスデン王立歌劇場の建築家〕は叫んだ――「なんという方法でこのガス灯は(生活の必要性にとってのかぎりない重要性は別にして)、われわれの祝祭をよりいっそう豊かなものにしてくれることか!」祝祭用ということが毎日の、あるいは毎夜の用よりも、奇妙に優先されていて、都会の夜そのものが、至るところにある照明の

ゆえに、一種の持続的な興奮状態にある祝祭になっていることが、こうした照明のもつ東洋的な性格を示している。……ベルリンでは一八四六年の時点でガス会社が二〇年前から存在していたのに、民間で用いられるガス灯は一万にも満たなかったが、こうした事態は……次のような形で……説明された。「もちろんのことながら責任の大部分は、一般的なビジネス環境や社会条件にある。夕方および夜間の活動が増大することに対しては、実際の必要性はいぜんとして存在していなかったのだ。」〕ドルフ・シュテルンベルガー『パノラマ』ハンブルク、一九三八年、二〇一、二〇二ページ(ゴットフリート・ゼンパーの引用は『科学、産業および芸術』ブラウンシュヴァイク、一八五二年、一二ページから。『石炭ガス照明のハンドブック』N・H・シリング編、ミュンヘン、一八七九年、二一ページ)　[T4a, 1]

大都会の空を人工的な照明によって照らし出すことに関して、ウラディミール・オドイエフスキー『死者の微笑』から。「死者は、自分に向かって開かれるまなざしを空しく期待している。」『ロシアの幽霊の話』ミュンヘン、〈一九二一年〉、五三ページ。ボードレールの盲人たちのモティーフにも似たところがある。このモティーフは『従兄弟の隅窓』〔E・Th・A・ホフマン〕に遡る。　[T4a, 2]

ガス灯と電気。「私はシャンゼリゼに着いたが、そこでは、カフェ・コンセールが樹木の葉影の中で火種のように見えた。黄色い光線を当てられたマロニエの樹々は色を塗られたようで、燐光を放つ樹木に見えた。電球は、蒼白く輝く月か、空から落ちてきた月の卵か、巨大な生きた真珠のようで、その豪華で神秘的な螺鈿（らでん）の輝きは、ガス灯、あの醜くて汚いガス灯のかすかな光と色ガラスの環飾りを色褪せたものとしていた。」ギー・ド・モーパッサン『月光』パリ、一九〇九年、二二二ページ（「悪夢の夜」） ［T4a, 3］

モーパッサンにおけるガス灯。「夜空の惑星からガス灯に至るまで、薄い空気の中ですべてが光っていた。上空でも街の中でも、それほど多くの光が輝いていたので、暗闇さえも明るく見えた。きらめく夜は太陽に照らされた真昼より楽しげである。」ギー・ド・モーパッサン『月光』パリ、一九〇九年、二二一ページ（「悪夢の夜」）。最後の文章は「イタリアの夜」の精髄となっている。 ［T5, 1］

ガス灯に照らされたレジ係の女性は生きた彫像、会計のアレゴリー。 ［T5, 2］

『家具の哲学』におけるポー。「輝きは、家具に関するアメリカ的哲学における主要な異端である。……われわれはガス灯やガラスにひどくとまどう。邸宅にガス灯はまったく受け入れられない。ガス灯の震える冷たい光は不快感を催させる。脳と眼を持つ人なら誰でも、そんなものを使うことを拒否するだろう。」シャルル・ボードレール『全集』クレペ編、エドガー・ポー『グロテスクで深刻な物語』〔翻訳〕、パリ、一九三七年、二〇七ページ

［T5, 3］

解説　『パサージュ論』の方法叙説

高橋順一

二〇〇三年に公刊された岩波現代文庫版『パサージュ論』の第三巻の帯には、「都市の現象を認識し、根源の歴史に至るためのベンヤミンの方法叙説」という文言が付されている。今回『パサージュ論』が岩波文庫に収められるのにあたって、私は、第三巻の訳文の再チェックと新たに加えられる解説を書くために、テクストの読み直しを進めてきたが、そのなかで私は、この文言が非常にうまくこの巻の核心を言い当てていると感じたのだった。そう思った理由の一つが、『ドイツ悲劇の根源』の「認識批判的序説」(1)となならんで、ベンヤミンの認識論ないしは「方法叙説」にとってもっとも重要なテクストである「N：認識論に関して、進歩の理論」が含まれているからであったのはいうまでもない。だがそれだけではないのだ。この巻に含まれる「K：夢の街と夢の家、未来の夢、人間学的ニヒリズム、ユング」にしても、「L：夢の家、博物館(美術館)、噴水のあるホール」および「M：遊歩者」にしても、じつは［N］に負けず劣らず認識論ないしは「方法叙説」的な要素を含んでいるのである。しかも断章形式で展開されることによって、テクストの言語の一つひとつがあたかもベンヤミンのいう「形象 Bild」と化しているかのようにあるイメージの結晶状態を体現し――ベンヤミン自身がそのことを「ハシッシュ」の体験になぞらえながら、「すべてが身体的な迫真力をもって現われ、その度合は非常に強いため、顔の場合と同じく相貌が現われ出るのを探し求めることが可能となる。そうした状況の下では一つの文章すらも顔をもっている（個々の単語はいうまでもない）」［M1a, 1］といっている――、さらにそれらが「星座的な連関状況 Konstellation」を形づくりながら、同時に認識論的、「方法叙説」的な要素を提示しているのである。別のいい方をするならばこれらの断章は、極めて喚起力の強い具体的な「形象」、イメージを備えているからこそ、その認識論的、「方法叙説」的要素を喚起しえているのだともいえるであろう。それは、『パサージュ論』のテクストに現われている、ベンヤミンに独特な「現象」と「根源」の、「夢」と「覚醒」の弁証法的な連関の現われといってもよいかもしれない。

それにしても今回『パサージュ論』第三巻を読み直しながら感じたのは、今さらこんなことをいうのは迂闊の誹りを免れないかもしれないが、『パサージュ論』のテクストがこんなに面白かったのかという驚きであった。その大きな要因として挙げられるのは、断章を読み進めながらベンヤミンのテクストの持つイメージ喚起力と思考の喚起力の絡み合いによって、思いもかけないイメージや風景に出会い、新たな思考への導路を与えられることであろう。それはベンヤミンのいう「遊歩」の経験によく似ている。そう、『パサージュ論』を読むことは「遊歩」を体験することなのである。この遊歩を通して私たちは、一九世紀のパリという場(トポス)において、観察者としての、認識者としての、そして思考者としてのベンヤミンの持つ、エルンスト・ブロッホの使った言葉「スコットランド・ヤード」(2)さながら探偵のように鋭敏な過去に対する嗅覚と、見えない根源を探り当てようとする強靭な認識と思考の力に導かれながら、あの奇妙な感覚、夢と陶酔への下降と覚醒への上昇がないまぜになってやってくるあの奇妙な目覚めの感覚に出会うのである。そこでは「目覚め」は同時に「夢の想起」を意味するのだ。この夢と覚醒の弁証法的な絡み合いこそベンヤミンの方法の核にあるものといってよいだろう。「方法叙説」の鍵はここにあるのだ。以下、いくつかの断章をたどりながらこの方法の秘密に触れていきたいと思う。

夢と目覚め、そして夢の形象

今回あらためて気づかされたのは、第三巻の冒頭に置かれている［K］の内容の重要性である。じつはここを読み進めながら、私はこの巻をベンヤミンの方法叙説であると看破したあの文言の正しさを直感したのだった。たとえばベンヤミンは［K1, 1］の断章を、「個人の生と同様、世代の生にも行きわたっている一つの段階的過程としての目覚め。眠りは世代の一次的段階である。ある世代の青春期の経験は、夢の経験と多くの共通点をもっている。この青春期の経験の歴史的形態が夢の形象である」という言葉で始める。ここでは、「眠り」「夢」と「目覚め」の対比が、ある「世代」の「青春期」とその後にやってくる「段階的過程としての目覚め」との対比を通して示される。さらにその対比の前提として、この「眠り」「夢」と「目覚め」の過程が「青春期の経験の歴史的形態」という言葉と結びつけられているのである。これは、この「青春期」が「個人の生」ではなく「世代の生」において捉えられていることを、言い換えれば、「世代」というかたちで捉えられる歴史と集団の生の結びつきを通して捉えられていることを示している。とするならば、ここでベンヤミンが問おうとしている上記のような対比の核をなす認識論的焦点となるのが、その結合体の結節点というべき「夢の形象」であることは明らかであろう。この「夢の形象」こそベンヤミンの方法の出発点であることが、早くも［K］の最初の断章において明らかになるのである。

　ではこの「夢の形象」とは何であり、そこから何が見えてくるのだろうか。次の［K1, 2］でベンヤミンは、「かつてあったもの das Gewesene」が、「現在」によって「固定点」として目ざされるものではなく、それ自体として「弁証法的転換の場となり、目覚めた意識が突然出現する場となるべき」ものであるといっている。「目覚め」の前の「眠り」「夢」とは、いうまでもなく「かつてあったもの」である。そしてそれが個人の生ではなく世代の生、つまり集団の生を通して捉えられるとき、それは歴史の過程においてたえず過去へと送り込まれ、表層からは消えていくものを意味する。だがそれは、個人の生における記憶――この記憶はベンヤミンのいう「無意識的記憶」である――と同様に決して単純に消えてしまうわけではないのだ。フロイトが指摘したように、それはいったん忘却されて意識――集団の生に即せば歴史――の深層へと沈んでいくが、もう一度そこから回帰してくるのである。フロイトはそれを「抑圧されたものの回帰」と呼んだが、「目覚め」とはこの回帰に他ならない。これが集団の生の歴史のなかで起きるとき、それは歴史の底に埋もれていた過去がよみがえることを意味する。そしてそれは、ちょうど神経症の患者における「抑圧されたものの回帰」の経験と同様に、思いがけない衝迫となって、現在のうちにいる私たちの意識を揺り動かし、認識の布置を変えてしまうのである。さらに[K1, 3]も見ておこう。この断章の最後に次のような文がある。「「かつてあったもの」を夢の想起において経験すること！――してみれば、想起と目覚めはきわめて密接な関係にある。つまり、目覚めこそは、哀悼的想起【原語 Eingedenken。ベンヤミンの独特の用語で、失われたもの、死んでしまったものを悲しみ(＝哀悼・喪。原語は Trauer)のなかで甦らせることを意味する。フロイトの「喪」の概念参照】の弁証法的転換であり、そのコペルニクス的転回なのである」。「目覚め」が「夢の想起」であることは、「目覚め」が意識に「弁証法的転換」「コペルニクス的転回」をもたらすことと同義なのだ。

一九世紀の夢の構造

この後、ベンヤミンの考察は一九世紀――その焦点がパリであることはいうまでもない――という『パサージュ論』の主題に向けられていく。今回あらためてこの巻を読み直すなかでもっとも触発されたのが、この一九世紀という主題と正面から向き合おうとする[K1, 4]から[K1a, 9]にかけての断章群であった。そこでは「目覚め」を待つ「夢」の構造が、一九世紀資本主義社会の考察に重ね合わされながら精緻に分析されている。いうまでもないがその分析は単純な客観的分析ではない。そこには夢と現実が錯綜しながら交差する中で現われる、ふつうならば幻想、いや、妄想とさえ呼べそうな特異な経験の質が現われているからである。[K1, 4]でベンヤミンは一九世紀について次のようにいう。「一九世紀とは、個人的意識がますます反省的な態度を取りつつ保持されるのに対して、集団的意識の方はますます深い眠りに落ちてゆくような時代〔Zeitraum〕(ないしは、時代が見る夢〔Zeit-traum〕)である」。一九世紀が近代に属している以上、そこに近代の最大の特性といってよい「個人的意識【反省的な自己意識】」の尖鋭化が伴うことは当然である。だが「集団的意識」の側においてはそれとは裏腹に「夢(=眠り)」が深まっていくのだ。このとき、ちょうど個々人の体内で、「研ぎ澄まされた内部感覚」と体性感覚ないしは内臓感覚というべきものとの出会いを通して「夢」や「妄想」が生み出されるのと同様に、「〔一九世紀の〕夢見ている集団」の意識において、「パサージュ」という場を通した「内面」への「沈潜」が生じるとベンヤミンはいう。そしてそれが「集団の夢の形象の帰結」である「一九世紀のモードと広告、建築物や政治」へとつながっていくのである。こうした形象が『パサージュ論』の主要な考察の対象となるのはいうまでもない。

これを踏まえて[K1, 5]で、ベンヤミンは興味深い指摘を行っている。「個人にとって外的であるようなかなり多くのものが、集団にとっては内的なものである」。この引用のすぐ後の箇所で、ベンヤミンは個人の「内的なもの」を「臓器感覚」と呼んでいる。このことからも明らかなように、ここで内的なものは体性感覚ないし内臓感覚に彩られた情念や情動のレヴェルをも含む無意識の層を意味しているといってよいだろう。とするなら「集団にとっては内的なもの」、つまり集団の「内面」が、「個人にとって」は「外的である」ことは、集団の無意識が、そこに含まれる不定形な情動や感情も含め、いい「個人にとって外的」な場である「建築やモード、空模様」に定位されることを、いい方を変えれば集団の無意識の場が「不定形な夢の形象のうちにとどまっている」ことを示しているといってよいであろう。そして「それら【夢の形象】から歴史が生成してくるようになるまでは、永遠に等しいものの循環過程に身を置いているのである」。この最後の「永遠に等しいものの循環過程」とは「永遠回帰」のことである。

永遠回帰

ベンヤミンは「D：倦怠、永遠回帰」の章（第一巻所収）で、一九世紀フランスの革命家ブランキの奇書『天体による永遠』[3]を取り上げ、ブランキがニーチェと並ぶもう一人の永遠回帰論者であったとする。そしてブランキにおける永遠回帰の意味を資本主義社会の反復される「地獄の風景」の譬喩と見なすのである。したがってこのブランキの永遠回帰には資本主義社会が続くことへの苦い絶望感が表現されているのだが、同時にベンヤミンは、ブランキの永遠回帰のうちに、ニーチェの永遠回帰ともども資本主義が体現する進歩へと向かう時間とは異質な、太古へと回帰する時間の可能性を、ベンヤミン流にいえば、「根源(太古)の歴史 Urgeschichte」への介入の可能性を見ている。それは永遠回帰がブランキにおいてもニーチェにおいても「神話の回帰」という意味を持つことを意味する。この「神話」が「無意識」としての「夢の形象」に対応するのはいうまでもない。そしてこの「根源の歴史」と「神話」、「無意識」としての「夢の形象」の対応関係のなかから、「根源の歴史」という概念にベンヤミンが込めてきた、資本主義社会を廃絶し階級なき社会を実現するという革命＝解放への志向がひそかに浮上するのである。(4) だがその一方で、この「神話の回帰」は、資本主義社会の現在においては、「根源の歴史がもっともモダンな装いのもとに上演される」際には、「ファンタスマゴリー【夢幻劇】という性格」[D8a, 2]を帯びることになる。マルクスも『資本論』のなかで使っているこの「ファンタスマゴリー」という言葉は、資本主義がその生産物である商品に纏わせている仮象のヴェールを意味する。この仮象のヴェールを通して「夢の形象」は、資本主義社会の「根源の歴史」を覆い隠す物神性や顚倒・倒錯性としての役割、機能を果たしていく。それが、ファッションやモード、広告が資本主義経済のなかで果たしている役割、機能であることはいうまでもない。つまり「夢の形象」は一九世紀の資本主義社会において、ベンヤミンが解放の指標として位置づける「根源の歴史」を再生させるための媒介項となりうると同時に、資本主義の生み出す仮象——マルクスのいう「物神的性格 Fetischcharakter」——としての「ファンタスマゴリー」の媒介項ともなりうるのである。一九世紀資本主義社会の織りなす「集団の夢」には、つねにこの「根源の歴史」のはらむ真理と「ファンタスマゴリー」の仮象の分離不可能な絡み合い、両義性がつきまとっている。夢がこうした両義性にさらされる状態を、ベンヤミンは[K1a, 2]において、「夢はひそかに目覚めを待っており、眠っている人は、ただ目が覚めるまで死に身をゆだねながら、策を弄してその爪からのがれる瞬間を待っているものである」と形容している。「目覚め」を待つ人間は、裏返していえば「死」に囚われている人間である。そうした人間は、資本主義が強いるファンタスマゴリー(物神性)としての死のうちに埋没しているのである。だからこそ、そこからの目覚めの瞬間、つまり「策を弄してその【ファンタスマゴリーの】爪からのがれる瞬間」を求めねばならないのである。ではどのような「策」が「目覚め」へと向かうために必要なのか。ベンヤミンは次の[K1a, 3]で、それを「子ども」になぞらえながら考察する。「幼年時代になすべき仕事は、新たな世界をシンボル空間のうちに組み入れることである。なにしろ子どもは、大人が決してできないことをすることができる、つまり新たなものを再認識することができるからである」。「新たなもの」とはファッションやモードのことである。大人にとっては新しいファッションやモードはたんなる新奇さでしかない。それはファンタスマゴリーの分厚いヴェールのうちにとどまっている。だが子どもは違う。子どもはそれを「シンボル」として捉えることが出来るのである。シンボルとは、「真に新しいどの自然形態にも――根本的には技術もまたそうした自然形態の一つなのだが――新たな「形象」が対応している」という事態である。子どもはそれを見抜くのだ。このシンボルには、死としての眠り、夢のなかに埋没してしまっている根源の歴史を目覚めさせる力がある。シンボルを見抜く子どもたちの目こそ目覚めを促す力であり「策」なのである。ともあれ大切なことは、資本主義のもたらすファンタスマゴリーに夢の両義性が対応していることを、つまり夢と目覚めの両方の可能性がそこには含まれていることを認識することである。それをよく示しているのが[K1a, 8]である。「資本主義は、それとともに夢に満ちた新たな眠り【ここで「夢」はファンタスマゴリーを、「新たな眠り」は資本主義が強いる物神性ないしは物象化を意味すると考えてよいだろう】がヨーロッパを襲う一つの自然現象【ここではマルクスが資本主義の形成・発展過程に対して「自然史」という概念を使っていることを思い起こしてみる必要がある】であり、その眠りの中で神話的諸力の再活性化【これは

「根源の歴史」の覚醒に向かう動きである】を伴うものであった」。テーゼ風に極めて簡潔ないい方をしているので、あえて煩わしさを厭わず注を入れてみた。これによってベンヤミンの夢と覚醒の弁証法がどのように一九世紀資本主義と切り結んでいるかがある程度明確になるであろう。そしてベンヤミンがなぜ『パサージュ論』を書かねばならなかったのか、そのモティーフもまた明らかになるといえよう。

ただこのモティーフをより深く理解するためには、第三巻においてもっとも重要な章といってよい［N］の諸断章を見ていく必要がある。

方法叙説の要諦としての［N］

『パサージュ論』のモティーフについて、あるいはそれと結びついた『パサージュ論』の〈方法〉について考えようとするとき、私は［N］の冒頭にある[N1, 3]および[N1a, 3]の二つの断章を想起する。さらにベンヤミンのモティーフそのものに関して[N1, 4]の断章も想い起こされる。

まず[N1, 3]から見ていこう。そこでベンヤミンは、「現在たまたま考えているいっさいのことを、取りかかっている仕事【『パサージュ論』のこと】のうちに(……)組み込まなければならない」といっている。それは、些末なことや一見すると無意味に見えることも『パサージュ論』にとっては見過ごしてはならない思考や認識の素材になりうる(ならねばならない)ということである。その素材のあり方には、[N1, 2]でいわれている「他の人々にとっては航路からの逸脱であることが、私にとっては、航路を決定するためのデータなのだ」という言葉が対応している。つまりそれは、主要な航路、つまり既定の道すじとして何の疑いもなくオーソライズされている航路からはずれるものなのである。裏返していえば、オーソドックスかつ連続的な既定の道すじに従う限り、『パサージュ論』が志向する夢から目覚めへと向かう航路は決して開かれないのである。ではベンヤミンのいう「逸脱」、つまり思いもかけない目覚めへと向かう未知の航路はどのように開かれるのか。[N1, 3]に戻ると、「いま考えていることは、インターヴァルとしての反省を特徴づけ、またそれを守る役目を負っている」という言葉に注目したい。「インターヴァル」、すなわち「休止」はベンヤミンの思考を特徴づける重要な契機である。ここでフランスの哲学者ラクー＝ラバルトがベンヤミンの「休止」について述べている文章を引用しておこう。「休止という言葉をアドルノは、ベンヤミンのゲーテに関するエッセイ【ベンヤミン「ゲーテの『親和力』*」】から受け取ったのである。悲劇の構造についての理論のためにヘルダーリンが作り出した技術用語【ヘルダーリン「『オイディプス』への注解**」】が、このエッセイによって一般的な批評概念(あるいは美学概念)の域にまで高められた。それによれば、休止が間隙、停止、「反リズム的な」中断であるかぎりにおいて、かかる休止を起点として、あらゆる作品はそれ自体として構成される。「反リズム的な」中断は、韻律として、詩句(文章、さらに拡張して、文による作品とでも呼べるようなもの)の連繫と均衡のために必要であるだけではない。それだけではなく、より本質的には、この中断から、ヘルダーリンが「純粋な言葉」として指し示すものが出現するのだ。換言すれば、休止とは、作品の意味そのもの、あるいは作品の真理が、欠如——ただし否定的ではない欠如——によって解き放たれることなのである。そして批判的観点からいえば、休止のみが作品のなかのある特別な場所を指し示す。真理内実に近づくためには、この場所に到達しなければならないのだ」[5]。ベンヤミンはこの「休止」という概念を、詩人ヘルダーリンのギリシア語訳の特異性から引き出している。ヘルダーリンはギリシア語をドイツ語に翻訳する際に、原典の意味を分かりやすく伝えるという通常の翻訳の役割を遂行する代わりに、ドイツ語の自然なリズムには到底合致しえないギリシア語のリズムをそのままドイツ語に当てはめようとする。ベンヤミンはそれを「逐語性」[6]と呼んだが、そこには、自明かつ連続的に続く母語のリズムに「「反リズム的な」中断」をもたらすことによって、そしてそこから生まれるぎくしゃくした齟齬や屈曲・逸脱、つまり不連続性を通してはじめて、母語による自明なコミュニケーション・ネットワークによって隠されてきた「真理」の存在する「特別な場所」へと到達することが出来るのだという認識が潜んでいる。ベンヤミンとアドルノに関する優れた著書のある竹峰義和も、「ベンヤミンによれば、ヘルダーリンにおける「中間休止」は、「表現しえない暴力」として、【ヘルダーリンの】讃歌の統語論的な構造に暴力的に介入し、「リズムに逆らう中断」をつうじて、偽りの総体性の仮象を打ち砕く」(7)といっている。もう一度[N1, 3]に戻れば、ベンヤミンはこの断章を「インターヴァルとしての反省とは、この仕事のなかでも外界にきわめて集中的に向けられているもっとも本質的な諸部分相互の間隔のことである」と締めくくっているのだが、このことは、モードもファッションも建築も、ファンタスマゴリーの一片であると同時に砕け散った真理のかけらでもありうることをさし示している。逆にいえば、真理は「偽りの総体性の仮象」からではなく、砕け散った断片から、『ドイツ悲劇の根源』に即していえば廃墟に放置されたままになっているアレゴリー化した断片から読み取られなければならないのだ。「中間休止」は、アレゴリー化に伴う不連続化、断片化の様相を逐語的、つまり不連続的に浮かび上がらせることによって「偽りの総体性の仮象を打ち砕く」。この「中間休止」による強引ともいえる連続性や調和の破壊は、たしかにアレゴリー化やそれに伴う苛烈な圧伏によって、ものを死後硬直にも似た蒼白な、生気を欠いた状態へともたらし、その結果としてものに沈黙の哀しみを強いるかもしれない。それが夢の半面に潜む死の相貌であることはいうまでもない。だが同時にその圧力の反動として無意識の底に沈んでいた力の噴出も可能となるのだ。このダイナミックな契機が「目覚め」へとつながるのである。逆にいえば、それをもたらすのが「インターヴァル」、つまり「間隔」である。そしてそれは、些末なもの、死滅したものなどをも含んだかたちで過去の総体を救済へと導くことになる。

文化史的弁証法についての小さな方法的提案

さて、もう一方の断章[N1a, 3]でベンヤミンは次のようにいう。「文化史的弁証法についての小さな方法的提案。どの時代に関しても、そのさまざまな「領域」なるものについてある特定の観点から二分法を行うのは簡単である。片方には当該の時代の中での「実り多き」部分、「未来をはらみ」「生き生きした」「積極的な」部分があり、他方には、空しい部分、遅れた、死滅した部分があるというわけだ。(……)だが、いかなる否定的なもの〔消極的なもの〕も、まさに生き生きしたもの、積極的なものの輪郭を浮かび上がらせる下地となることによって価値を持つのだ。それゆえ、いったん排除された否定的部分にまた新たにこの二分法を適用することが決定的な重要性を持つ。それによって、視角がずらされ（基準がではない！）【［N1, 2］の「航路からの逸脱」を想起せよ。そこでも重要だったのは基準を変えることではなく、基準を今まで隠れていたもの、見えていなかったものにも適用することであり、そのためにこそ「視角をずらす」こと、つまり逸脱が必要だったのである】、その部分のなかから新たに積極的な部分が、つまり、先に積極的とされた部分と異なるものが出現してくるようになる。そしてこれを無限に続けるのである。過去の全体がある歴史的な回帰【原語 Apokatastasis】を遂げて、現代のうちに参入して来るまで」。この「文化史的弁証法についての小さな方法的提案」は、過去を問うその姿勢を通じて今見てきた［N1, 3］の内容と深く関わっている。と同時にそこには、『パサージュ論』全体の核心というべき内容もまた凝縮されているのである。このことを洞察していたのが、『パサージュ論』の共訳者の一人、というよりも三島憲一とともに『パサージュ論』翻訳プロジェクトのリーダーであった、今は亡き今村仁司である。今村は著書『ベンヤミン「歴史哲学テーゼ」精読』[8]のなかで［N1a, 3］の詳細な解読の試みを行っているが、それは今なお『パサージュ論』を読み解くための重要な遺産であるといってよい。

今村は［N1a, 3］のテクストを引用した上でまず、「この文章は、ベンヤミンの理論的文章のなかでも、もっとも鮮明に理論的な形を示す断片であり、見過ごすことはできないように思われる」[9]という。ではこの断章の何が重要なのか。今村は「この文章のなかには、二つの重要な、ベンヤミンの思考をもっとも表現するといってもよいほど重要な概念が含まれている[10]」と指摘する。それは、「第一に、二分法であり、第二に、過去の全体をもらさず救いとるという意味での「救済の理念」で[11]」ある。これを表わすのにベンヤミンが「異端の神学者オリゲネス【ギリシア教父時代の神学者。新プラトン主義の影響が強かったため死後異端の嫌疑をかけられた】のアポカータスタシス(Apokatastasis)という用語を指示している[12]」ことに今村は注目する。それによってここでのベンヤミンの思考において「概念的把握と一種の神学とが重ねあわされている[13]」からである。この重なりがベンヤミンの歴史哲学的〈方法〉を特徴づけるもっとも本質的な要素であることはいうまでもない。では「二分法」と「救済の理念」はどのように結びつくのか。今村は、「二分法」によって「積極部分」と「消極部分」が出来た後、「消極部分をさらに二分し、この操作を際限なく続ける[14]」という。この操作のはてに「消極部分のなかから見つけだされる数々の「積極部分」は、普通の経験では見ることができなかった何ものか[15]」となるのである。このベンヤミンの「考え方には、注目すべき論点がすでに顔をだしている」と今村はいう。今見たような「「二分法の二分法」の無限シリーズによって」産出された「新しいポジティヴなもの」は、「「概念的に把握されたもの」すなわち「イデア的なもの」」として、言い換えれば「ネガティヴなものを背景として「輝く星々」」として、「星座」を構成する。[16] それはベンヤミンにおける「概念＝イデア」の現われに他ならない。[17] そして「概念的に把握されたもの(イデア的なもの)をひとつの構造として構成することは、一方では、星と星をつなぐ不可視の絆を可視的に具象化する(……)だけでなく、他方ではこの構造化(……)こそが、ネガティヴなもののなかに埋もれ忘れさられていたものを現在へと回収すること、すなわち捨てさられた事象(「廃墟」)のなかから星のごとく輝くイデア的なものを「救済する」ことでもある」。[18] こうした思考は単純な意味で神学的なだけではない。そこには認識論的な契機が含まれているからである。こうして今村はこの考察を次のように締めくくる。「際限のない二分割(……)を通過して、消極的なものから積極的なもの(まったく新しい可能性)を取り出し解放する。こうして解放されたもののアンサンブル(集合)は、「真実における」過去の総体であり、それをベンヤミンの別の言葉に翻訳するなら、根源の歴史(ウアゲシヒテ)である」。[19]

私は、これが『パサージュ論』の「方法叙説」の要諦であると考える。『パサージュ論』の認識の対象というべき「夢の形象」にこの二分法を適用するならば、「ファンタスマゴリー」が「ネガティヴなもの」に対応し、「根源の歴史」が「ポジティヴなもの」に対応するのは明らかであろう。そしてこの二分法を極限まで推し進めていけば、ついにはファンタスマゴリーという資本主義の帯びている「ネガティヴなもの」の極みのなかから、反転的に――弁証法的に、といってもよい――「根源の歴史」が現われてくるはずなのである。これが「救済」に他ならない。[N1a, 3]はこうした解放と救済の〈方法〉をめぐる提案を意味しており、したがってそこには『パサージュ論』を読み解くためのもっとも重要な鍵が隠されているのである。

こうした〈方法〉が一九世紀資本主義社会の「夢の形象」に向けられなければならないもっとも根本的な理由をベンヤミンは[N1, 4]で次のようにいっている。そこには、一九世紀資本主義社会に立ち向かおうとするベンヤミンの剛毅ともいえる精神のあり様が余すところなく表現されている。「これまで狂気がはびこるだけだった地域を耕作できるようにすること。原始林の奥から誘いかけてくる恐怖に引き込まれないように、理性の研ぎ澄まされた斧を手にして、右顧左眄せずに突き進むこと。いかなる土地も耕作可能な土地へと理性によっていつかは変貌されねばならない。そして、狂気と神話の錯綜した藪を除去しなければならない。一九世紀という土地についても、このことがここでなされなければならない」。ただ誤解がないようにひと言つけ加えておけば、この「理性の研ぎ澄まされた斧」は決して些末なものやささやかなものを切り捨てるわけではない。それら総体を含めて「耕作可能な土地」を開拓するのである。

［K］と［N］のごく一部の断章を取り上げただけで、ずいぶんと紙数を重ねてしまった。したがって他の［L］［M］［O］［P］［Q］［R］［S］［T］の魅力あふれる断章に触れる余裕がなくなってしまった。触れることの出来なかった諸断章の魅力をぜひ自分の目で確かめてほしいと思う。たとえば「夢の形象」の認識（目覚め）にとって重要な意味を持つ「遊歩者 Flaneur」をめぐる［M］の冒頭にはこんな文章で始まる断章がある。「街路はこの遊歩者を遥か遠くに消え去った時間へと連れて行く。遊歩者にとってはどんな街路も急な下り坂なのだ。この坂は彼を下へ下へと連れて行く。（……）ある過去へと連れて行く。この過去は、それが彼自身の個人的なそれでないだけにいっそう魅惑的なものとなりうる。にもかかわらず、この過去はつねにある幼年時代の時間のままである」［M1, 2］。「遊歩者」は「過去」へとなだらかにではなく、まるで急な坂を下るように向かう。それはこの歩みが断絶や跳躍、つまり不連続な「インターヴァル」を含んでいることを意味する。その過去は、世代の過去であると同時に、シンボルを扱う「子ども時代（幼年時代）」としての過去である。遊歩はそれを目覚めさせるのである。したがってそこにはやはり解放と救済に向けた見取り図が隠されている。さらにもう一つだけ［S］から引用しておこう。「旅に出るため早起きしなければならないとき、眠りから身を引き離すのが嫌で、もう起きて服を着ている夢を見る、ということがある。そのよ

うにブルジョワジーは、一五年後に歴史がおそろしい物音で彼らを目覚めさせるまで、ユーゲントシュティールのうちで夢見ていたのである」[S4a, 1]。ここにも夢と覚醒の弁証法が一筆書きのような淡いタッチながら的確に描写されている。世紀末芸術様式としての「ユーゲントシュティール」はいわば一九世紀資本主義社会最後の「夢の形象」のかけらといってよい。そのうちでたゆたっている「ブルジョワジー」の眠り(夢)は、「一五年後」に無理やり覚醒へと導かれる。世紀末から数えればそれは第一次世界大戦の勃発か大戦のさなかに起きたロシア革命のどちらかを指すと考えてよいだろう。ここでも問われているのは目覚めである。この覚醒がはたして真の意味での覚醒(目覚め)であったかはあらためて問われなければならないが、それは『パサージュ論』とは別な問題である。

*【 】内は解説者による挿入。

(1) Walter Benjamin, Erkenntniskritische Vorrede in Ursprung des deutschen Trauerspiels. In: ders., *Gesammelte Schriften*, Bd. I, Suhrkamp, 1974. ベンヤミン「認識批判的序説」(『ドイツ悲劇の根源』の序論)『暴力批判論他十篇――ベンヤミンの仕事1』野村修編訳、岩波文庫、一九九四年所収。

(2)[N3, 4]参照。
(3)オーギュスト・ブランキ『天体による永遠』浜本正文訳　岩波文庫、二〇一二年。
(4)ヴァルター・ベンヤミン『パサージュ論(一)』「パリ――一九世紀の首都」今村仁司・三島憲一他訳、岩波文庫、二〇二〇年、二八頁参照。
(5)フィリップ・ラクー゠ラバルト『虚構の音楽』谷口博史訳、未來社、二〇一六年、二七三―二七四頁。なお＊は、Benjamin, Goethes Wahlverwandtschaften, In: *Gesammelte Schriften*, Bd. I, Suhrkamp. ベンヤミン「ゲーテの『親和力』」浅井健二郎訳、『ベンヤミン・コレクション1』所収、ちくま学芸文庫、一九九五年。＊＊は、ヘルダーリン「『オイディプス』への注解」手塚富雄訳、『ヘルダーリン全集4』所収、河出書房新社、一九六六年。
(6)Vgl. Benjamin, Die Aufgabe des Übersetzers, In: ders., „Illuminationen", Suhrkamp, 1977. ベンヤミン「翻訳者の課題」『暴力批判論他十篇――ベンヤミンの仕事1』所収参照。
(7)竹峰義和『〈救済〉のメーディウム』東京大学出版会、二〇一六年、四四頁。
(8)今村仁司『ベンヤミン「歴史哲学テーゼ」精読』岩波現代文庫、二〇〇〇年。
(9)同書、一七頁。
(10)同書、一七―一八頁。
(11)同書、一八頁。
(12)同右。
(13)同右。

(14)同書、一九頁。

(15)同右。

(16)同書、一九―二〇頁。

(17)ベンヤミン「認識批判的序説」前掲参照。

(18)今村『ベンヤミン「歴史哲学テーゼ」精読』前掲、二〇頁。

(19)同書、二一頁。

ルイ・ダゲール
(1787-1851)

マルセル・プルースト
(1871-1922)

アンドレ・ブルトン
(1896-1966)

ル・コルビュジエ
(1887-1965)

パサージュ論（三）〔全5冊〕
ヴァルター・ベンヤミン著

2021年4月15日　第1刷発行

訳　者　今村仁司　三島憲一　大貫敦子
高橋順一　塚原　史　細見和之
村岡晋一　山本　尤　横張　誠
與謝野文子　吉村和明

発行者　岡本　厚

発行所　株式会社　岩波書店
〒101-8002　東京都千代田区一ツ橋 2-5-5
案内 03-5210-4000　営業部 03-5210-4111
文庫編集部 03-5210-4051
https://www.iwanami.co.jp/

印刷・精興社　製本・中永製本

ISBN 978-4-00-324635-1　Printed in Japan

読書子に寄す

——岩波文庫発刊に際して——

岩波茂雄

真理は万人によって求められることを自ら欲し、芸術は万人によって愛されることを自ら望む。かつては民を愚昧ならしめるために学芸が最も狭き堂宇に閉鎖されたことがあった。今や知識と美とを特権階級の独占より奪い返すことはつねに進取的なる民衆の切実なる要求である。岩波文庫はこの要求に応じそれに励まされて生まれた。それは生命ある不朽の書を少数者の書斎と研究室とより解放して街頭にくまなく立たしめ民衆に伍せしめるであろう。近時大量生産予約出版の流行を見る。その広告宣伝の狂態はしばらくおくも、後代にのこすと誇称する全集がその編集に万全の用意をなしたるか。千古の典籍の翻訳企図に敬虔の態度を欠かざりしか。さらに分売を許さず読者を繫縛して数十冊を強うるがごとき、はたしてその揚言する学芸解放のゆえんなりや。吾人は天下の名士の声に和してこれを推挙するに躊躇するものである。このときにあたって、岩波書店は自己の責務のいよいよ重大なるを思い、従来の方針の徹底を期するため、すでに十数年以前より志して来た計画を慎重審議この際断然実行することにした。吾人は範をかのレクラム文庫にとり、古今東西にわたって文芸・哲学・社会科学・自然科学等種類のいかんを問わず、いやしくも万人の必読すべき真に古典的価値ある書をきわめて簡易なる形式において逐次刊行し、あらゆる人間に須要なる生活向上の資料、生活批判の原理を提供せんと欲する。この文庫は予約出版の方法を排したるがゆえに、読者は自己の欲する時に自己の欲する書物を各個に自由に選択することができる。携帯に便にして価格の低きを最主とするがゆえに、外観を顧みざるも内容に至っては厳選最も力を尽くし、従来の岩波出版物の特色をますます発揮せしめようとする。この計画たるや世間の一時の投機的なるものと異なり、永遠の事業として吾人は微力を傾倒し、あらゆる犠牲を忍んで今後永久に継続発展せしめ、もって文庫の使命を遺憾なく果たさしめることを期する。芸術を愛し知識を求むる士の自ら進んでこの挙に参加し、希望と忠言とを寄せられることは吾人の熱望するところである。その性質上経済的には最も困難多きこの事業にあえて当たらんとする吾人の志を諒として、その達成のため世の読書子とのうるわしき共同を期待する。

昭和二年七月

《ドイツ文学》〔赤〕

ニーベルンゲンの歌 全二冊　相良守峯訳
若きウェルテルの悩み　ゲーテ　竹山道雄訳
ヴィルヘルム・マイスターの修業時代 全三冊　ゲーテ　山崎章甫訳
イタリア紀行 全三冊　ゲーテ　相良守峯訳
ファウスト 全二冊　ゲーテ　相良守峯訳
ゲーテとの対話 全三冊　エッカーマン　山下肇訳
スペインの太子 ドン・カルロス　シルレル　佐藤通次訳
改訳 オルレアンの少女　シルレル　佐藤通次訳
ヒュペーリオン —希臘の世捨人　ヘルデルリーン　渡辺格司訳
青い花　ノヴァーリス　青山隆夫訳
夜の讃歌・サイスの弟子たち 他一篇　ノヴァーリス　今泉文子訳
完訳 グリム童話集 全五冊　金田鬼一訳
ホフマン短篇集　池内紀編訳
水妖記（ウンディーネ）　フーケー　柴田治三郎訳
O侯爵夫人 他六篇　クライスト　相良守峯訳
影をなくした男　シャミッソー　池内紀訳

流刑の神々・精霊物語　ハイネ　小沢俊夫訳
冬物語 —ドイツ　ハイネ　井汲越次訳
ユーディット 他一篇　ヘッベル　吹田順助訳
芸術と革命 他四篇　ワーグナー　北村義男訳
ブリギッタ・森の泉 他一篇　シュティフター　宇多五郎・高安国世訳
みずうみ 他四篇　シュトルム　関泰祐訳
村のロメオとユリア　ケラー　草間平作訳
沈鐘　ハウプトマン　阿部六郎訳
地霊・パンドラの箱 ルル二部作　F・ヴェデキント　岩淵達治訳
春のめざめ　F・ヴェデキント　酒寄進一訳
ゲオルゲ詩集　手塚富雄訳
花・死人に口なし 他七篇　シュニッツラー　番匠谷英一・山本有三訳
リルケ詩集　高安国世訳
ドゥイノの悲歌　リルケ　手塚富雄訳
ブッデンブローク家の人びと 全三冊　トーマス・マン　望月市恵訳
トオマス・マン短篇集　実吉捷郎訳
魔の山 全二冊　トーマス・マン　関泰祐・望月市恵訳

トニオ・クレエゲル　トオマス・マン　実吉捷郎訳
ヴェニスに死す　トオマス・マン　実吉捷郎訳
車輪の下　ヘルマン・ヘッセ　実吉捷郎訳
漂泊の魂 クヌルプ　ヘルマン・ヘッセ　相良守峯訳
デミアン　ヘルマン・ヘッセ　実吉捷郎訳
シッダルタ　ヘッセ　手塚富雄訳
ルーマニア日記　カロッサ　高橋健二訳
美しき惑いの年　カロッサ　手塚富雄訳
若き日の変転　カロッサ　斎藤栄治訳
幼年時代　カロッサ　斎藤栄治訳
指導と信従　カロッサ　国松孝二訳
ジョゼフ・フーシェ —ある政治的人間の肖像　シュテファン・ツワイク　高橋禎二・秋山英夫訳
変身・断食芸人　カフカ　山下肇・山下萬里訳
審判　カフカ　辻瑆訳
カフカ短篇集　池内紀編訳
カフカ寓話集　池内紀編訳
三文オペラ　ブレヒト　岩淵達治訳

- ライン河幻想紀行　ユゴー　榊原晃三編訳
- ノートル＝ダム・ド・パリ　全二冊　ユゴー　辻昶・松下和則訳
- モンテ・クリスト伯　全七冊　アレクサンドル・デュマ　山内義雄訳
- 三銃士　全二冊　デュマ　生島遼一訳
- エトルリヤの壺　他五篇　メリメ　杉捷夫訳
- カルメン　メリメ　杉捷夫訳
- 愛の妖精（プチット・ファデット）　ジョルジュ・サンド　宮崎嶺雄訳
- ボヴァリー夫人　全二冊　フローベール　伊吹武彦訳
- 感情教育　全二冊　フローベール　生島遼一訳
- 紋切型辞典　フローベール　小倉孝誠訳
- サラムボー　全二冊　フローベール　中條屋進訳
- 未来のイヴ　全二冊　ヴィリエ・ド・リラダン　渡辺一夫訳
- 風車小屋だより　ドーデー　桜田佐訳
- 月曜物語　ドーデー　桜田佐訳
- サフォ　パリ風俗　ドーデー　朝倉季雄訳
- プチ・ショーズ　—ある少年の物語　ドーデー　原千代海訳
- 少年少女　アナトール・フランス　三好達治訳

- 神々は渇く　アナトール・フランス　大塚幸男訳
- テレーズ・ラカン　全二冊　エミール・ゾラ　小林正訳
- ジェルミナール　全三冊　エミール・ゾラ　安士正夫訳
- 獣人　全二冊　エミール・ゾラ　川口篤訳
- 制作　全二冊　エミール・ゾラ　清水正和訳
- 水車小屋攻撃　他七篇　エミール・ゾラ　朝比奈弘治訳
- 氷島の漁夫　ピエール・ロチ　吉氷清訳
- マラルメ詩集　渡辺守章訳
- 脂肪のかたまり　モーパッサン　高山鉄男訳
- メゾンテリエ　他三篇　モーパッサン　河盛好蔵訳
- モーパッサン短篇選　高山鉄男編訳
- わたしたちの心　モーパッサン　笠間直穂子訳
- 地獄の季節　ランボオ　小林秀雄訳
- にんじん　ルナアル　岸田国士訳
- ぶどう畑のぶどう作り　ルナアル　岸田国士訳
- 博物誌　ルナール　辻昶訳
- ジャン・クリストフ　全四冊　ロマン・ローラン　豊島与志雄訳

- トルストイの生涯　ロマン・ロラン　蛯原徳夫訳
- ベートーヴェンの生涯　ロマン・ロラン　片山敏彦訳
- ミケランジェロの生涯　ロマン・ロラン　高田博厚訳
- フランシス・ジャム詩集　手塚伸一訳
- 三人の乙女たち　フランシス・ジャム　手塚伸一訳
- 背徳者　アンドレ・ジイド　川口篤訳
- 法王庁の抜け穴　アンドレ・ジイド　石川淳訳
- 続コンゴ紀行　—チャド湖より還る　アンドレ・ジイド　杉捷夫訳
- ヴァレリー詩集　ポール・ヴァレリー　鈴木信太郎訳
- 精神の危機　他十五篇　ポール・ヴァレリー　恒川邦夫訳
- 若き日の手紙　フィリップ　外山楢夫訳
- 朝のコント　フィリップ　淀野隆三訳
- シラノ・ド・ベルジュラック　ロスタン　辰野隆・鈴木信太郎訳
- 海の沈黙・星への歩み　ヴェルコール　河野與一・加藤周一訳
- 地底旅行　ジュール・ヴェルヌ　朝比奈弘治訳
- 八十日間世界一周　ジュール・ヴェルヌ　鈴木啓二訳
- 海底二万里　全二冊　ジュール・ヴェルヌ　朝比奈美知子訳

プロヴァンスの少女(ミレイユ)　ミストラル　杉冨士雄訳
結婚十五の歓び　新倉俊一訳
死霊の恋・ポンペイ夜話 他三篇　ゴーチエ　田辺貞之助訳
火の娘たち　ネルヴァル　野崎歓訳
パリの夜 —革命下の民衆　レチフ・ド・ラ・ブルトンヌ　植田祐次編訳
牝猫(めすねこ)　コレット　工藤庸子訳
シェリ　コレット　工藤庸子訳
シェリの最後　コレット　工藤庸子訳
生きている過去　レニエ　窪田般彌訳
ノディエ幻想短篇集　ノディエ　篠田知和基編訳
フランス短篇傑作選　山田稔編訳
シュルレアリスム宣言・溶ける魚　アンドレ・ブルトン　巖谷國士訳
ナジャ　アンドレ・ブルトン　巖谷國士訳
不遇なる一天才の手記　ヴォーヴナルグ　関根秀雄訳
ジェルミニィ・ラセルトゥウ　ゴンクウル兄弟　大西克和訳
フランス名詩選　安藤元雄・入沢康夫・渋沢孝輔編
繻子の靴 全二冊　ポール・クローデル　渡辺守章訳

A・O・バルナブース全集 全二冊　ヴァレリー・ラルボー　岩崎力訳
悪魔祓い　ル・クレジオ　高山鉄男訳
楽しみと日々　プルースト　岩崎力訳
失われた時を求めて 全十四冊　プルースト　吉川一義訳
丘　ジャン・ジオノ　山本省訳
子ども 全二冊　ジュール・ヴァレス　朝比奈弘治訳
シルトの岸辺　ジュリアン・グラック　安藤元雄訳
星の王子さま　サン＝テグジュペリ　内藤濯訳
プレヴェール詩集　小笠原豊樹訳

《イギリス文学》〔赤〕

- ユートピア — トマス・モア 平井正穂訳
- 完訳カンタベリー物語 全三冊 — チョーサー 桝井迪夫訳
- ヴェニスの商人 — シェイクスピア 中野好夫訳
- ジュリアス・シーザー — シェイクスピア 中野好夫訳
- 十二夜 — シェイクスピア 小津次郎訳
- ハムレット — シェイクスピア 野島秀勝訳
- オセロウ — シェイクスピア 菅泰男訳
- リア王 — シェイクスピア 野島秀勝訳
- マクベス — シェイクスピア 木下順二訳
- ソネット集 — シェイクスピア 高松雄一訳
- ロミオとジューリエット — シェイクスピア 平井正穂訳
- リチャード三世 — シェイクスピア 木下順二訳
- 対訳シェイクスピア詩集 —イギリス詩人選(1) — 柴田稔彦編
- から騒ぎ — シェイクスピア 喜志哲雄訳
- 言論・出版の自由 —アレオパジティカ 他一篇 — ミルトン 原田純訳
- 失楽園 全二冊 — ミルトン 平井正穂訳

- ロビンソン・クルーソー 全二冊 — デフォー 平井正穂訳
- ガリヴァー旅行記 — スウィフト 平井正穂訳
- ジョウゼフ・アンドルーズ 全二冊 — フィールディング 朱牟田夏雄訳
- トリストラム・シャンディ 全三冊 — ロレンス・スターン 朱牟田夏雄訳
- ウェイクフィールドの牧師 —むだばなし — ゴールドスミス 小野寺健訳
- 幸福の探求 —アビシニアの王子ラセラスの物語 — サミュエル・ジョンソン 朱牟田夏雄訳
- マンフレッド — バイロン 小川和夫訳
- 対訳ブレイク詩集 —イギリス詩人選(4) — 松島正一編
- 対訳ワーズワス詩集 —イギリス詩人選(3) — 山内久明編
- 湖の麗人 — スコット 入江直祐訳
- キプリング短篇集 — 橋本槙矩編訳
- 対訳コウルリッジ詩集 —イギリス詩人選(7) — 上島建吉編
- 高慢と偏見 全二冊 — ジェーン・オースティン 富田彬訳
- 説きふせられて — ジェーン・オースティン 富田彬訳
- ジェイン・オースティンの手紙 — 新井潤美編訳
- 対訳テニスン詩集 —イギリス詩人選(5) — 西前美巳編
- 虚栄の市 全四冊 — サッカリー 中島賢二訳

- 床屋コックスの日記・馬丁粋語録 — サッカレー 平井呈一訳
- デイヴィッド・コパフィールド 全五冊 — ディケンズ 石塚裕子訳
- ディケンズ短篇集 — 小池滋・石塚裕子訳
- 炉辺のこほろぎ — ディケンズ 本多顕彰訳
- ボズのスケッチ 短篇小説篇 全二冊 — ディケンズ 藤岡啓介訳
- アメリカ紀行 全二冊 — ディケンズ 伊藤弘之・下笠徳次・隈元貞広訳
- イタリアのおもかげ — ディケンズ 伊藤弘之・下笠徳次・隈元貞広訳
- 大いなる遺産 全二冊 — ディケンズ 石塚裕子訳
- 荒涼館 全四冊 — ディケンズ 佐々木徹訳
- 鎖を解かれたプロメテウス — シェリー 石川重俊訳
- ジェイン・エア 全二冊 — シャーロット・ブロンテ 河島弘美訳
- 嵐が丘 全二冊 — エミリー・ブロンテ 河島弘美訳
- アルプス登攀記 全二冊 — ウィンパー 浦松佐美太郎訳
- アンデス登攀記 全二冊 — ウィンパー 大貫良夫訳
- ハーディ テス 全二冊 — 井上宗次・石田英二訳
- 緑の木蔭 和蘭派田園画 — トマス・ハーディ 阿部知二訳
- 緑の館 —熱帯林のロマンス — ハドソン 柏倉俊三訳

《哲学・教育・宗教》〔青〕

ソクラテスの弁明・クリトン　プラトン　久保勉訳
ゴルギアス　プラトン　加来彰俊訳
饗宴　プラトン　久保勉訳
テアイテトス　プラトン　田中美知太郎訳
パイドロス　プラトン　藤沢令夫訳
メノン　プラトン　藤沢令夫訳
国家　全二冊　プラトン　藤沢令夫訳
プロタゴラス　―ソフィストたち　プラトン　藤沢令夫訳
パイドン　―魂の不死について　プラトン　岩田靖夫訳
アナバシス　―敵中横断六〇〇〇キロ　クセノポン　松平千秋訳
アリストテレス　ニコマコス倫理学　全二冊　高田三郎訳
アリストテレス　形而上学　全二冊　出隆訳
アリストテレス　弁論術　戸塚七郎訳
アリストテレース詩学・ホラーティウス詩論　松本仁助・岡道男訳
物の本質について　ルクレーティウス　樋口勝彦訳
エピクロス　―教説と手紙　出隆・岩崎允胤訳

生の短さについて　他二篇　セネカ　大西英文訳
怒りについて　他二篇　セネカ　兼利琢也訳
マルクス・アウレーリウス　自省録　神谷美恵子訳
老年について　キケロー　中務哲郎訳
友情について　キケロー　中務哲郎訳
弁論家について　全二冊　キケロー　大西英文訳
キケロー書簡集　高橋宏幸編
方法序説　デカルト　谷川多佳子訳
哲学原理　デカルト　桂寿一訳
精神指導の規則　デカルト　野田又夫訳
情念論　デカルト　谷川多佳子訳
パンセ　全三冊　パスカル　塩川徹也訳
知性改善論　スピノザ　畠中尚志訳
スピノザ　エチカ（倫理学）　全二冊　畠中尚志訳
モナドロジー　他二篇　ライプニッツ　谷川多佳子・岡部英男訳
学問の進歩　ベーコン　服部英次郎・多田英次訳
ニュー・アトランティス　ベーコン　川西進訳

ハイラスとフィロナスの三つの対話　バークリ　戸田剛文訳
自然宗教をめぐる対話　ヒューム　犬塚元訳
人間機械論　ド・ラ・メトリ　杉捷夫訳
聖トマス　形而上学叙説　―有と本質とに就いて　高桑純夫訳
エミール　全三冊　ルソー　今野一雄訳
ルソー　告白　全三冊　桑原武夫訳
孤独な散歩者の夢想　ルソー　今野一雄訳
人間不平等起原論　ルソー　本田喜代治・平岡昇訳
ルソー　社会契約論　桑原武夫・前川貞次郎訳
政治経済論　ルソー　河野健二訳
学問芸術論　ルソー　前川貞次郎訳
演劇について　―ダランベールへの手紙　ルソー　今野一雄訳
言語起源論　―旋律と音楽的模倣について　ルソー　増田真訳
ディドロ、ダランベール編　百科全書　―序論および代表項目　桑原武夫訳編
道徳形而上学原論　カント　篠田英雄訳
啓蒙とは何か　他四篇　カント　篠田英雄訳
純粋理性批判　全三冊　カント　篠田英雄訳

カント 実践理性批判　波多野精一・宮本和吉・篠田英雄訳
判断力批判 全二冊　カント／篠田英雄訳
永遠平和のために　カント／宇都宮芳明訳
プロレゴメナ　カント／篠田英雄訳
人間の使命　フィヒテ／宮崎洋三訳
学者の使命・学者の本質　フィヒテ／宮崎洋三訳
ヘーゲル 政治論文集 全二冊　金子武蔵訳
歴史哲学講義 全二冊　ヘーゲル／長谷川宏訳
人間的自由の本質　シェリング／西谷啓治訳
自殺について 他四篇　ショウペンハウエル／斎藤信治訳
読書について 他二篇　ショウペンハウエル／斎藤忍随訳
知性について 他四篇　ショーペンハウエル／細谷貞雄訳
将来の哲学の根本命題 他二篇　フォイエルバッハ／松村一人・和田楽訳
反復　キルケゴール／桝田啓三郎訳
不安の概念　キェルケゴール／斎藤信治訳
死に至る病　キェルケゴール／斎藤信治訳
体験と創作 全二冊　ディルタイ／柴田治三郎・小牧健夫訳

眠られぬ夜のために 全二冊　ヒルティ／草間平作・大和邦太郎訳
幸福論 全三冊　ヒルティ／草間平作・大和邦太郎訳
悲劇の誕生　ニーチェ／秋山英夫訳
ツァラトゥストラはこう言った 全二冊　ニーチェ／氷上英廣訳
道徳の系譜　ニーチェ／木場深定訳
善悪の彼岸　ニーチェ／木場深定訳
この人を見よ　ニーチェ／手塚富雄訳
プラグマティズム　W・ジェイムズ／桝田啓三郎訳
宗教的経験の諸相 全二冊　W・ジェイムズ／桝田啓三郎訳
純粋現象学及現象学的哲学考案 全二冊　フッセル／池上鎌三訳
デカルト的省察　フッサール／浜渦辰二訳
愛の断想・日々の断想　ジンメル／清水幾太郎訳
笑い　ベルクソン／林達夫訳
物質と記憶　ベルクソン／熊野純彦訳
時間と自由　ベルクソン／中村文郎訳
ラッセル教育論　安藤貞雄訳
ラッセル幸福論　安藤貞雄訳

ラッセル結婚論　安藤貞雄訳
存在と時間 全四冊　ハイデガー／熊野純彦訳
学校と社会　デューイ／宮原誠一訳
民主主義と教育 全二冊　デューイ／松野安男訳
歴史と自然科学・道徳の原理に就て・聖「プレルーディエン」より　ヴィンデルバント／篠田英雄訳
我と汝・対話　マルティン・ブーバー／植田重雄訳
アラン 幸福論　神谷幹夫訳
アラン 定義集　神谷幹夫訳
英語発達小史　H・ブラッドリ／寺澤芳雄訳
日本の弓術　オイゲン・ヘリゲル述／柴田治三郎訳
饒舌について 他五篇　プルタルコス／柳沼重剛訳
ことばのロマンス ―英語の語源　ウィークリー／寺澤芳雄・出淵博訳
天才・悪　ブレンターノ／篠田英雄訳
比較言語学入門　高津春繁
人間の頭脳活動の本質 他一篇　ディーツゲン／小松摂郎訳
ハリネズミと狐 ―『戦争と平和』の歴史哲学　バーリン／河合秀和訳
言語 ―ことばの研究序説　エドワード・サピア／安藤貞雄訳

論理哲学論考　ウィトゲンシュタイン　野矢茂樹訳
自由と社会的抑圧　シモーヌ・ヴェイユ　冨原眞弓訳
根をもつこと　全二冊　シモーヌ・ヴェイユ　冨原眞弓訳
重力と恩寵　シモーヌ・ヴェイユ　冨原眞弓訳
全体性と無限　全二冊　レヴィナス　熊野純彦訳
啓蒙の弁証法　―哲学的断想　M・ホルクハイマー　T・W・アドルノ　徳永恂訳
ヘーゲルからニーチェへ　十九世紀思想における革命的断絶　全二冊　レーヴィット　三島憲一訳
哲学の根本問題・数理の歴史主義展開　田辺元哲学選Ⅲ　藤田正勝編
統辞構造論　付『言語理論の論理構造』序論　チョムスキー　福井直樹　辻子美保子訳
統辞理論の諸相　方法論序説　チョムスキー　福井直樹　辻子美保子訳
言語変化という問題　―共時態、通時態、歴史　E・コセリウ　田中克彦訳
快楽について　ロレンツォ・ヴァッラ　近藤恒一訳
古代懐疑主義入門　判断保留の十の方式　J・アナス　J・バーンズ　金山弥平訳
ヨーロッパの言語　アントワーヌ・メイエ　西山教行訳
ニーチェ　みずからの時代と闘う者　ルドルフ・シュタイナー　高橋巖訳
人間精神進歩史　全二冊　コンドルセ　渡辺誠訳
隠者の夕暮・シュタンツだより　ペスタロッチー　長田新訳

人間の教育　全二冊　フレーベル　荒井武訳
フレーベル自伝　長田新訳
旧約聖書 創世記　関根正雄訳
旧約聖書 出エジプト記　関根正雄訳
旧約聖書 ヨブ記　関根正雄訳
旧約聖書 詩篇　関根正雄訳
新約聖書 福音書　塚本虎二訳
文語訳 新約聖書　詩篇付
文語訳 旧約聖書　全四冊
キリストにならいて　トマス・ア・ケンピス　大沢章　呉茂一訳
聖アウグスティヌス 告白　全二冊　服部英次郎訳
アウグスティヌス 神の国　全五冊　服部英次郎　藤本雄三訳
新訳 キリスト者の自由・聖書への序言　マルティン・ルター　石原謙訳
シュヴァイツェル イエスの生涯　メシアと受難の秘密　シュヴァイツェル　波木居齊二訳
キリスト教と世界宗教　シュヴァイツェル　鈴木俊郎訳
水と原生林のはざまで　シュヴァイツェル　野村実訳
コーラン　全三冊　井筒俊彦訳

エックハルト説教集　田島照久編訳
霊操　イグナチオ・デ・ロヨラ　門脇佳吉訳・解説
ムハンマドのことば　ハディース　小杉泰編訳
後期資本主義における正統化の問題　ハーバーマス　山田正行・金慧訳